시인, 광대, 그리고 탐정: 시극작가로서의 엘리엇

* 이 저서는 2009년 정부(교육부)의 재원으로 한국연구재단의 지원을 받아 수행된 연구임 (NRF-2009-812-A00140).

시인, 광대, 그리고 탐정

시극작가로서의 엘리엇

T. S. Eliot

| 최영승 지음 |

도서출판 | 동인

차 례 __

서 문

엘리엇Thomas Stearns Eliot은 항상 용모단정하고 깔끔한 지성인처럼 보였으며, 나이가 들어서도 점잖은 신사처럼 말쑥한 자태로 처신했다. 말하자면 "보수적인 순응주의자"(Matthews 23)의 모습 그대로였다. 그러나 그가 그렇게 지적인 고전주의자처럼 행세하기는 했지만, 그에게는 광대와 같은 기질이 숨겨져 있었다. 그는 가끔 풍자적인 어투로 친구나 지인들에게 즐거움을 주었고 재치어린 농담으로 그들을 놀라게 했다고 한다. 어쩌면 그는 이런 재미있는 언사나 행동에서 큰 희열을 느꼈을 지도 모른다. 그러면 엘리엇의 이러한 태도는 그의 유희 본능과 관계가 있을까? 그는 청중의 습관적인 기대를 유희적으로 깨뜨릴 때, 단지 기대만을 깨뜨리는 것이 아니라 동시에 기대하지 않았던 어떤 흥미나 욕구도 함께 충족시켜주었다. 즉 낡은 기대에 어긋나면서 새로운 기대를 만들어내고 채워주는 일을 도모하려고 했다. 안정적이지만 관습적 기대감을 깨뜨리는 엘리엇의 도전적 의도는 역시 신성한 변화로 새로운 조화를 추구하려는 모더니즘적인 시도인 셈이다. 20세기에 예술매체에서 시작된 조화와 부조화라는 커다란 실험적 움직임이 더욱 더 극단적이며 웅전적인 면모를 보였다고 진단한 올브라잇Daniel Albright의 관찰태도(vii)는 이러한 엘리엇의 생각을 간파하고 있었던 것이다.

엘리엇은 읽기 위주로 쓰인 레제드라마lese drama보다는 공연을 위주로 쓴 희곡을 더 좋아했다. 이는 정적인 서정성을 지향하는 낭만주의 시인들의 편향과는 다른 것이다. 역동적인 움직임과 새로운 경이로움을 제공하기 위한 다른 분야와의 통섭과 조화를 지향하는 적극적인 움직임이었다. 그가 무대에 관심을 두고 드라마를 쓰려고 하는 태도는 이질성과 모순성의 타협과 더불어 화해의 성향에서 기인된 것이라고 할 수 있다. 이 같은 판단의 근거는 그가 개종과 함께 선택한 종교적 성향인 앵글로 가톨릭주의Anglo-Catholicism에서도 확인할 수 있다. 그는 『성스러운 숲: 시와 비평에 관한 에세이』(*The Sacred Wood: Essays on Poetry and Criticism*)에서 이러한 생각을 다음과 같이 정리하고 있다.

> 엘리자베스Elizabeth시대의 극은 조야한 **여흥**을 요구하면서도 많은 분량의 시학도 **감수**하려는 관객들을 겨냥했다. 우리는 오락entertainment의 한 형식을 취해 그것이 예술적 형태가 되도록 변형시키는 과제를 안고 있다. 어쩌면 음악당music hall의 희극이 우리에게 최상의 소재가 될지도 모른다. (70)

엘리엇은 엘리자베스 극을 예로 분명히 다수의 관객을 여흥으로 즐겁게 하면서도 동시에 그들에게 시학을 심어주려는 의도를 가졌던 것 같다. 틀림없이 그는 이러한 음악적 시도를 통해 자신의 비밀스러운 신비주의적 고립으로부터 벗어날 뿐 아니라 자신의 기질에 속하는 '시인과 광대'의 속성을 결합시키려 한 것이다.

의심할 나위 없이 엘리엇에게 음악은 중요한 의미를 지닌다(Cooper

xv). 음악은 엘리엇의 작품에서 시작부터 끝까지 나타나있다. 거의 대부분의 비평가와 학자들도 주제나 은유 및 형식으로서 음악에 대한 지속된 관심을 인정하고 있다. 「앨프릿 프루프록의 연가」("The Love Song of J. Alfred Prufrock")에서부터 『네 개의 사중주』(*Four Quartets*)에 이르기까지 엘리엇의 마음에는 음악이 시와 극에 동조되어 있음을 작품의 제목만 살펴봐도 알 수 가 있다. "노래," "랩소디"rhapsody, "서곡"prelude, "야상곡"nocturn, "셰익스피어리언 랙"Shakespearean rag, 『황무지』(*The Waste Land*)에 나오는 『트리스탄과 이졸데』(*Tristan und Isolde*), 『파시팔』(*Parsifal*), 재즈jazz, 소나타 형식, 4중주, 극에서 보였던 코러스, 「시의 음악성」("The Music of Poetry")(1942)과 같은 에세이제목 등에 음악적 은유가 내포되어 있다.

각별한 의미에서 음악은 정서적 자극제로 활동적 인식과 인지를 이끌어내는 예술적 연원이다. 음악적 체험과 거기에 수반되는 사상은 있다고 해도 개념과 아이디어만의 차원에서는 생기지 않는다. 음악은 형식적인 인지활동이 더 이상 감각이나 감정과는 철저하게 구분될 수 없는 지점까지 관통한다. 인류학적 의미에서 문화가 생성되는 것은 사적인 세계와 공적인 세계의 교차점에 위치하는 즉시성에 의해서이다. 리듬과 관습 및 조화는 엘리엇이 『기독교사회의 이념』(*The Idea of a Christian Society*)(1939)에서 "집단적 기질의 층위"라고 불렀던 것에서 발생하고 있다. 음악은 관념적 표현형식이 적절하게 다룰 수 없는 방식으로 이러한 "기질"의 여러 측면을 들리게 한다.

엘리엇은 음악적 형식과 음향 및 리듬이 합리적 순서로 적절하게 표현할 수 없는 사회적, 심리적 의미처럼 어떤 강력한 부하를 실행시킨다는 점을 일찍이 깨달았다. 1933년에 『시의 효용과 비평의 효용』(*The Use of Poetry and the Use of Criticism*)에서 그는 음향과 리듬에 대한 이런 감정을 "청각적 상상력"auditory imagination이라고 불렀다. 3년 뒤인 1936년 11월 25일자 『리스너』(*The Listener*)지를 통해 그는 시가 더 심오하고 불분명한 레벨에서 감정이 실린 흥분상태를 강화시켜주는 "음악적 패턴"을 제공해주기 때문에 산문보다는 시를 선호한다고 썼다(Eliot 1936: 994-95). 1942년에 그는 「시의 음악성」에서 시인의 관행을 생각하며 또 이것이 마찬가지로 독자나 청자에게 통용될 수 있을 때 시나 시의 어구가 어휘표현에 도달하기 전에 먼저 각별한 리듬으로, 그리고 청자의 경우에는 다시 옮겨 쓸 수 있는 의미로 실현되는 경향이 있다고 말했다.

엘리엇이 『성스러운 숲』의 서문(1928)에서 시를 "탁월한 오락물"로 정의내린 부분을 주목해보면 표현어구의 첫 단어를 세심하게 살펴볼 필요가 있다. 엘리엇이 시를 "탁월한 오락물"로 단정한 의미가 정확히 무엇인지 의아해할 수밖에 없다. 이것은 당연한 의혹이다. 그러나 엘리엇은 스스로 형용사보다는 오히려 명사에 역점을 두고 있다. 그의 정의에는 역사적 맥락이 개재해 있다. 시가 어떤 종류의 오락물이라고 말하는 것은 셸리Shelley에서부터 아놀드Matthew Arnold 이후에 이르기까지 그 장르에 제기되는 더 높은 요구사항을 거부하는 일이다. 자기 정의에 편치 않던 엘리엇은 곧장 덧붙여 말한다.

> 내가 시를 오락물이라고 부르는 것은 . . . 그것이 참된 정의라는 이유가 아니라 다른 것이라고 부르면 더 거짓된 것으로 부를 가능성이 많기 때문이다. (Eliot 1928: viii-xi)

오락물이나 여흥의 본질을 생각해보면 시는 재미있는 것이 아니다. 그러나 시가 재미없는 오락물이라면 그 가치는 무엇일까? 넓은 의미에서 보면 시는 "윤리와 종교, 심지어는 어쩌면 정치와도 관계가 있기"(x) 때문에 의미를 지니고 있다. 하지만 이들 관계를 탐사하려고 시도하게 되면 시에 관한 논의는 의미가 없어진다.

『황무지』 원고를 보면 엘리엇이 최종 버전에서 사용한 성배신화보다 대중가요의 이용에 더 많이 의존하고 있음을 알 수 있다. 원래는 시의 서두부터 아주 긴 관용적 표현에 여러 편의 대중가요를 염두에 두고 있었다. 초기 원고의 7~8행은 1907년 뮤지컬 『보스턴에서 50마일』(*Fifty Miles from Boston*)에서 나온 조지 코헌George M. Cohen의 「해리건」("Harrigan")을 인용하고 있다. 물론 코헨은 그의 집요한 미국주의인 양키 두들 퍼스나Yankee Doodle persona로 가장 잘 알려져 있다. 하지만 「해리건」에는 약간 다른 양상이 보인다. 즉 아일랜드 미국인의 반항적인 자존감을 강조하고 있는 측면이 있다. 분위기는 이 도입부에 알맞게 조성되어 있고 일반 대중의 언어로 보스턴의 아일랜드계 폭력배의 모험을 얘기하고 있다. 아일랜드계 이민들과 미국의 대중무대나 음악과의 연상관계는 이 에피소드를 만든 자극이 되었을 수 있다. 『황무지』의 서두가 고든Lyndall Gordon이 지적했듯이, "야간의 도시방문을 그린 보스턴 버전"(145)이었기 때문이다. 배리Peter Barry는 「키르케」("Circe")의 마지막 페이지와 엘리엇 장면이 아주 유사하다는 사실을 지적했다. 그런데 엘리엇은 『황무지』 작업을 시작했을 때 막 「키르케」에 대한 독서를 마쳤다(239-40). 제임스 조이스James Joyce의 『율리시즈』(*Ulysses*)는 엘리엇의 음악사용에 영향을 끼쳤는데, 1923년 「율리시즈, 질서, 그리고 신화」("Ulysses, Order, and Myth")에서 엘리엇은 『율리시즈』의 신화적 방법이 가장 중요한 문학적 기여라고 밝혔다. 엘리엇은 『황무지』를 완성했을 때 이 방식을 공식화하지 않았는데(Kaufman 76-80), 이런 사실을 믿을 만한 데에는 이유가 있다. 취소된 시의 서두 부분은 1921년에 엘리엇이 대중음악을 자기 텍스트에 편입시킨 조이스의 태도에 강한 인상을 받았음을 암시해주고 있다. 이유는 대중문화의 언어와 형식을 즐기고 채택한 『율리시즈』(Thompson 35)

가 노래로 가득 차 있기 때문이다. 엘리엇은 분명히 같은 문화적 기반으로 자기 시를 위치시킴으로써 고급문화와 고대신화 및 새로운 미국 스타일로 대중적 인유를 결합시키면서 조이스를 따를 계획을 마련하였다. 그가 아일랜드 도회지 홍등가에 도취된 조이스식 음악밴드에 호소하지 않고 자신의 예술적 의도에 맞게 개념화시키지 않은 이유는 알 수 없다. 어쨌든 엘리엇은 「키르케」에 관해서 "내 편에서 보면 그걸 읽지 않았더라면 좋지 않았을까" (Eliot 1988: 455)라고 1921년 5월에 조이스에게 보낸 편지에서 밝혔다. 그러나 그는 이 에피소드를 사용하는 데 진지했다. 그는 실제로 자기의 작업 타이틀을 "HE DO THE POLICE IN DIFFERENT VOICES: Part I"라고 페이지 상단에 대문자로 쓰고, 그 아래 현존하는 부제로 "THE BURIAL OF THE DEAD"을 타이핑해서 쓸 정도로 진지했다(Eliot 1971: 5).

정말 홍미로운 사실은 "문학적으로 고전주의자이며, 정치적으로 왕당파이고, 종교적으로 영국국교회 주의자"(Eliot 1970: 7)라며 자신의 입장을 밝힌 고급문화론자인 엘리엇이 재즈와 팍스 트롯pax trot 및 민스트럴 송minstrel song과 같은 대중음악 장르에 대해서도 놀라울 정도로 지대한 관심을 보였다는 점이다. 그는 일찍이 월터 페이터Walter Pater가 주장한 "모든 예술은 지속적으로 음악의 상태를 지향한다"(All art constantly aspires towards the condition of music)(86)는 생각을 염두에 두었던 것 같다[1]. 엘리엇은 실제로 종교적인 주제들을 세속적인 극과 융합시키기 위해서 재즈리듬이나 여러 음악적 장치 및 마스크나 갖가지 제의적 요소들을 도입해서 쓰고 있다. 그리고 대중의 홍미와 관심을 고조시키기 위해 탐정소설의 미스터리 스릴러mystery thriller 기교까지 세심하게 혼용하여 쓰고 있다.

---

1) 월터 페이터는 그의 저서 『르네상스』(*The Renaissance*)(1873)의 「조르조네 화파」("School of Giorgione")에서 이와 같이 말했는데, 원래는 쇼펜하우어Schopenhauer의 개념이라고 한다.

그러니까 엘리엇은 오락의 한 축을 미스터리 스릴러라는 대중문화 장르에서 찾았던 것이다. 그가 초기시를 발표하면서 종횡무진 했던 1920년대부터 대서양을 사이에 둔 미국과 유럽에서는 미스터리 소설의 유행이 두드러지기 시작하였다. 그 당시의 지적인 독자라면 누구나 유럽 대륙과 미국을 휩쓸었던 미스터리 소설이라는 시대적 트렌드의 물결을 외면할 수는 없었을 것이다. 지적 호기심이 충만했고 대중과 관객의 취향에 민감했던 엘리엇 역시 탐정소설을 읽었으며, 그 결과 그는 많은 탐정소설의 서평과 비평까지도 써서 발표했다. 그는 자신만의 탐구와 집필을 통해 탐정소설의 형식과 구조에 대한 분석뿐만 아니라, 미스터리 작가들의 줄거리구성 규칙들을 공식화하기도 했었다. 20세기 초부터 30년 넘게 꾸준히 읽혀져 왔던 미스터리 스릴러에 대한 엘리엇의 서평은 많은 비평적 가정들을 제공해준다. 엘리엇은 실제로 이러한 서평과 비평에서 탐정소설의 주제와 기교에 대한 뛰어난 통찰력을 제공했다. 이런 점에서 그의 극작품들은 극과 미스터리 스릴러의 장르를 결합시키고 용해시키는 재미있는 실험이라고 할 수도 있다. 이 경우 탐정소설은 흥미본위의 오락물이긴 하지만 중요한 의미를 담고 있는 장르로 간주되어야 하며, 탐정이라는 엘리엇의 또 하나의 기질형성에 중요한 역할을 한다. 이와 같이 여러 자료를 통해서 드러난 미국의 대중문화에 대한 그의 관심과 취향은 당시 그가 얼마나 사교계의 유행에 민감했으며, 주된 독자와 관객층을 형성하는 일반 대중이 무엇을 가장 좋아하고 있었는지를 정확하게 파악하고 있었음을 짐작하게 해준다.

여태까지 많은 비평가들이 엘리엇의 극에 관해 썼지만, 이러한 측면에서 드러난 여러 양상들을 논의한 연구는 그리 많지 않으며, 그마저도 일관되게 충분히 탐사하지 못한 것이었다. 몇 가지 선행연구의 예를 들어 보자. 프랭크 윌슨Frank Wilson이 『칵테일파티』(*The Cocktail Party*)가 채 집필되기 전인 1948년에 『엘리엇 문학의 발전에 관한 6편의 에세이』(*Six Essays on the Development of T. S. Eliot*)를 발간해내면서 탐정소설의 분위기를 감지했으나, 가벼운 언급에 지나지 않았다. 데이빗 존스David E. Jones는 1959년의 『엘리엇 극』(*The Plays of T. S. Eliot*)에서 어느 정도까지는 미스터리적인 요소를 분석했으나, 다른 문제의 탐사에 치중하느라고 그 문제를 소홀히 취급하여 깊이 있게 다루지 못하였다. 1959년에 휴 케너Hugh Kenner는 『보이지 않는 시인』(*The Invisible Poet*)에서 『칵테일파티』를 포함하여 이 극까지의 미스터리적인 요소에 대해 보다 많은 통찰력을 제시했으나, 역시 심도 있는 연구적 성과에 이르지 못했다. 일찍이 존 자이로스 쿠퍼John Xiros Cooper는 초기 시 몇 편과 『네 개의 사중주』에서의 음악성에 큰 관심을 보이고 연구를 했지만 시극으로 눈을 돌리지는 못하였다. 오히려 데이빗 치니츠David E. Chinitz가 『엘리엇과 문화적 분계』(*T. S. Eliot and the Cultural Divide*)에서 시도한 엘리엇의 초기문학에 비친 미국적인 영향력과 재즈에 대한 실증적 연구가 그 가능성을 밝게 인정하고 있다.

이런 점에서 『바위』(*The Rock*)와 『투사 스위니』(*Sweeney Agonistes*)부터 『원로 정치가』(*The Elder Statesman*)에 이르는 엘리엇의 모든 극작품을 대상으로 이러한 대중문화적인 요소에 초점을 맞추고 분석해가면서 모자라는 부분을 메워 나가는 작업은 대단한 가치가 있을 것이다. 왜냐하면 재즈와 민스트럴 송 및 미스터리 소설이 엘리엇 자신의 견지에서는 귀중한 관심의 대상이 되며, 데이빗 치니츠와 드니스 도나휴Denis Donoghue 등이 지적하고 있는 노래와 춤도 관객의 열정과 감성을 이끌어내기에 충분하다고 여겨질 정도로 그에게는 더없이 소중한 오락도구가 되기 때문이다.

이 연구서 집필의 목적은 엘리엇의 극 속에서 극적 장치와 종교적 내포를 지닌 주제로 기능하는 가장 미국적인 대중문화코드의 중심에 있던 재즈의 음악적 요소와 현대 미스터리 스릴러적인 요소를 찾아낸다는 의도로 야외극인 『바위』와 『투사 스위니』를 포함한 엘리엇의 극들을 분석하는 데 있다. 그래서 진지하고 보수적인 고전주의 순수 문학인에게서 장난기어리고 진보적이며 현대적인 대중문학적 성향과 기질을 들추어내어 그의 작품에서 그 흔적들을 찾아 분석해보려고 한다. 이유는 종교를 노래하는 음유시인도 재즈를 좋아했고 기도하면서도 춤을 생각하며 성경과 함께 추리소설을 가까이 두었다는 사실이, 늘 정형화된 모습으로만 비쳐진 엘리엇의 면모를 보다 다면적으로 볼 수 있게 해줄 것 같은 생각이 들기 때문이다. 이러다 보면 그의 작품해석에서도 당연히 그만큼 넓은 광역대의 스펙트럼을 확보할 수 있을 것이다.

본 연구의 효율성을 확보하기 위해, 엘리엇이 사용하고 있는 대중음악적 장치에 대한 탐사와 독자의 추리적 관심을 끌어낼 범죄소설적 요소에 대한 논의를 포함시켜 그의 문학과 종교에 대한 사상이나 통찰력의 인식지평을 넓혀 나갈 것이다.

대부분의 그의 작품이 지니는 종교적인 색채 때문에, 대중음악이나 범죄라는 주제를 엘리엇의 극작품에서 탐색해보는 연구는 약간 부자연스럽게 보일 수도 있다. 하지만 그의 작품에 드러나 있는 여러 대중음악적 요소와 범죄소설적인 요소는 분명히 그의 작품분석에 대한 새로운 비평적 안목을 마련해줄 수 있을 것이다. 실제로 랙타임ragtime 재즈나 벨소리와 같은 감각적 리듬을 포함하여, 오락의 근원이자 중요한 의미의 장르로 간주한 추리탐정소설에 대한 생각과 대중문화 장르로서 지니는 오락적 요소는 분명히 엘리엇의 문화적 직관력을 이해하는 데 도움을 준다. 그러므로 엘리엇의 작품에 대한 해석공간을 넓힐 수 있는 이러한 연구는 긴요하다.

따라서 본 연구서는 엘리엇이 관객을 즐겁게 해주고 동시에 시대의 세속적이고 이성적인 특성에 대한 안목으로 자신의 종교적 주제를 표현할 수 있는 극적 장치인 당시의 탐정소설에 내재되어 있는 미스터리 요소들을 얼마나 깊이 사용하고 있는 지를 보여줄 것이며, 여러 비평가들에 의해 빈번히 제기되어왔던 엘리엇의 작품과 음악의 관련성, 특히 초기 시와 시극이 재즈와 같은 대중음악과 아주 밀접한 관계를 지니고 있음을 밝힐 것이다. 엘리엇은 미스터리 요소를 도입함으로써 세속극 속에다 종교극을 부활시키는 의미심장한 작업을 시도했을 뿐만 아니라, 팍스트롯과 같은 춤을 비롯하여 민스트럴 송과 같은 대중문화와 제의적 의도를 담은 재즈리듬의 도입을 통해서 원시적인 생동감을 종교적 주제에 투입시켰던 것이다. 그리고 그러한 시도는 아주 중요한 사회적 의미를 담게 되었다.

이런 점에서 본 연구서는 막연하게 받아들여지기도 했던 이러한 견해를 입증하기 위하여 그의 시와 시극작품의 창작동기와 과정 및 의도도 살펴볼 것이다. 시와 극을 이루는 기본적인 리듬에 초점을 맞추어 어떻게 재즈의 요소가 활용되었는지를 살펴보면, 대중문화를 포함한 재즈에 대한 엘리엇의 태도가 어느 정도 밝혀질 것이기 때문이다.

그런 의미에서 대중문화 요소로 현대생활을 그려냄으로써 허무적 비전을 제시하고 있다는 평가를 받는 엘리엇의 초기 시와 종교적 비전을 담고 있는 시극작품들을 연구대상으로 설정했다. 논의는 현대성이 갖는 정신적 공허함의 징후로서 재즈나 다른 대중문화형식의 무의미함을 노출시키기 위해 엘리엇이 그와 같은 요소를 사용하고 있다는 선행연구에 대한 반론[2]에 역점

---

2) 그로버 스미스Grover Smith는 『투사 스위니』의 재즈가 『위대한 갯스비』(*The Great Gatsby*)처럼 시대의 지리멸렬함을 드러내고 있다고 주장했으며(114), 캐럴 스미스Carol Smith는 이 극 속의 재즈요소를 현대적 삶에 대한 엘리엇의 태도를 논평하는 기계리듬과 동일한 성분으로 보고 있다(90).

을 두고 작품이 갖는 재즈의 음악적 특성도 분석할 것이다. 이유는 실제로 몇몇 선행연구가 작품을 잘못 읽고 있는 태도에서 비롯되었다고도 볼 수 있기 때문이다. 물론 엘리엇이 전 작품에 일관되게 대중문화 요소를 적극적으로 수용했다고 볼 수는 없겠지만, 그렇다고 그의 작품에 산포된 이러한 문화적 연원을 소홀히 해서는 아니 될 것이다.

마지막으로 본 저술의 표기에 관해서 몇 가지 사항을 제시한다. 외래어발음의 표기는 가급적 원어에 충실해서 썼으며, 원문 명을 한글표기 옆에 괄호 없이 병기하였다. 예를 들어서 영어 발음 '서시'Circe 대신에 '키르케'라고 표기하였고 '앤티거니'Antigone라고 하지 않고 '안티고네'라고 표기하였다. 그러나 책명과 논제, 작품명은 뒤에 괄호를 사용하여 원문을 병기하였다.

제1장

개 관

엘리엇과 재즈, 그리고 탐정소설

엘리엇의 재즈에 대한 관념은 필시 우리가 가진 것보다도 더 광범위한 것일지도 모른다. 하워드 라이Howard Rye의 주장에 의하면, 민스트럴 송을 비롯해 우리가 재즈와 블루스blues라고 개별화시키고 있는 대상은 사실은 일련의 독자적인 음악이라기보다는 1920년대 대중음악이라는 포괄적인 개념으로 보아야 한다는 것이다(45). 당시의 "화성적인 재즈"도 여기에 포함되며 랙타임은 물론이고 "틴 팬 앨리 팝"Tin Pan Alley pop까지도 포괄적인 재즈범주에 속했다. 연구의 목적을 위해 포괄적인 의미로 1920년대 담론에 이용한 재즈를 생각해 보면 그 의미는 고전적인classic 블루스와 랙타임 및 보드빌vaudeville 무대의 싱커페이션syncopation 음악, 폴 화잇맨Paul Whiteman의 음악처럼 달콤한 오케스트라orchestra 재즈와 뉴올리언스New Orleans 스타일의 핫hot 재즈뿐만 아니라 재즈에서 변화된 장르나 댄스뮤직dance music 등을 모두 포함하게 된다.

미국과 영국에서의 랙타임 유행은 1890년대부터 시작된다. 어빙 벌린 Irving Berlin의 알렉산더 랙타임 밴드Alexander's Ragtime Band가 크게 성공하면서 이를 계기로 아프리카계 미국적 음악기술과 엘리엇의 초기시인 「사촌 낸시」("Cousin Nancy")에서 낸시 엘리콧Nancy Ellicott이 춘 "현대식 춤"modern dances(Eliot 1978: 30)[1] 및 지속적인 싱커페이션의 홍이 수백만의 유럽인들에게 소개되었다. 이런 특성에서 강렬한 감각이 발달하여 음악과 레저에서 항구적인 형태로 변화되었는데, 이 변화는 서유럽에서 나름대로의 심한 변화를 예고했던 것이다.

런던에서 재즈시대는 1919년 8월 해머스미스 팔레 드 단스Hammersmith Palais de Danse에서 오리지널 딕시랜드 재즈밴드Original Dixieland Jazz Band가 모습을 보이면서 시작된 것 같다. 3개월 동안 서부 런던은 비약적인 재즈의 보급을 경험했고, 모든 이가 알기 시작하면서 이 새로운 미국적 현상에 찬반을 표현하기 시작했다. 재즈에 대한 분노는 1차 대전과 2차 대전 사이의 기간에 걸쳐서 잉글랜드에서는 감소되지 않았다. 엘리엇의 재즈와의 관계는 1921년 클라이브 벨Clive Bell의 빈정거리는 에세이 「재즈 그 이상」("Plus de Jazz")에서 처음 제시되었다. 이 에세이는 1920년대 유럽의 재즈 문화적 영향력에 관한 활발하면서도 가끔은 반발적으로 인종주의적 논쟁에 대한 추한 변명이었다. 다행히도 몇몇 현대 학구적 활동이 엘리엇의 재즈와의 관계에 대한 적절한 평가를 제공했다. 1950년대와 1960년대의 모리스 프리드먼 Morris Freedman과 「스위니와 재즈시대」("Sweeney and the Jazz Age")(1985)와 같은 에세이를 쓴 캐럴 스미스Carol Smith가 바로 그들이다.

---

1) T. S. Eliot, *The Complete Poems and Plays of T. S. Eliot* (London: Faber and Faber Limited, 1978), p. 30. 이후의 시와 극의 원문인용은 이 책에 의거하여 괄호 속에 면수만 밝히기로 한다.

랙타임에 의해서 마련된 재즈에는 음악외적인 여러 가지 의미들이 실리게 되었다. 예를 들어서 1922년의 에드먼드 윌슨Edmond Wilson의 에세이 「파리에서의 재즈의 영향과 프랑스 문학과 예술의 미국화」("The Influence of Jazz in Paris and Americanization of French Literature and Art")는 그 제목이 나타내는 의미와는 달리 거의 음악만 언급하고 있으며, 대신에 프랑스 문학의 모더니즘을 기술하면서도 마천루나 기계 또는 영화와 같은 것들의 부각만을 다루고 있다. 그러니까 에세이 내용을 정리해보면 재즈는 거의 현대적인 것을 나타내는 등가물, 또는 미국의 현대 대중문화의 동의어로 쓰였던 것이다. 밤 문화와의 연관적 속성 때문에, 그리고 서구문화의 "원시적" 대안으로 생각되도록 허용된 아프리카계 미국이라는 기원 때문에, 재즈는 고층건물의 대도시뿐만 아니라 격식을 갖추지 않은 사회성을 나타내었으며, 느슨한 성적인 혹평과, 근면함보다는 여가를, 믿음보다는 회의주의를, 그리고 도덕적이고 심미적인 상대주의를 나타내게 되었다(Leonard 70). 간략히 말해서 재즈는 일반적으로 구시대인 빅토리아시대의 가치체계에 대한 거부를 의미했다(North 143-45). 예를 들어서 엘리엇의 「귀부인의 초상」("Portrait of a Lady")에서 젊은 화자의 머릿속에서 울리는 "둔탁한 둥둥"(a dull tom-tom)(19) 북소리는 귀부인의 빅토리아 시대의 낭만적인 세계관에 대한 상징적 반발을 자극해내고 있다.

시인에게 재즈를 쓴다는 일은, 특히 예술적 모더니즘 그 자체가 재즈와 종종 연관되기 때문에, 필연적으로 재즈에 대한 사회적 반응이 관찰될 수밖에 없다. 『뉴욕 타임스』(*The New York Times*)에서 한 칼럼니스트는 1924년에 다음과 같이 빈정거렸다.

> 소위 대부분의 "새로운 시"New Poetry가 참된 시이듯이 엄밀히 말해서 재즈 또한 참된 음악이다. 양자 모두 음악과 시의 필수적인 구조와 형식을 하나도 갖추지 못하고 있으므로, 둘 다 모두 혁신적인 소산물이 아니라 무능력에서 비롯된 산물이다. (「이 시대의 화제들」("Topics of the Times") 18)

그리고 미국 비평가인 로벗 언더웃 존슨Robert Underwood Johnson은 현대 자유시가 "룻lute과 하프harp 및 오보에oboe와 첼로cello를 경멸하고 있으며, 둥둥거리는 소리와 트라이앵글triangle 및 밴조banjo를 그 구성내용으로 하고 있다"(265-66)고 혹평했다. 이 논평은 당시 자유시의 흐름과 대중음악과의 관계를 엿볼 수 있는 당시의 주류비평이지만, 엘리엇은 나중에 고전악기인 룻보다 대중악기인 밴조린banjorine을 선호하여 우위에 두고 있음을 밝히게 된다. 그의 「서시」("Prelude") 제1부를 보면 존슨이 비판하고 있는 현대미국시의 실례가 드러나고 있다. 엘리엇은 실제로 밴조린에 비해 룻을 격하시켰다. 한번은 메리 허친슨Mary Hutchinson이 엘리엇을 음유시인troubadour이라고 칭송하면서 "룻"을 지니고 오도록 사교모임에 초대한 적이 있었는데, 엘리엇은 그녀에게 보내는 편지를 통해 "내가 가져갈 것은 룻이 아니라 재즈 밴조린jazz-banjorine"이라고 회신했다(Eliot 1988: 357). 룻보다는 재즈 밴조린을 갖고 가겠다는 엘리엇의 응답에는 자기가 클래식 룻에 맞춰 노래를 부르는 그런 사람이 아니라는 사실과, 자기에게 맞는 악기가 모던modern한 "재즈 밴조린"이라는 사실을 모두 담고 있는 것이다. 이는 엘리엇의 토대가 유럽보다는 미국에, 그리고 고전적인 것보다는 현대적인 데 있으며, 위대한 전통보다는 모더니즘의 재즈 운동에 두고 있다(Chinitz 21)는 의미가 된다.

엘리엇이 재즈 밴조린을 익히게 된 것은 표면상으로는 개성의 몰각이며 자기희생이다. 고전문학에 대한 전통적인 애정을 보인 그가 제격인 클래식 룻을 버렸다는 사실은 여태까지 비쳐진 자신의 모습과 개성을 희생시킨 것이라고 할 수 있기 때문이다. 무대공연과 실내음악에서 인기가 있었던 밴조는 확실히 룻이 지니고 있던 문화적 특징을 결여하고 있으며, 실제로 약간 조야한 악기로 평판이 나 있었다. 그러나 여전히 밴조는 민스트럴 쇼의 비치 용품으로 가장 잘 알려져 있었기 때문에 희극배우는 이걸 이용하여 효과적으로 흑인이나 농장의 검둥이 배역을 해낼 수 있었다. 엘리엇은 밴조에 자신의 재능을 의탁함으로써 룻에 대한 허친슨의 언급에서 알 수 있듯이 자기를 감싸고 있는 음유시인이라는 외피를 벗어 버렸다. 그는 더 이상 음유시인이 아니라, 1928년 허벗 리드Herbert Read에게 자신의 모습을 설명했을 때 밝혔듯이, 검둥이의 느린 말투를 지닌 미국남부소년(Read 15)에 지나지 않았다. 엘리엇이 특히 밴조린을 선택한 이유는 오로지 몰개성, 또는 자기소멸을 강조하기 위함이었다.

밴조가 유행한 전성기에는 그 종류가 다양하여 흘러넘칠 정도로 많았다. 만돌린 밴조mandolin-banjo에서부터 지터 밴조zither-banjo, 밴졸린banjolin, 첼로 밴조cello-banjo, 테너 밴조tenor-banjo 등등이 그것이다. 엘리엇이 선택한 악기는 종종 밴조린banjeaurine이라고 쓰기도 했는데(Chinitz 22), 같은 종류들 가운데서도 높은 피치pitch를 지닌 아주 작은 악기였다. 그러니까 엘리엇은 장르와 악기 모든 면에서 재즈 밴조린이라는 가장 겸손한 선택을 한 셈이었다.

그러나 그가 재즈 밴조린을 연주하겠다고 제의했을 때 그의 겸양에는 힘이 필요했다. 70여 년간 밴조는 유럽의 미국화 선봉에 서왔다. 즉 유럽인들의 생활에 침투한 미국적인 대중문화가 바로 그것이다. 민스트럴 쇼가 처음 잉글랜드England를 강타했을 때인 1843년에 밴조는 당시의 진기한 신제품으로 그 유행을 선도했다. 그 과정에서 밴조는 1880년대에 와서 명망 높은 신사숙녀들에게는 받아들일 수 있는 연구대상이 되면서 훨씬 더 품격 높은 공연용 악기로 부각되었다. 1890년대에는 거실에 두는 바람직한 비치용품이 되는 유행(Winans and Kaufman 13)을 타기도 했다. 20세기에 들어서자 이러한 유행은 열광으로 바뀌어 심지어 웨일즈Wales왕자까지도 밴조 레슨을 받기 시작했다. 랙타임이 잉글랜드에 들어갔을 때 미국 밴조의 대가들은 밴조의 도입을 가속화시키면서 전면에 부상한 나머지, 20세기 초에는 일반적으로 밴조가 랙타임과 연관을 갖게 되었다(20-21). 엘리엇이 재즈 밴조린을 소재로 다루어야 한다고 주장했을 무렵, 평범한 밴조는 미국대중문화를 비공식적으로 나타내는 예술적 표현으로 음악대중의 세속적 취향을 전하고 있었다. 그래서 밴조는 엘리엇과 모더니즘의 도래와 조우하게 되었고 급기야 잉글랜드의 점잖은 고급문화에 대해 도전하게 되었다. 엘리엇에게 재즈 밴조린을 연주하는 일은 변화의 동작주체가 되는 일이었다(Chinitz 22).

엘리엇의 재즈에 대한 시적 실험이 성공을 거둔 시작품은 아마 『텅 빈 사람들』(*The Hollow Men*)일 것이다. 이 시의 마지막 5부에서 들리는 동요를 변형시킨 제의적 노래는 시 앞부분의 황량한 어조를 바꾸어 위안의 즐거움을 나타내고 있다. 이 노래는 조셉 콘래드Joseph Conrad의 소설 『암흑의 핵심』(*Heart of Darkness*)에서 커츠Kurtz를 보내는 원주민들과 그의 검은 여인dark lady이 부르는 제의적인 합창에서 비롯되었으며, 프랜시스 코폴라Francis Ford Coppola 감독의 영화 『지옥의 묵시록』(*Apocalypse Now*)에서는 말론 브란도Marlon Brando의 시 낭독으로 변형되어 마무리되고 있다.

여기서 우리는 선인장 주위를 돈다
선인장 주위를 선인장 주위를
여기서 우리는 선인장 주위를 돈다
아침 다섯 시에.

Here we go round the prickly pear
Prickly pear prickly pear
Here we go round the prickly pear
At five o'clock in the morning. (Eliot 1978: 85)

엘리엇이 친숙한 뽕나무를 선인장으로 대체한 표현은 듣는 이로 하여금 황폐한 분위기를 느끼게 하려고 한 것이지만, 동요조의 리듬은 여전히 세상에는 순진무구한 어린이들이 생활하면서 놀고 있으므로 누군가는 그들이 태어난 이 세상에 대한 책임을 져야 한다는 사실을 일깨워주려는 것이다. 그래서 어린이들의 유희는 세상이 "꽝하고가 아니라 흐느끼면서"(Not with a bang but a whimper)(Eliot 1978: 86) 끝날 때, 욕구불만의 고통스러운 연도(Untermeyer 250)가 되면서도 즐거운 각성이 되고 있다. 그렇지만 동요조의 단순한 리듬은 재즈가 지니고 있던 원시적인 생명력과 제의적인 춤과 어울리는 일종의 세션session과도 같은 역할을 한다.

여기서 엘리엇은 세션의 리듬감으로 단순히 세상 사람들이 취하고 있는 길에 대한 냉소적인 비웃음이나 예시적 재현을 추구하면서, 독자나 관객으로 하여금 성경의 묵시록에서와 같은 재난으로 끝나는 세상의 종말을 보게 하는 것이 아니라, 서서히 쇠퇴하면서 망각의 질곡으로 타락해가는 인류를 안타깝게 지켜보게 하고 있다. 코폴라 감독도 영화 『지옥의 묵시록』을 통해 지옥과도 같은 묵시록적 현황을 단순히 보여주려고만 하지 않는다는 점에서는 엘리엇의 의도와 같지만, 영화는 한 걸음 더 나아가 영화 속의 윌라드Willard의 행위와 같은 임무수행의 당위성을 행동으로 보여줌으로써 타락의 제의적 고리를 끊으려는 기도가 엿보인다.

또한 두 편의 노래와 함께 어린이의 세계로 되돌아가는 시의 말미에서는, 노래자체가 지니는 리듬 때문에 "아침 5시" 선인장 주위의 춤은 잠이 없어 생각하지도 못하고 기도도 할 수 없는 인간의 곤경을 강조해주고 있다. 텅 빈 인간들이 어린이의 세계로 돌아가게 구성된 시구는 가능성과 충만 사이의 마비상태를 묘사하고 있다. "Between"이라는 말 사이에 있는 진술들은 인간적인("between emotion and response, desire and spasm") 속성과 함께 신성("Between the essence/ And the descent")을 띠고 있으며, 연의 후렴에서 "힘"과 "행위"를 분리시키는 "그림자"는 신의 의지("*For Thine is the Kingdom*")나 "아주 긴" "삶"의 실패일 수도 있다는 것을 암시해주고 있다. 따라서 『텅 빈 사람들』은 화자가 성스러운 계시로서가 아니라 꺼져 가는 엔트로피entropy적인 흐느낌으로써 자기 세상의 종말에 대한 해학적인 노래로 바뀐 기도를 하며 결론을 맺고 있다(Hay 87).

코폴라는 이 부분을 영화 『지옥의 묵시록』에서 키플링Rudyard Kipling의 시 「백인의 짐」("The White Man's Burden")과 "나는 조용한 바다 밑바닥을 기어 다니는 한 쌍의 울퉁불퉁한 발톱을 지닌/ 동물이나 되었으면 좋겠다"(I should have been a pair of ragged claws/ Scuttling across the floors of silent seas)(Eliot 1978: 15)는 엘리엇의 시뿐만 아니라, 「앨프릿 프루프록의 연가」의 암송을 삽입시켜 한층 더 음악성을 부각시킨다. 윌라드도 커츠가 『텅 빈 사람들』을 암송하면서 뇌까리는 공포의 독백을 듣는다. 소설과 시에서 보였던 연도의 제의적 성격을 코폴라는 속삭임과 시 낭독으로 치환시키고 있다. "이것이 빌어먹을 놈의 세상이 끝나는 방식이지!/ 이봐, 우리가 있는 이 더러운 곳을 봐/ 꽝이 아니라 흐느낌이야/ 흐느낌으로 나는 젠장 죽을 것 같아"라는 데니스Dennis의 말이 곧 『텅 빈 사람들』의 말미에 욕설을 가미하여 변형시킨 표현이라는 사실에서 엘리엇에 대한 코폴라 감독의 경의가 엿보이고 있다.

이것이 세상이 끝나는 방식이지
꽝하는 소리로가 아니라 흐느낌으로

This the way the world ends
Not with a bang but a whimper. (Eliot 1978: 86)

동요를 사용한 제의적 표현의 구어체는 대중문화 텍스트에서 더욱 더 세속화된 비속어를 사용한 우상타파적인 표현의 욕설로 바뀌고 있다. 여기서 원본에 대한 모방적 패러디parody의 효과가 드러나면서 원작과 재해석된 개작과의 경계가 허물어지는데, 이러한 동요와 시낭송 및 욕설은 계속 이어지는 극작품에서 원초적 생명과 힘이라는 제의적 의미를 확산시키는 재즈리듬으로 재현된다.

재즈는 기존의 모든 선행하는 믿음체계를 밀어내면서 그 자리를 대신하려는 회의적 음악이다. 그래서 재즈를 반대하는 강력한 목소리는 새로운 음악에 대한 엄청난 인기 속에서도 기존의 가치와 사회구조에 대해 위협을 느끼고 있었던 도덕주의자들과 종교계와 정치계 및 지역사회지도자들의 음성이었다. 그러나 엘리엇은 미국의 가장 중요한 수출품인 재즈라는 대중문화를 지지하였다. 왜냐하면 아프리카계 미국인이 항상 그 발달의 중심에 있었기 때문이다. 엘리엇은 부상하는 미국의 대중문화와 넓은 의미에서의 아프리카계 미국인의 뿌리를 계획적으로 지지함으로써 그 속에서 자기 관계에 대한 양면성을 동시에 인정하면서도 혁명적인 문화적 힘에 대한 권리를 주장하는 방식을 갖게 된 것이다. 『투사 스위니』는 이와 같은 재즈의 의미를 가장 잘 드러낸 작품이다.

엘리엇이 귀화하기 몇 년 전에 쓴 그의 초기 작품인 「귀부인의 초상」에서 그는 이미 문화적 귀소의식을 상실했다는 느낌을 강하게 노출시켰다.

젊은 남성화자와 그에게서 우정을 찾으려는 나이든 여성과의 만남에서 두드러진 것은 타락한 상위문화와 적절치 못한 현대적 대안 사이의 갈등이다. 이 갈등은 음악영역에 대한 다툼에서 발생하는 작은 충돌이나 논쟁으로 시작된다. 시의 서두에서 귀부인은 쇼팽Chopin의 연주회에 다녀오면서 교양을 갖춘 상투어로 감상을 표현하지만, 남자는 아이러니irony로 반응을 보인다. 귀부인의 낡은 낭만성은 음악용어에도 마찬가지로 나타난다.

> —그렇게 대화는 흘러가지
> 가벼운 욕망과 교묘하게 포착된 회한 사이로
> 점점 작아지는 바이올린의 가락을 통해
> 멀리서 들리는 코넷 소리에 섞여
> 다시 시작되네.
>
> —And so the conversation slips
> Among velleities and carefully caught regrets
> Through attenuated tones of violins
> Mingled with remote cornets
> And begins. (18)

이 "점점 작아지는" 바이올린 소리는 귀부인이 안주하고 있는 빅토리아적 세상이 점점 세력을 잃고 유행에 뒤져가는 문화와 사회임을 나타낸다. 젊은 화자는 시를 통해서 자기 자신의 위치를 묻고는 현대인으로서 쇠퇴해가는 귀부인의 상위문화를 무엇과 대체해야하는 지를 본질적으로 묻고 있다. 그는 또한 "내 머리 속에서는 둥둥거리는 둔탁한 북소리가 시작 된다/ 나름대로의 서곡을 속절없이 울리는"(Inside my brain a dull tom-tom begins/

Absurdly hammering a prelude of its own)(19) 경우처럼, 이러한 질문들에 대한 하나의 답을 찾는 것이 아니라 여러 가지 해결책을 제안한다. 현대라는 시간은 세심하게 마련된 부인의 세계를 방해하는 "둥둥거리는" 원시적인 북소리와 화해한다. 그러나 이 "변덕스러운 단조 음"Capricious monotone은 통제할 수 없을 정도로 파괴적이라 귀부인의 붕괴해가는 구세계를 계승하려는 현대인에게는 아무런 토대를 제공해주지 못한다.

시의 두 번째 섹션의 시행들은 엘리엇 초기의 정전적 작품인데, 다른 축을 따라 화자의 문제에 접근하고 있다.

> 어느 날 아침이든 공원에 오면
> 만화나 스포츠난을 읽고 있는 나를 당신은 볼 겁니다.
> 특히 주목해 읽는 답니다
> 어느 영국의 백작부인이 무대에 출현한다든지
> 어느 그리스인이 폴랜드 춤을 추다 살해되었다든지,
> 또 다른 은행 사기꾼이 자수를 했다든지 하는 기사를.

> You will see me any morning in the park
> Reading the comics and the sporting page.
> Particularly remark
> An English countess goes upon the stage.
> A Greek was murdered at a Polish dance,
> Another bank defaulter has confessed. (19)

그런데 엘리엇이 좋아했던 만화나 드라마, "스포츠면"에 난 복싱 및 선풍적인 살인 이야기 등을 포함한 대중문화는 만일 조야함과 물질주의와

곧바로 연관되지만 않는다면, 어쩌면 쇼팽의 대안을 제공할 지도 모른다. 나중에 엘리엇은 신문이 "터무니없는 것들과 인신공격으로 채워져"(Eliot 1988: 230) 있다고 불평하곤 했으며, 실제로 "무수한 사소한 문제들"(220)로 채워져 있음을 불평했다. 이 말들은 엘리엇이 자기 어머니에게 "신문들은 정말 오랜만에 처음 본 것이라서 그런지 아주 이상하게 여겨졌으며 종이를 낭비하는 것 같이 여겨졌다"는 말과 함께 미국신문을 우송해줘서 고맙다는 편지를 썼을 때인 1918년까지 거슬러 올라간다. 그럼에도 불구하고 그는 "일반적으로 가장 내게 흥미를 준 부분은 스포츠 뉴스입니다"(220)라고 밝힐 정도로 모든 관심을 잃지는 않았다.

「귀부인의 초상」에서 화자는 매일 읽지만 그 세계에서는 편안함을 못 느끼는 태블로이드 판 신문이 재미있다는 사실을 발견한다. 화자는 침착 하려고 애쓰지만 대중가요 연주에 평정을 잃는다.

> 나는 안색 하나 바꾸지 않고
> 평정을 유지한다.
> 길거리 피아노가, 단조롭고 싫증나게
> 낡은 유행가를 반복하면
> 정원에는 히아신스 향과 함께
> 타인들이 욕망하는 것들을 떠올리는 경우를 제외하고는.
>
> I keep my countenance,
> I remain self-possessed
> Except when a street-piano, mechanical and tired
> Reiterates some worn-out common song
> With the smell of hyacinths across the garden

Recalling things that other people have desired. (20)

이 시행에서 엘리엇은 대중문화와 일상적인 감정에 대한 동경심과 두려움을 한꺼번에 소중히 다루고 있다. 대중에 속하게 된다는 그 가능성이 갈망과 해소의 대상이 된다. 유행가를 연주하는 길거리 피아노는 쇼팽이 감동시키지 못한 화자를 감동시키고 있는데, 차와 라일락으로 채워진 귀부인의 "매장된 삶"buried life으로부터 그가 배제되었다는 사실 못지않게 그가 주변의 일상적인 삶에서도 소외되고 있다는 사실을 공원에서 일깨워줌으로써 감동을 준다. 시의 말미에 가면 쇠퇴해가는 낭만적인 상위문화와 부상하고 있는 대중문화는 상충하다가 균형을 잡지만, 화자는 양자로부터의 소외감을 침통하게 관찰할 수밖에 없다.

런던에 안착했어도 여전히 불안한 시기였던 1915년 「사촌 낸시」에서 엘리엇은 불안감에 새로운 대중적 취향을 가미한다. 낸시는 소위 재즈시대라는 채 성숙되지 못한 문화에 참여하는 한편, 그녀의 숙모들이 지녔던 진부한 뉴잉글랜드New England 전통에 도전하고 있다.

미스 낸시 엘리콧은
큰 걸음을 걸어 언덕 넘어 정복했고,
말 타고 언덕 넘어 정복했다－
헐벗은 뉴잉글랜드 언덕들은－
말 타고 사냥개 따라
목장너머로.

미스 낸시 엘리콧은 담배를 피웠고
모든 현대식 춤들을 추었다;

그녀의 숙모들은 그걸 어떻게 느꼈는지 몰랐다,
그러나 그들은 그것이 현대식이란 걸 알았다.

Miss Nancy Ellicott
Strode across the hills and broke them,
Rode across the hills and broke them—
The barren New England hills—
Riding to hounds
Over the cow-pasture.

Miss Nancy Ellicott smoked
And danced all the modern dances;
And her aunts were not quite sure how they felt about it,
But they knew that it was modern. (30)

두 번째 연은 미국 전역을 휩쓸었으며 그 당시에 유럽에까지도 그 인기가 확장되었던 랙타임 사교춤에 대한 열광을 언급하고 있다. 1912년에는 미국 내의 레스토랑들이 댄스플로어dance floor를 깔고서 밴드를 고용하고 있었으며, 그 이듬해에는 극장과 무도회장들까지 댄스경연대회를 후원하기 시작했고, 백화점에서는 춤꾼들을 광고했다(Ewen 181-82). 낸시가 추는 "현대식 춤들"은 그리즐리 베어Grizzly Bear와 텍사스 타미Texas Tommy, 레임 덕Lame Duck, 팍스 트롯 등이었으며, 이 춤들은 모두 성공을 거두었다. 물론 보수적 지도층 인사들이 재즈에 반감을 가졌듯이 기성계층은 이에 반대한 걸로 알려져 있다. 그러한 반대와 비판에도 불구하고 어떤 시인은 이런 생각을 기꺼이 받아들이고 심지어 역설하기까지 하였다. 월리스 스티븐스Wallace Stevens

는 『황무지』의 출간연도인 1922년에 쓴 「높은 어조의 나이든 기독교 여성」("A High-toned Old Christian Woman")에서 "새로운 시"를 재즈와 각별히 연관시키며 구체제의 구성원을 비웃기도 했다. 나이든 여성이 "음란함"bawdiness으로 설명하는 모더니티는 "손바닥에/ 색소폰처럼 갈겨쓰는"(into palms,/ Squiggling like saxophones) 시인들에 의해 "왜곡되고"(*Collected* 59) 있다. 상상력을 열대적인 것으로 묘사하고 있는 스티븐스의 관습적인 비유적 표현은 편의상 여기서는 "정글 재즈"jungle jazz라는 대중적인 표현과 부합된다. 스티븐스가 "장엄함이라는 새로운 것들"로 간주한 현대시들은 "팅크 앤 탱크 앤 텅크-어-텅크-텅크"(tink and tank and tunk-a-tunk-tunk)라고 모방해내고 있는 스타카토staccato를 지닌 밴조와 색소폰으로 식별하는 전형적인 현대음악과 유사하다. 마찬가지로 스티븐스는 「현대시에 관하여」("Of Modern Poetry")에서 "금속 현의 울림"(twanging [of] a wiry string)(240)으로 모더니스트 음색을 정의하고 있다. 재즈는 기존의 모든 앞선 관념과 신앙체계에 맞선 현대시적인 "무신론적인 음악"skeptical music인 것이다(122). 재즈에 대한 가장 포악한 반대는 새로운 음악에 대한 엄청난 인기 속에서 기존의 가치와 사회구조에 대한 위협을 읽고 있었던 자칭 도덕주의자들은 물론이고 종교계와 정치계 및 지역사회지도자들에게서 나왔다.

그러나 엘리엇은 시대의 보수적 흐름에 역행해가면서 재즈에 대한 반대와 경고의 표현에 자신이 편들려고 하지 않고, 오히려 상반된 길을 선택했다. 그는 뉴잉글랜드의 언덕을 불모로 묘사함으로써 사회적 권위에 반항하는 낸시의 공격을 문학적으로 승인한다. 그러나 관습에서 벗어난 낸시의 행동에 엘리엇은 불편함을 느끼면서도 그녀를 거대한 차원에서의 낭만적인 여주인공으로 만들고 있다. 담배와 탱고tango에 탐닉하는 그녀에 대한 은유적 묘사로 언덕을 가로지르고 깨뜨리는 낸시의 이미지를 보강시키고 있다. 엘리엇의

「사촌 낸시」는 미국현대여성의 구질서를 위반하는 행위와 그녀의 아주머니들의 혼란스러워하는 모습 및 두 현자인 매슈Matthew와 왈도Waldo의 당혹스런 모습에 대한 일종의 즐거움을 기록하고 있으며, 낸시가 나타내고 있는 신新여성이라는 새로운 패러다임paradigm에 대한 불안한 감정으로 이러한 감상을 인정하고 있다. 그의 시극도 의도적이긴 하지만 「사촌 낸시」와 「귀부인의 초상」처럼 소멸해가는 불쾌한 전통에 대항하여 마지못해서 스스로를 현대적인 것과 대중문화에 제휴시키려는 양면성에 대한 심오한 표현이라고 할 수 있다.

낸시가 추는 현대식 춤과 그 춤들이 나타내는 현대적 감각의 고조는 인식의 한계를 뛰어넘어 그 방법을 바꾸는 과정을 진행시킨다. 그러나 시는 이러한 패러다임의 변화에 대한 명확한 관점을 제시하지 않고 있다. 시는 낸시의 반항하는 태도와 그녀의 아주머니들이 안절부절 하는 모습에 대한 일종의 기쁨이나 쾌감을 묘사하고 있으며, 낸시가 나타내고 있는 새로운 현대여성의 행동양식에 대한 우려스러운 감정을 다스리고 있다. 그러니까 「사촌 낸시」는 「귀부인의 초상」처럼, 옛 전통이 사라져가는 현실에 대해 내키지는 않지만 스스로를 화해시켜가며 의도적으로 현대적인 대중문화와 제휴하려는 엘리엇의 속 깊은 표현의 산물이라고 할 수 있다.

낸시의 행동에 대한 엘리엇의 복잡한 반응은 미국적인 것과 현대적인 것, 그리고 대중적인 것의 수용으로 나타난다. 그와 낸시는 실제로 키스를 나눌 정도로 친한 사촌지간이었다고 한다. 개인적으로 엘리엇은 이 시를 썼을 무렵에 자기 사촌인 엘리노 힌클리Eleanor Hinkley에게 "담배 피는 여성들을 보면 아주 즐겁다"(Eliot 1988: 96)고 고백했는데, 나중에 결혼한 그의 첫 부인인 비비엔 헤이웃Vivien Haigh-Wood도 이 편지에서 언급된 매력적이고 세련된 현대 여성들 중 한명이었다. 우연한 일이지만 비비엔도 담배를 피웠으며 모든 현대식 춤도 아주 잘 추었다.

엘리엇 자신도 사실은 모든 현대식 댄스를 추었고 못할 때에는 짜증을 내기도 했으며, 1914년 말 옥스퍼드Oxford에서 변화되어가는 미국문화의 유행으로부터 자신이 단절되었다는 사실에 대해 불만을 드러내기도 했다. 그는 팍스 트롯을 모르는 사람도 향유할 수 있을 만큼 보스턴생활의 유행을 대단히 느낀다는 말까지 했다고 한다(Eliot 1988: 70). 그는 선박으로 대서양을 횡단하여 여행할 때에도 그런 느낌을 가졌는데, 그의 기쁨은 "전축소리에 맞추어" 다양한 여성들과 춤을 추는 일이었다(Eliot 1988: 39). 적어도 그는 팍스 트롯을 제대로 이용할 줄 알았던 것이다. 팍스 트롯에 대해 친숙하지 못한 것도 이용할 수 있었는데, 머튼 칼리지Merton College에서의 그 문제에 관한 토론회에서 "이 사회가 위협을 받은 옥스퍼드의 미국화를 혐오한다"고 결론지었다.

> 난 부정적인 것을 지지했다. 그들이 얼마나 (영화를 포함하여) 드라마draymа나 음악 및, 칵테일과 댄스에서 미국문화Amurican culcher에 많은 영향을 받고 있었는지를 솔직하게 그들에게 지적했다. 그리고 나는 우리가 여러분들의 향상운동을 향해 우리의 온 힘을 경주하는 동안에도 여기 소수의 미국인들이 무엇을 잃고 있는 지를 보라고 말했다. . . . 진보의 전초병인 우리는 어쩔 수 없이 팍스 트롯을 알지 못한 상태로 남게 되었다. (Eliot 1988: 70)

"미국문화"와 "극"이라는 말을 미국 중서부식의 느린 말투로 표현하고 있는 것을 보면, 엘리엇이 비록 연어처럼 문화의 원류를 따라 유럽으로 귀화하면서 영국에서 그 귀속감을 향유하고 있었지만 태생지에서의 습성과 근원적 관습은 인위적으로 단절할 수가 없었다는 사실을 알 수 있다. 왕당파 앵

글로 가톨릭으로 영국사회의 일원이면서도 그는 은근히 미국이 주도하고 있었던 대중문화의 바람에 편승하려는 진보적 의식과 성향을 마음껏 표출하고 싶었던 것이다. 한때 식민지에서 불어온 팍스트롯과 댄스의 열풍에 당황하고 있었던 종주국의 다른 지식인들과도 거리를 두고 싶은 허세도 마다하지 않았다. 유럽을 휩쓴 미국문화의 침투를 그는 정면에서 인식했으며 그의 관객은 작품을 통해서 여러 곳에서 느낄 수가 있었다.

엘리엇으로는 외국인의 관점에서 영국문화를 평가해보면 재미없고 촌스러운 영국 춤이, 마찬가지로 영국의 문학적인 삶과 지적인 삶을 손상시켰을 정도로 불완전한 모더니티를 반영해준다고 테렌스 혹스Terence Hawkes는 관찰했다(Eliot 1988: 91). 만일 영국 춤이 "아주 경직되고 구식"(Eliot 1988: 97)이었다면, 영국문학은 유사한 "기질 상 파괴적이고 보수적인 비판의 브라미니즘Brahminism"(314)에 의해서 시들어 버렸다. 엘리엇은 1919년 존 퀸John Quinn에게 "새로움이란 이제 다른 어디서나 마찬가지로 여기서도 더 이상 받아들여지지 않고 있으며 보수주의와 의사방해가 훨씬 지적이고 높은 교양을 지닌 대단히 가공한 것"(314-15)이라고 썼다. 보수적이면서도 시대적 추이에 민감했던 그는 뛰어난 감수성으로 옛것을 지키는 일과 새로운 일을 감행하는 일에 대한 선을 분명히 그었다. 그가 유럽문학의 전통을 중시한 것은 단순히 낡은 것에 대한 변화나 현대화를 거부하는 고집이 아니라, 지켜야 할 소중한 가치에 대한 존중이다. 그는 낡은 것에 대한 단순한 반복보다는 차라리 새로운 실험적 시도가 훨씬 더 창의적이라는 생각을 한 것이다. 이는 아무 것도 하지 않는 것보다는 악행이라도 저지르는 것이 나을 수도 있다는 생각으로 이어진다. 낯선 여성과의 춤에서 어색한 분위기가 지속되고 그로 인해 민망한 상황이 오더라도 계속해서 춤을 추려고 한 점은, 겉으로는 보수적인 척하면서도 새로운 것에 대한 동경뿐만 아니라 대중적인 것에 대한 애정을 보인 그의 모순적인 자세가 경계를 넘나들고 싶어 한 그의 이중적인 심리 때문이었을지도 모른다는 추측을 가능하게 해준다. 본질적으로 엘리엇은 예술적 흔적을 의도적으로 드러내려는 과장된 감수성의 소유자였던 것이다. 엘리엇의 모더니즘이 자리하고 있는 곳은 그의 형식적 개혁이나 많은 도회지적 변화무쌍한 장면들이기도 하겠지만 바로 여기인 것이다.

자신의 미국인다움과 심지어는 자신의 미주리인Missouri다운 느린 말투를 강조하면서 엘리엇은 미국 대중문화의 유입을 혐오하는 사회와는 자신이 다르다는 사실을 은근히 내세우며 즐겼다. 「전통과 개인적 재능」("Tradition and the Individual Talent")에서 그가 선언했듯이, 만일 전통이 단지 변화나 현대화에 대한 저항을 의미하는 것이라면, "전통은 적극적으로 억제되어야 하는데", 그 이유는 "새로운 것이 반복보다는 낫기"(Eliot 1980: 4) 때문이라는 것이다. 그래서 엘리엇은 설사 "한 스텝 들이밀면서" 춤 동작을 "시작함으로써" 춤을 모르는 "가엾은 한 여성을 무섭게"(Eliot 1988: 97) 했다고 해도 팍스 트롯을 출 수 있었던 사실 자체가 새로운 일에 대한 도전이므로 행복했을 것이다. 새로운 것에 대한 의식적인 복음주의자로서 그는 대중적인 것에 대한 아이러닉한 애정이 담긴 모순된 자세를 유지했다.

엘리엇의 작품이 어떻게든 기본적으로는 특히 재즈와 연관되어 있다는 주장은 여러 비평가들이 상당히 확신을 가지고 제기해왔으며, 초기의 엘리엇 작품 활동이후에는 이것이 당연시되고 있다. 그와 같은 생각이 때에 따라서는 막연하게 받아들여지기도 했으나 역사나 운율에 토대를 두고 어떻게 주제표현과 연관되고 있느냐를 밝혀보고자 한다.

엘리엇은 관객의 참여를 실현하기 위해 음악당의 랙타임 리듬과 재즈 패터jazz-patter를 자신의 시극에 도입하고 있을 뿐만 아니라, 이런 목적을 성취하려고 범죄와 공포 및 미스터리도 접목시키고 있다. 『투사 스위니』와 같은 작품이 재즈반주와 함께 공연되기도 했다(Malamud 36)는 사실이 이를 뒷받침해준다.

1920년대에 영국의 대중오락매체 구실을 한 곳은 음악당이었으며, 재즈를 들을 수 있었던 곳도 바로 거기였다. 엘리엇은 노래와 무용단원들 속에서 재즈식의 빠른 말투를 탐색하고 슬픔을 흉내 내는 희극배우들과 희가극 광대들에게서도 떠들썩하고 음란한 흥겨움을 발견했으며, 심지어 곡예사들의 기술에서도 전체 움직임에 부합되는 리듬을 찾아내었다. 그는 1923년에 마리 로이드Marie Lloyd에 대한 회고에세이 속에서 이러한 형식의 대중오락과 그것을 만들어내는 희가극 공연가들을 아주 높이 평가하고 있다. 그는 리듬감 외에도 희가극 기술에서 또 다른 장점을 발견해내었는데, 다른 형식의 극예술에서는 사라져버린 공연가와 관객간의 관계에서 남아 있는 사회적 통합이 지속되기를 희망했다(Chinitz 53).

엘리엇 시극에 도입한 대중적 요소는 현대생활을 그린 극의 허무적 비전속에 복잡하게 이해되고 있다. 앞에서 지적한 바와 같이 그로버 스미스처럼 현대성이 갖는 정신적 공허함의 징후로서 재즈나 다른 대중문화 장르의 무의미함을 노출시키기 위해 엘리엇이 대중문화 형식을 사용한다는 논의가 있는 건 사실이다. 매리앤 무어Marianne Moore도 『투사 스위니』의 엘리엇과 다른 문인들과의 닮은 점을 제시하면서, 엘리엇이 자기 시에 옷을 입힌 대중적 요소는 실로 보잘것없는 것으로 글이 지니는 언어의 풍부함과 그 뉘앙스를 교묘하게 감추고 있다고 보았다(108). 하지만 대중적 요소가 아주 보잘것없다는 무어의 주장은 극을 잘못 읽고 있는 태도에서 비롯된 것이라고 생각할 수 있다.

엘리엇이 룻을 들고 오라는 메리 허친슨의 파티초대에 대한 회신에서 재즈 밴조린을 가져가겠다고 밝힌 사건에서도 알 수 있듯이, 그는 고전 악기보다는 오히려 대중적인 현대 악기를 선택함으로써 스스로 자기의 문화적 기반을 유럽이 아닌 미국에다 두고서, 고전적인 것보다는 현대적인 것을 선호한다는 사실을 선언한 셈이다. 위대한 전통보다는 모더니즘의 “재즈 운동”에 관심을 갖고 있음을 분명히 한 언명이었다.

그는 새로운 것에 대한 의식적인 복음주의자로서 대중적인 것에 대한 아이러닉한 애정이 담긴 모순된 태도를 견지한 셈이다. 당대를 풍미했던 이러한 새로운 대중음악인 재즈는 엘리엇의 시극에서 또 다른 대중문학인 추리소설과 교묘히 접목을 이룬다. 이러한 기술전략은 대중이 지닌 문화 권력에 대한 그의 인식에서 비롯되었다고 볼 수 있겠다.

엘리엇이 보인 재즈나 대중음악에 관한 관심은 독자나 관객의 이목을 끌기에 충분한 것이었으며, 자신의 작품에 대중적 참여라는 명분을 위해서는 더 없이 중요한 역할을 하였으나, 이에 못지않게 전략적인 방법으로 채택한 것이 탐정소설에서 쓰이는 기교인 미스터리 스릴러적인 요소의 도입이었다.

추리소설가나 미스터리 스릴러 작가들인 오스틴 프리먼Austin Freeman과 밴 다인S. S. Van Dine[2], 벤틀리E. C. Bentley, 애거사 크리스티Agatha Christie, 플레처J. S. Fletcher와 도로시 세이어즈Dorothy Sayers의 정교한 작품들에 대한 평판 때문에 미스터리 소설은 엘리엇이 왕성한 활동을 개시한 1920년대와 1930년대에는 큰 인기를 얻었으며, 이 작가들의 작품들은 『크라이티리언』(*The Criterion*)지에 실린 엘리엇의 서평 때문에 그 가치를 인정받게 되었다. 1929년 4월에 발간된 『크라이티리언』지에 실린 「셜록 홈즈와 그의 시대」(“Sherlock Holmes and His Times”)라는 에세이에서 엘리엇은 소설이론을 지닌 소설가라면 누구나 셜록 홈즈에게 힘입은 바가 클 것이라는 추론을 제

---

2) 윌라드 헌팅턴 라잇Willard Huntington Wright의 필명임.

시했다. 엘리엇 문학의 배경이라는 관점에서 보면, 범죄와 수사라는 스릴러 적인 요소들을 도입한 것이 기독교적인 주제와 어울리지 않게 보일 수도 있다. 그러나 실제로 이 양자는 엘리엇 극에서 결코 상호모순 되게 보이지 않고 오히려 일치하고 있는 듯이 보이며, 특히 미스터리적 요소는 독자나 관객의 대중적 취향에 맞게 사건의 종말을 지으려고 작가들이 사용하는 유일한 장치로서 부각되었을 지도 모르기 때문에, 어느 정도는 그의 종교적 중심 주제를 뒷받침하는 수단이 될 수가 있을 것이다.

중세 신비극이 사라진 뒤 수백 년 동안 종교극이 포착할 수 없었던 여러 다른 관객층을 화합하고 통합하는 이런 문제를 수행하기 위해서, 엘리엇은 다른 장치 가운데서도 스릴러와 탐정소설의 몇 가지 요소들을 도입하려 했던 것이다. 그래서 엘리엇은 범죄와 미스터리, 탐정 수사적 관심 및 공포를 포함시키기 위해 포괄적인 의미로 스릴러라는 장르를 참조한다. 1929년 종교극 협회Religious Drama Society의 설립은 1920년대와 1930년대에 증가해 가는 스릴러의 인기에 대한 가시적 증거라고 할 수 있다.

1930년대의 대중들을 위해 글을 쓰고 싶어 하는 작가라면 무엇보다도 그들에게 더 잘 알려진 키워드인 범죄와 미스터리 및 탐정수사에 친숙한 스릴러 언어로 대중들과 소통해야겠다고 느꼈을 지도 모른다. 엘리엇은 그러한 언어가 범죄와 형벌이라는 스릴러 주제와 도덕적 죄와 속죄라는 기독교 주제 사이의 유사한 피상적 평행의 관점에서 추상적이고 말로 형언할 수 없는 죄의 신학적 개념을 바르게 전달하기 위한 적절한 매체라는 사실을 발견했다. 그는 스릴러가 확실히 본원적인 인간의 죄를 인식시키고 종교적 믿음이 부족한 삶의 근본적인 불완전함을 깨우치게 하여, 인간의 성품과 선량함을 고양시키려는 일반적인 태도를 바탕으로 도덕적인 사악함을 발견하는 일종의 충격적인 교정 수단의 역할을 하리라고 믿었던 것이다.

엘리엇은 원죄와 범죄의 유사점을 이용하고 있는데, 확실히 그의 의도는 미래의 독자나 관객으로 하여금 엄청난 규모의 폭행과 총체적인 악의 일부인 전쟁에 의해서 발생한 고통을 보게 하는 것이었고, 기독교적인 용어를 빌어서 그것을 원죄의 결과로 해석하는 것이었다. 이러한 유사성을 구체화시키거나 다듬는 일에 대한 그의 관심은 우연한 것은 아니었다고 주장할 수가 있다. 어쩌면 그는 정신적 죄에 대한 기독교적인 교리와 범죄에 역점을 둔 스릴러와의 어떤 주제적 연관관계 때문에 이와 같은 유사점에 대한 극적인 가능성을 알았을지도 모른다. 기독교와 스릴러는 양자 모두가 주제적 연결고리를 갖는데, 이 고리는 인간의 본원적인 죄지음에 초점을 맞추는 기독교와, 인간의 본원적인 범죄충동에 역점을 둔 스릴러를 통해서 이루어진다고 볼 수 있다. 게다가 비록 속죄행위가 당연히 여러 다른 형태를 취한다고 하더라도, 양자 모두는 악을 저지르는 이러한 충동으로부터 자유로워지는 방법으로 속죄의 필요성을 강조하고 있다.

그렇다고 해서 무턱대고 엘리엇의 극을 탐정소설이라고 널리 알려진 미스터리소설 장르와 연결시켜 보는 일이 그렇게 손쉬운 작업은 아니다. 왜냐하면 이런 성격의 문학적 비평 노력은 진지한 자세를 견지하는 학자들이 대개 순수문학적 정통성을 인정하지 않는 미스터리 소설과 종교적 주제 사이의 관련성을 제시해야 하는 위험을 내포하고 있기 때문이다. 그렇지만 당연히 있을 법한 이 새로운 관계는 생각보다 덜 주목을 받아왔던 것이 사실이다. 따라서 위대한 시인이자 비평가인 동시에 극작가인 엘리엇도 자신의 작품 활동에서 탁월한 미스터리 소설 작가들과의 관계를 진지하고도 중요하게 개진시켜 왔던 것이다. 결국에는 비록 선별적이긴 하지만, 그는 세상에 대한 자신의 시적인 견해를 표현하기 위해서 주제와 구조 및 기교에서 의식적인 차용을 시도했다.

미스터리 소설은 영국에 그 뿌리를 깊이 두고 있다. 미스터리 소설은 18세기 후반 20여 년 동안에 걸쳐서 특히 호러스 월폴Horace Walpole과 앤 래드클립Mrs. Ann Radclliffe의 작품과 같은 고딕Gothic 소설에서 유래되었다. 끔찍하고, 귀신들린 것 같은 성, 무서운 분위기, 괴상한 사건들과 수수께끼 같은 일의 추적 등이 초기의 영국의 미스터리 이야기의 특징이었다. 그러나 미국의 에드가 앨른 포우Edgar Allan Poe 같은 작가의 살인 미스터리물이 출현하면서 추리적인 분석에 명확한 역점을 둔 탐정이야기로 변화되었다. 수수께끼 같은 사건에다 둔 초점은 변화했으며, 주된 관심은 사건의 실마리와 증거를 해석하는 과정에다 두게 되었다. 살인범을 노출시키는 포우의 목적은 난폭한 행위 이후에 오는 그의 정신적 상태에 대한 견해를 표현하고 "죽어있는 삶"이라는 주제를 해설하려는 데 있었다. 그의 탐정 이야기는 일관되거나 미치거나 "전능한 의식"과 같은 실마리로서 흔적의 신비감을 벗겨버림으로써 이러한 주제를 승화시키려고 한다. 확실히 포우에 의해서 발전된 미스터리 이야기는 어머니는 같지만 아버지가 다른 "자궁 내적인intra-uterine" 고딕물인 반면에 탐정소설은 전능한 의식이 담긴 현대물인 것이다(Hartman 229).

미스터리 이야기는 특정한 장소에 있는 유령과 조상의 의식 및 거의 초자연적인 정신의 출현 등의 애니미즘animism 같은 요소들을 강조했으며, 탐정소설은 조짐과 실마리, 수수께끼 및 악행을 가하는 자의 심리적 공포감에 대한 추리와 해석을 강조하였다. 미스터리 이야기와 탐정 이야기가 다른 경향을 따라 발전했지만 양자의 공통된 관심사 중의 하나는 추론적 분석을 통한 수사에 의한 미스터리 문제를 해결한다는 점이다. 하지만 다른 여러 소설에서는 여러 다른 성분들이 다양하게 강조되었다. 때때로 범죄에다 역점을 두기도 하고, 때로는 추론적 분석에다 두기도 하며, 가끔은 범죄의 동기에다 두기도 하고, 죄에 대한 심리적 공포를 강조하기도 하였다. 실제로 엘리엇은 그의 시극에서 다양한 초점을 시도했다. 『투사 스위니』에서는 살인의 개연성에, 『대성당의 살인』(*Murder in the Cathedral*)에서는 살해동기와 증인에, 『가족의 재회』(*The Family Reunion*)에서는 양심의 죄와 속죄에, 『칵테일파티』에서는 실종사건과 미상의 인물에, 『개인비서』(*The Confidential Clerk*)에서는 증거와 정체확인에, 마지막으로 『원로 정치가』에서는 자백과 사건해결에 초점을 두었다.

그 요소에 대한 다양한 초점에도 불구하고, 미스터리 이야기의 구성은 미스터리 해결의 방향으로 변함없이 나아가게 된다. 수사의 분석과정은 독자들이 사건을 합리적으로 설명하고 한 사건에서 다른 사건으로, 그리고 페이지를 거듭 읽어 나아가게 이끌기 위해서 기교를 갖추어서 제시되어 있다. 결국에는 미스터리가 해결이 되든 않든 독자에게 수수께끼 같은 점이 남아서 불만스럽긴 하지만 그래도 해결의 방향으로 움직이게 된다. 탐정소설에서 미스터리는 끝없이 움직여서 종국에는 해결되고 만다. 구성이 조밀하고 빡빡하게 짜여 있으므로 제시된 해결 방안은 유일하게 가능한 해결책으로 받아들여져서 범인의 신원이 노출되어 밝혀지게 된다.

미국의 비평가인 에드먼드 윌슨Edmund Wilson은 포우의 이야기에서 실마리를 빌어 와서 훌륭한 미스터리 이야기에 대한 그의 실제적 관심의 요지는 범인의 신원(정체성)이 아니라 그의 정신적 상태의 표현에 있다고 생각한다. 이는 확실히 미스터리 이야기 속의 악이나 선이 그 도덕적 관심에 의해서 결정된다는 사실을 의미한다(Leavis 1967: 230)[3]. 심리적 공포감을 묘사하는 목적은 폭행이라는 행위에서 빚어지는 가능한 결과에 주목하기 위해서이다. 제프리 하트만Geoffrey Hartman이 지적한 바와 같이 "다른 사실적 예술

3) 리비스F. R. Leavis는 조셉 콘래드의 탐정 테러리스트 소설detective terrorist novel인 『비밀탐정』(*The Secret Agent*)을 평한 글에서 그 작품 속의 조절된 도덕적 관심을 발견하고는 그의 소설을 특히 그러한 관심이 표현된 고전 작품으로 간주했다.

가들처럼, 훌륭한 범죄 작가는 익숙한 것을 새롭게 하지만, 극한상황이라는 압력 하에서만 그렇게 될 수 있다. 이는 마치 범죄만이 다른 사람의 삶을 다시 보고 그 속에 상상력을 통하여 충분히 들어갈 수 있는 것처럼 보이기 때문이다(222).

범법자를 체포하여 그의 정신 상태를 보여주는 임무는 독자적인 아마추어가 될 수도 있고 또는 사회의 법과 질서를 유지하는 책임을 진 사설이나 공공기구조직에 소속된 전문가인 탐정이나 수사관에게 할당된다. 탐정은 일반적으로 미국의 미스터리 소설가인 레이먼드 챈들러Raymond Chandler의 생각처럼 촉매라고 여겨진다. 홈즈같이 탁월한 추리력을 천부적으로 지닌 탐정은 독자나 관객으로 하여금 낯선 것을 친숙한 것으로 보고 악한 행동이나 범죄적 행동 이면에 있는 감추어진 동기들을 설명할 수 있도록 하게 한다(267). 『칵테일파티』에서 신원이 밝혀지지 않은 손님Unidentified Guest처럼 그럴 수 있다. 탐정이 비록 촉매역할을 한다고 하더라도, 그가 노력과 시간 및 위험을 포함하고 있는 조사를 아무런 개인적인 동기 없이 시도하리라고 믿는 것은 어려운 일이다. 비록 그의 동기가 분명하게 밝혀지지는 않아도, 수사관 프렌치French처럼, 탐정은 위험에 빠진 사람들을 구조함으로써 자기의 조력을 확대시키는 사회의 후원자인 셈이다. 그가 죄인의 이름을 밝히게 되는 방식과 고통 받는 개인에게 정의를 구현하는 방식, 또는 흩어진 도덕적 질서로 인해 야기된 사회의 숨겨진 불안감을 아무런 보살핌 없이 제거하는 방식에 의해서, 그는 세상에서 어느 정도의 높은 도덕적 질서를 유지하는 힘을 지닌 상징적 인물이나 정보원이 되는 것이다. 통상적인 미스터리 이야기에서는 탐정이 상징적 인물이나 신비스러운 정보원은 아니다. 탐정이 직접 미스터리들을 해결하는 이유는 그 미스터리들이 재미있을 뿐만 아니라 관심을 끌기 때문이다. 탐정은 확실히 탐정소설에서는 지배적인 위치를 확보하고 시간이 흐름에 따라 사회가 변화를 겪어가면서 범인추적이나 정찰활동, 또는 역 정찰활동에 가담하는 기관의 전문가 내지는 구성 요원의 역할을 한다. 챈들러의 말처럼, 오늘날 미국의 미스터리 작가는 "죄 많은 교구목사를 정화시키고 아마추어들을 추방시키는 피터 윔지 경Lord Peter Wimsey과 같은 신인들을 당황하게 만들었다." 그래서 독자는 꾸밈이 없는 사실성을 기대하면서 "미국의 이야기로 돌아가게 된다"(225-26)는 것이다.

탐정은 거의 사랑에 빠지지 않는다. 미스터리 이야기는 그 어떤 사랑의 관심을 구태여 표명할 필요가 없다. 수사과정은 그와 같은 관심을 발전시키도록 초점을 잡을 수 없는 진지한 문제이다. 그러나 미스터리 이야기는 작품이 진부해지지 않고 다시 읽힐 수 있게 하기 위해서 선정성과 서정성을 그 영역에다 제공하고 있다. 탐정 이야기가 일반적으로 처음 읽을 때 갖게 되는 흥미와 호기심과 동일한 재미와 호기심으로 다시 읽힐 리는 없다. 계속 이어지면서 반감되는 흥미는 그 구성의 노출과, 거의 유연하지 못한 구조를 주는 공식같이 정해진 형식, 그리고 설명을 제시하는 데 지나치게 추리에 많이 의존하는 성격에서 비롯되는 것이다. 게다가, 복잡하게 얽힌 요소와 인물의 인상에 대한 주의력의 결핍에 중점을 두고 있으므로 비현실적인 분위기가 생기게 된다.

범죄소설과 미스터리 이야기의 요소에 관해 앞에서 언급한 자세한 내용을 좀 더 깊이 탐사해보면, 16세기 후반의 로벗 그린Robert Greene에서부터 레이먼드 챈들러와 대쉬엘 해밋Dashiel Hammett, 로스 맥다널드Ross Macdonald, 체스터 하임즈Chester Himes, 스탠리 가드너 경Earl Stanley Gardner, 존 르 카르John le Carre, 가이오 마쉬Ngaio Marsh, 미키 스필레인Mickey Spillane과 그 밖의 사람들이 썼던 오늘날의 하드보일드hard-boiled 사설탐정소설에 이르기까지 그 장르의 여러 다른 요소들이 가미되어 발전해온 모습을 면밀히 살펴보아야 할 것이다. 그러나 본서에서는 그 과정을 살피지는 않을 것이다.

전술한 바와 같이 1929년 4월에 발간된 『크라이티리언』지에 실린 「셜록 홈즈와 그의 시대」라는 에세이를 보면 소설이론을 알고 있는 소설가라면 누구나 셜록 홈즈의 영향을 받았다는 사실을 알 수 있다. 셜록 홈즈가 아무런 이유 없이 미스터리 탐정의 원형적 인물로 간주된 것이 아니다. 브라운 신부Father Brown나 버켓 형사Inspector Bucket, 거프 경위Sergeant Cuff 및 셜록 홈즈 같은 수사 인물들은 저마다 범인이 탐정의 행위를 통해서나 아니면 범인 자신이 은연중 개인범죄가 드러나서 몰락하게 된다는 사실, 즉 정의가 반드시 이루어진다는 사실을 암시해 주는 범죄 수사 행위에서 벗어나지 못한다는 한 가지 공통된 생각을 바탕으로 활약했던 것이다. 스파이 스릴러spy thriller나 하드보일드hard-boiled, 터프 가이tough guy 소설 또는 사설탐정 소설로 분류된 미스터리 소설에 나오는 나중의 탐정들은 범인을 추적하는 데 나름대로의 철학과 방법을 갖고 있었다. 애거사 크리스티Agatha Christie의 피터 윔지 경이나 챈들러의 필립 말로우Philip Marlowe, 이안 플레밍Ian Fleming의 제임스 본드James Bond, 스탠리 가드너Stanley Gardner의 페리 메이슨Perry Mason 및 믹키 스필레인의 마이크 해머Mike Hammer와 같은 탐정들은 하드보일드 파에 속해 있으므로 악행에 가담하는 사람을 응징하는 데 폭력의 사용을 신봉하고 있다. 이들은 "세상은 죄 많고 타락한 장소"라는 믿음을 갖고 있으며, "복음주의적 종교의 전통에 대한 열망과 열정을 자기 소설 속에다" 용해시킨다(Cawelti 9-22). 해머는 자신이 가학적인 기질을 지니고 있지만, 제임스 본드는 피학적인 기질을 갖고 있다. 그는 곤경에 처하지만 거기서 빠져 나오려고 무진 애를 쓴다. 두 탐정 모두가 1950년대에 인기가 있었다. 그들보다 앞선 1940년대에는 셜록 홈즈의 발자취를 따르는 렉스 스타우트Rex Stout의 유명한 탐정 네로 울프Nero Wolfe가 있었다. 그는 "훨씬 더 순수한 홈즈"(Hart

257)였으며, 그의 방식은 추리와 추론에 토대를 두고 있다. 네로는 협의하는 탐정으로 자기 서재의 책상 뒤에 쌓인 수사문제들을 해결하려하고 있다. 홈즈가 왓슨Dr. Watson의 도움을 받았던 것처럼, 난초와 양서 및 좋은 음식을 사랑하는 온순한 성품의 네로는 자기 동료인 아키 굿윈Archie Goodwin의 도움을 받았다. 네로의 문제는 그가 때때로 변덕이 심하고 충동적일 때가 있으며 여간해서는 모든 것을 독자에게 드러내려고 하지 않는다는 데 있다.

만일 백만 부 이상 팔린 1920년대와 1930년대에 출간된 탐정소설의 판매량 수치통계를 고려해본다면, 미국과 영국에서 이 장르에 대한 놀라운 인기를 어느 정도는 알 수 있을 것이다. 사실, 미스터리 소설에 대한 광범위한 대중적 인기는 니콜슨Nicholson과 색스 로머Sax Rohmer의 푸-만추 박사Dr. Fu-Manchu 이야기 등과 같은 소설들의 출간으로 시작되었다. 이 모든 작품들은 미스터리물로 느슨하게 규합되어 있는데, 어떤 것은 추리의 문제에 초점이 맞추어져 있고, 어떤 것은 첩보활동과 외교적 술책에, 어떤 것은 의사과학에, 어떤 것은 범인의 심리에 초점이 맞추어져 있다. 오스틴 프리먼과 밴 다인, 벤틀리, 애거사 크리스티, 플레처와 도로시 세이어즈의 세련되고 복잡한 작품들 때문에 붙여지게 된 평판 때문에 미스터리 소설은 인기를 얻었다. 이 작가들의 허구적 소설은 엘리엇의 서평에 의해서 『크라이티리언』지를 통하여 평가되었다.

엘리엇이 프루프록Prufrock 시편들을 썼던 1917년에서 마지막 극인 『원로 정치가』를 썼던 1958년까지의 기간은 확실히 탐정 미스터리가 성행했던 시기였다. 1920년대와 1930년대는 영국과 미국에서 미스터리 소설의 황금시대로 기술되어 왔다. 엘리엇은 말할 것도 없이 그 당시 지적인 독자라면 누구나 유럽 대륙과 미국을 휩쓸었던 미스터리 소설의 유행 물결을 피해갈 수 없었을 것이다. 엘리엇도 유년 학생시절에서 젊은 시절은 물론이고 비평에 몰두하면서 왕성한 창작활동을 했던 시기에도 탐정소설을 읽었으며, 그 결과 탐정소설의 서평과 비평을 쓰기까지 했다는 사실은 그리 놀랄만한 일이 아니다. 그는 탐정소설의 형식과 구조를 파악했을 뿐만 아니라, 그 과정에서 미스터리 작가들이 따랐음에 틀림이 없었던 원리와 규칙들을 나름대로 공식화하기도 했다.

엘리엇의 시극들은 또한 개인적인 죄와 공포를 인식하는 주인공의 삶에서 표현을 발견하는 인간의 자연스러운 죄의식을 드러내면서, 죄 척결의 필요성에 대한 인식을 고조시키는 일에 관심을 두고 있다. 『투사 스위니』에서 『원로 정치가』에 이르는 극들은 죄와 속죄라는 중심 주제를 바꾸는 주제의 발전을 분명하게 제시하고 있다. 그러나 극은 죄를 배경으로 하여 주인공들이 체험하는 공포가 일어나면서 존재하게 된다. 신적인 매체의 간섭을 통하여 주인공들은 멀든 멀지 않든 인물 중의 한 사람이 속죄의 순례여행을 떠나게 되는 운명과 직면하게끔 그려지고 있다.

엘리엇이 자신의 목적에 맞게 미스터리 기법을 어떻게 변형시켰는지를 살펴볼 필요도 있는데, 심리적인 공포감을 표현하고 있는 『투사 스위니』는 포우Edgar Allen Poe와 도스또엡스키Dostoevsky의 영향력을 보여주고 있을 뿐만 아니라, 찰스 딕킨스Charles Dickens의 『올리버 트위스트』(*Oliver Twist*)의 영향도 보이고 있다. 엘리엇은 『대성당의 살인』에서 스릴러 제목인 코난 도일Conan Doyle의 『머스그로브 의식』(*The Musgrove Ritual*)을 사용하는 한편, 죽음과 순교라는 정신적 미스터리를 아이러니컬하게 강화시켜서 그 모든 것들을 종합적으로 요약하고 있다. 이들 작품과 이어지는 극에서는 미스터리적인 요소가 종교적 주제에 훨씬 큰 극적인 흥미를 부여하고 있다. 아이러니컬하게도 『가족의 재회』는 결국 죄와 속죄의 극으로 변형되어, 딕킨스와 도스또엡스키를 다시 연상시키는 죄와 벌의 이야기 패턴으로 구성되어 있다. 몇 가지 미스터리 탐정소설을 연상시키는 『칵테일파티』에서 신원이 밝혀지지 않은 손님과 그의 동료들은 낯선 남녀들을 결합시켜주고 다른 구원의 길에 주인공을 파견하는데 도움을 주는 상징적인 인물로 인식되고 있다. 『개인비서』에서 스릴러 유형의 추적은 흥미롭지만, 자기 돈을 사취 당해버린 알려지지 않은 아버지의 신원과 교회와 어떤 관련이 있는 "실제의" 아버지의 신원을 찾을 수 있는 증거에 대한 분석이 두드러진다. 『원로 정치가』는 엘리엇이 『투사 스위니』와 『가족의 재회』에서 자기의 초기 극부터 사용했던 숨겨진 "범죄"와 탐문의 공포 및 두려움, 증거와 유죄의 고백과 같은 미스터리적인 요소들을 도입하는데 일관성을 보여주었다.

극에 범죄라는 주제를 도입하려는 엘리엇의 목적은 회피할 수 없는 인간의 죄지음이라는 생각을 없애려는 것이지, 일어날 수 있는 범죄행위에 대한 안전장치나 용이한 도피구를 제공하려는 것은 아닐 것이다. 다만 에즈라 파운드Ezra Pound처럼 그도 현대 유럽과 미국이 문화의 위기를 겪고 있었다고 믿었기 때문에, 정신적 가치의 몰락을 여러 작품의 주요 주제로 설정하였으며, 전통과의 단절로 말미암아 세속화되어버린 정신적 가치에 대한 복원과 전달을 위해 대중적인 문화에 관심을 두고, 그러한 장치의 일환으로 미스터리적인 요소와 댄스뮤직 및 재즈기법을 문학에 도입했을 뿐이다.

본 연구서는 모던 댄스와 재즈 및 민스트럴과 같은 대중음악적 문화장르와 탐정소설과 같은 대중문학적 장르가 어떻게 순수문학에서 융합되고 있는지에 대해서 고찰하고 있다. 따라서 이 책은, 엘리엇이 관객을 즐겁게 해주는 동시에 자신의 종교적 주제를 표현할 수 있는 극적 장치로서 대중음악적 요소와 미스터리 요소들을 어떻게 사용하고 있는 지를 살펴보고, 그 의도를 파악해봄으로써 시인이자 광대역을 자처한 엘리엇의 사건 수사관적인 기술

전략도 함께 살펴보는 데 중점을 두고 있다. 실질적으로 엘리엇은 그 목적의 일환으로 재즈리듬과 미스터리 요소를 도입함으로써 세속극 속에다 종교극을 부활시키는 의미심장한 작업을 시도했다고도 볼 수 있기 때문이다.

당연히 이러한 의도를 밝히는 작업이 용이하지는 않다. 고전주의적 모더니스트로서 알려진 그의 시극을 대중문화 장르와 연결시켜 보는 문화연구는 사실 위험한 작업이다. 왜냐하면 이런 성격의 문학적 비평의 시도는 대개 순수문학적 자세를 견지하는 학자들이 천착해온 엘리엇의 엄숙하고도 진지한 종교적 주제와 그들이 외면해온 대중문화요소와의 연관성을 제시해야 하는 모험을 감행해야하기 때문이다. 게다가 엘리엇도 자신을 "고전주의자이며 왕당파 영국국교도"라고 공헌할 정도로 자기의 문학적 기반을 유럽에다 두고 있는 전통주의적 고급문화론자로 널리 인식되어 왔기 때문이다.

이런 이유로 당연히 있을 법한 이 새로운 관계에 대한 고찰이 생각보다는 주목을 덜 받아왔던 것도 사실이다. 여하튼 엘리엇은 세상에 대한 자신의 문학적 견해를 표현하기 위해서 시극의 주제와 구조 및 기교의 측면에서 이러한 대중음악과 미스터리 스릴러 요소의 의식적인 차용을 시도했다고 볼 수 있다.

엘리엇의 이러한 시도는 대중음악과 미스터리 소설에 대한 관심으로 우선 표명되었다고 단정할 수 있을 정도로, 사실상 30년 이상 동안이나 읽혀져 왔던 미스터리 스릴러에 대한 그의 서평과 대중음악에 대한 글이 여러 비평적 가설들을 제공해주고 있다. 이러한 서평과 비평적인 글을 통하여 엘리엇은 실제로 재즈를 비롯한 대중음악과 탐정소설의 주제 및 기교에 대한 나름대로의 주목할 만한 통찰력을 제공하고 있는 것이다. 이런 연유에서 그의 시극들은 종교극과 대중음악 및 탐정소설이라는 장르의 결합을 통해서 새로운 창조를 이끌어내는 재미있는 실험이라고도 할 수 있겠다. 실제로 대중음악과 탐정소설에 대한 그의 비평적 글과 서평을 통해서 드러난 그의 생각과 통찰력은 그의 시극을 훨씬 더 잘 이해하는데 적용될 수 있을 것이다. 이 과정에서 그가 여러 요소들을 빌어다 씀으로써 그 장르의 발전에 기여했다고도 볼 수 있는 대중음악과 탐정소설이 한편으로는 흥미본위의 대중적 오락물로 간주되지만, 다른 한편으로는 동시에 중요한 문화적 의미를 담고 있는 장르로 고려되어야 할 것이다. 따라서 위대한 시인이자 비평가인 동시에 극작가인 엘리엇도 이런 점을 생각하고 자신의 작품에서 시대를 풍미한 대중음악과 진지하면서도 탁월한 미스터리 소설과의 관계를 교묘하게 설정해왔으며 그것을 시극에 그대로 반영시켰다는 것이 본 저술연구의 핵심적 내용이다.

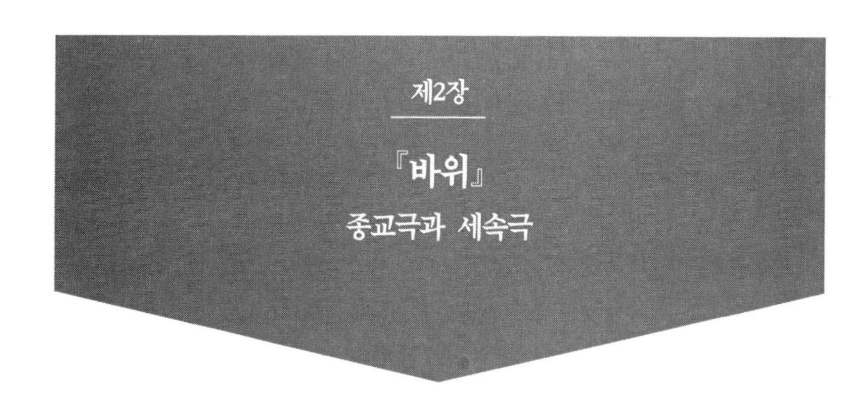

엘리엇은 시작詩作을 하면서도 끊임없이 극에 대해 생각했다. 그는 "지난 30여 년간 나의 비평적 성과를 돌이켜보았더니 놀랍게도 내가 언제나 끊임없이 극으로 돌아왔다는 사실을 깨닫게 되었다"(Eliot 1974: 75)고 말한 적이 있다. 극에 대한 집념이 대단했었고, 산문극과 운문극의 문제, 영국극의 주류를 형성해왔던 개별 극작가에 대해서도 깊은 통찰을 했다. 그리고 극에서의 전달의 문제와 여러 기술적인 문제나 전략적인 문제도 꾸준히 탐구했다. 「시에 관한 대화」("A Dialogue on Poetry")를 보면 엘리엇이 실제 업무에 종사하는 노련한 전문가에게 자문을 청하기도 하고 함께 토론하기도 하면서 세심하게 희곡작품을 준비하였다는 사실을 알 수 있다. 이렇게 준비한 극은 항상 새로운 종류의 극이길 바랐다.

엘리엇은 종교극 운동에 의해 자극 받은 새로운 종류의 극의 가능성에 관해서 논평하면서, 당시의 종교극의 중요한 역할을 강조하였다. 심지어 그는 종교극이 점점 더 사실적이고 깊이가 얕아져 가는 경향을 보였던 20세기의 세속극까지도 발전시킬 수 있는 수단의 역할을 할 수 있으리라고 믿었던 것이다. 따라서 그는 종교극이 19세기에 그 수준이 상당히 퇴조한 세속극을 변형시키고 부활시키는 수단으로 기여할 수 있었다고 생각했다(Eliot 1980: 56). 무엇보다도 종교극은 당시 세속극의 종교적 주제의 매력을 확대시키는 일을 촉진시켰다. 그래서 엘리엇은 종교극에서부터 세속극에 이르는 극의 포괄적인 변화과정에서 극의 수준이 저하되는 것을 막고 종교극과 세속극을 재통합시키는 유망한 수단을 제시하고자 했다. 엘리엇 극의 가장 재미있는 양상의 하나는, 죄와 속죄라는 하나의 중요한 종교적 주제가 그의 극에 투영될 때, 그 극들은 완전히 반복적인 주제가 아니라 오히려 하나의 주제를 다루는 여러 변형이라는 인상을 준다는 점이다. 이는 엘리엇이 종교극과 평범한 세속극 사이의 경계를 다른 방법으로 이용하고 있기 때문이다.

극작을 염두에 두고서 가진 종교적 주제에 대한 엘리엇의 명백하고도 직접적인 관심은 그의 1927년 영국 국교회로의 개종과 캔터베리 음악 및 연극 축제Canterbury Festival of Music and Drama와의 관계로까지 거슬러 갈 수 있다. 1928년, 캔터베리의 수석 사제인 벨George K. A. Bell은 성당의 계단에서 공연할 극을 써달라고 존 메이스필드John Masefield를 초청했다(Weales 107).

메이스필드의 『그리스도의 강림』(*The Coming of Christ*)이라는 극은 다른 극작가들에게 큰 충격을 주었으며, 그 결과 1929년에 곧 당시의 치체스터Chichester 대주교였던 벨을 회장으로 하고 마틴 브라운E. Martin Browne을 명예 이사로 하여 종교극 협회의 결성을 가져왔다. 이 협회는 종교극 구성이란 면에서는 젊은 극작가들에게 상당히 도움이 되었다고 밝혀졌다. 도로시 세이어즈와 크리스토퍼 프라이Christopher Frye, 크리스토퍼 하쌀Christopher Hassall,

찰스 윌리엄스Charles Williams, 노먼 니콜슨Norman Nicholson, 앤 리들러Ann Riddler 및 로널드 던컨Ronald Duncan 등과 같이 1930년대의 널리 알려진 극작가들이 자기의 종교극을 쓰는데 영감을 받은 것이 바로 여기서 나온 종교극운동Religious Drama Movement이었다.

메이스필드 극이 공연된 직후에 엘리엇도 런던 감독 주교관구Diocese에 있는 교회건립 기금조성을 위해서 극을 써 달라는 부탁을 받고, 시나리오를 준비한 마틴 브라운과 제휴하여 『바위』(*The Rock*)라는 야외극의 극본을 썼다. 이 작품은 런던의 기존 교회를 보존하고 신흥 주택가에 교회신축을 위한 기금조성을 목표로 음악과 발레ballet가 수반된 운문으로 쓴 야외 종교극이다. 벨과 엘리엇이 공동 작업을 한 관계로 극의 상연은 돋보였으며, 1935년에 그들의 제휴가 결실을 보게 되어 엘리엇 최초의 중요한 극인 『대성당의 살인』의 골격을 갖추게까지 되었는데, 이 극은 일반적으로 20세기 영국 시극의 지표로 간주되었다.

엘리엇이 이 극에서 우선 염두에 둔 것은 극적인 변화와 메시지의 전달문제인 것 같다. 종교와 문화 간의 거리가 생기면 사회는 그 방향감각을 상실하고 엘리트 계층과 생각 없는 대중은 서로 이해하지 못하게 된다(Bradbrook 26). 엘리엇은 문화적 도구를 사용하여 생각 없는 대중이라 하더라도 신앙심이 충만하도록 고전극에서 사용하던 기법을 동원하여 관객의 집중력을 고조시켜 그들의 참여를 유도하겠다는 계산을 했다. 코러스Chorus는 그래서 도입된 것이다. 감독인 마틴 브라운도 자원봉사배우들을 존중해줄 필요성을 인식했다(Malamud 58). 실제로 많은 평론가들은 배우들이 리허설rehearsal을 제대로 하지 않은 것처럼 보였지만, 코러스는 그렇지 않았다고 호평하기까지 했다. 『처치 타임스』(*Church Times*)도 코러스가 "훌륭하게 훈련되었다"(677)고 평하고 있다. 익명의 연극평론가도 동일 매체에서 그 역할을 구체적으로 적시하고 있다.

> 코러스의 명확한 발음과 다양한 음조 및 강세와 날카롭게 핵심을 찌르는 표현 등은 극을 이끄는 힘이 되었다. 극의 외형적인 역동성이 모자람에도 불구하고 배우들의 움직임에 페이스를 준 것은 코러스다. (83)

엘리엇은 극의 제작과 리허설에는 어떤 의미에서 최소한의 참여만 하였다. 브라운이 "극의 격식"이라는 점에서 비록 그가 자제하고 겸손했지만, 나중의 극에서도 그래야 할 것이라고 여겼기 때문에 그런 식으로 가담했던 것이다. 영국교회음악 연구와 활성화에 평생을 바친 마틴 쇼Martin Shaw가 음악감독으로 도움을 줬는데, 브라운은 이에 대해 "전체 작품이 단어뿐만 아니라 언어적인 면에서도 이해가 되었다"고 만족해했다(12).

엘리엇은 『시의 효용과 비평의 효용』의 서문에서 월터 페이터Walter Pater의 표현을 빌려와서 "시인은 음악당 코미디언music-hall comedian의 상태를 갈망 한다"(Eliot 1975: 32)[1]고 주장했는데, 결론 부분에 가서는 "모든 시인은 어느 정도의 직접적인 사회적 효용성을 갖고 싶어 한다. . . . 오히려 가능하다면 음악당 코미디언역할처럼 적어도 사회에 가치 있는 역할을 하는데 만족감을 가질 수 있다면 더 좋을 것이다"(154)라고 마무리 한다. 『바위』에서 런던 토박이Cockney 일꾼들이 음악당 위를 코믹하게 회전하는 조지 로비George Robey의 팬이라는 사실을 알고 나면 관객들은 사실 유쾌해진다. 인부들이 자기들의 십장인 에셀버트Ethelbert가 교회를 찬양하면서 부르는 노래소리를 듣는데, 그의 아내의 말에 따르면, 그 노래는 30년 전에 그들이 처음

1) 엘리엇은 월터 페이터가 그의 명저 『르네상스』(*The Renaissance*)(1873)에서 "모든 예술은 끊임없이 음악의 상태를 지향 한다"(All art constantly aspires towards the condition of music)(86)고 기술한 표현을 이용하고 있다.

결혼을 맞아 부인에게 "당신을 위해 특별히 썼다"며 바친 음악당 노래인 「트리니티 교회에서 내 운명을 만났지」("At Trinity Church I Met My Doom")라는 발라드ballad다.

소년시절 난 거의 철이 없었지
  그땐 점잖게 여자랑 노는 게 유일한 낙이었지;
그래서 가끔 경-험-거-리를 찾아 나서지
  토요일 밤에 뉴 커트[2]를 따라
5월의 어느 날 저녁 난 못 잊을 거야.
  애써서 찾은 보람인지 보상을 발견한 거야;
난 잊지 않기로 결심했어.
  트리니티 교회에서 결혼식으로 이어지게 된 그 일을.

When I was a lad what 'ad almost no sense
  Then a gentle flirtation was all my delight;
And I'd often go seeking' for ex-pe-ri-ence
  Along the New Cut of a Saturday night.
It was on a May evenin' I'll never forget
  That I found the reward of my diligent search;
And I made a decision I never gorget.
  Which led to a weddin' at Trinity Church. (Eliot 1934: 67-68)

---

2) 런던의 램버스Lambeth와 사우스웍Southwalk의 거리를 커트Cut라고 하는데 서쪽으로 워털루 로드Waterloo Road와 동쪽의 블랙프라이어즈 로드Blackfriars Road까지 이어진다. 부근에 올드 빅 극장Old Vic Theatre과 영 빅Young Vic 극장이 있으며 많은 음식점들이 있다. 남서쪽의 베일리스 로드Baylis Road와 동쪽의 유니언 가Union Street로 이어지는 길을 예전에는 뉴 커트New Cut라고 불렀다.

엘리엇이 극에서 특히 좋아했던 부분도 바로 에설버트 부처가 부르는 이 음악당 발라드인 「트리니티 교회에서 내 운명을 만났지」 변주곡이었다고 마틴 브라운은 소회를 밝혔다(12). 대중 연예인 마리 로이드의 사망에 관해 그가 쓴 에세이는 그가 느꼈던 음악당에 의해 채워진 힘찬 지역사회의 가치관에 대한 이해를 세밀히 기록하고 있다.

재닛 루이스Janet Lewis와 스튜엇 쿠퍼Stuart Cooper가 이끈 코러스는 남성 7명과 여성 10명으로 구성되었는데, "비개성적이고 추상적인 인물의 집단으로 받아들여졌다"고 브라운은 썼다. 이들은 "교회가 세워지는 토대가 되는 암반과 『바위』에 어울리는 반 가면을 쓰고 빳빳한 복장을 하고서는 시인의 목소리로 말했다"(Browne 18)고 한다. 이는 엘리엇이 「시의 세 가지 음성」("The Three Voices of Poetry")에서 밝혔듯이, 코러스 멤버들이 비록 자기 목소리나 특징을 지니지 못했기 때문에 일종의 실패라고 단정할 수 있지만 (Eliot 1974: 99), 맬러머드Malamud의 견해처럼 야외 종교극에서 코러스로 된 이 부분은 보존되고 리프린트reprint 될 만한 가치가 충분히 있다(57)고 확신할 수 있겠다.

브라운도 코러스를 "극에서 가장 극적으로 활기찬 부분"으로 보고 있다. "코러스는 예언적인 천둥과 구어체 담화를 통합하고 있다"는 것이다. 그는 나아가서 "극적인 대조를 지속적으로 창출해내기 위해 남녀를 아우르는 다양한 목소리의 오케스트라orchestra를 사용하고 있다"(20)고 극찬했다. 코러스에 대한 비평적 견해들은 일반적으로 그로버 스미스의 의견과 일치한다.

> 코러스의 극적인 결핍이 무엇이든지 간에 이들은 음악적으로는 엘리엇의 훌륭한 시편들에 속한다. . . . 심상에 의해, 특히 『황무지』의 무수한 반향과 함께 코러스는 자주 엘리엇의 다른 시를 회상시킨다. (174)

1934년 7월 『블랙프라이어즈』(*Blackfriars*) 평론은 토박이 인부들이 마지막에 나오기 전 앞선 막간극을 기술하면서 야외극의 장관이 보여주는 폭넓은 의미를 다음과 같이 포착하고 있다.

> 기이한 아름다움의 마임mime은 새 교회에서 일하는 헌신적인 숙련공의 모습을 보여주고 있다. 그들의 머리와 얼굴은 하얗게 칠해져서 동상처럼 보인다. 그들은 동상처럼 서있다. 음악이 진행되면서 차례차례로 그들은 실제의 모습으로 돌아와서는 다시 꼼짝없이 가만히 있어서 동작은 원을 이루는 웨이브로 눈에 보이게 지나간다.

『리스너』지 논평은 편안한 현대 운문극을 창조하려는 시도에서 엘리엇이 성공했다고 평가하고 있다. 극의 운문모델은 "시편의 가락measures으로부터 음악당의 가락까지" 익숙한 리듬을 담고 있어서 관객의 귀에 조율되도록 마련했다. 운문극에 대한 집착과 코러스 및 리듬에만 신경 써서 그런지 메티에쓴F. O. Matthiessen 같은 평론가는 이 작품이 야외극이지 희곡은 아니라고 했다. 즉 그 구조는 일련의 연관된 어조로 된 장면만으로 구성되었기 때문에 그 상황이 어떤 강렬한 투쟁이나 갈등을 만들어내지 못한다는 것이다(1938: 22-24). 엘리엇 스스로도 작품의 극적인 의미를 최소화시켰다.

『스펙테이터』(*The Spectator*) 지에 보낸 편지에서 그는 이 극이 마치 영국 극문학에 기여한 것처럼 꾸미지 않았다고 했다(1934: 887). 그 이유는 극에서 가능한 코러스의 의미를 보여주겠다는 중요한 극적 목표만을 지닌 단순한 한편의 리뷰revue라고 생각했기 때문이다.

그렇지만 이 극은 『스펙테이터』의 어느 평론가가 칭송했듯이 영국 극문학에 기여할 정도는 아니었다 하더라도, 엘리엇만의 종교적인 관점에서는 나름대로 의미가 있다. 『바위』가 흠정역성서의 리듬과 기도서 시편에 힘입은 바가 크고, 그 이야기는 코러스 운문이 지녀야하는 통사구조의 단순함과 정서적 반복 및 율동적인 다양성을 지니고 있다(Gardener 1949: 133)는 점과 성경의 이사야Isaiah와 에스겔Ezekiel서의 단순하고 직접적인 언어를 끌어들인데 큰 힘이 있다(Ackroyd 221)는 점이 종교와 문화의 간극을 메웠다고 볼 수 있기 때문이다. 그리고 비록 엘리엇이 자신의 창작열의와 소재가 고갈 상태에 이르렀을 때 쓰게 된 작품이지만, 새로운 거듭남의 생각으로 극작에 임했기 때문에 최선을 다하지 않았다고 볼 수는 없다. 윌리엄 스카프Skaff는 엘리엇이 극작품을 통해 모든 예술의 근원에 근접하려는 시도를 하고 있다고 주장했다.

> 만일 예술이 본질적으로 제의적이라면, 엘리엇이 원시체험에 대한 연구에서 터득했듯이, 현대 예술이 그 무의식적 근원을 표현하게 하는 원시적인 방식은, 원시적 제의와 고대 드라마의 죽음과 재생의 패턴을 회상시키는 구조 및 현대발레와 유사한 리듬의 양식화를 비롯하여 음악당처럼 야만적이면서도 진지한 유머와 사회적 인식을 가미시킴으로써 더욱 더 제의적이게 만드는 일이다. 드라마가 원시적 종교의식에서 진화되어 나온 것이기에 엘리엇은 계속해서 평생 현대극 형식에 다시 활기를 불어 넣는 일, 특히 극적 매체로서 시를 마련하는 일을 하는데 전념했다. (99)

순수하고 관념적이지 않은 사람에게 비유적이 아니면서도 친밀한 음악을 가장 잘 전달하는 사람이 소포클레스Sophocles다. 이런 이유에서 엘리엇이 궁극적으로는 극적인 운율법이 자연스러움의 극치와 유연함에 도달한 작품 『콜러너스의 이디퍼스』(*Oedipus at Colonus*)를 쓴 소포클레스에 경도되었음에 틀림이 없을 것이다. 사실 엘리엇은 운율가로서 전반적인 극작 진행과 조화를 꾀하고 있기 때문이다(Fleming 60). 이 운율은 고대극의 제의적인 특성을 현대에 드러내기에 가장 알맞은 수단이었다.

스카프는 엘리엇 극에서 고대극의 제의적 양상을 예로 들어가면서 작품을 거론했다. 『투사 스위니』에서는 지배적이고 충만한 북소리 비트와 음악당의 재즈풍 영향을 볼 수 있는데, 엘리엇이 「마리 로이드」("Marie Lloyd")에서 재즈의 영향력은 "현대생활에서 얼마 안 되게 살아 남아있는 제의성 중의 하나"라고 언급한 바 있다. 그리고 『바위』에서는 마스크와 두드러질 정도로 고대 고전적 모델로부터 되살린 코러스가 돋보이고, 『대성당의 살인』에서는 그리스Greece식 개념의 극적인 제의적 희생이 재현되어있으며, 『가족의 재회』에서는 패턴화된 애스킬러스Aeschylus적인 제의가 부활되었고, 『칵테일파티』에서는 종교적 제의를 암시하는 사회적 관습 등이 잘 드러나 있다(101).

한편으로 엘리엇은 『바위』의 극작을 통해서 극에서 해서는 곤란할 일들을 터득했다. 예를 들면, 17년 뒤에 쓴 「시와 극」("Poetry and Drama")이라는 에세이에서 그는 무대 위에서 산문과 시를 혼재하는 일에 대해 충고하고 있다(Eliot 1951: 21-41). 『바위』에서 런던 토박이들이 말하는 산문구문은 일반적인 호평을 받을 정도지만 종교극에서는 성공적이지 못한 축에 속한다(Malamud 13).

『바위』의 제1부는 사회가 영적인 면에 반하는 사상과 행동 및 실험과 같은 세속적인 면이 두드러지는 가운데 신에게서 멀어져가는 움직임을 코러스가 개탄하면서 시작된다. 교회가 쓸데없이 남겨진 유물로 전락하자 그들은 탄식한다. 전통적으로 상징적인 쓸모는 있을지 모르나 더 이상 현실적 중요성은 없어졌다. 이들 코러스는 토대를 구축하는 앨프레드Alfred, 에드윈Edwin, 에설버트Ethelbert와 같은 런던 토박이Cockney 근로자들의 극적인 모습을 그려내고 있는데, 이들은 종교극 전체를 통해서 산문삽입부와 함께 재등장한다. 그들은 은행을 짓는 일과 교회를 짓는 일의 차이를 논의하면서 교회는 단순한 벽돌과 몰타르로 된 또 하나의 건축물이 아니라, 사회적이고 영적인 사업이라고 결론짓는다. 그들의 논의 결과, 잉글랜드에 기독교 도입문제를 논의하는 한 무리의 색슨Saxon인들이 등장한다. 이는 처음으로 종교극이 잇따라서 세속적으로 변화한 것이다. 비록 그들 중 몇몇은 새로운 종교에 관해서 경계하고 있으나, 겸손한 설교자는 그들을 설득해 끌어들여서 새로운 교회를 짓게 한다. 코러스는 다시 돌아와서 오늘날의 신도 회중에게 영원히 교회를 지어가며 계속해서 초기 기독교 창시자들의 정신을 확인함으로써 그 고귀한 뿌리와 그 전통을 보존할 필요성을 상기시킨다.

바위가 나타나 인간들의 실용적인 실재성도 필요하지만 영원한 기독교적 상태인 선악의 싸움을 인식할 필요가 있다고 선언한다. 근로자들은 새로운 교회의 건립이라는 영광스러운 공사 일을 노래하지만 실업자들은 절망에 빠져 자신들의 불운한 처지를 노래하며 응수한다.

토박이 근로자들은 토대를 계속해서 구축해나가는 동안에 토지가 늪지대라서 완성하기까지는 예상 못한 노력이 더 들어가고, 이미 빈약해진 건립기금에 더 큰 비용이 소모된다는 사실을 알게 된다.

그 장소가 실제로 실용성은 없으나, 현재 교회가 없는 인근지역에서 구할 수 있는 유일한 곳이므로 교회의 미션에서는 중요한 곳이다. 헨리 왕 시절의 수도승 라히어Rahere는 당시에 늪지대 위에 역시 교회를 건립한 내력을 이야기하며 건축에 가담한 사람들을 고무시켜주러 등장한다. 라히어는 건설 근로자들에게 자기과업에 믿음을 가지라고 간청하며, 코러스는 종교의 재능을 남용하는 사람들을 질책하면서 그들에게 궁극적인 이상이 완벽한 냉장고를 만들려는 단순히 상업적인 계획으로는 공공복지의 실현이 불가능하다는 사실을 일깨워준다.

교회공사의 또 하나의 도전은 막스주의 선동가에게서 나오는데, 그는 교회기금이 주택을 짓는데 더 잘 쓸 수 있으며, 교회계층은 스스로 부유한 반면에 대중들을 모르게 하여 미혹에 빠지게 하려 한다고 주장한다. 대중을 선동하는 건축가들은 그의 주장을 중요하게 여기지 않지만, 단순히 교회뿐만 아니라 집짓는데 필요한 건축자재가 충분히 있음을 설명하고 그를 괴팍한 광신도 정도로 취급한다. 코러스는 월요일 선동가처럼 사찰을 짓지 말아야한다는 주장을 선호하는 반대파들의 위협에 맞서서 예루살렘의 사찰을 다시 짓는 고대 이스라엘 사람들의 사회를 소개한다. 여기서 야외 종교극은 맹렬한 결심과 신의 편에서의 믿음을 구약에서 끌어온다. 선동가는 계속해서 교회가 클럽과 박물관으로 바뀔 때 혁명이 임박했다고 호통 친다. 그는 일종의 막스주의 상투어를 뱉어내며 테러리스트는 자본주의적인 세계교회주의 사회를 선동하도록 계산하여 위협한다. 이어지는 장면은 덴마크의 잉글랜드 침공과 초기 기독교인 박해를 묘사하면서 관객들에게 강제로 기독교와 맞서서 제기된 협박을 상기시켜준다.

코러스는 교회에로의 사회적 참여가 결여되어 있음을 탄식하면서도 인내할 것을 결의하자, 공산주의자인 붉은 옷 군대여단은 등장하면서 공사가 26%까지 진척되었기 때문에 하느님을 비웃을 수 있다고 주장한다. 이어서 파시스트fascist인 검은 셔츠Blackshirts가 등장하여 일반화된 몇 가지 명분을 지지하면서 이에 반대하는 반유태계 공격에서 벗어난다. 코러스는 군사집단으로부터의 도움에 절망하면서 중재자 입장에 있는 금권정치가Plutocrat에게 위안을 찾는다. 그는 교회의 영광에 대해 입에 발린 말만 하면서 붉은 옷과 검은 옷 및 종교적 교시가 편리하지 못하다는 것을 안 대중들을 사주하고 선동한다. 그가 금권을 칭송하면서 군중을 선동해 혼돈의 광기로 밀어 넣자, 바위가 나타나 방대한 고통의 체험을 이야기하면서 제1부는 끝난다. 비록 상태가 이제 암흑 속이기는 하나 바위는 궁극적인 빛의 부활이 있을 것이라는 사실을 안다.

제2부의 서두에서 코러스는 유대교와 기독교적 창세기를 융합시켜 재구성하는 것과, 엘리엇이 느끼는 현대의 영적인 혼돈을 묘사하는 추상적 이미지로 정신적 정의를 향하는 길을 통합시킨다. 무신론과 고리대금, 욕정이 드러나는 가운데 코러스는 염세주의적 절망상태로 가라앉는다. 바위는 이런 무기력과 싸우면서 현재 세계가 대항해 맞서다 쇠퇴하는 항구적 세계가 지니는 전능의 가능성을 지적한다. 런던의 19세기 교회건축가 블롬필드 주교 Bishop Blomfield가 더 구체적이고 개인적 영감을 제공하러 도입된다. 그의 메시지는 모든 종교극이 갖는 다른 역사를 초월한 증거의 메시지를 반향하고 있다. 즉 여건은 항상 교회부활을 위해 싸웠던 사람들에게는 강했지만 싸움꾼들이 늘 이겼다. 느슨한 승려와 반세계기독교주의 개혁가, 영적으로 결여된 신도 회중에도 불구하고 미션교회는 보존되어왔다는 블롬필드의 조언을 코러스는 확인한다.

다음에는 사자 왕 리처드Richard Coeur de Lion 시대 출신 젊은이가 나오는데, 예루살렘에서 성전을 시작하려고 한다. 영광과 약탈뿐만 아니라 기독교 정신의 승리를 꿈꾸며 자기 가족의 공포를 위무하면서 신도 회중이 라틴어로 벡실라 레지스 프로데운트Vexilla Regis Prodeunt[3]와 주기도문Pater Noster을 포함한 기도문들을 자신감 있게 암송할 때 교회의 인상적인 장면은 훼손된다. 당시 토박이 교회건축일꾼들이 돌아오면서 기적과도 같은 건설공사 완성이라는 성공을 찬양하면서, 영적으로 그들의 노고를 도와주었던 모든 역사적인 기독교인들의 도움에 신뢰를 보낸다. 십장의 아내인 에설버트 부인Mrs.

3) 포이티어스 주교Bishop of Poitiers이자 시인인 베난티우스 포추나투스Venantius Fortunatus의 라틴어 찬가로 "왕의 깃발 앞으로"라는 의미.

Ethelbert이 앞으로 나오면서 자기 남편의 노동을 자랑스럽게 지켜보고, 모두가 교회의 힘에 대해 건배를 든다.

에설버트 부처는 사회와 교회에 대한 소박하고 헌신적인 봉사를 찬양하면서 음악당 스타일의 발라드를 부른다. 하지만 높은 신분사회의 방관자들이 나타나면서 중세풍처럼 보이지 않고 담쟁이덩굴이 덮인 벽이나 스테인드 글라스 창문을 가졌다고 새로운 교회를 폄하한다. 밀리센트Millicent는 높은 교회의 감수성에 대해 새로운 교회의 단순한 영국식 평이성을 힘주어 방어하면서 교회장식을 천박하고 혐오스러운 우상숭배라고 부르고, 교회건물이 도서관이나 건강센터와 같은 데에 쓰는 편이 더 나을 것이라고 주장한다. 유행을 따르는 폴트리지 부인Mrs. Poultridge이 더 무거운 영적인 문제들을 배제시키며 과대망상에 빠져 비판 받고 있듯이 밀리센트도 마찬가지다. 비록 그녀가 교회의 사회적 교의 요소를 알고 있음에도 불구하고 영국의 종교적 전통의 심미적 섬세함과 정수에 강하게 반감을 보이는 사실에 비판을 받는다. 종교개혁시대 설교자는 루터 찬가Lutheran hymn의 배경에 대항하여 새겨진 이미지와 풍부한 종교적 예술품에 대해 맹비난하고 있다. 군중은 교회로부터 그러한 물품들을 없애버리고 사무원들은 왕의 재산으로 간주하여 그것들을 몰수한다. 한편 성직자는 경솔한 개신교도의 욕설에 대한 신의 분노를 경고한다. 코러스는 비록 그런 종교적인 협박을 논박하면서, 정신과 육체의 세계가 사람들에게서 통합이 될 때 신의 영적인 장엄함을 보완해주는 사찰Temple을 창조하는 정신적 영광에 대해 말한다. 울부짖고 분노하며 화나게 하는 일에 대한 설교자의 오싹한 예언에 대한 응답으로 코러스는 성인들의 환희에 찬 영접교감communion을 찬양한다.

현대식 교회건축가들이 마지막으로 출현하면서 야외극은 차례로 돌 조각가와 종교 공예가들이 교회의 최종 마무리 작업에 투입되는 모습을 보여준다. 토박이들은 자기들의 작업을 완수했다는 기쁨에 축하하러 펍pub으로 걸어 나간다. 코러스는 대 건축물을 신성하게 말하며 초기 교회의 고결함을 기원한다. 바위는 웨스터민스터Westminster의 성 베드로St. Peter 승원 교회를 개인적으로 신성화하라고 테임스Thames의 어부에게 말하는 성 베드로라는 인물로 모습을 드러낸다. 발레로 이루어진 막간극은 고양이 한 마리밖에 없었던 가난한 미들랜드Midlands 소년인 딕 휘팅턴Dick Whittington의 전설을 소개한다. 딕은 교회 종소리에 이끌려 런던으로 가서 결국 시장Lord Mayor의 직위에까지 오르며, 성 마이클 교회, 페이터노스터 로얄the Church of St Michael, Paternoster Royal을 재건축하는 일에 헌신한다.

마지막 장면은 크리스토퍼 렌Christopher Wren의 설계에 의해 건축된 런던의 가장 유명한 성당으로 런던 대폭격에도 불사조처럼 건재한 성 바오로 성당St. Paul Cathedral의 건축에 관심을 보인다. 그리고 그의 도회지 생활에서의 건축가 역할에 대한 자비심 깊은 논의에 관심을 둔다. 성 바오로 성당에 대한 감사행사 후에 코러스는 결론으로 혼란과 암흑의 세상 한 가운데에 있는 언덕의 빛으로 완공된 교회의 이미지를 기원한다. 바위는 교회란 신의 위대한 영광과 빛을 나타내려는 투영물에 지나지 않음을 관객에게 회상시키자, 주교는 런던과 교회 및 신에 대한 마무리 은총을 기원한다.

그레이엄 그린Graham Greene의 초기 소설세계와 흡사한 『투사 스위니』의 세계와 같이 『바위』의 세계도 환경의 변화에 대한 불안감과 우려 못지않게 두려움을 자아내고 있다. 전자의 세계에서는 갱, 불량배, 매음, 말없는 실업자들이 모두 보이지 않는 어떤 공포에 쫓기고 있다. 이 공포는 불길하고 마음을 짓누르는 리듬과 중압감을 주는 반복과 반향에 의하여 암시되어 있다. 그 움직임은 극히 단순하여 두 개나 세 개의 소리 내지는 음성이 조화된 종소리처럼 반향하며 진행한다. 이때의 리듬은 지나치게 격렬하고 회화성이 너무도 담대하다. 그러나 후자의 세계는 이에 대한 치유적 환경을 조성하고 있다. 병든 사회에 대한 교회의 존재이유는 분명하다. 그래서 『투사 스위니』에 비해 『바위』는 신비주의적 희망을 담보하고 있다.

엘리엇은 유령보다도 극적인 것은 없다고 말하고 있는데, 그의 극은 모두 어딘가 초자연적인 느낌이 농후하다. 그의 최초의 극작품인 야외 종교극 『바위』는 런던 주교구의 교회건축기금을 마련하기 위하여 쓴 것이다. 후에 코러스만 그의 시 전집에 다시 수록했는데 그것들은 기교적인 연습으로서 흥미 있는 것이기는 하나, 그 주요한 의의는 오히려 엘리엇의 철학적 주제의 적절한 표현과 그의 진정한 의미의 시 사이에 얼마나 간격이 있는가를 보여주는 데 있다. 엘리엇의 문학적 이력에서 특히 현저한 태도는 시적 충동을 통제하는 힘이다. 이 코러스들은 그의 서정시에 비해 필연적으로 리듬과 언어가 단순화되어 있다. 그것들은 그가 『시의 효용과 비평의 효용』에서 서술한 극의 사회적 기능을 다할 수 있도록 의도된 것으로 극도의 시적 충동의 통제력을 보여주는 예가 된다. 그러나 작품 전체가 종교와 사회라는 주제위에 구조되어 있으며, 풍자적이고 훈계적인 경구 비슷한 시행도 있다. 두 번째 남성의 목소리로 부른 노래를 들어보자.

로베리아와 테니스 플라넬 바지의 나라에서
토끼는 구멍을 파고, 가시는 다시 찾아오고
쐐기풀은 자갈이 덮인 코트에서 자라고
바람은 말하네, "여기 점잖은 신 없는 사람들이 살고 있었는데
그들의 유일한 기념비는 아스팔트길과
잃어버린 천 개의 골프공이다."

In the land of lobelias and tennis flannels

The rabbit shall burrow and the thorn revisit,
The nettle shall flourish on the gravel court,
And the wind shall say: "Here were decent godless people:
Their only monument the asphalt road
And a thousand lost golf balls." (1934: 30)

이것은 실업자의 코러스를 배경으로 한 코리오란Coriolan의 세계로, 유럽의 불경기와 독재정치의 대두를 예상하며 그린 세계다. 『바위』는 명백한 선전문학이며, 선전문학으로서의 장점과 단점을 가지고 있다. "태초에 하느님이 세상을 창조하셨다"는 제7코러스는 『네 개의 사중주』의 몇 개의 주제가 초기의 형태로 표현되어 있고, 성서 리듬의 영향, 특히 교회의 일반 예배에 쓰이는 부분의 영향은 엘리엇의 후기 극에서도 이러한 리듬이 사용될 것임을 예시하고 있다.

『리스너』지는 논평을 통해 엘리엇이 편안한 현대 운문극을 창작하려는 시도에서 성공을 거두었다고 평하였다. 극의 운문모델은 시편의 운율에서부터 음악당의 곡조에 이르기까지 다양한데, 중요한 점은 관객의 귀에 조율된 익숙한 리듬이라는 것이다. 그래서 장면마다 연결된 코러스에 의해 아름답고 청명하게 노래로 불리어지거나 말로 표현되더라도 받아들이는 데 전혀 어려움이 없다는 것이다. 어조는 투사 스위니의 산뜻한 리듬과도 비교되며 「동방박사의 여행」("The Journey of the Magi")의 맑은 시행과도 비교된다 (1934: 945).

런던의 『데일리 텔레그래프』(*Daily Telegraph*)에서 시웰J. E. Sewell은 엘리엇의 새로운 극을 칭송하면서 "그의 야외극은 그의 초기 시와는 달리 특이하게 맑고 시와 상상적 탁월함 및 풍자적 힘에서는 황무지만큼이나 놀라운 면이 있을 정도로 정말 살아있는 아주 상쾌한 극"이라고 극찬했다. 시웰은

"날카로우면서도 통렬하고 도발적인 어구"로 구성된 코러스를 높게 평가하고 있다(4).

1951년 엘리엇 극을 탐사하면서 아이작스J. Isaacs는 회상한다. "난 1934년 새들러즈 웰즈에서의 『바위』 관객을 아주 생생히 기억하고 있다. 사람들이 진정으로 시극에 다가간 것은 처음이었다. 소박하고 신앙심 깊은 관객이었고, 열광적이지만 이해하지 못하는 관객으로, 연도적인 패턴에 감동을 받아서 마치 교회에서 웃다가 걸릴까봐 두려워하듯이 인상적인 시행을 접하고는 불안하게 웃는 사람들이었다. 교회에서 일하는 사람들과 외출한 대모들, 목자와 양떼들, 나처럼 네헤미아 서the Book of Nehemiah의 여운에 감동을 받은 상위계층 사람들, 원칙적인 오든Auden식의 느낌에 반응하거나 크리스토퍼 렌이 나오는 장면에서 익살스러운 시행연구를 알고 우쭐해하는 상위계층 사람들로 이루어진 관객이다(Isaacs 152-53).

『타임스 문학증보판』(*Times Literary Supplement*)에 따르면 코러스는 "공연에서 가장 활기찬 부분으로 입증되었으며, 성가나 영창 및 찬송가의 영역과 정확한 구어체 어휘의 활용을 조합하고 있다"는 것이다. 코러스는 마치 신문에 쉬쉬하며 퍼진 것처럼 가볍게 쓰였으나 발음하기에 강력한 힘이 있어서 『바위』에서 엘리엇의 성공은 확실히 서정적이다. 액션 장면은 미숙함과 오류가 있지만 공동 작업이라는 이유로 엘리엇에게 전적으로 책임을 지울 수는 없다. 런던 토박이말로 된 유머는 종종 신기할 정도로 미약하다. 가끔 선동자Agitator의 관점과 같은 이국적 관점들이 희미하게 투사되고 있으나, 엘리엇은 코러스의 사용으로 잃어버린 드라마영역을 되찾은 것이다. 빨간 셔츠Redshirts와 검은 셔츠, 금권주의자, 몇몇 코러스의 낙담한 목소리들에서는 『황무지』의 염세주의가 환기되고 있는 것이 눈에 띈다. 코러스에서 엘리엇의 리듬에는 마치 그가 통렬하게 반응한 무익함에서 당장 벗어날 수 없다고 하더라도 이미 친숙한 흐느낌이 "실려" 있음을 주목할 수 있다.

『뉴잉글랜드 위클리』(*New England Weekly*)에서 마이클 세이어즈Michael Sayers는 무대 대화가 단조롭거나 지루해지지 않기 위해서라도 꼭 있어야하는 정신의 침전이 모자란다고 혹평하고 있다. 엘리엇의 운문이 땅위에 머물러있고 불규칙한 걸음으로 원을 그리며 걷는 것처럼 과감한 전진으로 관객을 자극하지 않는다면서도, 그 정서적 전체 범위는 제한적이며, 풍자적으로 경솔하며 희망 잃은 낙담처럼 여겨지지만, 실로 희극적 맹렬함은 물론이고 비극적 관조에도 이르지 못하고 있다는 것이다. "멜로드라마적인 발화"와 "성의로 차려 입은 것 같은 중세적 진부한 표현"으로 가득 차 있다고 세이어즈는 평하고 있다(230-31). 『아델피』(*Adelphi*)의 평론가인 해리 손톤 무어Harry Thornton Moore는 엘리엇이 "프루프록의 저자로서 충분한 유머감각을 지녀야 했고, 『랜슬롯 앤드루스를 기리며』(*For Lancelot Andrewes*)의 저자로 엄청난 지력을 가졌어야 했으며, 『황무지』의 저자로서는 『바위』와 같은 일을 저지르지 않고 충분히 시적인 감정을 지녔어야 한다"고 썼다(188-89).

반면에 『에브리맨』(*Everyman*)의 평은 공연에 대한 다른 많은 뒤섞인 칭찬처럼, 그 성공을 폄하하면서도 엘리엇의 창조적 실험에는 찬사를 보내고 있다. 그러한 소동에 가담하는 연구에서 부상하는 데 필요한 정직함과 용기에 대한 찬사는 『바위』에 대한 모든 비판을 전제로 해야 한다. 엘리엇은 자기의 재능을 가장 잘 이해하고 있으며, 진지한 실험가의 방법들은 심지어 잘못된 것들에 대한 인상을 주고 있을 때에도 항상 주시해 볼 가치가 있는 것이다(189). 『가톨릭 월드』(*Catholic World*) 평자는 "극적인 견지에서 본 약점은 엘리엇이 쓴 어휘들이 항상 그 자체가 재미있고 건전한 영성으로 가득 차 있다고 해도 엘리엇의 어휘 수에 있다"고 썼다(189).

『스펙테이터』(*The Spectator*)에서 데릭Derek Verschoyle은 내용상으로 설

득력이 약하다는 것을 알았다. 교회와 세상간의 갈등이라는 상황에서 교회건립 캠페인에 대한 옹호로 간주되어, 이 상반된 명분의 어느 경우도 확실하게 명시되지 않고 있다. 엘리엇이 교회를 방어한 것은 설명보다는 호소에다 기초하고 있다. 그리고 그는 직접 그 논리적 정당화에 개입하길 꺼려하고 있는 것 같다. 대부분 교회의 명분이 추정되고는 있으나 밝혀지지는 않았고, 가끔 자기의 믿음을 구체화시키고 싶지 않아하는 엘리엇의 태도 때문에 짐짓 점잖음을 빼는 것 같은 식으로 행동하는 듯이 보인다. 교회가 활약해야 할 사회에 대한 엘리엇의 시각은 단순하고 왜곡되어 있다. 그는 파시스트와 공산주의자, 금권주의자와 사회적 기식자들을 비난하고 있지만 풍자만큼이나 감복하고 있어서 그렇게 단호하지는 않다. 그가 풍자하는 사회의 요소들은 비록 주요 원인은 아니더라도, 오늘날 교회에 보이는 무관심에 대한 이유만을 나타내고 있는 것은 아니다. 파시즘이나 공산주의를 수용하는 것이 대부분의 추종자들에게는 교회에 대한 불만의 결과이지 원인은 아니다. 많은 경우에 있어서 원인은 다른 곳에 있다. 예를 들어서 주택과 인구와 같은 문제에 대한 교회의 태도에 대한 좌절감이다. 엘리엇은 후자의 문제에 대해서는 건드리지 않고 전자에 관한 문제만 단편적으로 다루고 있다. 그는 또한 물질주의적 기반보다 다른 기반을 가진 교회에 대한 반대를 소홀히 하고 있다(851).

엘리엇은 『스펙테이터』의 다음호에 실은 편지에서 이에 대한 응답을 했는데, 내용은 극이 하나의 옹호라는 데릭의 생각이 바르지 않고 부정확하다고 했다. 캠페인은 옹호가 필요 없었는데, 만일 그가 썼다면 그건 산문으로 된 팸플릿이었을 정도로 그는 자기가 쓴 것을 광고라고 간주했다(887).

1934년 7월 『블랙프라이어즈』 리뷰는 현저하게 종교적인 감수성에서 나온 논평의 어조를 발췌하고 있다. "어쩌면 우리가 살아있는 시인들 중에서 가장 위대한 사람이 쓰기에 다루기 쉬운 펜을 빌려줘야 했으며, 아주 드문 예이기는 하나 차라리 계획한 사람 아래서 다시 써야했음을 그가 인정하는 편이 문학적으로는 존경을 받을 정도로 겸손한 태도"라는 것이다(499-500).

그로버 스미스는 이 극에서 엘리엇의 노력은 "아주 불운하기 때문에 그 누구도 극작에서 그의 성공적인 미래를 예측하지 못했다"고 쓰고 있다(1974: 171). 스미스는 엘리엇이 쓴 것이 다양한 종류의 전문가들에 의한 비평에 좌우되었음을 인정하면서 자연스런 결과로 많은 부분이 잘해도 어색하다는 것이다. 엘리엇은 그가 만들어내지도 않은 인물들의 정확한 컨셉을 놓쳤다고 책망 받을 수는 없으며, 여전히 그는 동정적인 입장에서 그런 남의 밑에서 하는 고된 일에 대해 재능을 남용했다는 사실만을 겨우 용인 받을 수 있을 것이다. 납득시킬 필요가 없는 사람들에게만 호소력을 지닐 수 있었다고 말한다.

캐럴 스미스는 『바위』에서 엘리엇의 극 레벨 이론의 예를 발견한다. 산문으로 된 글은 극의 표면을 나타내는데, 과거 유사한 사건들의 차원이 덧붙여져 있다. 이는 동시에 유사성과 아이러니를 전달하는 엘리엇이 좋아하는 방법 중의 하나다. 단조로운 평면적 인물은 행동 이면에 있는 상징적 레벨에 방해받지 않은 유형화된 표면을 창출하고 있다. 코러스는 사회적 논평의 매체vehicle로서 『바위』와 함께 어우러지는 행동의 철학적·신학적 의미의 층위에 맞는 표면적 행동의 레벨을 관통하는 극적인 도구다(86). 스미스는 『대성당의 살인』과 어느 정도 엘리엇의 후기 극에서 충분히 발전될 주제를 미리 예견하고 있다. 행동하는 인물의 고통에 대한 생각이나 의지를 완성할 필요성이나 세속적인 힘과 교회의 힘 사이의 갈등과 같은 주제들인데, 그녀는 코러스에서 투사 스위니의 서두처럼 극적인 리듬을 통합하는 데 따른 일련의 배려를 발견하고 있다.

스미스처럼 블랙머R. P. Blackmur는 다른 차원에서 극을 창작하는 시도로 보고 있으나 성공하지 못했다고 판단하고 있다. 사실 전체 극으로 관심을 끌려했다는 흥미의 차원이 너무 낮아서 자연스럽게 높은 차원으로 나아갈 수가 없고, 전반적으로 정서적 가능성을 결여하고 있기 때문에 실제성도 떨어진다. 활기 없는 차원의 극이므로 무의식적으로도 고차원을 기대하기 힘들다. 고차원에 관심을 둔 독자는 끊임없이 그 차원이 낮아지기 때문에 흥미를 잃게 된다. 새들러즈 웰즈Sadler's Wells에서는 장엄할 수 있으나, 엘리엇의 시 때문에 그렇지 못하다고 블랙머는 생각했다. 이처럼 독자의 텍스트는 중요하고 공연의 생명을 좌우한다. 사건이나 재미, 교회만찬이라는 사회적 참여 및 명랑한 풍자 등이 시를 지향하지 않고 외면하기 때문에 시의 효과가 감소되고 있다. 나쁜 운문은 좋은 시를 지향할 수가 없다. 여기서 엘리엇 운문의 결점이 나타나고 있다(Blackmur 257).

데이빗 워드David Ward는 이 작품을 조야한 표현주의가 코러스 양식으로 무기력한 실험이 번갈아 나타나는 양식의 편치 않은 결합으로 실패작이라고 판단했다(180). 『황무지』 2장에서 멋지게 기여한 영국 노동자 계층의 담화 억양과 리듬에 대한 엘리엇의 귀에 그는 실망했던 것이다. 엘리엇의 의도가 체스게임에서 보인 것보다 소재에 더 공감적이지만, 『바위』에서 근로자의 언어는 자의식적인 패러디이며, 최종 결과는 런던 토박이말이 최소한 활기찬 탁음과 단정치 못한 『황무지』에서보다는 훨씬 더 모욕적으로 변조된 방언으로 구사되고 있다.

그러나 토비 올신Toby Olshin은 극의 완전함을 옹호하고 있다. 극은 다양한 에피소드를 담은 기저의 주제가 상부에 존재하는 시간을 초월하고, 눈에 보이지 않는 계층적 질서와 우리가 알고 있는 시간에 갇힌 가시적 질서를 지닌 비전으로 보일 수 있다면 통합된 전체로 간주할 수 있다. 엘리엇에게는 교회가 이런 위대한 가시적인 가장 중요한 현현적 질서인 셈이다. 역사의 순환적 성격이 눈에 보이지 않는 리듬을 나타내는 완벽한 상징이 되고 있다 (313). 예를 들면 비록 많은 야외극 장면들이 일탈적이고 관련 없이 보여도, 일종의 주제적 표현으로 간주되고 있는 딕 휘팅튼 발레Dick Whittington ballet는 전체를 지탱하고 발전시키는 불가시적인 구조의 주제에 잘 들어맞는다. 휘팅튼은 보우 벨즈the Bow bells[4]에 의해 고무되어 스스로를 시장이라고 생각한다. 시민의 계급이 천상의 것을 세속적으로 표현하는 문화권에서 휘팅튼은 구현된 비전을 나타낸다. 시장으로 그는 최고의 계층에서 교회를 세상에 선물한 그리스도처럼, 성 마이클 패터노스터 로얄St. Michael, Paternoster Royal 교회를 재건하여 시에다 헌정한다.

올신은 『바위』가 엘리엇 스스로 비전문학vision literature이라고 불렀던 범주에 속한다고 보고 있다(314-15). 전체 극은 코러스의 비전 형식을 띠고 있다. 이는 극 내부에 여러 비전을 포함시키고 있다. 빨간 셔츠와 검은 셔츠에 대한 그릇된 비전뿐만 아니라 라히어의 꿈과 네헤미아Nehemiah의 통찰을 포함하여 노동자들의 비전 등이다. 노동자들의 비전에 이어 동일한 종류의 예지를 묘사하는 세 장면이 더 이어진다. 어부 헌신 행렬fisherman-dedication procession, 딕 휘팅튼의 신앙과 렌의 타블로the Wren tableau가 그것들이다. 세 경우 모두에서 진정한 비전을 보는 사람은 세상을 구축하고 있는 눈에 보이지 않는 계획에 대해 일시적이지만 아주 인상적인 통찰력을 성취하게 된다 (318).

이렇듯 『바위』는 대부분의 비평가들이 인정하고 있는 것보다 엘리엇 정전에서 아주 중요한 요소로 관습적인 극적 구조에 의한 것보다는 정신적 감수성에 알맞은, 일종의 눈에 보이지 않는 구조에 의해 훨씬 잘 통합되어있다.

---

4) 런던의 보우 교회St. Mary-le-Bow Church의 종으로 런던 토박이를 뜻한다.

그러나 『바위』를 엘리엇의 초기 시와 비교했던 당시의 비평가들은 지적인 결합과 응집된 긴장도의 부족함도 발견했다. 1934년 콘래드 에이큰Conrad Aiken은 그가 이전보다 엘리엇이 당시에 처한 난국, 즉 그의 현재 입장과 방향에 대해 무척 불편해하고 있음을 썼다. 『황무지』 바로 뒤에 쓴 『성회 수요일』이나 「머리나」("Marina")와 같은 종교적인 시를 따라 야외극은 흥미와 힘의 수렴을 나타내고 있다고 에이큰은 보고 있으며, 활기와 다양성이 감소하고 있고 원은 좁아졌으며 계속해서 좁아지고 있다고 생각했다. 그는 『바위』의 코러스에서 누구나 마치 이전에 더 풍부하고 자연스럽게 창안해내었을 법한 장소를 강탈하는 것과 같은 거의 매끄럽고 용이한 리듬과 수사적 교묘함을 느꼈다(161-65). 하딩D. W. Harding은 그릇된 대조에 초점을 맞추고는 교회가 현대의 좌절에만 신경을 쓰고 있다는 야외극의 의도를 흠잡았다. 극이 교양 없는 사람들의 곤경을 명확히 기술하고 있지만, 교회가 그들을 위해 하려는 것을 보여주지 못하고, 대신에 감상과 진부함 및 또렷하지 못한 풍자에만 호소하고 있다는 것이다(180).

『바위』는 통상적으로 엘리엇 극에서 흔히 발견하는 것 이상으로 더 사회적이고 더 정치적인 내용을 지니고 있다는 점에서 엘리엇의 후기 극들과도 다르다고 제럴드 윌즈Gerald Weales는 지적한다(189). 다양한 좌익과 우익의 현대판 만병통치약을 직접 풍자적으로 다루고 있다. 『바위』는 사회적 사상들을 암시하기보다는 적극적으로 구체화시키는 극들 중의 하나일 뿐이다. 이어지는 극에서는 관심의 초점을 점점 더 개인에게 두어야 할 필요가 있다.

야외극의 구조는 엘리엇의 신학적 주장을 다시 이행하고 있다고 스파노스William V. Spanos는 쓰고 있다. 과거에서 나온 원형적 장면들은 시간 순으로 제시되지 않고, 영국교회의 변화를 집요하게 묘사하고 있지도 않고 있다.

오히려 시간・공간적으로 전후 일정한 범위에서 그들은 재현의 패턴을 나타내며 교회가 끊임없이 쇠퇴하고 있기 때문에 계속해서 구축되어야 한다는 야외극의 도덕적 명분을 강화시키고 있다. 교회의 건축이 진행되고 있을 뿐만 아니라 주기적으로 진행되면서 모든 과거를 병합시키는 새로운 시작이 끝이 되고 있다. 따라서 우리는 현대의 교회건축 행위를 짓는 사람들의 휴식을 암시하는 완성을 향해서 움직이는 과정이자 야외극을 강조하는 의미에서, 더 중요한 것은 『바위』가 말하듯 세속적인 건축가들의 편에서 항구적인 참여와 노력을 요구하는 선악의 끊임없는 투쟁과 관련 있는 재현되는 역사적 과정으로 보게 된다(66).

야외극에 대한 영적인 논쟁은 끊임없었으나, 자기 생활에 정신적 중심 없이 완전히 무의미한 삶을 지닌 사람에게 『바위』는 필연적으로 살아있다고 의식하고 있는 기독교에 대한 소명이라고 볼 수 있다(Pietersma 21-22). 엘리엇은 파스칼Pascal이나 키에르케고르Kierkegaard처럼 자신의 실존적 현실을 알고 있는 사람이라면 신을 인정하게 되리라고 믿고 있었기에, 극을 통해서 기독교도라는 실체보다도 기독교도가 되는 과정을 보여주려고 애쓰고 있다.

코러스는 아주 진지하고 현실적인 비평적 관심을 끌어들였다. 로널드 부시Ronald Bush는 코러스 9장에서 부정확한 언어에서 완벽하게 아름다운 스피치어순으로 전환한 것에 대하여 각별한 의미를 두 번째 운문단락에다 두고 있다. 거기서 엘리엇이 시의 정수인 기도를 큰 소리로 부르고 있는데, 『번트 노튼』(*Bunt Norton*)을 예고하고 있다. 그는 파운드Pound와 조이스의 궤적에서 끌려 나와서는 상징주의자들의 궤적으로 물러나고 있다. 기도에 대한 그의 점증하는 열정은 말라르메Marlarmé에게 끌리게 한다(122). 이런 움직임은 『네 개의 4중주』에서 절정에 이르고 있으며, 부시는 엘리엇의 시 낭송녹음에 잘 나타나있다고 지적한다.

아서 폭스Arthur W. Fox는 『바위』의 코러스부분을 포함하는 엘리엇의 시 전집 1936년 판을 쓰면서 코러스에서 독자는 그의 많은 의미를 파악할 수 있으며 풍자의 섬세한 풍미를 감상할 수 있다고 주장한다. 그러나 이는 작품을 처음부터 끝까지 명확하게 읽어야 파악될 수 있으며, 엘리엇은 통렬한 풍자를 많이 사용하는 가운데 고상하면서도 나름 완벽한 메시지를 사용하고 있는데, 심오하면서도 명료한 의미전달과 함께 공명을 목적으로 특정한 음악성에 의존하여 시대의 당면과제들을 두려움 없이 공격하고 있다.

머큐리 극장Mercury Theatre의 소유주이자 엘리엇극의 초기 옹호자인 애슐리 듀크스Ashley Dukes는 야외극에서 엘리엇의 후기 극에 알맞은 전문적 기원을 찾는다. 그는 거기서 무대 협력과정의 중요성을 터득했다. 그는 극형식의 가능성에 대한 관심을 갖게 되었다. 사실 그는 어쩌면 엘리엇이 그 시대의 어떤 극작가보다도 앞서서 극작을 준비했다고 생각했다(112).

웹오델 목사Rev. R. Webb-Odell는 영국국교회 런던 교구에 의해 새로운 교회를 지어 양도하라는 요청을 받고 45교회펀드Forty-Five Churches Fund의 기금을 조성하는 데 도움을 주는 극장 야외극을 결정했다. 대개 야외에서 지역의 역사를 기념하며 대규모의 행렬과 함께 하는 그러한 야외극은 전통적인 기금조성 관습에 따른다. 이 기금조성 추진이라는 고매한 목적에 맞게 웹오델은 런던 극장에서 야외극을 무대 위로 올리기로 결정하였다. 그가 종교극 감독인 마틴 브라운Martin Browne에게 교섭하니 브라운은 그 계획에 엘리엇을 제안했다. 기금조성 위원회는 망설였다. 그들은 그가 "아주 현대적이고 너무 어렵다"(too modern: too difficult)는 사실을 알았기 때문이다(Browne 1969: 3-7). 1934년 7월호 『블랙프라이어즈』의 서평가는 각 장면이 런던의 영국국교회 교구에 의해 후원을 받았다고 쓰고 있다(499-500).

브라운과 웹오델의 야외극 시나리오가 엘리엇에게 전해졌고 나중에 그가 「시의 세 가지 음성」("The Three Voices of Poetry")에서 썼듯이 그는 단지 어휘들만 채워 넣었다. 그가 그 에세이에서 설명했듯이 『바위』의 청탁이 자기의 시가 고갈되고 막혔다고 느꼈을 때 이루어졌다는 것이다. 그는 또한 서문Prefatory Note에서 인쇄된 텍스트에 대하여 자기가 극의 저자가 아니라 단지 그 어휘들의 저자라고 생각할 수밖에 없었다고 썼다.

엘리엇의 정전 속에서 차지하는 이 작품의 위치에 대한 엘리엇과 다른 사람들의 망설임에도 불구하고, 토비 올신Toby Olshin은 코러스와 산문 대화가 이런 성격의 협력으로 된 엘리엇 작품의 일부로 무시될 수는 없다고 썼다. 작가 아닌 다른 사람에게서 비롯된 생각에 기초한다고 해서 최종 작품이 무시될 수는 없다. 오히려 저자가 주어진 형식을 수용한 것이 그 자신이 쓴 작품처럼 드러나고 있기 때문에 면밀히 연구되어야 한다. 셰익스피어가 홀린셰드Holinshed를 사용한 거나 고전극작가들이 종교적 신화를 사용한 일을 고려해보면 우리는 통상적으로 주어진 구성에서 호소력을 지녔던 요소들을 연구하거나 그 구성을 다루는 데 우리의 주의력에 초점을 맞추게 된다. 우리가 엘리엇에게도 같은 시스템을 사용하면 주어진 시나리오의 성격이 시적 좌절이라고 부를 정도로 낮은 것이지만 거기서도 엘리엇의 가치를 상승시킬 힘을 느낄 정도로 충분히 감동받게 된다(312).

실제로 야외극이 20세기로 돌아가는 제1부의 끝에서 엘리엇이 구성하고 몸소 쓴 1장에서 그는 점점 막강해지는 당시의 공산주의와 파시즘의 이념들을 비판하고 있다. 브라운은 이 장면이 1920년대의 독일 표현주의자들의 방법들을 사용했는데, 거기에 영향을 받은 오든과 크리스토퍼 이셔우드Christopher Isherwood의 몇몇 초기 극을 연상시켜주고 있다. 거기에는 레드 셔츠와 블랙 셔츠의 대중운동에 연원하는 사상의 조직화에 대한 착상에 필적할 만한 정확하고 정돈된 운동이 필요하였다(10).

엘리엇은 『바위』를 쓰면서 오든의 죽음의 댄스The Dance of Death 공연에 참가했다. 마이클 시드넬Michael J. Sidnell은 오든의 극이 엘리엇의 야외극에는 확실히 영향력이 있었고 어쩌면 영감이 되었다고 주장한다(93). 시드넬의 주장에 따르면 브라운이 지적한 표현주의의 영향은 완전히 오든에게서 나오고 있다. 엘리엇의 뱀류 금권주의자(재산가, 거부)는 오든의 극장 지배인Theatre Manager과 꼭 같은 등가적 인물이다. 엘리엇이 그린 레드 셔츠와 블랙 셔츠는 공산주의자와 파시스트의 국면에서 보면 오든의 코러스와 아주 유사하다. 죽음의 댄스에서처럼 엘리엇은 자기의 풍자적 효과를 위하여 코러스 구성과 가벼운 운율 및 폭넓은 희화화를 사용한 것이다(96).

『바위』의 코러스는 흠정역성서의 리듬과 기도서 시편에 많은 영향을 받고 있는데 코러스 운문이 지녀야 할 단순한 통사와 어조가 강한 반복 및 리듬의 다양성을 지니고 있다고 헬렌 가드너는 쓰고 있다(Gardner 1949: 133). 피터 애크로이드Peter Ackroyd는 단순하고 직접적인 이사야Isaiah와 에스겔Ezekiel의 언어를 감화력이 있는 언어로 보고 있다(213).

야외극 말미에 발레에 설정된 딕 휘팅튼과 그의 고양이 전설은 현실의 『고양이에 대한 늙은 주머니쥐의 책』(*Old Possum's Book of Practical Cats*)의 「거스와 극장 고양이」("Gus and Theatre Cat") 시에서 간략하게 다시 등장한다. 거스의 극적 내력을 보면 그의 웅장한 우연적인 추억들 가운데에는 딕 휘팅튼의 고양이 역할을 대신하는 부분이 있다. 그리고 애크로이드에 따르면 더글라스Major C. H. Douglas가 고안하고 에즈라 파운드가 공표한 야외극의 몇몇 구문, 특히 경제적 역학에 대한 일꾼들의 신비화는 사회신용 원리에 대한 엘리엇의 관심을 반영하고 있다(221). 마지막으로 로벗 버치필드Robert Burchfield가 조사한 바에 의하면, 옥스퍼드 사전에서 전자코드 버전의 컴퓨터 검색을 해보니 엘리엇 작품에서 나온 500개가 넘는 해설 용례가 있다는 사실이 드러났는데, 밝혀진 것처럼 51번의 예로 가장 빈도 높게 인용된 작품이 『바위』라고 한다(75). 그의 첫 극작품은 이렇게 시작된 것이다.

「앨프릿 프루프록의 연가」를 쓰고 오랜 시간이 지나서 엘리엇은 자기가 더 이상 시를 쓸 수 없을 것 같은 두려움을 형에게 쓴 편지에서 토로했다. 이런 감정은 자기의 창작 소재가 고갈될지도 모른다는 공포감으로 평생 지속되었다고 한다. 실제로 그가 시작을 하지 않은 침묵기도 있었다. 시작이 멈춘 기간 동안 그는 가끔 비평과 극, 『바위』의 코러스 등을 쓰기도 했다. 『성회수요일』과 『네 개의 4중주』를 발표한 시기의 중간에 해당되는 때인데, 1934년 7월에 보나미 도브레Bonamy Dobrée에게 보내는 편지에서는 자기가 쓴 시는 좋은 시가 못되지만, 『바위』는 그렇지 않다고 했다. 이제 자기에게는 찬란한 미래밖에 없다고까지 강조했다.

엘리엇이 밝힌 이와 같은 갈팡질팡하는 감정을 정확히 알 수는 없다. 그의 발언에 스며있는 자기비하적인 직선적 태도가 자존심을 잘 극복하기는 했지만, 그것이 화가 난 자존심을 숨긴 겸손의 표시인지는 알 수 없다. 엘리엇은 흠잡을 데 없는 지성과 도덕적 용기를 지닌 사람이다. 자기의 역량과 재능을 낮추는 무슨 말을 했다고 해도, 우리가 그의 말에 따라 그의 능력을 불신할 수는 없다. 그러나 이런 말들로 인해 그가 가끔 좌절되었다고 해도 분명히 『바위』라는 작품의 경우에는 처음으로 그 힘을 감지했음에 틀림이 없다. 120편의 시로 구성된 이 작품은 교회 야외극으로 쓴 것이다. 교회사라는 사전에 마련된 시나리오에 따라 쓴 것이다. 이러한 종교적인 계획에서 그는 단지 손님에 불과했다. 사전에 만들어진 패턴에 표현들을 덧붙이면 되는 것이었다. 이와 같은 조합에서 나온 것이 『텅 빈 사람들』과 아주 흡사한 엘리엇 자신의 이미지인 일련의 빈 시들인 셈이다.

형체 없는 모양, 빛깔 없는 그늘,
마비된 힘, 동작 없는 몸짓;

Shape without form, shade without colour,
Paralysed force, gesture without motion; (83)

이 시행들은 설득력이 희박한 말들로 된 지푸라기를 채워 넣은 허수아비의 머리 부분과도 같다. 조용히 속삭이는 메마른 목소리로 발화되고 있다. "무의미한"meaningless이라는 형용사는 불행히도 코러스가 그 표현 속에 시인에게는 장애가 될 수밖에 없는 너무 많은 의미와 아주 명백한 교훈 등을 지니고 있기 때문에 결코 기술의 일부가 될 수 없다. 분명한 교훈과 명제가 있기 때문에 이 시편들은 엘리엇의 모호한 시 창작에서는 예기치 않은 확실한 막간극인 셈이다. 그 관심은 불필요한 대상에 집중되어 있는데, 특히 도회 시인에게 비쳐진 도시의 이미지와 사람들이다. 황무지에서 의미 있게 보였던 대상이 무엇이든 간에 엘리엇의 독특한 시적 긴장을 구축할 비시적非詩的이고 역겨운 이미지들이 여기서는 이상하지 않게 조심스럽게 공존하고 있다. 엘리엇은 『바위』에서 전통적으로 예언적인 소리를 내고 싶어 했는데 이 때문에 시행의 생명이 담보되었던 것이다.

아주 유별난 악기들로 채워진 오케스트라같이 시의 어휘는 더 이상 소리 나지 않고 매혹적이고 상쾌한 소리를 내지 못하고 있다. 이 어휘들은 아주 제한된 종교적인 성격의 어휘와 도회적 성격의 어휘로 쉽게 구분될 수 있다. 해석하는 데 애매한 부분이나 알기 어려운 결합이나 위험한 부분도 없어서 엘리엇이 시에서 의도했던 대로 사용되었다. 언어적 간섭 부분에서는 작가와 독자의 의미가 분열되는 지점까지 서로 충돌하여 끊임없이 의미가 증식된다. 명민함이 엘리엇의 중심점이 아니다. 시가 주로 이해하기 쉽게 의도된 것이므로 그는 여기에 명징성을 사용했다. 그는 시인으로서 자기에게 불리하게 그렇게 한 것이다. 여기에는 아무런 과장법이나 과소법도 없다. 모든 표현이 빈틈없이 균형을 이루고 있다. 이렇게 명료성에 충실하다보니 시가 갖는 서정적 희열이 희생되었다. 여기에 엘리엇의 따분한 면모가 보이는데, 그는 사실상 전혀 그 점을 깨닫지 못하고 최초로 극의 경력에 진입하면서 무대 위로 오른 셈이다. 아주 흥미로운 부분인데, 극에서는 어떤 명료함이나 모호함도 그렇게 도움이 되지 못하고 있다. 그의 다섯 편의 극에서 극적인 장치는 거의 마련되지 않았다. 그는 자기가 가장 잘 아는 것, 즉 자기 시의 기묘한 음악성에 다시 한 번 호소할 생각이었다.

『바위』의 첫 시는 『황무지』를 회상시키는 재미있는 부분으로 시작한다("world of spring and autumn, birth and dying"). 일단 함축적인 이미지를 반복・재현한 이유는 비록 그 이미지들이 여기서는 약하고 듣기 힘들고, 모든 엘리엇적인 정체성을 상실할 정도로 손상되어있다고 하더라도 『바위』가 살아남아야 하는 유일한 이유이기 때문이다. 엘리엇의 작품들을 처음 읽다보면 마치 지나다닌 길을 걸어 내려가는 느낌을 갖는다. 친숙함의 분위기가 우리를 유혹한다. 우리는 어떤 평화도 누리지 못하고 더 많은 무의미한 소음만 있는 소란스러운 반응이나 황량한 영향, 끝없는 주기의 반향을 계속해서 차단하고 있다. 「게런티언」("Gerontion")과 『성회수요일』의 영향이 나타나고 있다. 조이스처럼 어원을 다루는 예술가에게 해당되는 시행들이다.

말이 나오지 않는 곳에
우리는 새로운 말로 짓는다.

Where the word is unspoken
We build with new speech. (149)

아무도 반대하지 못할 정도로 관대한 엘리엇의 지적인 능력을 생각할 때 이 어조는 믿기 힘들 정도다. 인정하지 않을 뿐만 아니라 완전히 질책하고 있다. 엘리엇은 실제로 자기의 집게손가락을 우리에게 흔들고 있다. 그는 진흙탕에서 쥐와 같은 것들의 매끄러운 배를 즐기곤 했다. 이제 이것들은 완전히 비켜간다. 그러나 그가 좋아하는 장치는 여전히 서로 상반되고 맹렬한 단어들을 조합시키는 것이다.

끊임없는 발명, 끊임없는 실험이,
움직임의 지식을 가져오지만, 정지의 지식은 아니야;
화술의 지식을 가져오지만, 침묵의 지식은 아니지;
말의 지식과 말씀에 대한 무지도.

Endless invention, endless experiment,
Brings knowledge of motion, but not of stillness;
Knowledge of speech, but not of silence;
Knowledge of words, and ignorance of the Word. (147)

그의 훌륭한 시에서 탐욕스러울 정도까지 아껴서 사용한 구두점은 과도할 정도로 정확하다. 쉼표 하나, 세미콜론 하나, 마침표 하나 놓치지 않고 있다. 더욱이 감탄부호나 물음표도 많다. 관객은 “O's,” “where's,” “I say”라는 표현을 계속해서 듣는다. 각 문장구조는 결함이 없다. 생략부호도 없고, 눈에 띄지 않게 말로 표현되지 않은 어휘도 없으며, 불가해한 휴지도 없다. 불쾌한 큰 목소리는 설교의 위엄을 모방하려고 애쓰고 있는데 관객을 당혹시켜서 초조하게 다루고 있다. 엘리엇은 비평에서와 같이 여기서도 분위기를 거부하고 있다. 그가 마음으로 우연히 찾아낸 이미지나 말에 이어서 불의나

위선, 무익의 선전문구가 뒤따른다.

> 지식에서 우리가 잃어버린 지혜는 어디 있지?
> 정보 속에서 우리가 잃어버린 지식은 어디 있지?
>
> Where is the wisdom we have lost in knowledge?
> Where is the knowledge we have lost in information? (147)

시행에는 반복을 주어 특정한 음악성을 부여하고 있다. 그의 더 나은 시편에서 엘리엇은 단어들을 반복하면서 반드시 하나이상의 의미들을 사용한다. 반복은 그러한 다양한 의미들에 의해 뒷받침되지 않고 있기 때문에 여기서는 공허한 음악을 만들어서 우리로 하여금 서둘러 못보고 지나치거나 무시하게 만들고 있다.

엘리엇의 『바위』를 감상하는 데에는 믿음이 필요하다. 그는 비평에세이들을 통해서 셸리와 같은 시인은 그의 설익은 신념 때문에, 그리고 자기의 믿음과 시를 분리해낼 수 없었기 때문에 실패했다고 말하곤 했다. 비평가로서 엘리엇은 믿음이란 시에서는 필수불가결한 요소는 아니라고 생각하는 것 같다. 그가 『바위』에다 종교와 교회 및 신의 유용성을 두었을 때 시에 교훈을 부여하는 점에 대한 자신의 과묵함을 잊은 것은 아닐까?

어휘들을 추가해달라고 엘리엇이 부탁받은 교회야외극에서 부과된 도덕적 중심주제 외에도 10편의 시에는 파헤쳐 볼만한 힘이 있다. 첫 번째 시편에서 독자는 몰랐던 엘리엇의 얼굴을 발견했다. 시행의 명징성이나 순수성은 독자에게 엘리엇과 그가 살고 있는 세상의 일부를 드러내어준다. 감추고 있는 모호함이나 생략된 부분은 없다. 『바위』를 읽을 때 우리가 느끼는 약간의 불편함의 이유는 어느 정도 있을 수 있다. 엘리엇은 갑자기 그의 모습에 베일을 씌워놓은 많은 레이스를 떨어뜨려 독자가 그를 발가벗은 상태로 보게 한다. 그가 설교할 때 큰 소리의 단조로운 음에 귀가 멍멍해져서 독자는 그의 말 속에서 어떤 기품을 감지할 수가 없다. 유명한 그의 감춰진 인성이론인 예술에서의 몰개성이론이 무시되고 있다. 그는 시인이 말을 많이 할수록 전달하는 핵심내용이 적어진다는 사실을 잊고 있다. 언어적 탐욕과 정서적 묵인은 그의 시처럼 수월성이 불가해한 과소법과 애매모호함에 있을 때에는 꼭 필요하다. 다음과 같은 시행은 감동적이다.

생활 속에서 우리가 잃어버린 신은 어디에 있나?

Where is the Life we have lost in living? (147)

독자를 매혹시키는 엘리엇의 힘이 느껴지는 부분이다. 불행히도 전후 텍스트에 의해 말 그대로 소멸되고 압도되어 소리가 들리지 않는다. 울리는 영탄법과 수사의문, 대문자표기, 쓸데없는 대조적 어휘들로 채워져서 적막한 생기만으로는 첫 연을 되살릴 수 없다. 그건 최소한 우리에게 엘리엇 시의 재미있는 전환점을 시사해준다. 『네 개의 4중주』의 시구처럼 나와 우리 사이의 동요와 고통스러운 정서적 즉시성에서부터 더 안정되고 요원한 명상적 정서에 이르기까지의 느린 문구가 그것이다.

『바위』는 "난 런던을 여행했다"(I journeyed to London)에서와 같이 시간과 공간의 제약을 받는 도시묘사로 시작한다. 그가 보는 것은 무엇일까? 그의 기호에 맞게 많은 음식점과 차, 소풍, 교회와 황무지에서 울리는 회고의 종 및 교구목사와 상관 짓기를 거부하는 사람들이다. "바위"라고 부르는 인물은 성지와 교회가 무시되는 것을 소리 내어 한탄한다. 대사가 함축하는 의미는 인간의 종교거부로 지하철 기차 안이나 심지어 사람의 마음속에 나타나, 사람들에게 사막으로 되돌아가도록 위협한다. 시에서 모래사막과 바위라는 두 이미지가 집요하게 재현되는 것을 기억하지 않을 수 있겠나? "이 붉은 바위 아래의 그늘로 오라"(Come in under the shadow of this red rock)는 표현과 "마지막 푸른 바위들 사이의 마지막 사막"(the last desert between the last blue rocks)이라는 시행들이 그렇다. 색깔과 모양 및 문맥에서 이전과는 저마다 약간씩 다르지만 의미상으로는 견고하게 연관되어 있다. 엘리엇 자신의 어휘가 아니면 표현되기 어려운 의미다. 의미가 느껴지긴 하나 다시 고쳐 쓸 수는 없다. 코러스 일꾼들은 노래 부르며 들어온다.

우리는 의미를 만들지:
모든 이를 위한 교회와
누구나 자기 일을
할 수 있는 일자리를.

We build the meaning:
A Church for all
And a job for each
Each man to his work. (150)

실업자들의 통렬한 이미지 때문에 일꾼들의 낙천적인 분위기는 중단된다. 엘리엇의 풍부한 불만감이 되살아나고 있다.

아무도 우리를 고용하지 않았어
주머니에 손을 찌르고
얼굴을 숙이고 있는 우리를

우리는 일어나 드넓은 곳에 서서
불 꺼진 방에서 떨게 되지.

No man has hired us
With pocketed hands
And lowered faces
We stand about in open places
And shiver in unlit rooms. (149)

게런티온의 분노는 어두운 밤의 등대처럼 아련히 멀어지고 있다. 그 분노는 두 번째 시의 엄격한 분개로 짓눌러진다. 묘사되고 있는 망가진 집은 여기서 제국주의가 팽창되는 시대의 신의 집이다.

그리고 그들은 산업발전으로 생긴
제국의 확장을 시작할 수 있었지.
철, 석탄과 면제품을 팔면서
지성적 계몽과
모든 것을, 자본을 포함하여
여러 가지 판본의 복음도.

Then they could set about imperial expansion
Accompanied by industrial development.
Exporting iron, coal and cotton goods
And intellectual enlightenment
And everything, including capital
And several versions of the Word of GOD. (151-52)

게런티온의 화는 정말 효과적이다. 이 분노는 독자들의 귀에는 외국어처럼 들린다. 엘리엇은 당대의 현실에 몰입하여 자기 시 속에 충분히 이해되지 않은 상태로 밀어 넣으려고 최선을 다했을 지도 모른다.

관객의 눈에 근접하려는 노력의 결과는 당시 시에서 유행하고 있던 어마어마한 표현이다. 그 표현은 관객에게는 익숙한 언어지만 아주 희극적이고 분명히 낯선 강세로 말하는 것처럼 들린다. 그래서 관객은 감동을 받지 못한다. 그런데 관객의 반응에 대해서 혼란스러움을 느끼고 불편함을 느낀다는 의미에서 독자는 읽을수록 더 혼란스럽다. 화자의 무서운 호소력이 관객이나 독자가 참고 있었던 웃음을 폭발시킨다.

이 시편들에 대한 메시지 파악의 실패는 어떤 의미에서는 독자의 과오라고 할 수 있다. 독자는 나태함, 탐욕, 폭식, 오만, 호색과 같은 죄와 자신에 대한 직접적인 관계에서 회개와 보속에 대해 누군가가 말하는 것을 듣는 경우가 있는데 이때 제대로 준비를 못하고 있다. 신에게 간택된 사람들처럼 런던인들이 여전히 신전을 지어야한다고 가정해보자. 흩어진 가족과 자신에 대한 증가하는 고독감, 그리고 차에 대해 느끼는 저마다의 감정이 정확히 목격된다. 세상에서 악행이 될지도 모른다는 사실을 넌지시 암시하면서 엘리엇이 이들 자동차를 언급하는 데 사용한 분노의 어조는 여전히 청교도선조들의 종교적인 격앙을 생각나게 한다. 그는 다음과 같이 불평한다.

오 인간들을 설계하는 비참한 도시들,

O miserable cities of designing men, (154)

그러나 3부의 시행은 기억할 만한데, 신은 이렇게 말한다.

난 너희들에게 심장을 주었지, 서로 불신하도록.

I have given you hearts, for reciprocal distrust. (154)

이 부분은 해학적인 놀라운 느낌을 자아내는 이 장치들 가운데서 그가 사용한 점강법, 즉 격조저하를 엘리엇이 선호하고 있다는 사실을 떠올리게 하고 있다. 그는 웃음을 유발하는 예기치 않은 말들을 좋아한다. 여기에 이어 오는 시행들은 불행히도 내키지 않을 정도로 희극적이다.

많은 이들이 책을 써서 출판하고 있다,
많은 이들이 자기 이름이 인쇄되는 것을 보고 싶어 하지,
많은 이들이 인종보고서만 읽고 있어.
독서량은 많으나, 신의 말씀은 아니네,
지은 건 많으나, 신의 집은 아니네.

Many are engaged in writing books and printing them,
Many desire to see their names in print,
Many read nothing but the race reports.
Much is your reading, but not the Word of GOD,
Much is your building, but not the House of GOD. (154)

일련의 시에서 엘리엇이 저지른 과오는 어휘들에 관한 오류다. 사전적 오류라고 말할 수 있겠다. 그는 발레리Valery처럼 유사한 언어로 겁에 질린 모습을 드러낸다. 그는 더 이상 반응하지 못할 사람들에게 말을 하려고 고어들을 선택했다. 오늘날 이 단어들에 내포된 성서적 분노는 놀라게 하는 데

실패한다. 그것은 오래 된 역사적 사실로 간주되고 있다. 『바위』에서 엘리엇은 그 영향을 실재가 사라진 어휘들에다 끼치고 있다. 사실 『바위』는 마치 영어가 사어인 것처럼 썼다고 말하게 된다. 만일 엘리엇이 지루하고 케케묵은 시나리오에 의존하지 않고 자신의 뒤틀린 감수성에 빠지고 말았다면, 결과적으로 발생하게 될지도 모르는 분노는 「게런티언」이나 『성회수요일』 등에서의 나이 듦에 대한 분노와 같았을지도 모른다. 사실은 그는 성질에 맞지 않게, 자신의 시적 성격과는 배치되게 작업을 했다. 그는 애매성이라는 미스터리에서 비켜서려고 애썼다. 그는 지나치게 경직되고, 편협하며, 벅찬 명제를 관객이나 독자들에게 강요하려고 했다. 간략히 말하면, 『바위』를 망친 것은 이러한 편협한 도덕적인 교화 작업이다.

엘리엇은 실제 시적 폭발에 대한 준비가 되지 않았을 때 이와 같은 열 편의 코러스를 써야했던 것이다. 『바위』를 쓰면서 그가 자신의 창의적 에너지보다는 자신의 전 작품을 인용해가면서 기억했던 것을 사용했다는 것이 그 증거이다. 시행들은 그의 전 시편들에서 명확히 추적해 찾을 수 있는 이미지들로 채워졌다. 예를 들자면, 집들이 "일요일자 신문 나부랭이"a litter of Sunday newspapers로 채워졌다는 표현이 그렇다. 시의 쓰레기를 실어 나르는 "멋진 테임스"sweet Thames의 아름다운 기억도 그렇다. 「게런티언」에서 염소 한 마리가 벽돌이 흩어진 거리를 기어 올라가는 풍경, 머리 위까지 매장된 살아있는 것이 여기서 움직임도 없는 모습, 밤에 들판에서 계속 기침하는 염소 등에 대한 표현이 여기에 속한다.

> '신앙심이 없는' 사람들은 서로 사랑할 줄은 모른다. '내 친구여 내 심장을 흔들고 피를 흘려라.' 황무지는 이렇게 말한다.

'Godless' people do not love one another; 'My friend, blood shaking my heart', The Waste Land said.

모든 분야의 진기한 것들에 대한 비난 투의 발설은 마치 중세의 종교 재판소 앞에 끌려 나간 것처럼 역겨울 정도로 우리를 전율하게 한다. 엘리엇은 시대착오적 창안을 시도하였고 그 결과 다음의 단편 마지막 부분처럼 그래도 지구는 움직인다는 갈릴레오Galileo의 말을 단순히 되뇌는 것 같은 기분이 들게 된다.

공을 들여 흙과 물을 섞어서,
바다를 이용하고 산을 개간하고,
별들을 평범한 것과 선별된 것으로 나누고,
완벽한 냉장고를 만드는 일에 가담하여,
합리적인 도덕심을 시험하고,
가능한 많은 책을 인쇄하는 일을 하여,
행복을 도모하고 빈병은 내던지고,
멍한 상태에서 들뜬 열정의 상태로 바꿔서,
나라나 종족 또는 소위 인류를 위해서,

Binding the earth and the water to your service,
Exploiting the seas and developing the mountains,
Dividing the stars into common and preferred,
Engaged in devising the perfect refrigerator,
Engaged in working out a rational morality,
Engaged in printing as many books as possible,

Plotting of happiness and flinging empty bottles,
Turning from your vacancy to fevered enthusiasm
For nation or race or what you call humanity, (155-56)

의미상으로는 어떤 회의감도 허용되지 않는다. 우리가 밝히고 싶지 않은 죄의식에 대한 구차한 고백이 없다면, 어떤 항소의 권리도 없고 그 어떤 응답도 받아들여지지 않는다. 약간 셰익스피어적인 느낌이 드는 해피엔딩이 없다면, 모든 것이 정말 진지하게 받아들여지는 지의 여부가 의아해질 수밖에 없다. 엘리엇은 비시적인 시를 과연 옹호했을까? 시를 떼어내라("Cut off the poetry")든가 도회풍의 경치를 좋아했던 사람인가? 단호한 목적에 따라 자기 생각을 표현하는 데 수줍음을 느끼던 과묵한 사람이 자기 시에다 그런 스릴 있는 모호한 표현을 도입했을까? 뭔가 형언키 어려운 일들이 『바위』에서 일어나고 있다. 그가 이전 시에서 보인 다의적 의미들을 내포한 효과적인 시어들이 도움을 얻으려고 황급히 쓰였으나, 결과는 저자의 의도에 반하는 것이었다. 아니 과거에는 재기 넘쳤지만 여기서는 침울할 정도로 무기력해져 버려서 호소력을 지니지 못하고 있다. 시에는 잘 알려진 샘과 화재로 인해 폐허가 된 마을이 나오지만, 잊힌 종교 이야기를 어린애처럼 얘기해줌으로써 그 암시적 의미가 퇴색되고 있다.

박해를 몰랐던 사람들에겐 힘들지,
기독교도를 결코 몰랐던 사람들에게도,
이 기독교 박해 이야기들을 믿기란.
은행 부근에 사는 사람들에게는 힘들지
자기 돈의 안전성에 회의를 갖기에는.
경찰서 옆에서 사는 사람들에게는 힘들지

폭력의 승리를 믿기에는.
믿음이 세상을 정복했다고 생각하고
사자들이 더 이상 사육사를 필요로 하지 않는다고 생각해요?

It is hard for those who have never known persecution,
And who have never known a Christian,
To believe these tales of Christian persecution.
It is hard for those who live near a Bank
To doubt the security of their money.
It is hard for those who live near a Police Station
To believe in the triumph of violence.
Do you think that the Faith has conquered the World
And that lions no longer need keepers? (159)

엘리엇이 적절한 시어들을 배치했기 때문에 모든 소리가 마치 교회 성악곡처럼 울리고 있다. 그러나 그가 지나치게 곡조에 의존하는 바람에 시행들은 파행적으로 작용하고 있으며 심지어 짜증이 날 정도로 조화롭지 못하다. 『바위』의 이러한 패턴이 교회사를 제대로 규정하고 있는 것 같지만, 사실 전반적인 시는 전혀 서사적 특성을 갖지 못하고 있는 듯하다. 이 부분도 엘리엇이 실패한 부분이지만, 다른 의식의 흐름 작가들처럼 이야기를 제대로 전달하지 못하고 있다. 그가 사용한 수법은 온통 서정적이다. 단지 사건들만 제시하고 있을 뿐이다.

야외극의 역동성보다는 무대후면의 후광만 보이게 하고 있다. 함축적인 서사는 비록 이전에는 완벽하게 쓰였지만 추측을 난무하게 만들고 여기저기 여러 단편으로 분절되는 바람에 시에 효과적이지 못하다. 비평가들이 오랫동안 엘리엇의 시들이 서사적 일관성을 과연 가지고 있느냐의 여부를 논의해왔고, 많은 단편적 조각들이 일원적 연속성이나 논리적 질서를 결여하고 있는 지에 대해 집중적으로 논쟁을 벌여왔다. 실상 이 모든 것들이 엘리엇적인 분위기 속에 혼재되어 특유하게 통합되어 왔다. 침울하거나 은둔적이며 또는 과묵하거나 뒤틀린 분위기가 『바위』에는 없다. 소위 엘리엇이 말하는 시의 생명이라는 측면에서 정서적으로 말하자면 『바위』는 사산해버린 문학작품이다. 서사적인 면에서 지탱해줄 분위기나 서정적 소재가 없지만 그래도 안전하게 보인다. 예를 들어서 세상의 탄생을 말하고 있는 제7부의 풍부한 두운과 모운은 시행을 효과 있게 지탱해주고 있다. 신이 생명을 창조하기 전에는 오로지 불모와 공허함 및 암흑이 심연에 만연해 있다는 이미지에는 모운이 쓰인 다른 연에서는 볼 수 없는 놀라운 후광이 보인다.

> 세상 사람들이 뭐라고 말하고, 세상 사람들이 간선도로로
> 　　고성능 차량을 타고 빠져들고 있는가?

> What does the world say, does the whole world stray in
> 　　high-powered cars on a by-pass way? (161)

뒤집힌 종鐘이 묘사된 시행에서는 교회에 태만한 인간들에 대한 불만이 쏟아지는데, 그 분위기는 『황무지』를 연상시킬 정도로 삭막하다. 그러나 황폐한 좌절감 속에는 『황무지』의 말미에 보이는 여명처럼 희망의 후광이 보이고 있다. 공중에 거꾸로 걸린 종탑의 종은 울리고 다음과 같은 수사의문문이 제기된다.

교회가 인류를 좌절시켰나, 아니면 인간들이
  교회를 저버렸나?

Has the Church failed mankind, or has mankind failed the
  Church? (161)

이 부분은 『성회 수요일』에서 발견되는 멋진 중의성이 어디서부터 열어지고 있는지 알 수 없게 만든다. 제7부의 단편에 아주 추상적인 예가 발견되고 있긴 하지만, 그 효과는 일종의 산문으로 반복된 회화체를 기반으로 하고 있는 것처럼 보인다. 이미 『네 개의 사중주』의 분위기를 미리 예견하게 하면서 시간 개념을 정서적으로 처리하고 있다.

그리고 예정된 순간에, 시간 속의 순간과
  시간의 순간에,
시간에서 나온 순간이 아니라, 시간 속의 순간, 역사 속에:
    시간의 세상과, 시간 속의 순간을 횡단하고, 이분하면서
    그러나 시간의 순간과는 달리
시간외에 시간 속의 순간은 그 순간 생겼지: 왜냐하면
    의미가 없으면 시간이 없기에, 시간의 그 순간은
    의미를 주었다.

Then came, at a predetermined moment, a moment in time and
  of time,
A moment not out of time, but in time, in what we call history:
    transecting, bisecting the world of time, a moment in time

but not like a moment of time,
A moment in time but time was made through that moment: for
without the meaning there is no time, and that moment of
time gave the meaning. (160)

이 시행들은 『네 개의 사중주』의 이완된 시행흐름과 아주 유사하다. 단지 신앙과 불신 및 가장이라는 명제가 조합하고 있는 균형적 통제가 아직 성숙되지 못했을 뿐이다.

8부는 적당한 미덕과 적당한 사악함이 공존하는 시대, 즉 우리가 살고 있는 이 시대에 대한 또 다른 비난을 목소리 높여서 전하고 있다. 역경만큼이나 좋지 않은 믿음에 대한 무관심 때문에 엘리엇은 분노하면서 질책하는 시행을 통해 현대독자들을 힐난하며 공격하고 있다. 성직자조차도 여기서 피해갈 수 없다. 9부는 하마를 연상시킬 정도로 교회를 슬픔의 집("House of Sorrow")으로 변모시키고 있다고 현대인들을 꾸짖고 있다.

우리는 빈 벽들 사이를 다녀야 한다, 낮게 말하며,
약하게 속삭이며,
명멸하며 흩어진 적은 불빛사이로.

We must go between empty walls, quavering lowly,
whispering faintly,
Among a few flickering scattered lights. (164)

그는 슬픔이 아니라 기쁨을 거기서 배워야 한다고 주장한다. 성인들의 환희는 하계에서는 알지 못한다고 덧붙인다. 이어서 삶의 슬픔에 관한 또 다른 단언이 이어지고 배워야 할 기쁨은 우리의 성실하지 못한 흐린 말이나 진눈깨비나 우박과 같은 부정확한 말이라는 수단을 통해서 구두로 표현될 수는 없다는 것이다. 인용된 표현이 지니는 강점은 『네 개의 사중주』의 「이스트 코커」에서 다시 나타나는데, 엘리엇의 경이로울 정도로 위험한 언어적 시도로 불안정한 시어선택과 약하고 믿을 수 없는 시적 소재채택 등이다. 그것은 엘리엇 비평에 늘 따라다니는 유사한, 과도하게 불안정한 구어적 표현으로 된 묘사다.

시의 종결부분은 "보이지 않는 빛"Light Invisible으로 불리는 이미 구두로 표현된 신성Divinity에 헌정되고 있는데, 마치 『네 개의 사중주』의 확신에 찼으나 믿음이 없는 분위기의 도입부분처럼 들린다. 여기서 우주에 대한 엘리엇의 비전이 엿보인다. 광대한 사고의 생성이 신이 말한 흔들리는 성서적 표현을 대신하고 있는 듯한데, 이 부분이 『바위』의 최고 부분이다. 마치 엘리엇이 영감을 다시 얻게 되었다는 조짐이나 학구적인 반향이 되돌아오는 느낌이 든다. 공포의 전조에 의해 혼돈되고 어둡고 불안한("confused and dark and disturbed by portents of fear") 세상, 즉 우리가 살고 있는 이 세상을 나타내고 있는 이미지는 매슈 아놀드의 시 「도우버 비치」("Dover Beach")를 연상시킨다.

> 우리 여기에 어두운 평원 위에 있지
> 공격과 퇴각의 경보에 혼란스럽게 휩쓸려
> 밤에 구분 못하는 군대들이 충돌하지.
>
> And we are here as on a darkling plain
> Swept with confused alarms of struggle and flight,
> Where ignorant armies clash by night. (Arnold 167)

지옥과 같은 세상의 밑바닥 구렁텅이("bottom of the pit of the world")에 대한 이미지는 단테Dante와 밀턴Milton이 그리고 있는 분위기를 지니고 있다. 애매한 다의적 모순은 상큼한 경이로움으로 다가온다. 다른 성서적 연상은 점점 약해지나 맹렬한 파괴의 뱀은 탐식할 자기의 시간을 마련해두고 있다. 비록 보이진 않지만 이 빛은 생생하게 잘 보이는 아주 많은 이미지로 묘사되고 있다. 해가 뜰 때 교회첨탑이 닿는 것도 빛이요, 해질 무렵 집들을 포근히 감싸는 것도 빛이다. 여명도, 달빛도, 고인 물웅덩이와 박쥐, 올빼미, 나방, 개똥벌레, 풀잎 등 모든 대상과 존재를 비추는 별빛도 빛이다.

이제 명확하고 환기적인 이미지는 더 이상 무의미하지 않다. 이미지들은 형이상학적 기발한 착상과도 유사하게 드러나고 있는데, 시의 기저에 숨겨져 있는 사상과 감정이 여기서 융합된다. 오로지 수정을 통해서 존 단John Donne과는 달리 엘리엇에 의해 그것을 전달하는 정서적 즉시성과 시어들은 내포하고 있는 복합적인 사상을 반영하고 있다. 모호성이 다시 나타나고 그 어떤 것도 분명한 것은 없어진다. 이미지는 무수한 물결을 바다로 보내고, 우리의 시선이 바다 속에 있다("our gaze is submarine")는 말을 듣게 된다. 우리는 마치 여기서 프루프록이 해저의 꿈나라에 있는 것 같은 초기시를 떠올리게 된다.

> 우리의 시선은 물밑에 있고, 눈은 위로 향하며
> 동요하는 물에 부서지는 빛을 보지.
>
> Our gaze is submarine, our eyes look upward
> And see the light that fractures through unquiet water. (167)

이런 가시적인 빛을 우리가 부정확하게 인식하는 데 대한 탁월한 묘사와, 동시에 그 특유의 분위기를 자아내는 이미지들은 이해하기에 앞서 즐길 수 있다고 엘리엇은 믿는다. 인간의 운명에 대한 기억할 만한 다른 말도 성공적으로 인용할 수가 있다. 예를 들어서 황홀함이란 너무도 많은 고통("ecstasy is too much pain")이라는 표현이다. 『황무지』에서의 고통스러울 정도로 버려진 사랑이나 히아신스hyacinth 소녀에 대한 이미지로 기술되고 있는 엘리엇이 선호하는 분위기로 되돌리는 시적 표현이라고 하겠다. 또 다른 표현에서 우리는 기꺼이 잠든다고 기술하고 있다. 분명히 엘리엇이 멋진 시편들에서 보이는 졸리는 분위기로 몰아가고 있다.

우리는 혼란과 집중에 지쳐서, 잠을 자고 자는 게 기뻐,
피와 낮과 밤 및 계절에 의해
  지배를 받아서,

We tire of distraction or concentration, we sleep and are glad to sleep,
Controlled by the rhythm of blood and the day and the night
  and the seasons, (167)

견딜 수 없는 불안감을 숨기려는 그의 시도 뒤에 이어지는 무기력감이 곧 그것이다. 격렬한 불안에 대한 과소적 표현이 실제로는 둔감함이다. 심지어 엘리엇이 선호하는 장치인 역설이 여기서 다시 나타난다. 분명한 빛의 곁핍이 곧 암흑이며 그것이 현존의 징후라고 시는 말한다. 보이지 않는다고 말하는 분명한 그 사실 때문에 우리 인간들은 언젠가는 분명히 보일 것이라는 희망을 갖게 되는 것이다.

따라서 우리는 그림자로 얼룩진 작은 빛에 대해
  당신께 감사드립니다.

Therefore we thank Thee for our little light, that is dappled
  with shadow. (167)

인간들은 손가락 끝과 육안의 빛으로 뭔가를 구축하고 찾아내고 만들어내도록 우리를 움직이는 창조주("Thee")께 감사한다. 그리고 보이지 않는 빛에서 제단을 만들었을 때, 앞으로 우리의 육안이 제 기능을 하도록 약간의 빛을 설정해두게 둔다.

우리는 어둠이 빛을 연상시켜준다는 사실에 당신께 감사드립니다.
오 보이지 않는 빛이여, 우리는 당신의 위대한 영광에 감사드립니다!

And we thank Thee that darkness reminds us of light.
O Light Invisible, we give Thee thanks for Thy great glory! (167)

이렇게 『바위』는 막을 내린다. 요란스럽지 않고 흐느낌으로 끝난다는 세상의 종말에 관해서 노래하는 엘리엇의 『텅 빈 사람들』을 다시 읽어가며 해석해보면, 이 열 편의 코러스들은 참을 수 없는 시끄러운 폭풍과도 같은 분노로 시작하여 부드럽고 동정적으로 끝나고 있다고 조심스럽게 이야기할 수 있겠다.

꽝하는 소리가 아니라 흐느낌으로

Not with a bang but a whimper. (86)

훨씬 더 신비스러울 정도로 암시적인 이런 분위기가 너무 늦게 형성되는 바람에 이전 시편들을 곰곰이 반추해볼 수 없는 것이 아쉽다. 어쩌면 그것이 독자가 읽은 것에 대한 반감과 거부감이 생기는 지점까지 독자를 조종할 수도 있을 지도 모른다. 그것들은 엘리엇의 창작에 있어서 막다른 골목이며 그도 몸소 잘 알고 있다. 이름을 호칭해가면서까지 불러내어 휫먼Whitman처럼 꾸며지거나 감추어지지 않은 생각들을 급히 써내려가는 것이 그로서는 마땅치 않다. 『바위』가 독자나 작가 모두에게 어색하게 여겨졌다고 해서 마치 시인이 방심한 틈을 필자가 찾아낸 것처럼 여겨질지도 모른다. 엘리엇은 아주 좋았을 때에는 다의적 표현과 두운, 모운 및 불완전하게 선율적인 운율로 갖추어진 가지각색의 말들 속에 숨기려고 모든 사전조치를 취할 정도로 지나치게 과보호적인 작가다. 정확성 때문에 시행에는 항상 풍기는 매력이 결여되어 있다. 가장 깊숙한 곳의 내적인 정서는 과감한 고백에 맞서서 표현된 시어들 틈에서 소리 없이 나와 버리는 바람에 시인과 독자들 손에는 시만 공허하게 남게 된다.

『바위』에서 엘리엇은 7~8개의 다른 시 유형을 혼용하고 있다. 레드셔츠에게 귀속되는 시행에서 엘리엇이 싫어한 세련되지 못한 음악적인 소양이 없는 귀에 거슬리는 자유시를 모방한 데서부터 키플링Kipling같은 우스개 노래에 이르기까지, 블랙셔츠에 포함되는 시행의 무겁고 규칙적인 제자리 발걸음 박자에서 스윈번Swinburne의 시와 유사한 마지막 코러스 시행에 이르기까지 다양한 스타일을 선보이고 있다. 언어와 이미지 및 리듬에서 운문의 많은 부분이 성경에 깊이 근거하고 있는데, 엘리엇은 성경을 바탕으로 시편(lxxxix, 26)에서와 같이, 그리고 마태복음(16, 18)에서 그리스도가 베드로에게 "그대가 베드로이니, 이 바위위에 난 내 교회를 지을 것이다"(thou art Peter, and upon this rock I will build my church)고 한 말에서처럼, 나약한 인간에게 힘을 준다는 측면에서 신을 의미하는 "바위"라는 어휘를 사용하고 있다.

마지막으로 『황무지』의 재즈주제에는 드러나지 않은 부분이 더 있다. 원래 엘리엇이 썼던 시가 실제 출간된 시와는 많이 달랐기 때문이다. 에즈라 파운드의 대중장르 사용에 대한 논의는 활발히 이루어졌지만, 어쨌든 파운드가 각별히 현대 대중음악에 대한 엘리엇의 선호를 공유하지 않았기 때문인지, 혹은 엘리엇의 의도를 그가 오해했기 때문인지, 파운드의 편집 작품은 『황무지』에서 엘리엇의 문학 외적인 인유 대부분을 삭제했으며, 결과적으로는 국제성과 역사성을 온전히 남겨둔 반면에 문화적 인용의 수준을 무너뜨렸다고 볼 수 있다. 따라서 시는 아이러니컬하게도 고급문화의 마지막 입장에서 최초의 주요 반격으로 개작된 셈이다. 그러나 파운드는 이러한 사건의 반전에 대해 비난을 받지 않았다. 확실히 그의 수정부분 거의 모두는 엘리엇 초고에 결정적인 향상을 도모하고 있으며, 이럴 때마다 엘리엇은 거의 예외없이 "보다 나은 예술가"il miglior fabbro라는 찬사를 파운드에게 바쳤다. 그럼에도 불구하고 『황무지』를 구성하는 엘리엇의 원래의 힘 일부는 이 공동작업과정에서 없어져버린 것이다. 그가 그 부분들을 삭제하는데 동의하지 않고 대신에 폐기된 부분들을 향상시키려고 노력했다면, 엘리엇은 아마도 모더니즘 문학에 분명히 다른 전환점을 주었을지도 모른다.

제3장

『투사 스위니』
살인의 개연성과 원시리듬

"문학적으로 고전주의자"(Eliot 1970: 7)임을 밝힌 순수문학가인 엘리엇은 콜린스Wilkie Collins나 찰스 딕킨스와 같은 대중문화의 중심에 있었던 작가들에 대해서도 관심을 보였다는 사실이 놀랍겠지만, 전달을 염두에 둔 창작의도에서 본다면 충분히 이해할 수 있다. 엘리엇은 실제로 종교적인 주제들을 세속적인 극 속에서도 드러나게 하려고 재즈리듬이나 범죄이야기와 같은 대중문화적 요소를 도입했다. 그는 이러한 목적에 맞도록 인간이 지니고 있는 자연스러운 리듬을 이용하여 도덕적인 죄의식과 형법적 범죄의 연관관계를 극이라는 이야기 틀 속에다 설정하도록 설계했다.

킨리 로비Kinley Roby와 랜디 맬러머드Randy Malamud가 『투사 스위니』에 대한 분석을 간략하게 제시하고 있을 정도이고, 존 자이로스 쿠퍼는 시를 중심으로 한 다른 작품과 고전음악과의 관계에만 집중(85-104)하는 등 기존의 선행연구가 풍부한 편은 아니다. 이처럼 소수의 학자들이 엘리엇 극의 미스터리 스릴러 요소에 대해 나름대로 통찰력을 제시했으나 대중문화적 요소에 대한 의미에 관심을 집중시키지는 못했다.

엘리엇 연구의 미진한 부분인 문화연구의 공백을 메우고, 특히 그의 대중문화에 대한 인식을 여러 면에서 재평가해야 할 시점에 이르렀기 때문에 그 재평가작업의 시발점이 될 수 있는 『투사 스위니』의 관찰과 분석은 중요하다. 물론 이전의 작품에서도 대중문화요소가 산재했지만, 이 작품에서는 융합되어 표현되었기 때문이다. 『투사 스위니』에서는 대중화된 오락의 형식을 취하고 있는 재즈리듬처럼 박자 맞추기를 비롯하여, 전화벨소리와 노크소리 및 휘파람소리 같은 극적 장치의 기능, 그리고 종교적 의미를 내포하면서 주제역할을 하는 현대범죄소설이나 스릴러 작품에서 볼 수 있는 미스터리 수법과 같은 대중문화요소가 현저하게 표현되고 있다.

엘리엇이 자기 시에 옷을 입힌 대중적 요소는 보잘것없는 것처럼 보이지만 극이 지니는 언어의 풍부함과 그 뉘앙스는 교묘하게 감춰져 있다. 『투사 스위니』는 엘리엇의 이런 의도가 담긴 대중오락 장르로 구성되어 있다. 극의 대중적 요소는 『황무지』에서와 같은 비전이 많은 다양한 관객에게 전달되는 매개수단으로써 기여하고 있다. 장르와 문체상의 차이에도 불구하고 엘리엇은 후기 극에 같은 전략을 상당히 사용하고 있다. 그러한 전략은 다시 엘리엇 자신의 이론과 일치하듯이 보이는데, 그는 자신의 에세이에서 시와 같이 섬세한 예술은 대중문화의 확장이라고 밝혔다(Eliot 1923: 596).

미국적 조야한 말과 그 리듬 때문에 보기 드문 성공작으로 간주된(Gates 289) 『투사 스위니』가 미완의 상태로 있게 된 이유에 대한 해답은 결코 쉽게 찾을 수 없는 중요한 문제일 것이다. 엘리엇이 지나치게 빠른 대화식의 리듬처리가 무대 위에서는 불가능할 것이라고 판단했기 때문에 극을 완성시키지 못했다는 주장(Schuchard 114)도 있다.

엘리엇이 스위니 극을 작업하기 시작했을 때 막 발표한 「극중 인물」("Dramatis Personae")을 통해 그는 "문학적 허구와 철저한 인습, 그리고 제의를 채택하자"(305)라는 권유를 통해 아주 명백하게 자기의 의도를 밝히고 있다. 『투사 스위니』는 단순한 한 편의 제의가 아니라 폭력에 의해 제의 그 자체를 소생시키려고 시도한다. 그러나 엘리엇이 일반적으로 예민하게 인식하고 있듯이 인습은 위에서 부과될 수 없다. 인습들이 현존하는 대중전통을 구성하지 못하면 대중적 극을 위한 토대로는 쓸모가 없기 때문이다. 엘리엇은 1925년에 「발레」("Ballet")라는 에세이에서 "믿음을 되살리지 않으면 제의를 부활시킬 수 없다"(Eliot 1924-25: 443)고 주장했다. 그때는 스위니 창작계획이 와해된 직후라서, 그는 제의를 부활시킬 수 없었고 그 때문에 『투사 스위니』를 완결 지을 수 없었을 것이다. 극은 시초부터 예정되어 있었다. 엘리엇은 이러한 문제에 대한 해결책을 찾기 위해 본질적으로 인기 있는 대중적인 것을 향해 갈등하는 욕구의 산물을 만들어내는 극작가로서 자신의 남은 경력을 쓰게 되었는지도 모른다.

『투사 스위니』에서 엘리엇은 고급문화와 저급문화, 우아함과 난폭함, 고전성과 조야함의 복합적 병치를 통해서 급진적 형식의 문화비평을 완성하고 있다. 엘리엇이 1936년 1월 더블린 라디오Dublin Radio와의 인터뷰를 통해 "10시에서 아침 5시까지 이틀 밤에 걸쳐 젊음의 열정과 한 병의 진의 도움을 받아썼다"(Litz 10)고 밝힌 이 작품의 두 단편인 「서사의 단편」("Fragment of a Prologue")과 「갈등의 단편」("Fragment of an Agon")은 각각 1925년과 1926년에 『크라이티리언』지에 게재되었으며, 1931년에 두 단편이 현재의 제목으로 합본되었다. 제목이 있는 페이지에 두 개의 서사가 덧붙여졌는데, 하나는 애스킬러스의 『오레스테이아』(*Oresteia*)에서 빌려온 것이고 다른 하나는 십자가의 성 요한St. John of the Cross에서 인용한 것이다. 여기에 "아리스토파네스적 멜로드라마Aristophanic melodrama"라는 부제가 추가되었다. 이 제사들은 1932년 책 형태로 극이 모습을 보이고 나서야 비로소 인쇄되었다. 밀턴적인 느낌의 현재의 제목은 나중에 붙여진 것으로 원제인 『집에 갈래, 아가씨?』(*Wanna Go Home, Baby?*)[1]를 교체한 것이다. 원래 이 제목에 대한 선입견만으로 보면 이 작품에는 극의 "문학적" 장치가 외관상 어디에도 없었고 그 대신 제의적인 재즈리듬만이 산포되어 있는 듯 보인다.

정말 이 작품은 극이라고 간주하기가 어려울 정도로 인물과 구성의 전개가 거의 없거나 행위는 제한되어 있어서 피상적이며, 극적 움직임이나 대단원이 없는 등, 극이 지니는 대부분의 본질적인 요소들을 결여하고 있기 때문에, 엘리엇 극비평가들은 이 단편작품에 대한 연구에 관심을 기울이지 않고 있다. 그러나 이 극이 그의 나머지 작품들과는 성격이 다르다는 점에서 동시에 연구해볼 만한 가치가 있다고 본다. 엘리엇이 이 작품에서 지식인들에게 호소력을 지닐 수 있는 대중적 요소를 활용했다는 치니츠의 지적(149)에서도 알 수 있듯이, 그 가치는 그가 아주 색다른 문화적 모형을 채택하여 자신의 극작의 시발점으로 삼고 있다는 점에 있다. 주제와 인물묘사는 초기 스위니 시편의 주제와 인물묘사와 같으며, 스위니는 이들 시편과 극의 중요한 주 인물protagonist의 역할을 하고 있다. 두 단편 사이의 깊은 연결 관계와 두 편 모두에서 나오는 도리스Doris와 코러스의 출현이 암시적 연관성을 보이고 있기 때문에, 이 작품에 내재한 어떤 일관성 내지는 통일성이 발견되고 있다.

그러나 이들 연속성이나 관련성보다도 재미있는 것은 엘리엇 후기 극

---

1) 이 제목은 근원으로의 회귀에 대한 원시적인 관념을 환기시키는 한편 재즈시대의 성적인 제안을 표현하는 어구(Chinitz 112)로 되어있는데, "Baby"라는 호칭은 애정의 표현으로 미국적인 것(Everett 246)이다.

에 나타나는 어떤 주제와 기교에 대한 기대감이다. 단편들 또한 이들 주제를 드러내는 장치로서 재즈리듬과 미스터리 스릴러 요소가 사용되었음을 나타내고 있으며, 이런 점에서 또한 후기 극을 기대해볼 수가 있다. 이러한 장치는 이미 스위니의 단편들을 통해서도 나타났고, 엘리엇의 초기 시편들의 몇몇 주제를 지속시키는 수법으로도 설정되었던 것이다. 존스(32)와 톰슨T. H. Thompson(161-69)은 다른 방식으로 스위니 시편들과 극의 단편들 사이의 관계를 설명했지만, 단편들에 나타난 주제와 인물묘사의 연속성에 대해서는 더 구체화시킬 필요가 있다.

민스트럴 쇼minstrel show는 『투사 스위니』에서 복잡하지만 아주 중요한 요소이기 때문에 엘리엇은 자기극에 「희극적 음유시인들의 단편들」("Fragments of a Comic Minstrelsy")이라는 부제를 붙일 생각을 했다(Sidnell 263). 나름대로 대중적 의식인 민스트럴 쇼는 엘리엇의 목적에 아주 잘 들어맞는 듯했다(Lyon 153). 『투사 스위니』의 민스트럴 요소는 극이 아리스토파네스적 멜로드라마의 토대를 마련하는 일을 보완해준다.

엘리엇은 개인적이고 감상적인 마리 로이드로부터 영감을 얻는다. 그녀가 음악당 희극에 작품제작의 토대를 두면서 활발하고도 매력적인 현대 대중문화에 열정을 보였기 때문이다. 따라서 엘리엇도 대중문화에 안정되게 뿌리를 둘 수 있는 시극이라는 새로운 형식의 가능성을 타진해 보았다. 대중문화에 대한 엘리엇의 양면적 태도는 무엇보다도 긴장상태에 있는 두 상반된 이상을 견지할 수 있는 그의 능력에 있다. 그리고 『투사 스위니』의 두 단편의 창작계획은 바로 그 긴장감의 유지로부터 비롯된 것이다.

극의 마지막 부분을 기술한 윤곽은 엘리엇이 이 구조를 세심하게 따를 계획이었다는 사실을 나타내고 있다(Crawford 163-64). 싸움이나 요리, 축제, 희생 등으로 스케치된 장면들은 모두가 풍요와 제의의 공식에서 그려진 것이다. 만일 엘리엇이 많은 관객들을 위해 그것을 무대에 올리려고 시도했다면 음악당 희극과 민스트럴 송, 재즈의 도움 없이는 극을 공연해낼 수 없었을 것이다.

엘리엇의 재즈 극은 동인예술에서 벗어났음을 나타내려는 의도였기에 그의 성공을 인정할 수 있다. "재즈리듬으로 지옥의 비전과 보속의 거부를 표현하는 것은 아주 큰 문학적 업적이지만, 제목과 부제나 제사를 제외하면 이 작품에는 그 어디에도 문학성을 환기시켜줄 만한 요소가 없다"(Burgess 103)는 사실은 대중문화에 대한 그의 애착을 입증해준다.

애스킬러스와 십자가의 성 요한에서 빌려온 제사가 인쇄된 것은 1932년 책 형태로 극이 모습을 보이고 나서야 비롯되었다. 앞에서도 지적했듯이, 현재의 제목은 나중에 붙여진 것으로 원제는 『집에 갈래, 아가씨?』(*Wanna Go Home, Baby?*)였다. 원래 두 단편인 「서사의 단편」과 「갈등의 단편」이 원래 1926년과 1927년에 각각 『크라이티리언』지에 나뉘어 발표된 이 극에는 문학적 특성이 외관상으로는 어디에도 찾아볼 수가 없었다.

「매리앤 무어」("Marianne Moore")에서 엘리엇은 "제의만큼 사람들에게 적절히 귀속되는 것도 없다"(597)고 주장하며, 제의 자체가 대중적인 현상임을 주목했다. 그러나 제의적 패턴을 무대에 올리는 극은 대중적 인기를 얻지 못한다. 사실주의에 심취한 관객이나 제의에는 익숙하지 않은 현대 관객에게는 무거우리만치 양식적이고 성스러운 극은 부담스러울 수밖에 없다. 신뢰할만한 제의의 효과는 살아있는 전통의 부재상황에서는 환기될 수가 없는 것이다.

『투사 스위니』에서 엘리엇은 상위문화와 하위문화, 부드러움과 거칠음, 기품과 천박의 복합적인 병치를 통하여 급진적인 문화비평형식을 완성하고 있다. "어쩌면 당신이 살아있다"(perhaps you're alive)(136)는 마지막 코러스는 불확실성에서만 절대적인 청자와 독자의 상태를 나타내는 사색적인 병렬조합어구인 "어쩌면 당신이 죽었는지도"(perhaps you're dead)(136)로 이어지고 있다. 많은 독자들은 시의 발랄하고 미국적인 재즈언어를 목격하고 있지만, 텍스트 속에서 엘리엇이 시도했던 문화구축을 위한 이와 같은 혼용에 대한 비평적인 의미를 엄격하게 추구하는 사람들은 거의 없다. 『투사 스위니』의 재즈는 어떤 불확정성의 층들을 형성하고 있다. 2부를 종결짓는 의성어 표현인 "똑"(KNOCK)이라는 소리는 "무슨 뜻이지요?"(what's that mean?)(125)라고 도리스가 「서사의 단편」에서 반복하여 물으며 의미를 찾는 노력을 언어적 의미 이전의 리듬으로 환원시킨다. 그런 기본적인 박자들은 소리가 날 때 발음이 되지 않는 불안정한 난폭함을 자극하며, 수행동사는 자연스럽게 텍스트상의 행동을 나타낸다. 그 박자는 「서사의 단편」에서 노크 소리를 반향하면서 『투사 스위니』의 선율적인 패턴을 만드는 동시에 "후 하 하"(Hoo ha ha)(136)나 "똑 똑 똑"(136)과 같이 의미와 형식을 벗어난 무의미한 음절문자들에 독자의 시선을 향하게 한다. 텍스트에 스며든 재즈는 민스트럴 송과 배우의 분장에서 보이는 급진적인 담론 및 발화시 단어로 의미를 통하게 하는 모순된 표현들을 단절하기 위해, 고정된 율격을 변화시키는 임기응변적 리듬의 표현으로 전달된다. 스위니는 "난 너에게 말할 때 단어들을 써야 해"(I gotta use words when I talk to you)(135)라고 빨리 흘려 발음하면서 발화의 불충분함과 말하려는 강박적 충동에서 생겨난 역설을 전경화한다.

『투사 스위니』에서 엘리엇은 처음으로 개인적 매체인 시에서 전향해 일상어를 이용하여 대중관객에게 의식적으로 다가가려고 시도한다. 이러한 목적으로 그는 보드빌과 음악당, 멜로드라마, 벌레스크burlesque, 재즈 및 민스트럴지minstrelsy 등을 통합시킨 독특한 형태의 혼합물을 만들었던 것이다.

그의 목적은 훌륭한 예술가와 사회의 관계를 변화시킬지도 모르는 새로운 크로스오버crossover 장르를 만드는 일이었다. 만일 크게 성공했다면 이 새로운 유형은 엘리엇의 표현대로 자신을 "대단한 대중 연예인"(Eliot 1933: 147)으로 만들었을 지도 모른다.

스위니 단편들은 기본적인 구어체 리듬과 소위 원형적으로 "드럼의 북소리"와 같은 제의적 성격의 리듬을 운문극 토대로 곁들인 실험을 통하여 후기 극에 대한 엘리엇의 준비태세를 보여준다. 대화는 아파트를 함께 쓰는 두 창녀와 파티 손님으로 가득한 방의 타닥거리는 소리에 실려 거칠고 세련되지 않았지만 현저하고 놀라울 정도로 힘이 있다. 엘리엇은 아주 보편적으로 다가가기 쉬운 인간적인 면모로 사회적 상호작용의 여러 분위기를 무대 위에서 창출하고, 전통적으로 섬세하고 정교하면서도 우아하지만 시적이며 접근하기 어려운 자기만의 쌀쌀한 시를 길들이는 극적인 시도를 한다.

『투사 스위니』의 버라이어티쇼적인 요소는 일반적으로 런던 음악당에 대한 영감에 기인하고 있으며(Gordon 32), 풍자와 비꼼, 패러디 및 속사의 대화는 벌레스크에서 또 다른 중요한 전거를 찾을 수 있다(Pearsall 68-69). 스위니가 도리스와 주고받는 비꼬인 성애적 잡담과 같은 극의 성적인 암시는 사실 엘리엇이 「극시에 대한 문답」("A Dialogue on Dramatic Poetry")에서 주장한 음악당 음담에 관한 논평과도 일치한다.

1920년대에 영국의 대중오락매체 구실을 한 곳은 음악당이었으며, 재즈를 들을 수 있었던 곳도 바로 그곳이었다. 엘리엇은 노래와 무용단원들 속에서 재즈식의 빠른 말투를 탐색하고 슬픔을 흉내 내는 희극배우들과 희가극 광대들에게도 떠들썩하고 음란한 흥겨움을 발견했으며, 심지어 곡예사들의 기술에서도 전체 움직임에 부합되는 리듬을 찾아내었다. 그는 1923년에 마리 로이드에 대한 회고에세이 속에서 이러한 형식의 대중오락과 그것을 만들어내는 희가극 공연가들을 아주 높이 평가하고 있다. 그는 리듬감 외에도 희가극 기술에서 또 다른 장점을 발견해내었는데, 다른 형식의 극예술에서는 사라져버린 공연가와 관객간의 관계에서 남아 있는 사회적 통합이 지속되기를 희망했다(Chinitz 53).

『투사 스위니』의 대중적 요소는 현대생활을 그린 극의 허무적 비전속에 복잡하게 이해되고 있다. 현대성이 갖는 정신적 공허함의 징후로서 재즈나 다른 대중문화 장르의 무의미함을 노출시키기 위해 엘리엇이 대중문화 형식을 사용한다는 논의도 있다[2]. 매리앤 무어도 『투사 스위니』의 엘리엇과 다른 사람들과의 닮은 점을 제시하면서, 엘리엇이 자기 시에 옷을 입힌 대중적 요소는 실로 보잘것없는 것으로 글이 지니는 언어의 풍부함과 그 뉘앙스를 교묘하게 감추고 있다고 보았다(108). 대중적 요소가 아주 보잘것없다는 무어의 주장은 극을 잘못 읽고 있는 태도에서 비롯된다. 극은 현대생활 자체가 죽음과 같은 것이 아니라, 현대적인 삶조차도 모든 책략을 지닌 죽음과도 같은 선상에 있음을 보여주려 하고 있기 때문이다. 엘리엇은 뮤지컬 양식의 이 극에서 그와 같은 정서를 구현하고 있다. 어쨌든 엘리엇이 『투사 스위니』에서 현대적 삶의 붕괴를 나타내기 위해서 대중문화 요소를 활용하고 있다는 명제는 지지할 수 없다. 또한 7시간이라는 짧은 시간에 걸쳐 술을 마시며 썼다는 엘리엇의 회고도 여기서 큰 의미를 지닌다. 시인이 대중문화를 버렸다는 편견 없이 읽는다면 『투사 스위니』는 빈틈이 없는 작품이다. 뒤플레시스DuPlessis가 지적하듯이, "극적 전통을 최대한 이용한 일반적 인유의 과중한 혼합은 작품을 유동적으로 만들어서 젠체하고, 현학적이며, 양식화되어

---

2) 그로버 스미스는 『투사 스위니』의 재즈가 『위대한 갯스비』(*The Great Gatsby*)에서와 마찬가지로 시대의 지리멸렬함을 드러내고 있다고 주장하고 있으며(114), 캐럴 스미스도 극 속의 재즈요소를 현대적 삶에 대한 엘리엇의 태도를 나타내는 기계적 리듬과 유사하게 보고 있다(90).

조롱하는 듯이 보이므로, 고정시키거나 얽어매기가 어렵다"(103). 이 불가해한 효과는 우리가 엘리엇의 초기 작품에서 보았던 미국적인 대중문화와 그 표현에 대한 그의 양면적 태도에서도 완벽하게 공명하고 있다.

『투사 스위니』는 대중오락으로 구성되어 있다. 즉 극의 대중적 요소는 엘리엇의 『황무지』 비전이 수많은 다양한 관객에게 전달될지도 모르는 매개체로서 기여하고 있다. 장르와 문체상 차이는 있겠지만 엘리엇은 후기 극에도 같은 전략을 상당히 사용하고 있다. 신학적 사상은 응접실 희극으로도 실현되고 있으며, 응접실용 희극은 형이상학적 시상에 표현을 부여하도록 확장되기도 한다. 이 극의 주인공이 영국적인데 반해 사용하는 대사는 부분적으로 미국적이라고 주장하는 바브라 에버렛Barbara Everett의 주장(246)과 속어를 사용하는 흑인작가들의 전형적인 모델로 이 작품을 해석하려는 게이츠 Henry Louis Gates, Jr의 생각(289)은 미국의 대중문화적 요소가 이 극에 배어있을 수 있다는 추측을 간접적으로 제시하고 있다.

대중문화 전략은 엘리엇 자신의 이론과도 일치하는 듯이 보이는데, 그는 무어에 대한 에세이에서 시와 같이 섬세한 예술은 대중문화의 확장이라고 생각했다. 엘리엇이 미국방언과의 혼합을 피하기 위해서가 아니라 미국방언과의 교접한 표현가능성에 기여했다는 이유로 무어를 칭찬한 시기는 『투사 스위니』에 대한 구상이 그의 상상력을 통해 형성되어 갔던 1923년경이었다. 무어의 토속어는 "미국어의 특징인 회화체"의 "생기발랄한 자의식적인 농담"(Eliot 1923: 596)이 섞인 언어이다. 이에 대한 시인의 감정이 무엇이든 엘리엇의 "미국언어"에 대한 인식은 항상 복잡하게 얽혀 있다. 엘리엇이 여기서 무어에게 적용시키고 있는 기준으로 판정해보면, 『투사 스위니』는 게이츠가 높이 평가하듯, "미국의 조야한 말"(289)과 그 리듬에서 대단한 성취를 이루었기 때문에 보기 드문 성공작으로 간주되어야 마땅하다.

『투사 스위니』가 미완의 극으로 남은 이유를 명확히 찾을 수는 없겠지만, 새로운 소재에 대한 엘리엇의 자신감 부족에서 비롯되었다고 볼 수 있다. 애크로이드Peter Ackroyd는 극작계획이 아주 전례가 없을 정도로 혁명적이었으므로 문학전통의 틀 안에서 작업을 했던 엘리엇이 창작의욕을 잃고 말았다고 보았다.

> 아무도 이전에는 그와 같은 것을 시도하지 않았는데, 그는 발레나 음악당에서 가져온 비문학적 자료만으로는 충분히 자신이 없었던 것처럼 보였다. (147)

실제로 대화치고는 너무 빠른 리듬의 전달이 무대 위에서 지속되는 데 따른 부담감 때문에 엘리엇이 극을 완성할 수 없었다는 지적(Schuchard 114)도 아주 설득력이 있다.

그러나 앞에서도 지적했듯이 극에서 제의의 부활이라는 문제를 간과할 수 없다. 스위니극을 작업하기 시작했을 때 막 출간한 에세이 「등장인물」에서 "철저한 인습"과 "제의"를 사용해야한다(305)는 주장을 통해서 엘리엇은 분명히 자기의 본심을 드러내고 있다. 『투사 스위니』는 그 자체만으로도 한 편의 제의이지만 폭력으로 제의 그 자체를 되살리려는 시도도 하고 있다. 엘리엇이 인식하고 있듯이 인습은 그 위에서 부과될 수 없다. 인습은 현존하는 대중전통을 구성하여 대중적 극의 토대가 되어야 한다. 엘리엇이 스위니 프로젝트가 와해되어버린 직후인 1925년에 쓴 「발레」에서 믿음을 회복해야 제의를 부활시킬 수 있다고 한 말은 적절하다. 그는 제의를 부활시킬 수 없기에 『투사 스위니』를 완결 지을 수 없었다. 극은 시초부터 그렇게 예정되어 있었던 것이다. 엘리엇은 이러한 문제에 대한 해결책을 찾아내려고, 본질적으로 인기 있는 대중적인 것을 향해 갈등하는 욕구의 산물인 작품을 만들어 내는 극작가로서 자신의 남은 경력을 쓰게 되었는지도 모른다.

엘리엇은 『투사 스위니』에 「희극적 음유시인들의 단편들」("Fragments of a Comic Minstrelsy")이라는 부제를 붙일 생각을 했을 정도로(Sidnell 263), 민스트럴 쇼는 이 극에서 복잡하지만 아주 중요한 요소가 된다. 노예와 인종 불평등과 관련된 긴장들을 의심할 여지없이 정화시켜 준 의식인 대중적 민스트럴 쇼는 엘리엇의 목적에 아주 잘 들어맞는 듯했다(Lyon 153). 음유음악인의 연예시가는 민속전통으로부터 적어도 어부왕 신화를 포함하여 고대 풍요의식에서 비롯된 다양한 원형과 구성요소들을 매혹적으로 흡수하였다. 『투사 스위니』의 민스트럴 요소는 극의 아리스토파네스적인 멜로드라마의 근원에 이르는 일을 보완해준다.

원시적이면서도 아주 전위적인 시극이라는 잠재적 새 형식에 맞는 모델을 제공하고 있는 러시아 발레가 인습화되고 비개성적이며 성스럽기 때문에, 드라마의 비전이 곧 제의라고 엘리엇은 강조한다(Eliot 1980: 406-7). 엘리엇은 개성이 강하고 동정적이며 자연에 친근감을 보이고 있는 마리 로이드로부터 영감을 얻는다. 그녀는 음악당 희극에 토대를 두면서 활발하고 매력적인 현대 대중문화에 안정된 뿌리를 두고 있는 시극이라는 새로운 형식의 가능성을 타진했기 때문이다. 마찬가지로 대중문화에 대한 엘리엇의 양면적 태도는 긴장상태에 있는 상반된 두 대상인 제의와 인습을 견지할 수 있는 그의 실험적 능력에서 비롯된 것이다.

『투사 스위니』의 주요한 음악적 요소는 문체적인 차원에서 보면 주고받는 선율적이고 재치 있는 말인데, 두 화자 사이에 갑작스럽게 짧은 어구가 되튀는 기교다. "클립"Klip과 "크럼"Krum이라는 이름으로 클립스타인Klipstein과 크럼팩커Krumpacker를 우스꽝스럽게 소개하고 각자가 상대방에 건네는 질문에 답을 하게 해서 생기는 아이덴티티identity의 혼돈과 안티클라이맥스 anticlimax를 담은 말미의 장면은 특히 희극적이다. 엘리엇의 희극성은 되받아치는 빠른 대화에서도 살아나는데, 다음과 같이 싱커페이션으로 된 패터 patter 스타일의 리듬은 거의 재즈와 다를 바가 없다.

도리스: 당신이 나를 데려가 버린다고? 식인종 섬으로?
스위니: 난 식인종이 될 테야.
도리스: 난 선교사가 될 텐데.
　　당신을 개종시키지!
스위니: 내가 널 바꿀 거야!
　　스튜로.
　　맛있고 예쁜, 하얗고 예쁜, 선교사 스튜로.
도리스: 당신은 날 못 먹을 거예요!
스위니: 아니 널 먹을 거야!
　　맛있고 예쁜, 하얗고 예쁜, 연하고 예쁜, 부드럽고 예쁜,
　　즙이 많고 예쁜, 알맞게 예쁜, 선교사 스튜로.

DORIS: You'll carry me off? To a cannibal isle?
SWEENEY: I'll be the cannibal.
DORIS: I'll be the missionary.
　　I'll convert you!
SWEENEY: I'll convert you!
　　Into a stew.
　　A nice little, white little, missionary stew.
DORIS: You wouldn't eat me!
SWEENEY: Yes I'd eat you!

In a nice little, white little, soft little, tender little,
Juicy little, right little, missionary stew. (130)

선교사가 되어 야만인을 개종시키려는 도리스와 무인도로 데려가 사람을 음식으로 만들어 먹어버리겠다는 스위니의 대화는 뮤지컬의 한 장면을 연상시킬 정도로 속도가 빠르며 동일음과 특정어휘를 반복해서 사용하고 있다. 이 대화는 스위니의 진지한 태도가 없었다면 단지 유희에 지나지 않았을지 모른다. 여기서는 원시적인 폭력성과 종교적인 교화의 대립이 반복되는 응답식의 간단한 교송交誦단위로 시행이 나뉘어져서 되받아치는 짧은 대화형식의 이중패턴이 재현되고 있다. 강한 박자가 이어지는 약음절과 연결되어 재즈 패터와 싱커페이션 효과를 창출한다. 스위니의 유사한 표현양식이 이후에 뱉어낼 고통스런 말을 지배해가면서 아주 진지하게 변한다.

스위니: 난 알았지 언젠가 한 남자가 한 여자를 죽였다고
어떤 남자든 여자를 죽일 수 있을 거야
어떤 남자든 그래야 하고, 그럴 필요가 있으며, 그러고 싶어 하지
일생에 한번은, 여자를 죽이지.
그런데 그는 그녀를 욕조에 두었어.
한 갤런의 리졸액과 함께 욕조에.

SWEENEY: I knew a man once did a girl in
Any man might do a girl in
Any man has to, needs to, wants to
Once in a lifetime, do a girl in.
Well he kept her there in a bath
With a gallon of lysol in a bath (134)

스위니의 독백이 주는 혼란스러운 효과는 아주 확연할 정도로 보드빌 vaudeville식 희극적 장치에 대한 기이한 변형에 따라 달라진다. 이러한 주고받는 재치 있는 말을 사용하여 엘리엇은 대중예술의 순화를 추구한다.

『투사 스위니』 대부분의 구성요소들 마냥, 재치 있게 각색된 대화는 극의 다양한 원형적 선례를 갖는다. 음악당이나 보드빌 무대 위의 단독 독백 연기과정에 드러난 명백한 전거 말고도 엘리엇은 몸소 1927년 에세이에서 아주 다른 계보가 있음을 암시하고 있다.

> 몇몇 학자들, 특히 버틀러Butler는 다음 구절에서 어구의 한 단어를 반복하는 세네카Seneca의 기교에 대해 주의를 환기시켰는데, 특히 스티코미티아stichomythia에서, 한 화자의 문장은 다음 화자에 의해 포착되어 뒤틀리게 된다. 이는 효과적인 무대트릭이지만, 그 이상이기도 하다. 그것은 한 리듬 패턴을 다른 리듬 패턴으로 교차시킨 것이다. (Eliot 1980: 72)

그는 첫 단편인 『투사 스위니』의 「서사의 단편」과 유사한 세네카의 예시를 선택하여 시행을 최소한의 응답식 교송단위로 깨뜨림으로써 일종의 이중 패턴을 만들어내는 기교를 도입한다. 스티코미티아는 고대 그리스 연극에서 두 사람의 배우가 한 행씩 번갈아 대사를 말하는 격행대화隔行對話식의 기교를 말한다. 『투사 스위니』가 장르상으로는 "아리스토파네스식 멜로드라마"Aristophanic melodrama이지만 동시에 그것은 리듬상으로는 보드빌적이고 세네카Seneca적인 작품이다.

『투사 스위니』의 원고를 읽고 수정을 제안했던 아놀드 베넷이 봤을 때, 엘리엇이 쓰고 있던 이 극은 "재즈 극"(Eliot 1988: 286)과 다를 바가 없었다. 속어를 비롯하여 패러디, 원시적인 강한 리듬, 화류계의 여자주역, 파티분위기 등과 같은 여러 요소들이 취합·수렴되었기에 이러한 함축적 단언이 가능하다. 이는 의심의 여지없이 엘리엇이 의도했던 효과대로 재즈가 나름대로의 이중적 패턴이었기 때문이다. 하지만 엘리엇의 선율적인 2중 패턴은 사실 3중적이다. 이유는 재즈의 싱커페이션을 또한 모방하고 있기 때문이다. 극에서 재즈요소는 중요한데 에즈라 파운드와의 우연한 교신 덕분에 『투사 스위니』에 그 요소가 들어갈 수 있었다. 파운드의 암시는 분명히 엘리엇의 독서에 영향을 주었으며, 결과적으로 『투사 스위니』는 재즈풍의 아리스토파네스적 멜로드라마가 되었다. 엘리엇이 『투사 스위니』 단편들을 출간하기 직전에 주장했던 것처럼, 새로운 극은 정확히 이런 종류의 현대리듬 토대 위에 구축되어야 했을 것이다(Eliot 1926: xi).

극을 제의적인 희극적 모델 같이 구성해보려는 엘리엇의 정교한 노력은 표상적이라고 판단된다. 코러스는 악몽 같은 꿈을 통하여 그 상황을 표출시킨다. 엘리엇의 성유적 효과는 코러스에서 언어적 형식과 내용의 어울림을 바탕으로 한다.

전체 코러스: 워코프, 호스폴, 클립스타인, 크럼팩커

. . . .

당신은 악몽의 정수를 본 것이다
　　당신에게는 후하라는 소리가 나올 것이다.
후 후 후
당신은 꿈을 꾸고 일곱 시에 일어난다
　　안개 끼고 습하고 새벽이며 어두운 가운데
당신은 노크소리와 자물쇠 도는 소리를 기다린다
　　왜냐면 사형집행인이 당신을 기다리고 있다는 걸 알고 있으니

FULL CHORUS: WAUCHOPE, HORSEFALL, KLIPSTEIN, KRUMPACKER

. . . .

You've had a cream of a nightmare dream and
    you've got the hoo-ha's coming to you.
Hoo hoo hoo
You dreamt you waked up at seven o'clock and it's
    foggy and it's damp and it's dawn and it's dark
And you wait for a knock and the turning of a lock
    for you know the hangman's waiting for you. (136)

"hoo-ha's"와 "knocks"는 처음에는 소문자로 나중에는 블록체로 되어 살해범의 고조되는 공포감을 극화시키고 있다. "형 집행인이 기다리고 있다"는 탐색의 필연성은 스왓츠Swarts의 견해를 강화시키고 있다. 노크소리와 자물쇠 도는 소리는 기다리는 사람의 초조함과 급박함을 드러내는 일종의 리듬장치라고 볼 수 있다. 극의 마지막 부분은 엘리엇이 이러한 구조를 세심하게 따를 계획이었다는 사실을 나타내고 있다(Crawford 163-64). 싸움이나 요리, 축제, 제물 등으로 스케치된 장면들은 모두가 풍요나 제의 형식에서 그려진 것이다[3].

엘리엇이 많은 관객들을 위해 시극을 무대에 올리려고 시도했다면 음악당 희극과 민스트럴 시 및 재즈에 입은 힘은 적지 않을 것이다. 엘리엇의 재즈 극은 동인예술에서 처음으로 벗어났음을 나타내려는 의도를 보였는데, 제목과 부제나 제사를 제외하면 문학적 환기 못지않게 음악적 반향에도 의

3) 그로버 스미스가 지적한 것처럼, 시작 장면에서 카드를 읽는 일은 희생자를 위한 운명의 캐스팅과 일치한다(115). 나중에 엘리엇은 인물들이 마스크를 쓰도록 의도했으며, 스위니는 무대 가운데에 "에그 스크램블을 만드는 풍로 딸린 탁상냄비를 갖고" 서게 했다(Flanagan 83).

존하고 있다. 앤소니 버제스Anthony Burgess는 이 점에 대해서 "신화뿐만 아니라 재즈리듬으로 지옥의 비전과 보속의 거부를 표현하는 것은 아주 큰 문학적 업적"(103)이라고 진단하면서 엘리엇의 성공을 인정했다.

운율적으로 『투사 스위니』는 1920년대 대부분의 청자들에게 분명한 음악의 특질이었던 광란의 템포tempo와 리드미컬한rhythmical 싱커페이션을 재창조해냄으로써 재즈를 모방하고 있다. 그리고 실제로 『투사 스위니』가 종종 재즈반주를 곁들여서 공연되기도 했다는 사실 자체가 재즈 극임을 말해주고 있다. 극의 강한 율격은 매 행마다 네 개의 함축적인 강세를 생성해내고 있는데, 모든 행이 휴지나 정적의 간격으로 대체될 수 있다는 의미에서 함축적이다. 많은 수의 약음절이 강한 박자downbeats를 분리시키고 있다. 강력한 리듬에 대한 기대감이 반복과 운율로 강화되어 각 시행의 절반을 정확하게 꼭 같은 시간적 간격으로 한정시키고 있다(Lightfoot 122). 극의 첫 시행에서 페레이라Pereira에 대해 시작하는 질문으로 이루어진 패턴은 짧은 휴지가 다음 대화의 각 반행마다 이어지고, 도리스의 "그래"Yes는 박자를 선행하며 자기 대사를 잇는다. 이런 식으로 강세박자와 바로 이어지는 약음절이 지속적으로 변화하면서 생기는 패터는 싱커페이션 효과를 창출한다. 이런 인상을 강화하기 위해 엘리엇은 여러 번 배우의 목소리가 드럼과 대비되어 강조되도록 표현했다.[4)]

더스티: 페레이라는 어때?
도리스: 페레이라는 어떠냐구?
난 상관없어.
더스티: 당신이 상관없다고!

4) 엘리엇은 플래니건Hallie Flanagan감독에게 부탁해서 극 전체에 박자를 강조하기 위해 가벼운 북소리 탭tap의 반주가 곁들여지도록 했다고 한다(Flanagan 83).

집세는 누가 내지?

도리스: 그래 그가 집세를 내지

더스티: 글쎄 어떤 이는 내지 않고 어떤 이는 내지

어떤 이는 내지 않는다고 당신은 누군지 알지.

DUSTY: How about Pereira?

DORIS: What about Pereira?

I don't care.

DUSTY: You don't care!

Who pays the rent?

DORIS: Yes he pays the rent

DUSTY: Well some men don't and some men do

Some men don't and you know who. (123)

이 극의 속어는 유행을 따르고 있으며, 파생적으로 보면 주로 미국적인데, "You said it", "do in", "all right" 같은 어구들과 "swell, slick, gotta, gona, pinched" 같은 단어들 및 "what you going to do", "I seen that", "that don't apply" 같은 문법위반 표현들이 그것이다.[5] 결국 엘리엇이 『투사 스위니』라는 제목으로 다시 붙인 이 극의 원 제목인 『집에 갈래, 자기?』는 원천으로의 회귀에 대한 원시적 관념을 환기시키는 어구로서 주로 재즈 시대의 성적인 제안이며, 애정의 표현인 "자기"Baby는 확실히 미국적인 것이다(Everett 246). 행동은 분명히 런던을 배경으로 설정되었지만, 엘리엇의 시

5) "You said it", "gotta", "gonna" 같은 어구들은 모두 1910년대와 1920년대에 한창 많이 쓰였고, "all right", "swell", "slick"은 1800년대 중반부와 후반부부터 비롯된 것이지만 재즈시대에 새롭게 다시 통용되었다. "pinch"는 1850년경에 나온 것이지만 꾸준히 인기가 있었고, "do in"은 영국영어이지만 여전히 아주 새로운 표현이었다(Chinitz 215 n. 14).

어는 매리 로이드의 시어와는 아주 다르게, 특정한 장소나 국적 및 계층의 언어를 반영하도록 의도되지 않았다. 오히려 상호영향을 주고받는 다양한 종류의 대중예술의 국제적 방언인 셈이다. 그것은 보드빌과 음악당 무대를 나타내기도 하고, 스케치희극sketch comedy이나 슬랩스틱slapstick, 벌레스크, 뮤지컬 희극musical comedy, 저널리즘journalism, 재즈 및 틴 팬 앨리 송의 세계를 의미하기도 한다. 이런 의미에서 『투사 스위니』는 계층을 초월하여 대중적인 요소를 글로벌하게 활용해 미국적 분위기를 창출하고 있다.

구조적인 면에서 이 극은 전통적인 흑인분장배우가 나오는 포맷으로 된 민스트럴의 제1부를 차용해온 듯이 보이는데, 거기서 중앙무대에 앉은 흑인 악단minstrel show의 사회자인 인털로큐터interlocutor가, 흑인분장을 한 재즈 밴드 양끝에 있는 광대역의 악사인 엔드맨end men이나 흑인 악단의 양쪽 끝에서 캐스터네츠castanets나 트롬본trombone 따위를 연주하며 장단 맞추는 사람인 코너맨corner men인 광대 탬보Tambo와 본즈Bones가 나누는 실없는 대화에 참여한다. 스위니가 자기를 이해 못하는 나머지 주변의 인물들과 소통할 수가 없기 때문에, 엘리엇은 인털로큐터의 중요한 역할을 이용한다. 제2부Second Part는 종종 희극적인 독백이나 가두연설에서 절정을 이루듯이(Zanger 35), 엘리엇의 제2부도 마찬가지로 삶과 죽음에 관한 스위니의 아주 터무니없는 독백에서 절정을 이룬다. 엘리엇의 무대지시사항에 따르면 뮤지컬 노래를 부르는 동안에 스와츠Swarts와 스노우Snow는 탬보와 본즈의 역할에 맞게 걸어 나오게 되어 있다. 따라서 세네카식 스키토미티아와 재즈 및 희극무대의 시와 리듬의 결합으로 구성된 『투사 스위니』의 민스트럴 요소는 낸시 엘리콧의 팍스트롯과도 같은 기능을 한다. 인물의 이름이 갖는 명백한 흑백의 대립적 의미를 나타내고 있는 스워츠와 스노우는 즉각적으로 템보와 본즈로 변형이 되고 다시 뒤바뀐다. 스위니는 오로지 식인종 역할을 아주 설득력 있게 시연하고 있다. 더스티와 도리스의 아파트에서의 삶은 "악어 섬"(crocodile isle)(132)에서의 "탄생과 교미와 죽음"(Birth, and copulation and death) (131)이라는 일상생활과 불가분의 관계가 있음이 밝혀진다. 따라서 엘리엇은 백인다운 것과 문명이 곧 신화이며 이 세상의 모든 사람은 근본적으로 야만인이라고 단정한다.

아도르노Theodore Adorno는 리듬을 갖춘 싱커페이션과 대중가요의 기반을 재즈의 특징적인 두 가지 본질적 요소로 규정하고 있는데(McNeilly 43), 이 요소들이 『투사 스위니』에서 발견되고 있다. 엉뚱하고 조소적인 표현으로 대중가요의 기반이 재현된 부분은, 샘 워치호프Sam Wauchhope와 캡틴 호스폴Captain Horsfall이 「갈등의 단편」에서 스와츠와 스노우의 탬버린과 트롬본의 반주에 따라 부르는 세 편의 노래 중 첫 번째 것이다.

대나무 아래
대나무 대나무
대나무 아래서
둘은 한 사람으로 사네
한 사람은 둘 처럼 사네
둘은 셋처럼 사네
대 아래서
나무 아래서
대나무 아래서.

Under the bamboo
Bamboo bamboo
Under the bamboo tree

Two live as one

One live as two

Two live as three

Under the bam

Under the boo

Under the bamboo tree. (131-32)

이 패러디의 목표대상은 셰익스피어리언 랙Shakespearean rag이나 쿠바놀라 글라이드The Cubanola Glide보다 더 큰 의미를 담고 있는 대중가요이다. 1902년 말엽에 가수 매리 카힐Marie Cahill이 부른 시사풍자 익살극인 『우리 동네의 샐리』(*Sally in Our Alley*)에 삽입된 「대나무 아래서」("Under the Bamboo Tree")라는 노래는 6개월간 악보로 인쇄되어 40만장이 팔렸으며 (Levy 86), 초기의 랙타임 중에서도 가장 선풍적인 히트곡 반열에 들었다 (Ewen 173). 「대나무 아래서」의 역사적인 의미는 제임스 웰든 존슨James Weldon Johnson이 로자먼드Rosamond와 보드빌리언vaudevillian인 밥 콜Bob Cole과 팀을 이루어 곡과 가사를 쓰는 동반관계에서 거둔 첫 쾌거였다는 사실에서 찾을 수 있다. 세기 전환기에 「대나무 아래서」와 같은 가사를 씀으로서 존슨은 아프리카계 미국인의 정형화된 모습을 개선시켜 흑인 노래coon song에 변화를 주려고 노력하였다. 「대나무 아래서」는 마타불루Matabooloo 출신의 줄루Zulu인이 아프리카 공주에게 구애하는 내용을 다룬다. 그 어떤 미개함과 조야함도 내포하지 않고 있는 구애는 온건하고 공손하다. 줄루의 구혼은 합창을 포함하는데, 열정과 매력적인 수줍음이 그 핵심이다.

그대 날 좋아한다면, 나도 당신이 좋아요

우리 둘은 모두 같아,

난 말하고 싶네, 오늘 바로,
난 당신의 이름을 바꾸고 싶어;
내가 당신을 사랑하기에 정말 사랑하기에
그대 날 사랑한다면,
한 사람은 둘같이 살고, 두 사람은 하나 되어 사네
대나무 아래서.

If you lak-a-me, lak I lak-a-you
And we lak-a-both the same,
I lak-a say, this very day,
I lak-a-change your name;
Cause I love-a-you and love-a-you true
And if you-a-love-a-me,
One live as two, two live as one
Under the bamboo tree. (Johnson, Cole, and Johnson 5)

유럽인들의 혼인관습에 따라 피진Pidgin 영어로 나지막하게 읊조리며 나무아래서 신중하게 구애하는 줄루인들의 이미지는 관객의 동일시를 이끌어내고 있다. 심지어 이 노래의 방언조차도 당시의 기준에 따라 온후하게 미소를 유도해내도록 고안되고 있다. 이는 사실상 아프리카에 이식되어 해학적으로 바뀐 서구식 구혼이지만 이국적인 흔적을 찾아보긴 어렵다. "응접실 피아노 주변에 있는 젊은이들이 도처에서 부를 정도로" 아프리카 부부는 "아주 보편적 어구로 자신들의 애정을 표현한다"(Levy 89). 따라서 존슨의 노래를 듣는 백인 관객은 점점 아프리카 원주민을 친족처럼 인식하도록 유도되고 있다.

여기서 실제 삶에 관한 대화 중 명백하게 완곡한 부분은 사랑 놀음이다. 엘리엇 후렴의 함축적 의미는 더욱 더 불길한데, 원래의 노래에서 "한 사람은 두 사람처럼 살고, 두 사람은 하나 되어 사네"(one live as two, two live as one)라는 낭만적 사랑의 기약이 "둘은 한 사람으로 사네/ 한 사람은 두 사람처럼 사네/ 둘은 셋처럼 사네"(Two live as one/ One live as two/ Two live as three)라는 일관성이 결여된 약간 협박조의 표현으로 바뀌었다. 도리스를 고기로 잡아먹겠다는 스위니의 재미있는 위협이 여기에 포장되어 있다. 두 편의 노래에는 구애가 다루어지고 있으나, 존슨의 구애가 순진무구한 반면에, 엘리엇의 구애는 섹스와 폭력이라는 함축된 의미를 갖고 있어서 전율적이다. 그런 식으로 엘리엇은 서구의 우월성을 폭로하기 위해서 인종적 차이에 대한 존슨의 거부자세를 채택하고 있다.

엘리엇은 아리스토파네스 식으로 제의화한 극과 대중극 사이의 간극을 인정하지 않았을지도 모른다. 「매리앤 무어」에서 엘리엇은 제의 자체가 대중적인 현상이라고 주목했다. "제의만큼 사람들에게 적절히 귀속되는 것도 없다"(1923: 597)고 단언했으나, 제의적 패턴을 무대에 올리는 극이 인기를 얻을 정도로 대중적이지는 않다. 예를 들어 스위니의 스크램블 에그scramble egg는 재생이나 부활을 의미하지만, 오늘날 영국에서 에그 스크램블은 사람들의 인식에는 아침을 나타낸다. 사실주의에 흠뻑 빠진 관객이나 제의에 익숙하지 않은 관객에게는 무거우리만치 양식적이고, 성스러운 극이 선구적이긴 하지만 또 한편으로는 실험적일 수밖에 없다. 신뢰할 만한 제의의 효과는 살아있는 전통의 부재 상황에서는 환기될 수 없기 때문이다.

스위니의 단편들에서 나타나는 논지로, 엘리엇 초기 시편들의 몇몇 주제를 지속시키는 논지가 설정되지 않은 것은 아니다. 실제로 다른 비평가들 중에서도 데이빗 존스와 톰슨T. H. Thompson은 다른 방식으로 스위니 시편들과 단편들 사이의 관계를 설명했다. 그러나 단편들에 나타난 주제와 인물묘사의 연속성을 지적함으로써 이들 관계를 더 구체화시킬 필요가 있다.

두 단편의 주인공인 스위니는 두 편의 시 「바로 선 스위니」("Sweeney Erect")와 「나이팅게일 속의 스위니」("Sweeney among the Nightingales")에서 지배적인 위치를 점유하고 있다. 그는 또한 다른 두 편의 시인 「엘리엇씨의 일요일 아침예배」("Mr. Eliot's Sunday Morning Service")와 「불의 설교」("Fire Sermon")에서는 부차적인 인물의 역할을 맡는다. 그의 수성獸性은 이들 시에서 반복해서 나타나고 있다. 그는 "턱을 따라 이어진 얼룩말 줄무늬"(The zebra stripes along his jaw)와 "원숭이 목"(apeneck)을 하고 "주둥이부터 분홍빛 엉덩이의 밑바닥까지 넓적한"(broad-bottomed, pink from nape to base) "오랑우탕"(orang-outang)과도 같은 동작을 한다. 그는 "자기 다리에 면도질 테스트"(Tests the razor on his leg)를 할 때 여자들을 위협한다. 『투사 스위니』 단편 또한 스위니를 친구인 도리스Doris를 폭력적으로 위협하는 짐승 같은 인물로 드러내고 있다. 이 시극의 중심을 이루고 있는 스위니가 처한 곤경은 갈등에 빠진 그를 암시하는 통합된 제목을 이끌어내는 원천인 정신적 갈등인데, 그것은 곧 세속적인 삶에 대한 그의 혼란스럽고 불명확한 좌절감에서 비롯된다. 또한 거기서 도피하려는 단정적인 방법을 찾아내지 못하는 그의 무능함에서 비롯된 것이기도 하다. 이러한 상황은 엘리엇이 『대성당의 살인』과 이후의 다른 극들에서 정교하게 발전시키고 있는 죄와 보속의 기본적인 주제를 암시한다.

시에서 스위니는 또한 뛰어나고 도덕적인 품성을 지니고 있다. 「바로 선 스위니」에서 도리스의 요염한 등장도 그를 유혹하지 못한다.

그러나 도리스는 목욕탕에서 나와 수건으로 닦은 후,
  맨발로 성큼성큼 걸어 들어온다,
각성제 탄산 암모니아수와
  물 타지 않은 브랜디 한 잔을 들고서.

But Doris, towelled from the bath,
  Enters padding on broad feet,
Bringing sal volatile
  And a gloss of brandy neat. (43)

반대로 도리스의 호색적인 움직임의 측면에 의해 전달된 육체의 유혹을 거부하고 싶어 했다는 단정적인 암시가 있다. 비록 타고난 짐승과도 같은 인물이지만 스위니는 정신적인 기질을 보이고 있다. 일요일 아침 교회의 정원 벽을 따라 돌아다니면서 그는 회개의 문에 선 엘리엇의 모습을 보고 감격한다.

속죄의 문 밑에서
노려보는 세라핌 천사들이 떠받치는
경건한 영혼들은
눈에 안 뜨이게 희미하게 불탄다.

Under the penitential gates
Sustained by staring Seraphim
Where the souls of the devout
Burn invisible and dim. (54)

명확히 스위니는 곤경에 빠져 있다.

스위니는 엉덩이로 이리저리 옮기며
목욕탕 물을 휘젓는다
알기 힘든 유파의 대가들은
논쟁 좋아하고, 아는 것도 많다.

Sweeney shifts from ham to ham
Stirring the water in the bath
The masters of the subtle schools
Are controversial, polymath. (55)

다양한 여러 철학학파의 대가들은 감각적인 사랑과, 교회와 신의 사랑을 상징하는 "속죄의 문" 사이에서 선택의 강요를 받고 있는 사람에게 실제적인 아무런 도움을 주지 못한다.

스위니가 처한 곤경은 갈등에 빠진 스위니를 암시하는 통합된 제목을 단편들이 이끌어내는 원천인 정신적 갈등으로 『투사 스위니』의 중심을 이루고 있다. 이 곤경은 세속적인 삶에 대한 그의 혼란스럽고 불명확한 좌절감에서 비롯되고 있다.

난 태어났지, 한번이면 족해.
단심은 기억 못하지만, 난 기억해,
한번이면 족하지

I've been born, and once is enough.

You don't remember, but I remember,
Once is enough. (122)

그리고 그 곤경은 거기서 도피하려는 단정적인 방법을 찾아내지 못하는 그의 무능함에서 비롯된 것이다. 이러한 상황은 엘리엇이 『대성당의 살인』과 후기의 다른 극들에서 정교하게 발전시키고 있는 죄와 보속의 기본적인 주제에 대한 암시인 듯이 보인다.

스위니의 관점에서 삶은 욕망과 육체만의 문제이며 본질적으로는 본능적인 것에 지나지 않는다.

> 출생과, 성교와, 죽음.
> 그것뿐. 그것뿐. 그것뿐. 그것뿐.
> 출생과, 성교와, 죽음.

> Birth, and copulation, and death.
> That's all, that's all, that's all, that's all,
> Birth, and copulation, and death. (122)

2행의 반복들은 성적 쾌락에만 맡기고 있는 존재의 단조로움과 권태감 및 공포감을 강조하고 있다. 이들 시행은 인간존재가 영위하는 감각적인 삶과 동물들의 삶 사이의 보들레르Baudelaire적인 대비를 엘리엇이 인정하고 있음을 회상시키고 있다.

> 그[보들레르]는 남녀의 사랑에 관해서 상당히 많이 말하고 있다. . . . 내 생각에 보들레르가 남녀의 관계를 동물들의 교접과 구분 짓는 것이 선과

악(자연적인 선과 나쁜 것, 또는 청교도적인 옳은 것과 그릇된 것이 아닌 도덕적인 선과 악)에 대한 인식임을 알았다는 것을 시사한다. 그는 선에 대한 부정확하고 막연히 낭만적인 개념을 지니고서 적어도 악으로서의 성적인 행위는 자연적이고 "생명을 주는" 현대세상의 홍겨운 자동화로서보다는 훨씬 위엄을 갖추고 있고, 덜 권태롭다는 것이다. 보들레르에게는 성적인 행동은 적어도 쿠르첸 살츠Kruschen Salts와 유사한 어떤 것이 결코 아니다. (Eliot 1980: 429) (브래킷 필자)

보들레르의 관점에서는 전화나 자동차 등과 같은 현대적인 장치에 의해서 이 단편적인 작품에 나타나고 있는 현대의 삶은 또한 상징적으로는 도덕적 가치로부터 절연되었기에 황폐하게 보이기도 한다. 그것은 욕정과 선정성 속에 투영된 인간의 본원적인 죄와 그 인식을 억압하거나 외면하면서, 남녀 간의 관계를 이러한 존재가 지니는 권태감과 공포감으로부터 도피하는 장치로 만들고 있다. 과도한 성에 대한 선입견은 영적인 사랑에 대한 인식으로부터 인간을 떨어져 있게 하는 것으로 이해되고 있다.

스위니의 관점에서 삶은 욕망과 육체만의 문제로 국한되고 있다. 시행들의 반복은 성적 쾌락에 전념하고 있는 존재의 단조로움과 권태감 및 공포감을 강조하고 있는데, 이 시행들은 인간존재가 영위하는 감각적인 삶이나 동물들의 삶에서 보들레르적인 대비를 엘리엇이 인정하고 있음을 나타낸다. 보들레르의 관점에서는 이 단편적인 작품에 나타나고 있는 현대의 삶은 상징적으로는 도덕적 가치로부터 절연되었기에 황폐하게 보인다. 그것은 욕정과 선정성 속에 투영된 인간의 본원적인 죄와 그 인식을 억압하거나 외면하고 있으며, 남녀 간의 관계를 이러한 존재가 지니는 권태감과 공포감으로부터 도피하는 장치로 만들고 있다. 과도한 성에 대한 선입견은 영적인 사랑에 대한 인식으로부터 인간을 떨어져 있게 한다. 이 가벼운 관능성을 극복하기 위해서 스위니는 악어섬으로 삶을 찾아 도피하려는지 모른다. 악어섬에서의 삶은 역시 섹스에 대한 선입견과 풍요로운 휴식의 특징을 지니고 있다. 스위니에게 비록 그 삶이 현대생활과 자연적인 삶이 주는 단조로움과 무의미함에 대한 대안으로 부각될지 모르지만, 도리스에게는 공포를 준다. 마치 이들 말을 심술궂게 행동으로 옮기려는 의도를 보이듯 스위니는 자기가 사랑하는 대상들에 대한 살해를 제안하는데, 도리스에 대한 위협은 휴 케너의 지적처럼, 사랑하는 사람의 육신을 먹는 "야만인 의식을 초월하는 실체화 과정" (195)이라고 여겨지며, 때로는 기독교의식인 성찬식을 연상시킨다.

이 가벼운 관능성을 극복하기 위해서 스위니는 악어섬으로 삶을 찾아 도피하려는 지도 모른다.

거기에 빵 열매가 떨어지고
펭귄이 부르고
들리는 소리는 바다소리네
대 아래서
나무 아래서
대나무 아래서

거기엔 고갱의 아가씨들이
뱅갈 보리수 그늘에서
야자수 잎의 옷을 입고
대 아래서
나무 아래서
대나무 아래서

말해줘요 숲속 어디에서
그대가 나와 뒹굴 것인지
빵 나무 아래, 벵갈 보리수 아래, 야자 잎 새 아래
아니면 대나무 아래서?
오래된 나무이면 내게 좋지
오래된 숲도 좋겠지
오래된 섬이라면 딱 내 스타일이지.

Where the breadfruit fall
And the penguin call
And the sound is the sound of the sea
Under the bam
Under the boo
Under the bamboo tree

Where the Gauguin maids
In the banyan shades
Wear palmleaf of drapery
Under the bam
Under the boo
Under the bamboo tree

Tell me in what part of the wood
Do you want to flirt with me
Under the breadfruit, banyan, palmleaf
Or under the bamboo tree?

Any old tree will do for me
Any old wood is just as good
Any old isle is just my style. (122-23)

악어섬에서의 삶은 역시 섹스에 대한 선입견과 풍요로운 휴식의 특징을 지니고 있다.

내 귀여운 섬 아가씨
내 귀여운 섬 아가씨
난 그대와 함께 있을래
뭘 할지를 걱정하지 말고
어떤 기차를 탈 필요 없지

My little island girl
My little island girl
I'm going to stay with you
And we won't worry what to do
We won't have to catch any trains (123)

스위니에게는 비록 그것이 현대의 삶과 자연적인 삶, 그리고 특히 그 단조로움과 무의미함에 대한 대안으로 부각될지도 모르지만, 도리스에게는 공포를 준다.

그건 삶이 아니죠, 생명이 아니에요
차라리 죽는 게 좋겠네요.

That's not life, that's no life
Why I'd just as soon be dead. (123)

이것이 두 가지의 대안 중 하나가 되겠지만, 다른 하나는 이 단편극작품에서 서사로 십자가의 성 요한의 말에 의해 암시되고 있다.

그러므로 영혼은 신과의 합일을 이룰 수 없다, 영혼이 피조물들에 대한 사랑을 벗어버릴 때까지는

Hence the soul cannot be possessed of the divine union, until it has divested itself of the love of created beings. (115)

마치 이들 말을 심술궂게 행동으로 옮기려는 의도를 보이듯 스위니는 "나는 그대를 탐식해 버릴거야"(I'll gobble you up)(121)라고 하며, 자기가 사랑하는 대상들을 죽이려고 제안한다. 휴 케너가 전술했듯이, 도리스를 "선교사 스튜"로 바꾸려는 위협은 사랑하는 사람의 육신을 먹는 야만인의 의식을 초월하는 실체화 과정으로 설명될 수 있으며, 더 나아가서는 기독교의 성찬의식에 대한 환유로 작용한다.

제안된 사랑의 희생자인 도리스는 전례에 따라 희생하는 기독교 선교사들의 방식으로 이교도를 개종시키고 자신을 구하길 주장한다. 고생해가면서 스위니를 개종시키려는 그녀의 제의는 『대성당의 살인』에서의 토마스 베켓Thomas Becket의 역할 및 『칵테일파티』에서의 실리아Celia의 역할을 전조하고 있다. 자신을 바쳐 희생하려는 도리스의 각오는 상징적으로 표현된 과도한 성적 사랑과 폭력에의 탐닉을 낳은 인간의 죄악 때문에 생긴 물질적 존재에 의미를 부여하는 기독교적 방식을 강조하고 있다. 비록 스위니가 악한 대상이기는 하지만, 사육제의 역할을 하겠다고 제안한 사실은 그렇지 않을 경우 단조롭고 권태로우며 무의미할 수도 있는 삶에 어떤 의미를 부여한다. 이는 다시 한 번 보들레르에 관해 쓴 엘리엇의 에세이를 상기시켜준다.

> 우리가 인간인 한, 우리가 하는 일은 악한 것이거나 선한 것임에 틀림이 없다. 우리가 악행을 하거나 선행을 하는 한 우리는 인간이다. 그래서 역설적인 방식이기는 하지만, 아무 것도 하지 않는 것보다는 악행이라도 하는 편이 낫다. 적어도 우리가 존재한다면 말이다. (Eliot 1980: 429)

스위니의 위협이 함축하고 있는 폭력행위는 해방의 수단이자 탄생과 교미 및 죽음과 같은 기계적인 일상적 삶에서 나오는 수단으로 생각되어야 한다. 이러한 행위가 궁극적으로 스위니를 구제할 것이냐의 여부는 논의할 문제이겠지만, 만일 첫 단편에서의 카드놀이에 대한 예측이 『황무지』에서 사용되었던 태롯카드Tarot card의 미래예측과 같은 길잡이 구실을 할 수 있다면, 스위니의 행위는 부활이나 보속보다는 죽음으로 향할 가능성이 있는 것이다. 폭력이라는 위협적인 행위는 "논쟁, 소외감, 친구와의 이별, . . ./ 관" (A quarrel. An estrangement. Separation of friends . . ./ COFFIN)(117)이라는 일련의 카드놀이의 예측에 중요한 의미를 부여해준다. 첫 번째 예측의 단편을 다시 읽도록 독자를 유도할 때, 그 행위에 공포적인 요소를 도입하여 누구를 살해할 것이냐에 관한 서스펜스suspense를 조성하고 있다. 그것은 제2부에서 스위니의 범죄 이야기에 대한 전조 역할을 한다.

엘리엇 단편극에 삽입된 범죄 미스터리 요소는 주요한 극적 행위를 나타내는 코러스에 중요한 역할을 한다. 코러스 사용은 엘리엇의 극 이론과 실제에 핵심이 되는 관객의 참여라는 생각을 유효하게 하려는 그의 노력이 강화된 결과다. 이런 생각이 『대성당의 살인』과 이어지는 극들과 『투사 스위니』

에서 더 직접적으로 발견되고 있지만, 음악당에 대한 엘리엇의 생각에서도 찾아볼 수가 있다. 엘리엇은 관객과 배우의 공조를 위해서 주로 음악당을 높이 평가했다. 음악당 희극배우인 마리 로이드에 관한 언급에 엘리엇은 다음의 관찰을 덧붙이고 있다.

> 음악당에 간 근로자가 마리 로이드를 본 뒤 코러스에 동참하여 직접 역할연기를 연출하고 있었다. 그는 모든 예술과 극예술에 대단히 필요한 예술가와 관객의 공동참여에 합세한 셈이다. (Eliot 1980: 458)

엘리엇도 관객의 참여를 실현하기 위해 음악당의 랙타임 리듬과 재즈 패터를 도입하고 있을 뿐만 아니라, 이런 목적을 성취하려고 두 번째 단편에 범죄와 공포 및 미스터리를 접목시키고 있다. 『투사 스위니』가 재즈반주와 함께 공연되었다는 사실과 『가족의 재회』에서는 살해범이 끝내 밝혀지지 않고 있으며 신원미상의 인물이 『칵테일파티』에 등장한다는 사실이 이를 뒷받침해준다.

극에서 스위니의 범죄일화에 관객이 보일 가능성 있는 반응은 행위구조 속에 형성되어 있다. 스노우의 제안을 보자.

> 스위니씨가 얘기를 계속하게 합시다,
> 확신컨대, 선생, 우리는 흥미를 가질 거예요.

> Let Mr. Sweeney continue his story,
> I assure you, Sir, we are very interested. (124)

명징성과 정확성으로 나타나는 짧은 서사는 코러스에 상당한 영향을 주고 있다. 그 탐정소설적인 형식은 헬렌 가드너Helen Gardner가 제시한 바와 같이, 『세상 소식』(*News of the World*)에 의해 가끔 전달되는 그러한 선정적인 이야기들과 유사한 형식으로 각색되었을 수가 있다.

덧붙여 말하면, 위의 이 모든 세부적인 암시가 개연적이냐의 여부에 상관없이 스위니 단편에서는 엘리엇이 두 가지 일을 동시에 수행하고 있다. 하나는 태블로이드tabloid 판 신문양식과 살인 미스터리 바로 직후에 감각적인 요소들을 도입하고 있으며, 다른 하나는 그것들을 통하여 선정주의와는 아무 상관없이 종교적인 인식이라는 본질에 내재하는 생각을 제시하고 있다는 점이다. 그가 이런 일을 해야 한다는 사실이 전혀 놀라운 것은 아니다. 그러한 평행관계는 그의 초기시의 특징 중의 하나이며 여전히 극에서도 더욱 필요하다. 그가 스스로 말했듯, 극작가는 감수성을 지닌 지성적인 관객구성원들은 물론이고 물질주의적이고 극단적 심성만 있지 상상력이나 비전이 없는 사람들에게도 자신의 의미를 전달하도록 노력해야한다. 이러한 엘리엇의 노력이 돋보이는 부분이 코러스다.

짧은 서사는 코러스에 상당한 영향을 주면서 명징성과 정확성을 드러내고 있다. 그 탐정소설적 형식은 선정적인 이야기들과 유사한 형식으로 각색되어 있다.

스위니: 난 알았지 언젠가 한 남자가 한 여자를 죽였다고
　　　어떤 남자든 여자를 죽일 수 있을 거야
　　　어떤 남자든 그래야 하고, 그럴 필요 있지, 그러고 싶지
　　　일생에 한번은, 여자를 죽이지.
　　　그런데 그는 그녀를 욕조에 두었어.
　　　한 갤런의 리졸액과 함께 욕조에.

SWEENEY: I knew a man once did a girl in
Any man might do a girl in
Any man has to, needs to, wants to
Once in a lifetime, do a girl in.
Well he kept her there in a bath
With a gallon of lysol in a bath (134)

스위니의 서사는 『칵테일파티』에서 알렉스Alex의 살인 보고서를 예견하는 듯 보이는데, 모든 미스터리 소설의 본질적인 내용들을 포함하면서 한 여성에 대한 살해라는 범죄와 리졸이 섞인 욕조 안에 시체를 숨기는 범죄희생자 시신의 은닉 및 살해범 도주에 관해 언급한다. 하지만 적절한 탐정소설이라고 부르기에는 너무 짧고 우연성이 많으며 불완전하다. 이는 엘리엇이 밝힌 탐정소설 구조의 정의와도 부합한다. 그는 탐정소설에는 아무 것도 일어나지 않으며, 범죄는 이미 저질러진 상태이고 나머지 이야기가 증거의 취합과 선택 및 조합으로 구성되고 있다(Eliot 1927b: 360)고 했다. 하지만 스위니의 서사에서 범인이 발각되지 않을 가능성은 전혀 없다. 만일 탐정이 전면에 나선다고 하더라도, 아이러니컬하게도 별 의미 없는 대상으로 등장하게 될 것이다. 즉 여기서는 탐정의 부재에 의해서만 극이 분명해진다고 할 수 있다.

이 극에서 미스터리 스릴러 요소의 사용은 제한적이다. 경우에 따라서 어떤 종교적인 주제나 사상을 암시하거나 간헐적으로 정교하게 다듬기 위해서 미스터리 스릴러 요소를 사용했다. 스위니가 자기 이야기를 하는 첫 행 다음에 곧 이어지는, 악을 저지르려는 인간들의 일반화된 성향에 관한 표현에서 살해의 심각성은 자명해진다. 이와 같은 일반화로 보면 살인 미스터리는 자연스럽게 그 차원을 확장하여 개별적 살인범의 이야기일 뿐만 아니라,

잠재적 범인으로 그 행위에 연출될 수 있는 모든 남자들의 이야기로 확장된다. 관객은 서사적 내용에 사로 잡혀 전형적인 암시를 간파하거나 간파하지 못할 수도 있겠지만, 살인 미스터리는 범죄와 악에 대한 인간의 보편적인 성향을 놓치지 않고 제시하고 있다. 여기서 신문은 이러한 성향을 강화시켜주는 과학적인 역할을 맡는다.

스와츠: 그런 놈들은 늘 결국엔 잡히지
스노우: 실례지만, 그들이 결국 모두 잡히지는 않지.
엡섬 히스의 유골은 어떻게 됐어?
내가 신문에서 보았어
당신도 그걸 신문에서 보았지
그들이 결국 모두 잡히는 건 *아니야*.

SWARTS: These fellows always get pinched in the end.
SNOW: Excuse me, they don't all get pinched in the end.
What about them bones on Epsom Heath?
I seen that in the papers
You seen it in the papers.
They *don't* all get pinched in the end. (134)

살인사건을 보도한 신문은 현대적 삶이 비하되어온 정도와 도덕적 가치의 붕괴를 나타내고 있다. 살인미스터리는 폭력과 범죄라는 행위에 의해 제기된 영원히 흥미로운 운명과 자유의지의 문제를 다루고 있다. 악의 성향이 일반적인 것이냐 아니냐의 문제는, 혹은 다른 말로 하여 모든 사람들의 죄의식이나 어떤 사람의 죄의식이 궁극적으로 드러나느냐의 문제는 논쟁의 여지가 있다. 하지만 이 두 가지 견해는 타당성이 있게 보인다. 스노우의 생각은 범죄자의 범행이 발각되지 않아서 처벌을 피하고 지냄을 뜻한다. 반면에 스와츠의 생각은 범인의 범죄가 한동안 발각되지 않은 채로 남겠지만 그의 범죄 사실이나 도덕상의 죄는 어쩔 수 없이 드러나서 처벌받게 마련임을 암시한다. 만일 애스킬러스의 『오레스테이아』에서 끌어 온 제사가 어떤 길잡이가 될 수 있다면, 복수의 신the Furies은 이미 살해범을 추적하고 있다.

> 오레스티스: *넌 그들을 못 보지, 넌 못 봐—하지만 난 그들이 보여:*
> *그들이 나를 쫓아오니, 난 가야겠어.*

> Orestes: *You don't see them, you don't—but I see them:*
> *they are hunting me down, I must move on.* (121)

코러스는 악몽 같은 꿈을 통하여 그의 상황을 표출시킨다.

엘리엇은 스위니의 초점을 수사문제에 두는 것이 아니라 살인범의 심적인 상태에 두고 있다. 그래서 관객에게 죄인의 인성에 끼치는 악의 영향을 절실히 느끼게 하려는 것이다. 폭행 장면은 삶과 죽음 사이뿐만 아니라 살인자와 희생자 사이를 구분해주는 모든 감각들을 상실하고 있는 듯이 보이는 살인자를 정신적으로 착란 시킨다.

> 스위니: . . . .
> 그는 자신이 살아있는지를 몰랐지
> 그녀가 죽었는지도
> 그는 그녀가 살아있는지를 몰랐지
> 자기가 죽었는지도

그는 그들이 모두 살아있는지

혹은 둘 다 죽었는지도 몰랐어.

SWEENEY: . . . .

He didn't know if he was alive

and the girl was dead

He didn't know if the girl was alive

and he was dead

He didn't know if they both were alive

or both were dead. (135)

여기에 묘사된 살인자의 왜곡된 심리는 인간의 타락 이후 도덕적 혼란을 강조하는 기독교적인 교의에서 비롯된다. 스위니 자신은 실제로 살인자와 모든 살아있는 사람들 사이가 동등하다는 일종의 평등성을 암시하면서 그 상황을 객관화시켜 버린다.

스와츠: 그가 뭘 했는데?

줄곧, 그가 뭘 했지?

스위니: 그가 뭘 했냐고! 그가 뭘 했지?

그건 문제 안 돼.

살아있는 사람들에게 그들이 뭘 하는 지에 대해 말해.

그는 가끔 나를 보러 오곤 했지

난 그에게 한잔 사주고 기운을 북돋우어 줘어

SWARTS: What did he do?

All that time, what did he do?

SWEENEY: What did he do! what did he do?
That don't apply.
Talk to live men about what they do.
He used to come and see me sometimes
I'd give him a drink and cheer him up (134-35)

이는 또한 인간이 일상적으로도 죄인으로 죄의식을 회피하고 있다는 종교적인 생각을 나타낸다. "live"라는 어휘는 일상적이고도 종교적인 의미를 지닌다. 그것은 정신적으로 의식이 있을 뿐만 아니라 육체적으로 살아있음을 뜻한다. 마찬가지로, "death"라는 어휘는 육체적인 의미에서 죽음뿐만 아니라 정신적인 맹목성이나 무감각을 뜻하기도 한다. 스위니에 의해 제시된 "살아 있는 사람들"과 살해범 사이의 등식관계는 죄지은 사람의 정신적인 죽음을 암시해준다. 보통 사람들과 살해범 사이의 이러한 평행관계와 도덕상의 죄와 형법상의 범죄 사이의 평행관계를 통해서, 엘리엇은 양자 간의 차이를 좁히려고 시도하고 있다. 이 관계는 후기 극, 특히 『원로 정치가』에서의 엘리엇의 주제와 기교를 예견하게 하고 있다. 게다가, 이러한 평행적 의미는 또한 스위니의 인물성격에 어떤 모순성을 만들어 내고 있다. 스위니는 인간 생존의 무의미함을 정신적으로 이해하여 도피구를 찾고 싶어 하는 사람으로 비치고 있다.

다른 한편으로 살해범에 대한 그의 진술은 자신의 정신적인 각성에 대한 의구심을 만들어내고 있다. 그의 범죄에 대한 서사를 그 자신의 체험에 대한 기술로 읽는 일도 가능하다. 여기서 엘리엇은 확실히 잘 알려진 인물과 미스터리에 대한 대중적 기억을 시험하고 있다. 「바로 선 스위니」에서 자기 다리에 면도를 하는 장면과 에드가 앨른 포우Edgar Allen Poe의 「르 모르그 가의 살인」("The Murders in the Rue Morgue")을 떠올리게 하는 오랑우탕

orang-outang의 역할은, 자기의 친구인 살해범에 대한 동정심이 반향을 일으키게 해놓고, 의도적으로 스위니를 욕조 속의 여성을 살해할 가능성이 높은 살해범으로 독자가 생각하게 유도하고 있다. 그러나 동시에 범죄일화 이야기에 깔린 스위니의 의도가 명확하기 때문에, 자기 친구인 살해범을 격려하는 행위를 약자와 죄지은 자에 대해 보이는 동정심어린 행위로 해석하는 일도 역시 가능하다. 이는 스위니의 동정심의 행위를 인간의 본원적인 죄지음에 대하여 그가 이해한 결과로 비쳐지게 하여, 『가족의 재회』에서는 살해범을 알 수 없다는 생각으로 이어지게 한다.

여기서 후기 극의 아주 중요한 보속이라는 주제가 「갈등의 단편」에서 집세라는 개념을 통해서 도입되고 있다. "누군가 집세를 지불해야 했지" (And somebody's gotta pay the rent)(135)에서 "rent"라는 어휘는 두 편의 단편에서는 다른 의미로 사용되고 있는데, 「갈등의 단편」에서 보면 그것은 금전적인 보상이라기보다는 어떤 종류의 희생을 나타내면서 저지른 악행에 대해서 궁극적으로 보상하는 사람이 집세 납부자임을 뜻한다. 「서사의 단편」에서 더스티Dusty와 도리스 소유의 아파트에 대한 통상적인 집세 납부자인 페레이라Pereira는 「갈등의 단편」에서는 자신의 신분이 밝혀지지 않는 집세 납부인으로 바뀌고 있다.

도리스: 난 누군지 알아
스위니: 하지만 나완 아무 상관없어 그리고 네게도 상관없지.

DORIS: I know who
SWEENEY: But that's nothing to me and nothing to you. (136)

따라서 궁극적인 집세납부자의 신원은 스위니의 서사 속에 나오는 살해범이 그렇듯 밝혀지지 않은 채로 남는다. 살해범이 일반적으로 악을 나타내고 있는 것처럼, 집세 납부라는 의무적 행위는 피할 수없는 보속이라는 생각을 암시한다.

요약하면, 위의 이 모든 세부적인 암시가 개연적이냐의 여부에 상관없이 스위니 단편에서는 엘리엇이 두 가지의 것을 동시에 수행하고 있는 것 같다는 점에는 의심의 여지가 없다. 하나는 태블로이드 판 신문양식과 살인미스터리 바로 직후에 감각적인 요소들을 도입하고 있다는 점이고, 다른 하나는 그것들을 통하여 선정주의와는 아무 상관없으며 종교적인 인식이라는 본질 속에 더욱더 존재하는 생각을 제시하고 있다는 점이다. 그가 이런 일을 해야 한다는 사실이 전혀 놀라운 일은 아니다. 그러한 평행관계는 그의 초기 시 특징 중의 하나이며 여전히 극에서도 더욱 필요하다고 생각한 그 무엇이다. 그가 스스로 말했듯이, 극작가는 "물질주의적이고 상상력이 없는 극단적 심성을 지닌 비전이 없는 사람들은 물론이고 감수성이 있고 지성적인 관객 구성원들"에게 자신의 의미를 전달하도록 노력해야 한다.

범죄스릴러가 어쩌면 가장 인기 있는 독서형식으로 자리 잡은 시대에, 이와 같은 대중오락적 장치는 범죄와 양심상의 죄 사이의 균형과 범죄의 편재성과 도덕적 죄의 보편성 사이의 균형을 이용하는 방식보다 훨씬 더 폭넓은 관객에게 다가갈 수 있는 최상의 방법일 것이다. 그는 극적인 목적에 맞게 "모든 인간은 죄인"이라는 생각을 "모든 인간은 범죄자"라는 생각으로 옮기고 있다. 이것이 네빌 코길Nevil Coghill과의 대화에서도 지적되고 있는데(84), 여기서 엘리엇은 죄인과 범죄자를 동일시하는 평행적 의미패턴을 사용하고 있다.

나(코길): 선생께서 루펏 단이 제작한 투사 스위니를 보셨겠지요?

엘리엇: 네 그렇습니다. 갔었지요.

나: 극이 그의 의도대로 되었는지는 모르겠네요. . . . 모든 이가 그 리픈 이라는 데 전 놀랐죠.

엘리엇: 저도 그랬지요.

나: 그런데 선생께서는 전혀 다른 생각을 가지셨잖아요.

엘리엇: 정말 달랐죠.

나: 그러나 단의 제작품을 수용하신다는 말입니까?

엘리엇: 네.

나: 하지만, 그런데, 극은 선생께서 의도하신 것과 다르잖아요, 정말 모르신단 말이에요?

엘리엇: 분명히 그렇죠.

나: 허나 상반된 의미를 지녔다면 옳은 것이라고 할 수 없죠, 잘못된 것 아니에요? 작가가 옳지 않나요?

엘리엇: 반드시 그렇진 않죠, 그렇게 생각 안 해요? 왜 잘못되었죠?

우리는 여기서 엘리엇의 평형적 의미패턴을 사용하는 방법을 지적할 수 있다. 『투사 스위니』는 연이어진 극에서 사용된 중요한 장치를 예견해주는데, 특히 종교적인 주제들을 세속적인 극 속에 살아남도록 하는 미스터리 스릴러의 사용이 그것이다. 평행적 주제를 이렇게 이용한 결과 인물성격에 약간 모호하고 불분명한 점이 있다는 사실을 알 수 있다. 그러나 이러한 애매성과 불분명함은 오히려 엘리엇이 제시하고 점차적으로 이어지는 극 속에 용해된 핵심적 주제 때문에 두드러진다. 그리고 그의 극을 연구함에 있어서 『투사 스위니』에 재미있는 위치를 부여한 것은 앞으로 쓸 엘리엇의 주제와 기교를 미리 짐작하게 해주는 이러한 속성이라고 하겠다.

모더니스트 정전작가의 문학작품에 관객이나 독자의 흥미를 유발시키기 위해 도입한 대중문화장치에 대한 진지한 검토가 여태까지 제대로 진행되지 못했던 것은 사실이다. 그 결과, 엘리엇의 다른 시와 극에서 보이는 민스트럴 쇼나 랙타임 재즈와 같은 대중문화적 요소의 관찰이 간과된 나머지 작품해석에 부분적 한계를 드러내기도 했다. 엘리엇 후기 극들은 재즈와 같은 대중문화적 장치를 통해서 어떤 주제와 사상의 단편들에 대한 기대감을 갖게 한다. 초기 시나 『투사 스위니』의 단편들 또한 이런 주제를 드러내는 장치로서 재즈리듬을 사용하고 있기 때문에, 또한 이런 관점에서 다른 작품들을 생각해 볼 수도 있을 것이다.

재즈는 한때 야만적 의식을 수입한 것 내지는 밀림음악이 이식된 것으로 생각되었으며, 이 원시적 음악의 매력은 문명의 천박함과 모든 인간 주체의 내재적 회귀를 나타낸다고 빈번히 생각되었다. 그러나 현대적 양상과 원시적 양상이 혼재한 재즈는 엘리엇 계획에 알맞은 완벽한 매개 장치를 공급한다. 더욱이 그 음악은 당시에 광범위한 대중적 인기를 구축하고 있었기 때문에 엘리엇이 도달하려고 추구했던 폭넓은 관객이나 독자에게 강항 호소력을 지닐 수 있었다.

관객의 흥미를 유발시키려는 목적으로 대중문화장치를 시극이라는 예술작품에 끌어 들인 데 대한 진지한 사유가 여태까지 제대로 진행되지 못했다. 하지만 엘리엇 후기 극에 나타나는 어떤 주제와 사상의 단편들에 대한 기대감이 대중문화적 장치를 통해서 예견되고 있다는 점이 매우 흥미롭다 하겠다. 그러므로 『투사 스위니』의 재미있는 부분을 관찰하고 분석한 결과는 앞으로 쓸 엘리엇의 주제와 기교를 미리 짐작하게 하는데 기여하고 있을 뿐만 아니라, 이러한 속성이 지속적일 것이라는 기대를 갖게 한다.

엘리엇은 고대와 현대를 연결하고 진지한 것과 사소한 것을 융합하면서 세련된 것과 조야한 것을 융합시켰다(Schuchard 117). 아울러 그는 다수의 관객에게 여흥으로 즐거움을 주면서 동시에 그들에게 시학을 심어주려는 의도도 분명히 지녔다(Carol Smith 52-53)[6]. 그는 이를 통해 자신의 은밀한 고립으로부터 벗어날 뿐만 아니라, 귀족적 시인과 대중적 문화인이라는 자신의 문학적 기질을 접목시켰다. 어쩌면 이것이 순수문학과 고급문화만을 고집한 전통적 고전주의자 시인의 면모 못지않게 대중들을 겨냥한 저급문화도 배려하는 세속적 대중주의자로서의 광대나 탐정의 기질의 표현일지도 모른다. 또한 자기가 꿈꾸던 이상세계의 실현을 위한 계산된 태도일 수도 있다. 그래서 엘리엇의 결정적인 주장을 기독교적 신앙의 논리에만 의존하기보다는, 비종교적인 생각에도 동일한 관심을 가져야 한다는 주장(Mulhern 103)이 설득력을 얻고 있는 것이다. 20세기 중반 영국의 대중문화에 대한 그의 생각을 21세기로 끌어와서 억지로 접목시킬 필요는 없겠지만, 아놀드와 같은 그와 동시대 지식인들과 비교하면, 엘리엇은 분명히 개방적인 대중문화관을 지녔다.

이 장은 엘리엇의 문화관에 대한 기존의 인식을 보다 더 넓혀서 전체적 공 영역public sphere에로의 문화 확산이라는 전제를 바탕으로, 『투사 스위니』라는 대표적인 그의 시극에 대한 분석을 통해서 대중문화적인 소재에 대한 기능을 살펴보았다. 엘리엇 시극에 대한 해석영역의 외연을 확장한다는 의미에서도 동일한 관점과 논지를 엘리엇의 후기 극까지 연관시켜 볼 필요가 있다.

6) 캐럴 스미스는 엘리엇이 새로운 극은 오락적인 면을 원하면서도 시를 감내하려는 대중관객과 함께 출발해야한다는 생각을 가졌음을 분명히 밝히고 있다.

제4장

『대성당의 살인』
산문과 운문의 조화로 표현된 살해동기와 증인

엘리엇은 겉으로 보아서는 자신의 극의 종교적 목적과는 아무런 상관이 없는 듯이 보이는 여러 요소들을 채택해서 쓰고 있다. 이들 요소들을 "미스터리적인 요소"라고 부를 수가 있는데, 사실은 주제적 요소와 극적인 장치라고 하겠다.

"미스터리"라고 명명한 뜻은 아주 인기 있는 두 장르인 미스터리 스릴러와 탐정 이야기의 주요한 성분이 되면서도 서로 관계가 있음을 의미한다. 엘리엇 스스로도 예를 들자면, 우주에 대한 신비감(Eliot 1969: x)[1]이나 좀

1) T. S. Eliot. *The Sacred Wood* (London: Butler & Tanner Limited, 1969), p. x. 엘리엇은 1928년 판 『성스러운 숲』의 서문에서 다음과 같이 말했다.

> (좀 더 고차원에서 비유하여) 만일 내가 셰익스피어의 시보다 단테Dante의 시를 더 좋아하는지 그 이유를 스스로 자문해본다면, 내게는 그것이 삶의 신비mystery를 향

더 구체적으로 말하면 중세 미스터리 극에 대한 그의 논의[2]에서 보이는 훨씬 더 특별한 종교적 의미에서 우주의 수수께끼에 대한 느낌을 자신의 저술에서 표현하는데 미스터리라는 말을 다양하게 사용했던 것이다. 그러나 그도 역시 「윌키 콜린스와 딕킨스」("Wilkie Collins and Dickens")라는 글과 다른 여러 곳에서 탐정소설의 미스터리라는 의미로 사용하고 있다(Eliot 1972: 464)[3].

엘리엇은 더 나아가서 미스터리 스릴러와 탐정 이야기의 명확한 구분을 끌어내고 있다.

> 나는 탐정소설이라고 불러도 적절하다고 생각한 책과 미스터리 이야기라고 이름 붙이는 것이 더 나을 것 같은 책을 구분할 필요성을 발견했다. . . . 실제로 우리가 스릴러적인 흥미와 탐정적인 흥미와 같이 한두 가지의 요소가 압도적이라는 이유로 소설들을 구분해야 하는데, 그 구분을 명확히 해낼 수가 있다. 탐정 이야기에서는 아무 것도 일어나지 않는다. 범죄는 이미 저질러진 것이며, 나머지 이야기는 증거의 취합과 선별 및 조합으로 구성되기 마련이다. 미스터리 이야기에서, 독자는 새로운 진기한 모험에서 또 다른 진기한 모험으로 계속 이끌려 간다. 사실은 물론, 대부분의 탐정 이야기들은 약간의 사건을 내포하지만, 이것들은 종속적이라서 그 사건의 조사과정에 흥미가 생기게 되는 것이다. (Eliot 1927: 360)

한 더 건전한 태도를 예시해주는 것처럼 보이기 때문이라고 답해야 할 것이다.

2) 엘리엇은 1937년 『에딘버러 대학 저널』(*University of Edinburgh Journal*) 가을호에 기고한 「종교극: 중세극과 현대극」("Religious Drama: Medieval and Modern")이라는 글에서 특히 대문자로 표기한 미스터리 연쇄극Mystery cycles에 관해 언급하면서 중세극 비평가들을 따르고 있다.

3) 엘리엇은 「윌키 콜린스의 『월장석』」("Wilkie Collins' *The Moonstone*")에서 미스터리는 사람의 독창성으로 함께 해결되는 것이 아니라, 주로 우연히 해결된다고 말하면서 탐정소설적인 의미로 "미스터리"라는 용어를 사용하고 있다.

엘리엇의 극에서 스릴러적인 흥미는 탐정적인 흥미를 내포하므로 미스터리의 요소는 기능적인 동시에 목적성을 지닌다고 하겠다.

여태까지의 엘리엇 극 비평작업이 미스터리라는 장르를 엘리엇이 사용했다는 사실에 대한 조사와 연구에서 완전히는 아니라도, 적어도 어느 정도 충분하게 자기 기능을 해내지 못했다는 점이 발견되고 있기 때문에, 본 연구서의 의도 역시 이 모자라는 부분을 완성하려는 데 있다. 물론 범죄와 수사라는 스릴러적인 요소들을 도입한 것이 기독교적인 주제와 엘리엇 극의 배경이라는 관점에서 어울리지 않게 보일 수도 있다. 그러나 실제로는, 이 양자는 엘리엇 극에서 결코 상호모순 되게 보이지 않고 오히려 일치하고 있는 듯이 보이며, 자기 관객의 대중적 취향에 맞게 사건의 종말을 지으려고 극작가들이 사용하는 유일한 장치로서 부각되었을 지도 모르는 그것이 어느 정도 그의 종교적 중심 주제를 설명해주고 있다.

종교적 주제와 극에 대한 현대인의 관심을 부활시키는 일에 대한 엘리엇의 관심은 종교극운동으로 심화되었으며, 그 운동이 엘리엇의 정신에 강력한 충격을 주었다는 사실은 『대성당의 살인』의 제작 후 2년 뒤에 있었던 「종교극: 중세극과 현대극」이라는 연설에서 확실히 나타난다. 엘리엇은 현대 종교극의 가능성을 보여줌으로써 중세극작가들이 썼던 수법으로 종교극을 쓰도록 동료 극작가들에게 호소했다. 그는 중세 미스터리 연쇄극이 특수한 소재를 선택하여 처리하는 방법이라는 면에서 현대 극작가들의 모델로 기여할 수 있다고 믿었다. 엘리엇에 따르면, 극의 방법에 대한 면밀한 연구와 소재의 선택방식 및 심지어는 과거의 종교극적 전통에 대한 관심의 부활은 당시의 종교극을 창작하는 데 아주 긴요하였던 것이다. 이는 중세극작가들이 그 시대를 위해서 할 수 있었던 것을 현대 극작가들도 그 시대에 맞게 할 수 있는 유일한 방식이었기 때문이다. 이는 또한 종교극을 쓰도록 젊은 극작가들에게 호소한 엘리엇의 노력을 진정으로 추구하려 하였던 영국 방송공사British Broadcasting Corporation가 라디오 방송용으로 현대 미스터리 연쇄극을 써 달라고 도로시 세이어즈에게 요청했던 일과도 마치 흡사하였다. 1941년에 세이어즈는 『왕으로 태어난 사나이』(*The Man Born to Be King*)라는 제목 하에 예수의 삶과 죽음 및 부활에 관한 12편의 미스터리 연쇄극을 씀으로써 그 청을 기꺼이 들어주었다. 세이어즈는 교회 당국의 승인을 얻어서 고어를 현대 구어체로 바꿈으로써 흠정역 성서의 언어를 현대화 시켰다. 그녀는 중세 극작가들의 수법으로, 영적인 왕의 존엄성이 지니는 "신비스러움"mystery을 왜곡시키지 않고서도 그리스도의 인간적 속성을 강조하였던 것이다. 그녀는 복음적 설화에 대한 신앙심을 해치는 것이 아니라 오히려 복원시키려고 극적 사실주의를 채택했던 것이다(Roston 297). 여기서 그녀의 목적은 엘리엇의 목적과도 유사했다.

종교극 운동에서 파생된 캔터베리 음악 및 연극 축제에서 운문극에 대한 교회의 개방적 자세는 현대 종교극 창작에 신선한 자극을 제공하였다. 스파노스William V. Spanos에 따르면, 이 사건이야말로 300여 년이란 세월이 경과한 후에 발생한 "교회와 예술의 화해"(the reconciliation of the church and art)(50)로 기록되었다. 이 종교극들이 극장에서 장기 공연한 것을 고려해보면, 구약성서와 신약성서의 소재를 표현하려는 메이스필드와 다른 극작가들의 시도는 신선한 체험을 입증해 주었다. 『아담의 씨앗』(*Seed of Adam*)(1936)에서 찰스 윌리엄스는 구약성서와 신약성서로부터 빌려온 주제를 중세 극작가들의 수법으로 조합하고 타락과 탄생 및 십자가형을 포함하는 하나의 완성된 신학적 주제를 진화시킴으로써 중요한 기여를 했다. 엘리엇 극의 종교적 중심 주제는 중세 극작가들에 의해서 뿐만 아니라 윌리엄스에 의해서 예시된 이와 같이 포괄적인 신학적 주제와 근본적으로 유사하다. 타락과 그리스도의 희생을 통한 그 부분적인 개정을 수용하는 중세의 신학적 패턴은 엘리엇과 다른 극작가들의 극에서와 마찬가지로 윌리엄스의 극에서도 나타나고 있다(Roston 292).

종교극 운동에 저명한 시인이자 극작가 몇 명이 관련됨으로써 캔터베리 축제를 영국의 생활에서 1930년대 이후의 중요한 문화적 사건으로 만들었다. 엘리엇은 스스로가 그 운동이면에 있는 영향력 있는 인물이었는데, 그의 극에서 종교적 주제에 관한 그의 관심은 이러한 운동의 배경으로 더 잘 이해될 수가 있었다.

종교극 운동에 의해 자극 받은 새로운 종류의 극의 가능성에 관해서 논평하면서 엘리엇은 당시 종교극의 중요한 역할을 시각화하였다. 그에 따르면, 종교극은 심지어 점점 더 사실적이고 깊이가 얕아져 가는 경향을 보였던 20세기의 세속극까지도 발전시킬 수 있는 수단으로 그 역할을 할 수 있었다. 그는 다음과 같이 언급한다.

> 종교극이 세속극을 대신하지 못하면, 그래서 할 수 있다고 아무도 상상 못하거나 심지어 그렇게 되었으면 하고 바라지도 못한다면, 우리는 세속적인 극의 향상도 기대할 수가 없다. (Eliot 1937: 11)

그러므로 종교극은 직접적인 기여를 하는 대신 19세기에 그 수준이 상당히 퇴조한 세속극을 변형시키고 부활시키는 수단으로 기여할 수 있었다(Eliot 1972: 56). 다른 요인보다도 이것이 당시 세속극의 종교적 주제의 매력을 확대시킨다고 판단되었을 것이다. 따라서 엘리엇은 종교극에서부터 세속극에 이르는 극의 포괄적인 변화를 극의 수준이 퇴조하는 것을 막고 종교극과 세속극을 재통합시키는 유망한 수단으로 제시했다. 그는 이러한 변화를 정교하게 살피고 있다.

> 먼저 기독교 해Christian Year의 더 큰 축제에 적합하고 성당이라는 환경에서 공연하기에 알맞은 극이 있어야 한다. 둘째, 구약성서의 다른 사건들이나 성인들의 전기The Lives of the Saints에서 나오는 사건들을 다소 첨가하고 창작하여 다루고 있는 극이 있어야 한다. 이외에도 세상의 여러 가지 삶의 상황들을 명확히 기독교적인 방식으로 다루는 극들도 있어야 한다. 교구 내에서나 성당이나 교회에서 상연하기에 적절한 극들과 일상적인 극으로 공연하기에 적절한 극들 사이에는 명확치 못한 등급의 변화가 분명히 있다. (Eliot 1937: 14)

이러한 등급의 차이는 『바위』나 『대성당의 살인』으로 시작하여 『원로 정치가』로 끝나는 엘리엇 자신의 극 패턴을 의미한다. 이러한 등차에 대한 그의 순응적 태도는 그가 극에서 극으로 옮겨감에 따라 종교적 주제를 더 흐리게 하고 배경과 장면 및 상황을 더 세속적으로 만들려는 그의 시도에서 보다 더 분명하게 드러나고 있다. 아마도 엘리엇 극을 함께 읽어나간다면, 그의 극의 가장 재미있는 양상은, 죄와 속죄라는 하나의 중요한 종교적 주제와 그의 극들이 연결될 때 그 극들이 완전히 반복적인 주제가 아니라 오히려 하나의 주제에 대한 여러 가지 변형물이라는 인상을 우리에게 준다는 사실이다. 엘리엇은 종교극과 평범한 세속극 사이의 "불분명한 등차"를 다른 방법으로 이용하고 있는 것이다.

명확히 기독교적인 방식으로 세속적 상황을 다루려는 생각에 접어들면, 성 토마스 아퀴나스St. Thomas Aquinas의 기독교에 관한 두 방법인 긍정적인 방식Affirmative Ways과 부정적인 방식Negative Ways 사이의 구별에 주목해볼 필요가 있다. 이들 두 방식은 찰스 윌리엄스와 엘리엇에 의해서 제각기 채택되었는데, 스파노스는 다음과 같이 언급하고 있다.

> 십자가의 성 요한이 가장 비중 있는 대표자였던 부정적인 방식via negativa은 신을 부정적으로 규정하고, 따라서 이 세상의 이미지인 창조물을 거부함으로써 궁극적인 실재와 합일을 이룬다. 일반적으로 그것이 엘리엇의 방식이다. 반면에, 적극적인 방식via positiva은 신을 적극적으로 규정하여 창조된 세상을 긍정함으로써 합일을 성취한다. 그것이 윌리엄스의 방식이다. (46)

비록 두 가지 방식이 신성神性적 합일의 결과에 이르더라도, 믿음의 요소들과 믿음에 이르는 데 그 방식들에 필요한 다양한 역점을 인간의 노력에다 둘 필요가 있다. 긍정적인 방식은 화육Incarnation을 강조하고 부정적인 방식은 양심상의 죄나 속죄를 강조한다.

부정적인 길을 향해서 엘리엇이 경도 된 것은 영국 국교도로 그가 개종한 것에서뿐만 아니라, 캘비니스트Calvinist라는 미국의 종교적 전통을 지닌 그의 배경과 궁극적으로는 물론 인간의 천성을 그가 스스로 형성하고 있다는 생각, 즉 흄T. E. Hulme이 힘 있게 표현한 생각에서부터 나오고 있는 것 같다. 예를 들자면 엘리엇은 「보들레르」("Baudelaire")라는 글에서 다음과 같이 인정하는 태도로 흄을 인용하고 있다.

> 이러한 절대적 가치에다 비추어서 생각해 볼 때, 인간 그 자체는 본질적으로 한정되고 불완전한 존재다. 인간은 원죄를 짊어지고 있다. 인간이 완전성을 지닌 행위를 수행하는 일이 자주 있기는 하지만, 인간 자신은 완전할 수 없다. 여기서부터 사회생활을 영위하고 있는 보통의 인간 행위에 대해서 다음과 같은 몇 가지 결과가 나타나게 된다. 인간은 본질적으

로 악한 존재이므로, 어떤 가치 있는 일을 수행하기 위해서는 윤리적이며 정치적인 훈련에 의존하지 않으면 안 된다. 그래서 질서는 소극적인 작용 이외에도, 창조하고 해방하는 작용을 하고 있는 것이다. 그러므로 제도를 필요로 하는 것이다. (Eliot 1972: 430)

원죄의 교리가 함축하고 있는 본질적으로 나쁜 인간성에 대한 믿음이 낭만적인 인본주의적 인생관에 대한 엘리엇의 반대 입장을 뒷받침해 주었다. 그러나 크리스챤 슈밋Kristian Smidt이 지적한 바와 같이 "이러한 반대 입장이 이번에는 인간 실패에 관한 깊은 인식에 의해서 고취되고 있다. . . . 엘리엇은 현대문명의 끔직한 모습에 의해 아주 낙심했던 관계로 그는 저주의 가능성을 그 자체가 구원으로 간주했다"(197)고 한다.

인간이 본원적으로 죄가 많다는 믿음, 즉 그리스도가 몸소 간단히 표현했던 그 의미가 엘리엇 극의 중심적 관심을 이룬다. 인간의 내부, 즉 사람의 마음에서부터 사악한 생각들이 생기는데, 절도, 살해, 시기, 사악함, 기만, 독기 서린 눈의 조소, 교만, 우매함과 같은 이 모든 것들이 심중에서 생겨 사람을 오염시킨다는 것이 마가복음의 내용이다(Mark, vii, 21f.). 물론 엘리엇의 속죄나 보속에 대한 선입견도 그렇게 이루어진다. 또한 초기의 속죄 atonement라는 말을 분철해서 여러 의미로 보면 하나가 된다at-one-ment고 생각할 수 있다. 즉 신성적 합일을 이룬다는 뜻이 되는 것이다. 그의 주제는 이 정도까지 타락에서부터 부활에 이르기까지 확장되는 중세 미스터리 연쇄극의 주제와 유사하다(Prosser 23)[4]. 사실 미스터리 극을 언급하면서 더 한층 비교 접점에 주목할 수 있다. 엘리엇은 "연민의 표현뿐만 아니라 오락의 이점"(Eliot 1937: 10)을 갖는 극으로서 중세 신비극을 직접 기술하고 있다.

4) 프로서Prosser는 자기의 논문에서 중세 미스터리 극에서 이러한 신학적 주제가 탁월하게 많다는 것을 지적했다.

그리고 이는 극작가로서 자기 자신의 창작원리에 맞는 기술인 것처럼 보인다. 이유는 중세 신비극작가들처럼, 그는 당시의 극처럼 기독교적 주제들을 존립할 수 있게 하기 위해서 "조화로운 여러 관심"(10)을 도입하려고 시도했기 때문이다. "조화로운 여러 관심"은 엘리엇의 경우에는 훨씬 더 필요한 것이었다. 왜냐하면 그가 원죄에 관한 기독교의 교의에 대한 믿음은 결여되었지만, 그럼에도 불구하고 여전히 기독교적이었기 때문에 인간체험에서의 죄의 구심성과 여기에 부합되는 속죄의 필요성을 인식하게 된 사회를 위해서 그가 창작에 임하고 있다고 믿었기 때문이었다. 엘리엇이 극에서 "복음의 가능성"(10)을 알았지만, 가장 순수한 종교극과 종교 그 자체는 동등하지 않다는 사실을 그는 확실하게 인식하고 있어야 했다. 그는 "종교극이 예배의식과 예전을 대신하는 대치물은 아니다"(10)라는 사실을 관찰했다.

엘리엇이 갖는 극의 문제는 무정형의 많은 관객에게 다가가고 싶어 하는 모든 극작가가 갖는 평범한 문제와 같은 공통적인 것이다. 1930년대의 시극은 소수의 선별된 관객에게만 만족을 주었기 때문에 엘리엇은 만족할 수가 없었다. 극이 어떤 상황에서든지 모든 종류의 사람의 관심을 끌게 하는 일을 성취한 셰익스피어에 감탄하면서 엘리엇은 다음과 같은 사실을 관찰했다.

> 셰익스피어의 극에서 여러분은 여러 층위의 의미를 알게 된다. 가장 단순한 관객에게는 줄거리가 있고, 한결 깊이 생각하는 사람들에게는 인물이나 인물의 갈등이 있고, 한결 문학적인 사람들에게는 말과 말씨가 있고 음악적으로 한결 섬세한 감각이 있는 사람들에게는 운율이 있고, 탁월한 감수성과 이해력이 있는 관객에게는 서서히 풀려 가는 의미가 있다. (Eliot 1970: 153)

그러니까 엘리엇은 모든 부류의 관객을 대상으로 줄거리와 인물간의 갈등, 리듬감 있는 대사와 운율, 사건을 해결하는 의미를 제공할 수 있는 음악적 요소와 추리소설의 기교를 아우르려고 했을 것이다. 엘리엇은 위대한 극뿐만 아니라 셰익스피어 극에서 원래 있었던 여러 층위에 명백히 역점을 두고 있다. 그러나 이 다른 층위와 나란히 거기에는 인식의 취향과 성격 및 정도를 다양화시키는 장벽을 초월하는 요소, 즉 헬렌 가드너Helen Gardner의 말을 빌리면, "공통된 환희에 자극을 받거나 공통된 인식에 의해 충격을 받기도 하고, 또는 일종의 공통된 경외심과 경이로운 감정에 휩싸이게 되는 관객으로 많은 다른 사람들을 전환시키는"(1969: 160) 요소가 틀림없이 있다.

중세 신비극이 억압받은 뒤, 수백 년 동안 종교극이 포착할 수 없었던 여러 다른 관객층을 화합하고 통합하는 이런 문제를 수행하기 위해서 엘리엇은 다른 장치 가운데서도 스릴러와 탐정소설의 요소들을 몇 가지 도입하고 있다.

일반적으로 스릴러가 저급한 형태의 문학으로 간주되고 있다는 사실에도 불구하고 극적인 목적을 위해 엘리엇이 스릴러를 채택했다는 사실은 충분히 납득이 된다. 「종교와 문학」("Religion and Literature")이라는 그의 에세이를 보면, 그는 옛날의 극작가와 현대 극작가들, 특히 소포클레스와 셰익스피어의 작품에서도 이미 스릴러적인 관심이 나타나있다는 사실을 알고 있었다.

> 나는 또한 셰익스피어의 주요한 비극들 가운데서도 『햄릿』(*Hamlet*)과 『맥베스』(*Macbeth*) 외에도 어느 정도 『오셀로』(*Othello*)는 이러한 "스릴러"적인 관심을 지니고 있지만, 『리어왕』(*King Lear*)과 『앤토니와 클레오파트라』(*Antony and Cleopatra*)나 『코리얼레이너스』(*Coriolanus*)에는 도입되어 있지 않다는 사실을 제시한다. 그 관심은 『이디퍼스 왕』(*Oedipus Tyrannus*)

에는 나타나 있다. (Eliot 1972: 392)

물론 엘리엇은 범죄와 미스터리, 탐정 수사적 관심 및 공포를 포함시키려고 포괄적인 의미로 "스릴러"라는 말을 사용하였다. 만일 스릴러적인 관심이 소포클레스와 셰익스피어에게 흥미를 주었다면, 심지어 1930년대와 20세기에 와서도 창작을 하고 있는 극작가에게 여전히 강력한 힘으로 관심을 끌게 되었을 것이다. 1929년 종교극 협회를 창설한 극작가로서 엘리엇이 제 역할을 해왔다고 앞에서 언급했기 때문에, 1928년 런던의 탐정수사클럽 Detective Club이 같은 시기에 창립되었다는 사실은 우연의 일치가 아니라고 할 수 있겠다. 이 클럽의 설립은 1920년대와 1930년대에 증가해 가는 스릴러의 인기에 대한 가시적 증거라고 간주할 수 있는 것이다. 허벗 하워스 Herbert Howarth의 말을 빌려 보면 다음과 같다.

> 1920년대와 1930년대에 영국적인 것은 아침 식사와 저녁 식사에 맞는 범죄소설이다. 범죄의 환상에 대한 기쁨을 활성화시킨 구성은 범죄에 대한 셰익스피어의 연구가 흥미를 주었듯이 그들에게 즐거움을 주었을 것이며, 시의 침투, 즉 강압적이라고 그들이 간주했었던 습관에서 벗어난 신선한 시의 침투를 허용했을지도 모른다. (Howarth 312)

도로시 세이어즈에 따르면, 탐정소설은 너무나도 많은 유형과 계층의 사람들에게 매력을 주었기 때문에 실제로 "사람들의 인기 있는 오락 형태" (24)[5]가 되어버렸는데, 심지어 이 소설에 적대감을 보였던 비평가까지도 무

---

5) 도로시 세이어즈는 여기서 다음과 같이 말했다. "아리스토텔레스Aristotle가 당시의 문학을 연구하는 사람이라기보다는 미래의 예언자였다는 사실은 명백하다. 그는 당시의 그리스극을 비판했는데, 이유는 그 극이 동시에 가장 구하기 용이하고 널리 보급되어 있으며 주목

시해버릴 수가 없는 현상이 나타나고 말았다.

따라서 종교극의 부활을 보게 되었던 시기는 또한 탁월한 문학 장르로서 스릴러가 부상하게 되었던 시기였다. 정말 1920년대와 1930년대에 스릴러는 황금시기를 가졌다. 이 시기에 스릴러를 읽는 독서 계층에 포함된 널리 알려진 구성원들로서는 아놀드 베넷Arnold Benett이나 서머싯 모엄Somerset Maugham, 체스터턴G. K. Chesterton, 그리고 도로시 세이어즈와 같은 이 시기의 선도 작가들도 포함되어 있었다. 에드먼드 윌슨이 인정했던 것처럼, "우드로우 윌슨Woodrow Wilson에서부터 예이츠W. B. Yeats에 이르기까지 당시의 가장 진지한 대중적 인물들이 이런 소설형식에 탐닉했던 반면에", 로날드 녹스 신부Father Ronald Knox와 엘리엇처럼 종교극 운동에 관심이 있었던 도로시 세이어즈는 종교극과 스릴러를 썼다(Wilson 231). 그녀의 종교극은 엘리엇의 극보다도 내용과 기교면에서 훨씬 더 직접적으로 기독교적인 성격을 띠고 있었으며, 몇몇 그녀의 스릴러물은 베스트셀러의 반열에 오르기도 했다[6]. 명백히 세이어즈는 범죄와 미스터리 및 수사라는 스릴러 주제에 대해 균등히 지속된 관심과 종교적 주제로 글을 쓰는 데 대한 그녀 자신의 관심을 화해시킬 수 있었는데, 이는 작가가 자기 작품의 체계 속에 명백히 모순되는 이들 두 개의 주제를 조화시킬 수 있음을 보여준 것이다(Eliot 1937: 13)[7].

을 끌 정도로 사람들에게는 인기 있는 오락물의 형태를 지녔기 때문이다. 그러나 마음속으로 그가 희구했던 것은 훌륭한 탐정소설이었다. 그래서 2000년 정도를 너무 일찍이 살았기 때문에 『트렌트의 마지막 사건』(*Trent's Last Case*)의 격변하는 사회Peripeties나 『베이스커빌즈의 개』(*The Hound of Baskervilles*)의 재발견을 즐기지 못했던 것은 가엽게도 그의 잘못이 아니다."

6) 『9명의 재단사』(*Nine Tailors*)와 『무수한 증거』(*The Clouds of Witness*) 및 『로저 애크로이드의 죽음』(*The Death of Roger Ackroyd*)은 잘 알려진 도로시 세이어즈의 탐정 스릴러 소설이다.

7) 사실 엘리엇은 이 구분에 반대하는 주장을 하면서 이렇게 관찰하고 있다. "내가 반대하는 것은 종교극과 세속극을 방수벽으로 구분하는 것만이 아니다. 내가 제안하는 것은 우리가

도로시 세이어즈나 체스터턴과는 달리, 엘리엇은 미스터리 스릴러나 탐정소설을 거의 쓰지 않았다. 그렇다고 해서 그의 탐정소설 비평에 끼친 기여나 공헌도를 간과하거나 과소평가 할 수는 없다. 그는 20세기 초반부의 10여 년간에 걸쳐 유행한 현대 스릴러물에 대해 오랫동안 관심을 기울여왔기 때문에(Eliot 1929: 552)[8] 의심할 나위 없이 그는 탐정소설 기교에 관한 몇 가지 주요한 규칙을 체계화시키게 되었다(Eliot 1927: 141-42)[9]. 『크라이티리언』지에 몇 번씩 기고한 그 장르에 관한 그의 서평 속에 내포된 이 규칙들은 탐정소설의 주제와 수법에 관한 선구적인 통찰력을 제공해 주었다. 탐정소설에 대한 그 어떤 비평도 필적하지 못할 정도로 이 규칙들은 오늘날까지도 통용되고 있는 것이다(Haycraft 189-96).

잘 알려진 바와 같이, 엘리엇은 자기 목적에 유용하다고 발견한 주제와 사상 및 기교들을 동화시키는 특유한 힘을 가졌다. 리비스F. R. Leavis의 말에 따르면, "엘리엇이 일반적으로 터득한 것처럼 인식하는 일은 . . . 천재의 경지에까지 독창적"(1932: 79)이어야 한다는 것이다. 비록 그가 스릴러물을 쓰는 모험을 시도하지는 않았지만, 탐정소설 "규칙"을 공식화한 그의 비평적 기능들을 나중에 적용해보는 일은 대중 취향의 심리를 연구하면서 명시했던 최대의 관심사임을 입증해 주었다. 실제로는 스릴러물에 길들여진 현

꼭 같은 정신을 가지고 종교극으로나 세속극으로 돌아갈 필요가 있다는 것만이 아니다. 일반적으로는 삶의 구획화에 반대하고 우리의 종교생활과 일상생활과의 확연한 구분에 반대한다. 우리가 살고 있는 세상에서 이 구획화는 우리들에게 계속해서 강요되고 있다는 것을 나는 안다. 나는 어떤 특정한 국가와 모든 국가에서 있는 특정한 성향을 생각하고 있을 뿐만 아니라, 종교가 한 인간의 사생활이라는 명백한 교의의 목적은 물론 그 인간의 사적인 생활에 종말을 고하는 것이다. 이유는 그 구분이 유지될 수가 없기 때문이다."

8) 엘리엇이 애너 캐서린 그린Anna Katherine Green의 『리븐워스 사건』(*The Leavenworth Case*)을 읽었던 것은 20세기 초경이었는데, 그것이 자기가 읽어본 최초의 탐정소설이라고 말했다.

9) 엘리엇은 탐정소설이라는 장르에서 우수하다고 생각한 몇몇 작품에 대해서 서평을 썼는데, 여기서 이 규칙들이 제시되었다.

대 관객을 위한 종교극을 쓰는 일은 명백히 위험한 계획이다. 처음에 엘리엇은 진지한 종류의 오락물을 제공하고 싶었지만, 나중에는 극작가의 중요한 과업은 잔인한 관객의 주의를 참여하게 하는 일(Eliot 1938: 10)이라는 것을 지적함으로써, 자기가 사용한 말들을 순화시켰다. 사실 그는 탐정소설에서 쓰는 바로 그 언어로 극적인 구성 원리를 생각하고 있었으며, 동시에 스릴러와 극의 가능한 관계를 조사하고 있었다(1929: 559).[10)]

정말로, 1930년대의 대중들을 위해 글을 쓰고 싶어 하는 극작가라면 무엇보다도 그들에게 더 잘 알려진 언어인 범죄와 미스터리 및 탐정수사에 친숙한 스릴러 언어로 대중들과 소통을 해야겠다고 느꼈을 지도 모른다. 엘리엇은 그러한 언어야말로 추상적이고 말로 형언할 수 없는 죄의 신학적 개념을 범죄와 형벌이라는 스릴러 주제와 도덕적 죄 및 속죄라는 기독교 주제와 유사한 균형 잡힌 피상적 관점에서 바르게 전달할 수 있는 적절한 매체라는 사실을 발견했다. 엘리엇은 스릴러가 확실히 본원적인 인간의 죄를 인식시키고 종교적 믿음이 부족한 삶의 근본적인 불완전함을 인식시키며, 인간의 성품과 선량함을 고양시키려는 일반적인 경향에서 비롯되는 도덕적인 사악함을 인식시키는 일종의 충격적인 처리 방법으로 기여하리라고 믿었을 것이다.

원죄와 범죄 사이의 유사성을 이용하려는 착상은 1930년대 작품을 썼던 작가는 물론이고 모든 작가에게도 일어날 수가 있다. 윌리엄스N. P. Williams는 다음과 같이 주장한다.

---

10) 윌키 콜린스의 『월장석』(*The Moon Stone*)에 나오는 형사인 커프Cuff 경사는 탐정의 능력과 극 운영 능력을 모두 지녔다고 엘리엇은 언급했다.

사실 소위 "원죄"를 범죄성으로 규정하고 싶은 유혹이 있으며, 그와 같은 정의는 최근의 전쟁에서 저질러진 잔혹함을 그 죄를 저지른 범인에게 있었던 "원죄의 이중적인 속성"의 탓으로 돌린 적당히 진지하면서도 대중적이고 언론적인 진부한 표현 속에 함축되어 있었다. 분명히 범죄적 성격은 유전적으로 전해질 수 있는 것 같다. 통계조사가 발전하면서 인간의 특정한 성향에서 그런 것들이 멘델Mendel의 우성형질 인자로 작용하게 된다. (477)

엘리엇은 정말 이러한 유혹적인 유사점을 이용하고 있었다. 확실히 그의 의도는 장래의 관객으로 하여금 엄청난 규모의 폭행과 총체적인 악의 일부인 전쟁에 의해서 발생한 고통을 보게 하는 것이었고, 기독교적인 용어를 빌어서 그것을 "원죄"의 결과로 해석하는 것이었다.

이러한 유사성을 구체화시키거나 다듬는 일에 대한 그의 관심은 우연한 것은 아니었다고 주장할 수가 있다. 어쩌면 그는 정신적 죄에 대한 기독교적인 교리와 범죄에 역점을 둔 스릴러와의 어떤 주제적 연결고리 때문에 이와 같은 유사점에 대한 극적인 가능성을 알았을 것이다. 기독교와 스릴러는 양자 모두가 주제적 연결고리를 갖는데, 인간의 본원적인 죄지음에 대한 기독교의 강조와 인간의 본원적인 범죄충동에 대한 스릴러의 강조를 통해서 이루어진다. 게다가, 비록 속죄행위가 당연히 여러 다른 형태를 취한다고 하더라도, 양자 모두는 악을 저지르는 이러한 충동으로부터 자유로워지는 방법으로 속죄의 필요성을 강조하고 있다.

심지어 스릴러의 경우에는 악행을 저지름으로써 범인은 어떤 의미에서 죄와 속죄의 극을 상연하는 인물이 되는데, 그 패턴에는 제의적 의미가 있다. 로벗 랭봄Robert Langbaum은 범죄행위가 갖는 제의적 의미에 적절히 주목해 왔다.

문학은 물론이고 신문의 일면에 보도된 놀라운 기사거리에서도 범인은 신화적 인물이 되며, 오래된 비극적 주인공처럼 우리에게는 우리 자신의 천성에 있는 미처 깨닫지 못한 여러 잠재력들을 실연해내며 스스로에게 가하는 형벌을 통해서 우리들 자신의 삶 속에서 대부분의 우리가 결코 보지 않으려는 유죄와 무죄에 관한 여러 문제를 제기한다. 범죄의 신화는 사실상 우리에게 남겨진 정말로 유일한 강제적인 신화가 될 수 있다. (362)

엘리엇 극에서 범인은 개인인 동시에 대표인물이다. 그는 속죄양이기도 하지만 정신적으로 타락한 사회의 상징이기도 하다. 극 속에서는 관객에 의해 아주 미미하게 나타나고 있지만, 엘리엇은 이러한 사회와 범인을 동일시함으로써 그 문화적 유산, 즉 사회적 친교와 애정이라는 두 가지 중심원리를 사회에 일깨워주고 있는 것처럼 보인다. 그는 그의 극과 산문작품에서 인간의 인품을 고양시키는 이러한 경향으로부터 스스로를 자유롭게 떨쳐낼 필요성과 기독교적인 자비와 겸양 및 애정의 가치를 채택해야 하는 필요성을 끊임없이 간청하고 있다.

그러므로 엘리엇이 관객에게 충격을 주고 관심을 갖고 참여하도록 스릴러를 사용했지만, 그것을 사용한 그의 목적은 필수적인 인간조건이라는 더 심오하고도 진지한 주제를 보완하기 위함이었다. 왜냐하면 범죄수사 장치는 양심상의 죄와 형법상의 범죄 사이의 공통영역을 비롯하여 정신적 죄인과 범죄인 사이, 그리고 궁극적으로는 정신적 죄인과 관객 사이의 공통영역을 탐사해야 한다는 그의 극의 심원한 의도를 산출해내고 있기 때문이다. 관객은 주인공의 속죄행위를 지켜봄으로써 죄와 속죄에 관한 기독교적인 제의에 참여하여 그 제의를 완성하게 된다. 엘리엇 극에서 범죄와 수사의 스릴러 패턴이 갖는 제의적 의미는 죄에 대한 구원이나 보상이 전적으로 인간의지의 문제가 아니라는 엘리엇의 믿음 때문에 도스또엡스키의 『죄와 벌』(*Crime and Punishment*)[11]에서 지니는 제의적 의미와는 다른 것이다. 엘리엇이 제시하고 있는 바와 같이, 그 의미는 신의 은총과 사도의 교리를 통한 중재의 개입에 따라 좌우되는 가능성이다. 죄와 수사의 극을 통하여 엘리엇은 모든 사람들의 죄에서 결속의 개념을 제시한다. 범인을 극 속의 구경꾼과 동일시함으로써 엘리엇은 스릴러 패턴의 범위를 확대시킴은 물론이고, 범인을 나머지 우리들과 연결시키고, 더 나아가서 심지어는 창의적이든 정통적이든 상관없이, 사건의 사실들을 통하여 발견되거나 재발견되어야하는 전반적인 세계관과 연결시키고 있다.

양심상의 죄와 속죄라는 기독교적인 주제와 범죄와 수사 및 처벌이라는 스릴러적인 주제 사이의 관계를 제시하여 발전시킨 것은 엘리엇뿐만이 아니었다. 그의 앞에서도 종교적 각도에서 세속적 주제를 바라보면서 인간범죄라는 면에서 인간의 본원적인 죄지음에 대한 기독교적인 생각을 예시한 체스터턴과 같이 대단히 놀라운 표본이 되는 작가도 있었다. 그가 만든 탐정인 브라운 신부는 인간의 범죄적인 잠재력에 관해서 중요한 논평을 하고 있다.

> 어떠한 인간도 자기가 얼마나 사악하거나 그럴 수도 있다는 사실을 알기 전에는 진정으로 선할 수가 없다. 마치 범인들이 수만 마일 멀리 떨어진 숲에 사는 원숭이였던 것처럼, 이 속물에 대해서 "범인"을 조소해가며 말하면서 얼마나 많은 권리를 가지고 있는 지를 정확히 깨달을 때까지 선할 수는 없다. 또한 저급한 유형과 빈약한 두개골에 관해서 말하는 모든

11) 로벗 랭봄은 도스또엡스키의 『죄와 벌』에서의 범죄가 지니는 의미를 기술하고 있는데, "가장 비열한 범죄는 . . . 희생자와 가해자, 또는 경찰과 사회 모두가 서로에게 죄와 보상이라는 기독교적인 제의를 충족시킬 필요가 있는 애정거래"라고 보고 있다.

더러운 자기 기만행위를 제거할 때까지 선할 수는 없다. 그리고 자기 영혼에서 바리세 인Pharisee의 마지막 한 방울의 기름을 짜낼 때까지 선할 수는 없다. (Chesterton 13)[12)]

체스터턴의 방법에 대한 엘리엇의 관찰은 나름대로 자신의 면모를 보여주고 있기 때문에 중요하다. 그는 「종교와 문학」에서 다음과 같이 관찰하고 있다.

> 물론 체스터턴의 『목요일의 사나이』(*Man Who Was Thursday*)와 같이 재미있는 소설이나 그의 브라운 신부를 나는 생각하고 있다. 아무도 나보다 더 이런 것들을 감탄해하여 즐기지는 않는다. 체스터턴보다 재능이 부족한 열광적인 사람들이 꼭 같은 효과를 겨냥할 때 그 효과는 부정적이라고 나는 단지 말할 것이다. . . . 내가 원하는 것은 의도적으로나 도전적으로보다는 무의식적으로 기독교적인 성격을 띠고 있는 문학이다. 왜냐하면 체스터턴의 작품은 명백히 기독교적 세상이 아닌 곳에서 드러나야 비로소 그 진가를 지니기 때문이다. (Eliot 1972: 391-92)

그러나 엘리엇 자신은 극을 쓸 때 겨냥한 관객이 여전히 설명하기 힘들 정도로 기독교적이라고 믿고 있기 때문에, 그는 자신의 종교적 주제의 범위를 넓히기 위해 스릴러를 사용했다. 체스터턴의 브라운 신부가 그렇게 하는 것처럼 보이듯이, 모든 인간들이 근본적으로는 범죄인들이라는 가정에 의존하지 않고 엘리엇 극은, 인간들이 만일 기독교 방식을 따른다면 구원을 얻

---

12) 브라운 신부는 자기가 존경하는 미국인에게 설명하는 바에 의하면, 단순히 범인의 입장에 자신을 몰입시켜서 자기 사건들을 해결한다. 즉, 그의 수사방법의 기초는 모든 인간은 잠재적인 범인들이라는 믿음에 근거하는데, 이는 엘리엇 극의 인물의 목소리를 통해서 표현되고 있는 관점이다.

을 수 있으며, 죄와 좌절의 중요한 상황을 한번이라도 의식하고 있는 사람이 라면 구원의 필요성을 알지 못하리라는 충분한 암시를 제공해주고 있다. 엘리엇이 같은 에세이에서 관찰한 내용은 다음과 같다.

> 우리가 인간인 한, 우리가 하는 일은 악한 일이 아니면 선한 일임에 틀림이 없다. 우리가 악을 행하거나 선을 행하는 한 우리는 인간이다. 역설적인 방식으로 아무 것도 하지 않는 것보다는 악한 일이라도 하는 게 낫다. 적어도 우리는 존재한다. . . . 정치가에서 절도범에 이르기까지 대부분의 우리의 악인들에 관해서 가장 나쁘게 말할 수 있는 것은 그들이 저주받을 만큼 충분히 인간이 못 된다는 점이다. (392)

그러므로 전반적으로 사회는 너무 활기가 없어서 계속되는 형벌의 기대로 자극 받은 수사라는 스릴러물의 주제에 맞는 취향을 표현해서도 보상이나 저주를 추구할 수가 없는 반면에, 유죄의식을 식별하고 조절하려는 욕구를 다소 보여주고 있었다. 현대문학에서 범죄의 의미를 성찰한 로벗 랭봄은 재빨리 다음과 같이 간파했다.

> 까뮈Camus가 말하듯이, 까뮈의 주인공에게 범죄는 "선의 에너지는 물론이고 악의 에너지가 모자라서", 우리 자신의 신뢰할 수 없는 본성에 관해 그 무엇인가를 터득하려고 범죄 이야기들을 읽는 우리 같은 사람들에게와 같은 의미를 갖는다. (364)

엘리엇이 스릴러분야에 대한 새로운 견해에 주목했을 때의 수법에서 이러한 관찰이 그에게 어느 정도까지 적용될 수 있는가를 찾아볼 수 있다. 『크라이테리언』에 실린 인기 있는 스릴러 몇 편에 대해서 쓴 서평에서 그는 밴 다인에 의해서 진척을 보였던 그러한 생각에 인상을 받았던 것 같다. 범죄수사에서 "동기는 단서로서는 거의 쓸모가 없다"(Eliot 1927: 361)는 그의 탐정적인 생각이 드러나고 있다. 그 사상은 명백한 종교적 의미 때문에 엘리엇에게 그런 인상을 심어주었다. 자기의 범죄적 충동을 시연하도록 강요했던 사람의 내적 강박관념이 있었음을 긍정함으로써 동기가 없는 범죄에 대한 생각, 즉 본원적 죄가 있다는 생각을 암시해 주었다. 랭봄은 이러한 생각의 유용함을 논하면서 다음과 같은 것을 관찰하였다.

> 동기 없는 범죄는 우선 인간이 영혼을 가졌으므로 단지 물질적인 욕구에만 자동적으로 반응하지 않는다는 사실을 제시해주기 때문에, 그것은 현대작가들에게 일종의 흥미를 준다. 그래서 그리스 비극으로 돌아가는 문제, 즉 운명과 자유의지 사이의 신비스럽도록 형언키 어려운 관계에 관한 문제에 대해 제기되고 있는 강박관념, 다시 말하면 영혼 그 자체인 듯이 보이는 강박관념을 드러낼 수 있도록 인간 동기를 깊숙이 들여다보도록 동기 없는 범죄는 우리를 강요하고 있다. (368)

그러나 엘리엇은 기독교인의 눈을 통해서 범죄를 보았다. 엘리엇이 보기에 범죄이야기는 도구적 가치를 갖고 있었다. 그것은 죄의 근본적 실체와 속죄의 항구적 필연성을 암시해줄 수 있었다. 여기에서 엘리엇의 생각은 1930년대 초의 종교극 운동에 의해 고취되었던 도로시 세이어즈의 생각과는 어느 정도 다를 수 있다. 도로시 세이어즈에게 범죄이야기는 명확한 치료적 가치를 지녔다. 그녀가 말했듯이, "신경과민에 빠진 시대에 범죄 이야기에 관한 연구는 그렇지 않으면 배우자를 살해하도록 우리를 이끌지도 모를 피에 굶주린 맹렬함에다 안전장치를 제공해주었다"(25). 엘리엇의 생각들은 확실히 자기극의 주인공이 말하는 것을 바탕으로 하면 다르다.

누구나 사람은 생애 한 번은
여자를 죽여야 하고, 죽일 필요가 있으며,
죽이고 싶어 한다.

Any man might do a girl in
Any man has to, needs to, wants to
Once in a life time, do a girl in (124)

그리고 실로 자기극에 범죄라는 주제를 도입하려는 엘리엇의 목적은 회피할 수 없는 인간의 죄지음이라는 생각을 없애려는 것이지, 일어날 수 있는 범죄행위에 대한 안전장치나 용이한 도피구를 제공하려는 것은 아니다.

죄와 속죄라는 패턴과 범죄와 수사라는 패턴 사이의 표면적 유사점을 강화시키고 심화시키려는 시도도 그 위험성이 있다. 극의 주행동이 지니는 의미를 혼란시킬 가능성이 있기 때문이다(Worth 170).[13] 따라서 엘리엇은 그의 극의 구조 안에서 극이란 "수사 이야기나 범죄와 형벌의 이야기가 아니라 양심적 죄와 속죄의 이야기"라는 경고를 부득이 표현하였다.

그와 같은 경고는 우리로 하여금 그 유사성을 주목하고 본질적 의미를 혼돈하지 못하도록 경계할 것을 주의하도록 촉구하고 있다. 그 경고는 또한 엘리엇이 그 유사점을 무슨 목적에 얼마나 일관되게 이용했는가를 우리에게 보여주고 있다. 두 개의 패턴이 서로 일치하거나 병합될 정도로 충분히 밀접해지는 엘리엇 극에는 높이 사줄만한 점이 있기 때문이다. 이 합병의 시점은 행동과 긴장, 움직임과 극적 흥미의 순간이 된다. 그리고 범인이 죄인으로 식별되고 범죄의 잠재 가능성이 죄 많은 성격으로 판명되며, 범죄가 주요한

13) 캐서린 워스Catherine Worth는 엘리엇 극의 모호함은 그의 극적 기술의 일환이라고 언급했으나 요지를 정교하게 정리하지 못하고 있다.

정신적 죄와 동일시되는, 그리고 수사행위가 정의를 보상하는 행동으로 밝혀지는 극적인 순간에, 엘리엇 극의 행위가 지니는 유형적 의미는 나타나게 된다.

『대성당의 살인』은 특이한 극이다. 이유는 이 작품에서 엘리엇이 종교적인 것과 세속적인 것을 융합하고, 고급과 저급문화를 뒤섞어가면서 진지한 주제설명을 위한 미스터리 스릴러적인 요소들을 사용했기 때문이다. 현대 미스터리 극의 전형인 이 극에서 주인공인 토마스 베켓의 순교는 중세 역사나 종교논쟁의 주제로 머물지 않고 현대에까지 이어진다. 토마스 시해에 가담한 기사들의 변명을 담은 에피소드는 동시대적 중요성의 기반이 되어 순교 주제의 종교적 가치에 대한 불가지론적이거나 무관심한 현대의 무신론적 사회에서 갖는 새로운 논의의 주제로까지 이어진다. 이 주제가 궁극적으로는 극 속에 주입되면서 성당의 살인사건의 진범으로 지목될 수 있는 대상은 사회 구성원 모두일 수도 있다.

엘리엇이 「시와 극」에서 밝힌 것처럼, 스릴러에서와 같이 토마스의 정신 상태와 동기에 대한 단계적인 분석을 토대로 진행시킨 기사들의 설명은 주목을 강요하고 있을 뿐만 아니라, "자기만족에 빠져 있는 관객에게 충격을 준다"(Eliot 1951: 24). 또한 기사들의 변명도 가벼운 오락물과 진지함을 혼합한다는 의미에서 파격적이라고 생각할 수가 있다. 이는 진지한 감정과 연민을 유지해야 하는 순교극에 적절하지 못한 혼합된 정서를 창출하게 되어, 결과적으로는 변명의 에피소드가 엘리엇이 덤벼들 수 없는 극적인 문제점으로 부각되고 말았다. 전통적 연민에 끊임없이 호소하는 변명 에피소드의 정서적 대비로 말미암아 관객은 곧 바로 그 현장에 투입되어 자기성찰을 함으로써, 여러 문제들을 생각하게 된다. 그것은 모든 탐정 이야기 속에 잠복해 있는 대비이며, 행동을 수행할 때 탐정이 전지적 상황에서 그 행동들을 유창하게 설명할 때와 같은 행동들 사이의 대비인 것이다.

『대성당의 살인』에서 해결되지 못한 미스터리적 요소는 성인이나 순교자를 솔직하고도 경건히 다루어서는 좀처럼 얻기 힘든 흥미를 제공하고 있다. 특히 기사들의 변명 속에는 탐정소설적 요소가 있는데, 죽음과 순교의 극에 대해 "설명하는 지적인 훈련"(Eliot 1927: 140)의 즐거움을 현대 독자나 관객에게 제공하고 있다. 관객들에게 위협적인 충동을 준 범죄행위에 대한 책임회피인 변명의 요소는 중요한 기능을 수행한다. 즉 엘리엇은 토마스와 동시대인들의 좋지 못한 반응을 기록함으로써, 이 극을 야심에서 비롯된 비극 내지는 자살사건, 심지어는 살인사건으로 간주하고 싶어 할지도 모르는 현대 관객에게 알맞도록 이 극에다 살인 이후의 수세기라는 간격을 메워주는 가교 역할을 부여하고 있다. 정확히 이러한 요소 때문에 『대성당의 살인』은 생존력이 있는 세속극으로 뿐만 아니라 필연적인 종교극으로 그 외연이 확장된 것이다. 엘리엇은 이 극에서 살인이 몇몇 증인의 눈에서 행해지고 나머지 줄거리는 살인범이 의기양양하게 인정한 부분에만 제한되는 탐정 스릴러에 대한 자신의 견해를 적용한 이야기 패턴을 사용하고 있다.

『투사 스위니』에서 얼핏 비치고 있는 희생의 주제("누군가 대가를 치러야 해")는 『대성당의 살인』의 핵심으로 이동한다. 프랑스 유배에서 돌아온 토마스는 조금씩 다가오는 죽음의 신성적 의도를 간파한다.

행동하는 자는 고뇌하지 않고
고뇌하는 자는 행동하지 않는다. 그러나 양자가 결합한다
영원한 행위, 영원한 고뇌에서는
거기서는 모두 스스로 행위에 응하여야 하고
모두 기꺼이 고뇌를 받아들여야 한다,
그렇게 해서 패턴은 지속된다, 패턴은 행동이고

고뇌이기 때문에, 따라서 바퀴는 돌고 정지한다
영원히 정지하라.

Neither does the agent suffer
Nor the patient act. But both are fixed
In an eternal action, an eternal patience
To which all must consent that it may be willed
And which all must suffer that they may will it,
That the pattern may subsist, for the pattern is the action
And the suffering, that the wheel may turn and still
Be forever still. (245)

토마스는 "마지막이 단순하고, 갑작스러우며, 신에게서 부여받은 것이리라" (End will be simple, sudden, God-given)(246)는 사실을 깨닫는다. 다가오는 자신의 죽음 이면에 있는 신성적 의도를 그는 안다.

난 지복의 떨림과, 천상의 눈짓과, 속삭임을 갖네,
난 더 이상 거부당하지 않을 것이다; 모든 건
기쁨에 찬 정점으로 나아간다.

I have had a tremor of bliss, a wink of heaven, a whisper,
And I would no longer be denied; all things
Proceed to a joyful consummation. (272)

이 극의 1부는 따라서 희생의 최종 순간에 대한 준비단계인 "그림자와의 투쟁"(the strife with shadows)이다.

유혹자들과의 대결은 모든 욕망을 지닌 향후 순교자의 가슴을 정화시키고 순교의 영광에 대한 욕망을 포함시키려 한다. 첫 세 유혹자는 토마스에게 감각적 쾌락과 권력과 복수의 욕망에 대한 만족감 및 교황이라는 최고의 권위 확보와 같은 세속적 유혹을 제의하지만 그는 모두 거부한다. 그러나 토마스의 마음을 드러내고 유혹에 지기 쉽게 만든 것은 네 번째 유혹자의 제의다.

> 순교의 길을 찾으십시오, 몸을 아주 낮게 낮추십시오
> 이승에서요, 천상에서 높아지기 위해서요.
> 그리고 밑으로 심연이 펼쳐져 있는 그곳에서,
> 영원한 고통 속에서, 정열은 고갈되고,
> 속죄의 길은 아득한, 당신의 박해자들을 내려다보세요.

> Seek the way of martyrdom, make yourself the lowest
> On earth, to be high in heaven.
> And see far off below you, where the gulf is fixed,
> Your persecutors, in timeless torment,
> Parched passion, beyond expiation. (255)

시간이 지나면서 토마스는 이런 종류의 유혹은 저주에 이를 수 있음을 터득한다. 그는 기독교 순교의 의미를 알고 있는데, 순교가 어쩌면 그 흔적을 가져올 수가 있으며, "마지막 유혹은 최대의 반역이며,/ 그릇된 이유로 옳은 일을 하는 것"(The last temptation is the greatest treason;/ To do the right deed for the wrong reason)(258)이라는 사실을 깨닫고 순교란 혼자서 "바퀴"

를 돌릴 수 없는 것임을 인식한다.

「막간극」("Interlude") 부분은 근본적으로 기독교 순교에 대한 설교나 강론인데, 순교는 특히 "항구적인 영예"를 지니고 싶어 하는 유혹의 위험에 노출되는 위기에 관한 설교다. 실제로 「막간극」의 전체적 부담은 기독교 순교가 미사라는 기독교적 신비의 설명뿐만 아니라 속죄의 형태로 순교의 설명 부분이다.

> 다시 또 한 가지를 생각해 주시기 바랍니다. 그것은 아마도 누구나 한 번도 생각한 일이 없을 것입니다. 우리는 크리스마스의 제전에서 주님의 탄생과 죽음을 함께 축하할 뿐만 아니라, 그 다음날에는 최초의 순교자 스티븐Stephen의 순교를 축하합니다. 이 최초의 순교 날이 예수의 탄생일 직후에 있는 것이 하나의 우연일까요? 결코 그렇지 않습니다. 우리가 주님의 탄생과 수난을 기뻐하고 슬퍼하는 것과 꼭 같이, 그보다 작은 상징인 순교자들의 죽음에 있어서도 기뻐하며 동시에 슬퍼하는 것입니다. 우리는 그들을 순교하게 한 세상의 죄를 슬퍼합니다. 그리고 동시에 또 하나의 영혼이 천국의 성도들 사이에 열석하게 된 것을 신의 영광과 인간의 구원을 위하여 기뻐하는 것입니다. (261)

순교는 세상의 죄악에 대한 보속인 것이다. 그러나 토마스가 자신을 희생하려는 결정을 하게 된 즉각적인 원인은 왕의 신하요원들의 켄터베리Canterbury 사회의 평화뿐만 아니라 교회의 평화와 자유를 위협하게 한 왕의 죄악에 있다. 켄터베리 여인들로 된 코러스는 이러한 사건의 상태를 모르는 상황에 맞추어져 있다.

억압과 쾌락이 있었다.

There have been oppressions and luxury. (243)

토마스는 교회의 자유에 대한 위험을 알고 있다.

켄터베리에는 거의 마음이 편치 않다
. . . .
날 아주 쓰리게 미워한 사람들.

Little rest in Canterbury
. . . .
Some who hold me in bitterest hate. (245-46)

켄터베리는 범죄와 박해 및 증오가 만연해 있으므로 평화가 회복되려면 순교의 희생이 필요하다. 토마스는 유혹자와의 조우를 통해서 자신의 의지를 완벽히 하면서 정화를 겪으므로, 세 번째 신부는 순교의 순간을 예시하며 가까이 다가갈 수 있는 것이다.

위기는 언제나 지금 여기에 있다
지금 이 순간에 개개의 더러운 것 속에
영원의 뜻이 그 모습을 나타낸다.

The critical moment
That is always now, and here. Even now, in sordid particulars
The eternal design may appear. (265)

그에게 다른 신부들은 감지하지 못하고 있는 것처럼 보여 졌기 때문에 신적인 의도를 알 수가 없으며, 따라서 아이러닉한 극적인 장면을 제공함으로써 그를 시해하려고 기사들이 온 순간에 토마스를 끌어들이고 있다. 코러스 여인들은 "알기도 하고 모르기도 한데"(know and do not know)(245) 그 이유는 믿음이 없어서가 아니라 정신적 재생만을 두려워하기 때문이다.

이른바 죽음이라는 것도 아니고, 죽음을 초월한 게 죽음이 아니다,
우린 무섭다, 두렵다.

Not what we call death, but what beyond death is not death,
We fear, we fear. (273)

그러나 기사들이 "미친 야수처럼"(like beasts)(273) 들어와서 토마스를 살해할 때, 신의 목적은 완성된다. 살해행위는 증인의 가슴속에 공포감을 일으키고 그 결과 여인들에 의해 그 결과는 강력하게 발생한다.

대지도 더럽고, 물도 더럽고, 우리 짐승들도, 우리 자신도 피로 더럽혀졌다.
피비에 흐려져 내 눈은 안보이네. 잉글랜드는 어디 있나? 켄트는 어디 있나? 켄터베리는 어디 있는가?
아 멀고도 먼 먼 먼 과거 속에 묻혔네; 난 잎이 다 진 가지사이를 헤맨다: 가지를 꺾으니 피가 흐른다; 메마른 돌 틈의 땅을 거닌다: 돌을 건드리니 피가 흐른다.

The land is foul, the water is foul, our breasts and ourselves defiled with blood.

A rain of blood has blinded my eyes. Where is England? where is Kent? where is Canterbury?

O far far far far in the past; and I wander in a land of barren boughs: if I break them, they bleed; I wander in a land of dry stones: if I touch them, they bleed. (275)

그러나 토마스의 죽음이면에 있는 "영원한 의도"는 사제들이 볼 수가 없다. 기사들도 자기들이 저지른 잔인한 행위에서 "영원한 의도"를 볼 수 없는 것이다. 반면에, 그들은 여러 가지 이유로 토마스를 비난하며 그를 반역자라고 주장한다. 첫 번째 기사는 계속해서 토마스를 왕에게 충실하지 못하다고 비난한다.

당신은 추방되지도 위협받지도 않았는데
잉글랜드를 탈출하였소. 아시겠지요. 그러나
프랑스 영토 내에서 소요를 일으킬 생각에서
그랬겠지요. 당신은 분란의 씨를 국외에까지 뿌리고
왕을 프랑스 왕과 교황에게 참소하고
왕에게 불리한 그릇된 여론을 조성했지요.

You had fled from England, not exiled
Or threatened, mind you; but in the hope
Of stirring up trouble in the French dominions
You sowed strife abroad, you reviled
The king to the King of France, to the Pope,
Raising up against him false opinions. (267)

그리고 정당한 왕위계승과 대관을 문제 삼아 왕의 권위를 훼손했다고 비난한다.

> 젊은 왕자의 대관에 협력한 자들을 면직하고,
> 그 대관의 정당성을 부정하고.
>
> Suspending those who had crowned the young prince,
> Denying the legality of his coronation. (268)

이어서 셋째 기사도 그를 공격한다.

> 왕의 충실한 종복들, 자기 부재중에 자기 업무를,
> 국무를 수행한 모든 사람을 당신의 권력이
> 미치는 모든 수단을 다 사용하면서.
>
> Using every means in your power to evince
> The king's faithful servants, every one who transacts
> His business in his absence, the business of the nation. (268)

토마스는 이러한 공격들에 대해 약간 회의적으로 부인하면서 오히려 왕이 백성들을 저버렸다고 왕을 비난한다.

> 내가 바라던 게 아니었다.
> 왕자의 관을 벗기고, 그 명예와 권력을
> 박탈한 것이. 왜 왕은 내게

교구민을 빼앗고, 나를 그들로부터 멀리하게 하여
켄터베리에 앉아 있게 명했나, 혼자서?

Never was in my wish
To uncrown the King's son, or to diminish
His honour and power. Why should he wish
To deprive my people of me and keep me from my own
And bid me sit in Canterbury, alone? (268)

토마스와 기사들 간의 열띤 논쟁이 오가는 와중에도 토마스는 확실히 약간 오만스런 사람의 인상을 준다.

내 문제는 로마의 심판에 맡기겠다.
그러나 만일 너희들이 날 죽이면, 난 무덤에서 나와
내 문제를 신의 성좌 앞에 놓을 것이다.

I submit my cause to the judgment of Rome.
But if you kill me, I shall rise from my tomb
To submit my cause before God's throne. (269)

그는 예수와 같은 부활을 희망했으나 수치심이 모자라서 강론에 연관된 자기설교로 반박한다.

극의 진지한 종교적 국면에서 살해의 정당성을 부여하는 기사들의 변명은 여전히 극의 가장 치열한 논쟁의 대상이 되어 여러 각도로 해석 가능한 요소[14]로, 종교적 주제를 증대시켜 준다. 기사들의 설명들 가운데서도 세 번째 기사의 설명이 이런 점에서 가장 중요하다.

> 당장 그 경우에 이르면, 대주교 같은 사람을 죽인다는 것이, 특히 훌륭한 교회의 전통에서 자란 사람으로서 대단히 하기 어려운 일입니다. 그래서 우리가 다소 난폭하게 보였더라도 그 이유를 양해해주실 것입니다. 그리고 내 입장으로선 대단히 유감으로 생각합니다. 우리는 이것이 우리의 의무라고 생각했던 것입니다. 그런데도 우리는 그 일을 하는데 자신을 채찍질하지 않을 수 없었던 것입니다. 그리고 말씀드린 바와 같이 우리는 이 일에서 한 푼의 소득도 보는 것이 없습니다. 우리는 사태가 어떻게 전개될 것인가를 잘 알고 있습니다. 헨리 왕—국왕에게 축복이 내리길—께서는 국가적인 이유에 의하여 이렇게 말씀하실 것입니다. 당신에게는 이런 일을 일으킬 의도는 없으셨다고, 그러면 불가분 상당한 소동은 있을 것이고, 우리는 잘 해야 겨우 우리의 여생을 해외에서 보낼 수밖에 없겠지요. 그리고 대주교는 아무래도 처치되어야 한다는 것이 혹시 사리에 밝은 사람들에 의하여 장차 인식된다 하더라도 . . . 개인적으로는 나도 상당히 그를 숭배하는 사람입니다만 . . . 종말에 이르러 그는 매우 볼 만한 연극을 하고 있었던 것만은 여러분도 반드시 알고 계셨을 것입니다. . . . 그때에 우리에게 영광이 부여되지는 않을 것입니다. 아니 우리가 우리 자신을 위해서 한 것은 아닙니다. 그 점 오해가 있어서는 안 됩니다. 그렇기 때문에 처음에 말씀드린 바와 같이 이 일에 있어서 우리에겐 조금도 사심이 없었다는 것만은 최소한 믿어주시기 바랍니다.

---

14) 캐럴 스미스는 극의 말미 이전에 기사들이 마지막으로 모습을 드러내는 것은 현대 관객과의 접촉을 설정해두려는 또 다른 시도라고 말한다(101). 그리고 로날드 피콕Ronald Peacock은 기사들의 자기 정당화는 다양한 면에서 관객과의 여러 가지 직접적인 연결을 설정하는 연도적인 체계의 일환이라고 주장한다(7).

> When you come to the point, it does go against the grain to kill an Archbishop, especially when you have been brought up in good Church traditions. So if we seemed a bit rowdy, you will understand why it was; and for my part I am awfully sorry about it. We realised this was our duty, but all the same we had to work ourselves up to it. And, as I said, we are not getting a penny out of this. We know perfectly well how things will turn out. King Henry—God bless him—will have to say, for reasons of state, but he never meant this to happen; and there is going to be an awful row; and at the best we shall have to spend the rest of our lives abroad. And even when reasonable people come to see that the Archbishop *had* to be put out of the way—and personally I had tremendous admiration for him—you must have noted what a good show he put up at the end—they won't give *us* any glory. No, we have done for ourselves, there's no mistake about that. So, as I said at the beginning, please give us at least the credit for being completely disinterested in this business. (277)

기사들은 사심이 없으며 자기 임무를 다했을 뿐이고 "이런 일에서 아무런 대가도 없다"는 세 번째 기사의 변명은 살해행위가 신에 의해 예정되어진 것이며 기사들은 단지 신의 의지를 이행하는 도구에 불과하다는 사실을 암시해 준다. 세 번째 사제는 기사들의 행동에서 교회에 대한 더 큰 힘의 근원을 보게 된다.

아니다. 이 일로 교회는 더욱 강해지고
역경에 처하면 더욱 번창해진다. 교회는 박해를 받음으로써
강화되고 그걸 사수하는 사람이 있는 한 최고의 존재다.

No. For the Church is stronger for this action,
Triumphant in adversity. It is fortified
By persecution: supreme so long as men will die for it. (280)

그러므로 그는 죽음이야말로 감사가 필요한 신적인 의도가 충만한 것으로 인식되어야 한다고 요구한다. 코러스는 신을 찬양하는 노래에 의해 그 같은 부름을 인정하고 있는데, 먼저 "용서해 주십시오, 오 하느님, 우리는 우리 자신을 평범한 인간형으로 인식하고 있습니다"라고 하면서 신적인 순교의 계획을 필요로 한 인간의 죄 많은 성격을 인정하고 있다.

우리는 우리 죄와, 약함과, 과오를 알고 있습니다,
  우린 알고 있습니다
우리 세상의 죄가 우리 머리 위에 내리고; 순교자의 피와
  성도의 고뇌가
우리를 뒤덮는 것을.

We acknowledge our trespass, our weakness, our fault;
  we acknowledge
That the sin of the world is upon our heads; that the blood of the
  martyrs and the agony of the saints
Is upon our heads. (282)

입당송인 「인트로이트」(*Introit*)와 망자를 위한 미사송 「디에스 이레스」(*Dies Iraes*) 및 찬송가 「테 디움」(*Te Dieum*)으로 이어지는 서두는 비유적인 「쿠엠 퀘리티스」(*Quem Quaeritis*)와 중세 신비극의 행렬적인 요소를 연상시키는데, 부활절 미사의식의 완벽한 제의를 연출하고 있는 듯이 보인다. 여기서 참가자와 사제와 코러스는 토마스의 죽음에 대한 좌절과 비애에서 벗어나서 새로운 성인의 탄생에 대한 기쁨과 환희로 옮겨가게 된다. 중세 도덕극의 우화적 인물을 연상시키는 『대성당의 살인』에 등장하는 유형학적 인물들과는 별도로, 극의 제의적 하부구조는 성 오거스틴St. Augustine이 처음 만든 12세기경의 입회의 제식과 유사한 듯하다. 이러한 패턴에 의하면, 제1부Part I는 토마스가 자기 의지의 정화에 가담한 세례 지원자 역을 한 「미사 카테추메노룸」(*Missa Catechumenorum*)과 유사하고 제2부Part II는 신성의 신비감을 접하는 「미사 피델룸」(*Missa fidelum*)과 유사하다(Adolphus William Ward 29-33). 극의 제의적 차원에서 보면, 참가자들 또한 토마스의 희생동기에 대한 회의감을 처음으로 노출시켜서 정화를 겪게 되는데, 거기에 대한 속죄의 신적인 필요성으로 희생을 받아들이게 된다. 이와 같은 제의적 하부패턴에 따라서 「막간」은 관객을 강단에 있는 사제인 토마스와 함께 한 신도 회중으로 바꾼다. 신도 회중으로 『대성당의 살인』은 현대판 신비극의 성격을 갖추게 되고, 참여[15]와 같은 요소들 때문에 각별한 종교극이 되어 버린다.

하지만 동시에 순교를 그린 이 극은 다른 각도에서, 즉 기사의 변명담에서 극을 다시 읽도록 관객을 부추길 수 있는 요소들을 포함하고 있다. 왜냐하면 기사들의 주장은 동기와 목적 및 본질적 책임감의 전체 문제에 이의를 제기한다. 데이빗 존스는 기사의 변명담은 관객의 유혹용으로 간주될 수도 있음을 암시하고 있다. 그러나 존스는 자기의 탐구를 희생의 효율성을 부

15) 엘리엇은 「마리 로이드」에서 관객의 참여 개념에 관해서 논하고 있다(1972: 458).

인하는 제의적 의미에 제한시키고 있다(61). 스릴러로서 변명에 대해 한 짧은 논평은 각주에 한정된다. 이러한 요소에 대한 논의는 이 극에서의 스릴러 패턴을 충분히 도입하려는 의도에서 시작된다. 관객의 전체적 관점에서 보면, 토마스 살해 행위를 수행하고 나서 기사들의 사심 없음에 강한 변명을 한 세 번째 기사에 이어 네 번째 기사는 더 앞서 나아간다.

> 내가 할 말을 한 마디 질문 형식으로 표현될 수 있겠지요:
> *누가 대주교를 죽였느냐?*
>
> What I have to say may be put in the form of a question:
> *Who killed the Archbishop?* (279)

살해범이 누구냐는 이 질문은 기본적이다.[16] 확실히, 수사과정에서 관객을 가담시키는 네 번째 기사의 목적은 종교적인 국면에서 정치적이고 심리적인 국면으로 의문이 옮겨가게 하는 것이다. 순교에 관한 토마스의 설교에서 그는 말한다. "순교란 항상 신의 의도이다. 인간에 대한 그분의 애정 때문에 . . . 그것은 결코 사람의 계획은 아니다." 네 번째 기사는 캔터베리 대주교라는 직분에 대한 생각 끝에 이기적으로 변해 국가의 운명에 무관심해진 토마스의 심리적 상태를 지적한다. 토마스에 대한 평가는 당대의 사람들 가운데서도 상반된 반응을 보이는 결과를 초래했다고 볼 수 있다. 중세 역사가인 사던R. W. Southern은 다음과 같이 지적한다.

---

16) 추리 탐정소설을 "누가 그 일을 했느냐"Who's done it라는 뜻을 담아 영어로 "후더니츠"whodunnits라고 부른다는 사실을 생각해보면 이와 같은 물음은 당연히 미스터리 기법을 원용한 예라고 볼 수 있겠다.

> 토마스 베켓은 자기 생애에 첨예하게 양분된 견해를 보였던 장본인이었다. 그래서 이런 논쟁은 그의 죽음으로도 조용해지지 않았다. 그런데 그를 계속해서 반역자로 간주한 사람들이 있었다는 사실을 우리는 알고 있는데, 파리의 관리관들은 그 점을 논박했으며, 어떤 관리관인 로저Roger는 그가 죽을 가치가 있었다고 주장했다고 우리는 들었다. 반면에 저명한 관리관인 피터 챈터Peter Chanter는 그가 교회의 자유를 위해 순교자가 되었다고 주장한다. (264)

극의 네 번째 기사의 논리에 따르면, 이는 토마스의 동시대인들의 회의주의에 대한 역사적 기록에 합당하게 보이는데, 토마스가 순교자의 죽음을 선택한다는 계획을 세웠기 때문에 자기 죽음에 대해 본인의 책임이 있다는 것이다.

> 프랑스를 떠나기 전에 그는 다수의 증인을 앞에 두고 자기는 여명이 얼마 남아 있지 않았다는 것, 그리고 어쩌면 잉글랜드에서 피살당할 지도 모른다는 것을 분명히 예언하였던 것입니다. 나는 이에 대하여 확실한 증거를 가지고 있습니다. 그는 갖은 방법을 다하여 도전적 태도를 취한 것입니다 처음부터 그의 행동이 순교에 의한 죽음을 결심하고 있었다는 것밖에 달리 해석되지 않습니다.

> I have unimpeachable evidence to the effect that before he left France he clearly prophesied, in the presence of numerous witness, that he had not long to live, and that he would be killed in England. He used every means of provocation; from his conduct, step by step, there can be no inference except that he had determined upon a death by martyrdom. (279)

이러한 "증거"를 기초로 토마스의 행동은 법을 무시하는 야심찬 인간의 행위로 비쳐질 수가 있으며, 토마스 자신은 고집 세고 무모하여 왕의 명령에 순응하길 거부하는 굽힐 줄 모르는 인물로 비쳐질 수가 있다. 그의 자기중심적 생각은 자신의 정치적 야심과 권력이나 영예에 대한 욕심 및 지배자가 되고 싶어 하는 본질적인 욕망의 결과로 보여 질지도 모른다. 네 번째 유혹자는 그에게 말한다.

> 당신은 천국과 지옥의 열쇠를 지니고 있습니다.
> 묶을 수도 있고, 풀 수도 있는 권력을. 묶어요, 토마스, 묶으세요,
> 왕과 주교를 무릎 아래 꿇게 하세요.
> 왕, 황제, 주교, 귀족, 왕.

> You hold the keys of heaven and hell.
> Power to bind and loose: bind, Thomas, bind,
> King and bishop under your heel.
> King, emperor, bishop, baron, king. (253)

토마스는 그 유혹을 토로하고 있다.

> 그러면 어떻게 할 것인데? 남은 할 일이 뭐냐?
> 영원한 왕관을 얻을 수는 없느냐?

> But what is there to do? What is left to be done?
> Is there no enduring crown to be won? (255)

네 번째 유혹자는 비록 반항적 태도와 권력을 꿈꾸는 것이 위험하겠지만, 여전히 "당신은 종종 그런 꿈을 꾸었다"고 그에게 상기시키고 있다.

토마스의 "범죄"는 왕의 권위 전복을 이미 공모했기 때문에 정치적인 성격을 띠고 있다. 이를 세 사람의 기사들이 지적한다.

당신은 왕에게 거역하는 대주교로서;
왕명을 거스르고 국법을 어겼소.

You are the Archbishop in revolt against the King; in rebellion to the King and the law of the land. (266)

헨리 왕을 폐위시키려고 프랑스 왕과 한 그의 공모는 첫 번째 기사에 의해서 드러나고 만다. 그는 추방되지도 않았고 위협받지도 않았으면서 국외로 탈출하여 여론을 옹호했다고 비난한다.

정말 토마스 자신이 인식한 대로 그가 보고 천국에서 들은 것, 다시 말해서 "축복의 전율, 천상의 눈짓, 속삭임"을 못 보는 사람들에게는 그의 모든 내력이 다음과 같은 것이다.

. . . 아직 나 자신의 얘기에 관해 할 말이 있지만,
그것이 너희들에게는 제일 흥미 없는 일일 것이고,
한 미치광이의 어리석은 자학이거나,
광신자의 오만한 정열로 밖에 비치지 않을 것이다.

. . . I know what yet remains to show you of my history
Will seem to most of you at best futility,

Senseless self-slaughter of a lunatic,
Arrogant passion of a fanatic. (258)

현대의 세속적 관객에게도 그러한 경우는 특히 그럴지도 모른다. 워드 David Ward가 관찰한대로 "원래의 공연에서는 토마스에게 순교를 유혹하고 영예를 위해 자살을 유혹하는 조야한 영적인 자만심의 죄를 명백히 입증하는 네 번째 기사의 궤변에 동의하는 웅성거림이 있었다고들 한다. 당연히 그래야 된다는 사실이므로 그렇게 놀라운 일은 아니다. 아이러닉한 시대에 순교와 같은 행위를 한다는 데에는 자만심보다 더한 다른 동기를 상상하기가 힘들다. 기사들은 토마스보다 훨씬 더 현대적인 감수성을 나타내고 있지만, 토마스는 현대 관객에게는 건전하지 못하게 뒤틀리게 보이는 방식으로 행동하거나 엘리엇이 그를 그렇게 행동하게 만들고 있다"(Ward 17).

관객들도 역시 왕관으로 상징되는 권력욕에 대한 "스릴러"적인 면을 간파하게 될 것이다. 엘리엇 자신은 『맥베스』와 같은 극의 "스릴러적인 관심"을 주목했으며, 스릴러물의 시대에 글을 쓰면서 왕관을 쓰고 싶어 했던 사람을 직접 그리는 이야기에 대한 이러한 관심을 의도적으로 이용했음에 틀림이 없었을 것이라는 사실은 능히 추측 가능한 일이다. 비평가인 그로버 스미스는 엘리엇이 『대성당의 살인』의 1부에서 아서 코난 도일Arthur Conan Doyle의 탐정 이야기인 『머스그로브 의식』의 몇 행을 이용해서 썼다는 사실에 이미 주목했었다(1948: 431-32). 『머스그로브 의식』을 엘리엇이 사용한 데 대해서는 앨런 클러튼 브록Allan Clutton Brock도 같은 견해를 갖고 있다 (37). 그러나 그로버 스미스는 "엘리엇이 알고 있었던 이러한 출처는 내 생각에는 엘리자벳 잭슨Elizabeth Jackson이 처음 발견한 것"(Grover Smith 318)이라고 밝히고 있다. 그러나 극의 왕관 주제도 역시 코난 도일의 이야기가 영국 왕들의 왕관이 범죄자에게 유혹의 가능성이 있게 만들었으므로 같은 출처에서 나온 것이다. 물론 엘리엇은 여느 왕이나 황제들의 왕관을 훨씬 능가하는 "항구적인 왕관"을 토마스가 바라게 만들어서 의미를 변형시키고 있으므로, 이것이 다른 질서에 대한 토마스의 열망을 통합하는 한편, 저차원에서 토마스를 맥베스나 탬벌레인Tamburlaine보다도 훨씬 더 야심차고 오만한 "광인"이나 "광신자"로 보이게 하고 있다.

자신의 야심을 실현시키기 위한 수단으로 왕관을 쓰려는 토마스의 결심은 따라서 새롭게 조사해볼 만한 가치가 있는 사람들인 기사들의 입장에서 나온 것이다. 사실, 기사들의 변명은 일종의 조사요약과 수사결과물로 구성되어 있는데, 휴 케너가 말했듯이, 범죄와 수사 이야기에서 나오는 입심 좋은 탐정이 말하는 두 번째 이야기(1979: 241)로 볼 수 있다.

탐정이 수수께끼 같은 범죄를 최종적으로 요약하고 정리하는 장치는 물론 찰스 딕킨스Charles Dickens가 창안했던 것이다. 수사 스릴러물에 대한 딕킨스의 공헌을 기술하면서 머크A. E. Murch는 다음과 같이 말했다.

> 영국소설을 통해 처음으로 찰스 딕킨스는 『황량한 저택』(*Bleak House*)에서 수사관 버켓Inspector Bucket을 의기양양하게 무대중앙에 위치시킨 뒤, 수사주제의 정점에다 설명위주의 장을 할애했다. 실제 살해범은 관객 가운데 있으면서 자기가 조사한 세부적인 내용과 그가 결정한 이유들 및 결론을 설명하게 되는데, 그 결과 마일 호텐스Mile Hortense를 체포하게 한다. 그때까지 호텐스는 그녀 주변에 있는 사람들에 의해서 전혀 의심받지 않는다. 따라서 수사관의 성공적인 활동에 대한 개요를 제시하기에 알맞은 "해결의 장"을 만드는 데 있어서, 딕킨스는 탐정소설에서는 다소 관례화 된 패턴을 도입했다. (96)

그러나 『대성당의 살인』에서 해결할 필요가 있는 미스터리는 숨겨진 행위가 갖는 미스터리가 아니라, 토마스를 살해한 자들의 동기는 물론이고 토마스의 드러나지 않는 동기들에 대한 미스터리이다.

제1부의 유혹 장면에서 네 번째 유혹자는 토마스를 유혹한 사람들 중에서 혼자서 토마스의 약점을 성공적으로 노출시키고 있는데, 심지어 토마스에게 충실한 사람들까지도 그의 동기 이면에 있는 "미스터리"를 무시하리라는 암시를 드러낸다. 그래서 유혹자는 다음과 같이 지적한다.

> 그때 이 사람은 역사에서 어떤 역할을 했으나
> 신비한 면은 없다고 사람들은 말하겠지요.

> When men shall declare that there was no mystery
> About this man who played a certain part in history. (255)

그리고 이것은 정말 네 번째 기사가 "이기심"과 "광증"이 바탕이 된 토마스의 행동을 논리적으로 설명하는 행위이다. 그러나 이에 대한 해결방식은 그 자체가 또 다른 "미스터리"를 창출한다. 이유는 세 번째 기사가 말하듯, 자기들은 동기가 순수하다면서 자기들의 행위를 옹호하고 있기 때문이다. 따라서 우리는 관객과 목격자가 되어 순교라는 영적인 미스터리 대신에 동기 없는 살인의 미스터리를 보고, 살인이라는 정점을 이루는 사건의 전체 과정을 회고하듯이 재조사할 것을 강력히 설득 당하고 있다.

동기 없는 범죄의 개념은 엘리엇이 진지하게 주목했던 스릴러소설을 통해서 필명이 라잇W. H. Wright이었던 밴 다인이 처음으로 사용했다. 라잇의 스릴러 작품들은 엘리엇이 『대성당의 살인』을 썼을 때, 그의 기억으로는 신선했던 것 같다. 이는 엘리엇이 극의 제목으로 처음 제안했던 것이 『대주교 살인사건』(*The Archbishop Murder Case*)이라는 데서도 명백하다(Dukes 113). 20세기 초반의 탐정소설가들은 자신들의 작품제목에 "살인사건Murder Case" 라는 어구를 자주 사용해서 썼다. 그들 가운데 엘리엇이 대단히 감탄해 마지 않았던 밴 다인과 애너 캐서린 그린Anna Katherine Greene, 그리고 몇몇 탐정 소설가들이 자기들의 작품을 살인사건이라고 불렀다(Eliot 1929: 551-56). 이렇게 해서 밴 다인의 『밴슨 살인사건』(*The Benson Murder Case*)과 캐서린 그린의 『레븐워스 사건』(*The Leavenworth Case*)이 나오게 되었다. 엘리엇이 극의 원고를 쓰는 어느 단계에서 생각해 봤을 법한 제목인 "살인사건"을 최종적으로 포기하게 만든 것이 무엇일까 하고 알아보는 일은 어렵겠지만, 비슷한 제목으로 1929년에 런던의 스크리브너즈Scribners사에서 출간된 밴 다인의 『주교 살인사건』(*The Bishop Murder Case*)이라는 탐정 스릴러가 이미 존재하고 있었기 때문에 엘리엇이 그 제목을 버렸을 가능성이 있다. 결국 엘리엇은 종교극 감독인 마틴 브라운의 부인인 헨지 래번Henzie Raeburn이 제안한 제목을 받아 들였다. 엘리엇이 『대성당의 살인』이라는 현재의 제목을 수용한 것은 토마스의 순교를 그린 극 이면에 있는 "영구적인 계획"을 흐리게 하지 않고, 극의 스릴러적인 양상을 넌지시 비칠 것이라고 여겼기 때문에 선호했으리라는 사실을 나타내어 준다. 이는 아주 대단한 제목을 가지고 관객 대중의 시선을 끄는 스릴러 기교를 사용하는 엘리엇의 전략과 일치할 지도 모른다. 단지 눈길을 끄는 장치 대신에 스릴러 제목은 결과적으로 "누가 대주교를 죽였느냐?"는 질문으로 토마스의 살해에 독자나 관객을 훨씬 깊이 가담시키고 있다. 이는 영국인들이 탐정소설을 후더니츠whodunnits라고 부르고 있다는 사실을 알면 명확해진다. 따라서 관객을 배심원으로 가담시켜서 "불건전한 마음에서 생긴 자살"이라는 평결을 내리게 하려는 네 번째 기사의 시도는 배심원의 위치보다는 자신이 직접 분석해서 스스로 미스터리를 해결해야 하는 탐정의 위치에 관객을 남겨 둔다. 즉, 관객은 토마스의 야심과 행동만큼이나 신적인 의도에 대한 그의 일별이라는 견지에서 토마스 마음의 정화문제(Gardner 135)를 스스로 결정하게 된다. 어떤 의미에서는 이것이 극의 극적인 맥락을 벗어나서 해결되어야 할 미스터리인 것이다.

기사들이 시작한 설명, 즉 토마스의 정신 상태와 동기에 대해 스릴러처럼 단계적으로 한 분석을 토대로 진행된 설명은 주목을 강요하고 있을 뿐만 아니라 "자기만족에 빠져 있는 관객에게 충격을 준다"(Eliot 1951: 35). 기사들의 말 또한 다른 의미에서, 즉 가벼운 오락물과 진지함을 혼합한다는 의미에서 충격을 주고 있다고 생각할 수가 있다. 이는 진지한 감정과 연민을 유지해야 하는 순교극에는 적절하지 못한 혼합된 정서를 창출하게 된다. 결과적으로, 비평가들은 변명의 에피소드를 방해물 내지는 심지어 엘리엇이 덤벼들 수 없는 극적인 문제점으로 간주해왔던 것이다. 그래서 톰슨A. R. Thompson은 『극의 해부』(*The Anatomy of Drama*)에서 다음과 같이 관찰하고 있다.

> 물론 정서적 불일치는 극의 어떤 형태(소극이나 비극)에서든지 간에 일어난다. 어느 경우든지, 먼저 생기는 결과는 충격과 불안감이다. 만일 『야생 오리』(*The Wild Duck*)의 아이러니가 그렇듯이, 그러한 불일치가 지배적인 분위기를 나타내지 못한다면, 아니면 나중에 더 큰 정서적 조화로 해결되지 못한다면, 이는, 다시 말하면 『대성당의 살인』에서 살인자들의 말은 중대하게 극을 손상시키게 된다. 그러나 만일 그와 같은 불일치가 필연적인 것이고 중요하다면, 그 효과는 전반적인 힘을 증가시킬 수가 있는 것이다. 이런 점에서 주목을 끄는 현대음악에서의 부조화와 비교해 볼 수 있는 반면에, 방해받은 조화는 흥미를 갖지 못하게 된다. 그래서 추함이 조화적 결론에 이르게 될 때, 안도감과 대조를 통하여 기쁨을 얻게 된

다. 우리는 일종의 승리를 위한 정서적 투쟁을 거쳐 왔던 것이다. (178)

여기에 반해, 만일 이미 진정한 기독교 신자가 아니라면 누구도 순교한 토마스가 성인의 대열에 오르는 것에 대해서 코러스나 사제들이 갖는 순수한 위로와 기쁨의 감정을 공유할 수가 없을 것이라고 생각할 수가 있다. 변명 에피소드로 도입된 정서적 대비로 말미암아 우리는 곧 바로 그 현장에 투입되어 자기성찰을 함으로써 전통적 연민에 끊임없이 호소하여 그 문제점들을 생각하지 못할 때에도 그 문제들에 관해서 생각할 수 있게 된다. 휴 케너가 지적한 것처럼 그것은 "모든 탐정 이야기 속에 잠복해 있는 대비이며, 행동을 수행할 때 탐정이 전지적 상황에서 그 행동들을 유창하게 설명할 때와 같은 행동들 사이의 대비"(1979: 241)인 것이다.

『대성당의 살인』이 독특한 이유는 현대 미스터리극의 전형인 동시에 종교적인 것과 세속적인 것의 혼합과, 고급과 저급의 융합을 시도했으며, 좀 더 구체적으로 보면 진지한 주제설명을 위한 미스터리 스릴러적인 요소들의 사용 등을 이 극에다 도입하고 있기 때문이다. 극에서 토마스의 순교는 이제 더 이상 과거의 중세 역사나 중세 종교논쟁의 주제로만 남지 않는다. 통시적으로도 상당한 논쟁거리를 만든다. 기사들의 변명은 순교라는 무거운 주제를 공시적 중요성의 기반이 되어서 종교적 가치를 모르거나 무관심한 오늘날의 무신론적인 사회에서 갖게 되는 가볍고 참신한 토론의 주제로 전환시켜버린다. 결과적으로는 토마스가 극 속에서 이 문제를 직접 거론하면서 이 살인사건 진범의 범위는 이 사회의 모든 구성원 개개인으로 확대된다.

그러나 모든 악과 모든 신성모독과,
죄와, 과오와, 압박과 도끼날과,

무관심과, 착취 때문에, 너도, 또 너도,
모두 벌을 받아야 한다. 너희들은 그래야 한다.

But for every evil, every sacrilege,
Crime, wrong, oppression and the axe's edge,
Indifference, exploitation, you, and you,
And you, must all be punished. So must you. (259)

해결되지 못한 미스터리적 요소가 있기 때문에 성인이나 순교자를 경건히 다루게 되면 좀처럼 얻을 수 없는 흥미가 『대성당의 살인』에서 효과적으로 살아나게 된다. 저명한 종교극 비평가인 제랄드 윌즈Gerald Weales는 다음과 같이 관찰했다.

> 재미있게도 엘리엇이 묘사한 베켓이 찰스 윌리엄스의 크랜머Cranmer같은 순교자가 되어야 한다고 생각하기는 어렵겠지만, 『대성당의 살인』이라는 극에 관한 매력적인 한 가지 점은 베켓의 순교라는 정확한 본질을 독자에게 완전히 수긍시키지 않고서도 거듭해서 이 극을 읽을 수 있다는 사실이다. (192)

제랄드 윌즈가 말하는 것은 완전히 만족할 만한 것은 아니다. 하지만 기사들의 변명은 특히 그 속에 탐정소설적 요소가 있는데, 죽음과 순교의 극에 대해 "설명하는 지적인 훈련"(Eliot 1927: 140)의 즐거움을 현대 독자나 관객에게 제공하고 있다. 변명의 요소는 중요한 기능을 수행한다. 즉 토마스와 동시대인들의 좋지 못한 반응을 기록함으로써, 이 극을 야심에서 비롯된 비극 내지는 자살사건, 심지어는 살인사건으로 간주하고 싶어 할지도 모르는 현대 관객에게 호소력을 갖도록 엘리엇으로 하여금 살인 이후의 수세기라는 간격을 메워주는 가교 역할을 할 수 있게 해준다. 심원한 종교적 미스터리를 간접적으로 포착할 수 있는 탐정 미스터리적 요소는 희생의 비효율성을 보여준다. 이런 요소가 『대성당의 살인』이 생존력 있는 세속극으로 자리 잡도록 필연적인 성당극의 범위를 넓혀주는 구실을 하고 있다. 이후의 극에서는 계속해서, 그리고 더욱 더 엘리엇의 특별한 주제들의 범위를 확대시키기 위하여 이러한 요소의 사용에 어떻게 그가 관심을 두고 있는지를 조사해보는 일이 가능할 것이다. 그러한 동안에도, 『대성당의 살인』에서 엘리엇은 "살인은 몇몇 증인의 눈에서 행해지고 스토리의 나머지는 살인범이 의기양양하게 인정한 과정에만 오로지 관계되어 있다"는 몇몇 탐정 스릴러에 대한 자신의 견해를 통해 식별 가능한 패턴을 사용하였다.

이 극에서 주목해야 할 또 하나의 특징은 코러스와 운문적 언어의 리듬이다. 데이빗 존스는 "엘리엇의 극은 본질적으로 코러스 오드ode에 의해 연결된 일련의 에피소드"(51)라고 했듯이, 코러스는 극중의 대화를 구성하는 운문적 언어라고 할 수 있다. 코러스는 그리스극에서 유래된 것으로 배우의 수가 제한되어 있으며, 배우들 사이의 대사나 사상의 상호교환으로 이루어졌다. 극의 내용이나 전개과정에 대한 해설자 역할을 하는 코러스가 느끼는 기대감이나 공포감, 또는 희망 등을 통해서 관객들은 주인공의 감정과 극작가의 극작태도를 이해할 수 있다. 따라서 코러스가 갖는 리듬과 그 음악성은 관객의 작품에 대한 몰입과 공감에 적지 않은 영향을 줄 수 있다. 시인의 표현행위에서 언어란 매체가 곧 행동이자, 시라는 의미적 실체라고 본 엘리엇은 사회의 분위기를 상징하고 있는 다양한 계층의 관객 기호를 포괄적으로 수렴하는 시가 가장 유용한 시라고 보았다. 그는 이러한 시를 위한 이상적이고 직접적인 매개체를 극장으로 보았으며, 삶의 깊이 있는 영속적인 극

면에까지 극이 개입하기 위해서는 그 표현수단으로 운문을 사용해야 한다고 믿었다(Sencourt 12). 사실 『대성당의 살인』의 언어는 그 명암이나 깊이, 폭과 형식에 있어서 내용과 유효적절하게 어울리는 자유롭고 다양한 형태를 취하고 있으므로, 이러한 언어로 형성된 시가 곧 이 극의 내용을 심화하고 이 극에 통일성을 주는 가장 강력한 힘을 분출시키고 있음을 느낄 수 있다. 특히 이 극의 극적인 구조를 보완해주는 구실을 하는 것이 코러스의 언어(Kenner 242)이므로, 엘리엇은 이 코러스에다 제의적 연극의 적절한 형태의 운문시형을 찾아내는 실험적 노력을 시도하였다(Mattiessen 162). 그래서 엘리엇이 이 극을 썼을 때에는 일반적으로 운문에 적합하다고 인정된 주제를 필요로 했기 때문에 초보자로서는 훨씬 유리했다고 보았을 것이다. 엘리엇은 시극의 제재를 어떤 신화에서 취해야 하는지, 또는 운문으로 말할 수 있을 만큼 시간적으로 현재로부터 아주 멀리 떨어진 역사시대에 속해 있어야 한다는 지극히 일반적인 사항을 여태까지는 인정해왔다고 생각하고 있다. 그러나 그는 극작가가 할 일이야말로 관객이 실제로 살고 있는 세상, 즉 관객이 극장을 떠나 나와서 돌아가는 세계로 시라는 문학적 산물을 끌어들이는 일이라고 생각하고 있었으므로 현대어법에 맞는 운문을 극에 채택하려고 애썼던 것이다. 그리고 그는 「시와 극」에서 이러한 운문도 그 형식과 내용에 자연적으로 부합될 수 있으리만큼 강렬한 극적인 상태에 도달했을 때에만 그것은 시가 될 수 있다고 보았다(24).

살인과 폭력적 분위기에서 엘리엇이 코러스 사용을 염두에 둔 작품은 사실 『텅 빈 사람들』이다. 음모의 실패를 축하하는 오늘날의 행사에 대해 이 작품에서 엘리엇이 사용한 제사는 시 말미의 비극적인 인유와 이어진다. 비극적 음모의 정황은 시에서 "건조한 다락"dry cellar과 "난폭한 영혼들"Violent souls 및 "그림자"the Shadow에서 비치고 있지만, 그 음모의 실패는 마지막 시행의 코러스가 주는 희극적이면서도 기괴한 느낌에서 드러나고 있다. 왕이나 의원들의 세계는 그날 폭발음"bang"으로 끝나지 않은 반면에, 가이 폭스Guy Fawkes와 동료가담자들의 운명은 죽음의 흐느낌 소리"whimper"로 끝났다. 이는 무섭다는 절규로 삶을 마무리하는 콘래드의 인물인 커츠의 상황과도 같은 것이다. 공허한 사람들은 신념이나 인품 및 도덕적인 힘이 없어서 정신적으로 왜소한 삶을 보냈기에, 선악을 체험해보지 못하여 단테의 작품에서와 같이 천국과 지옥에서도 거부당한 채 영원히 강가에 머물도록 선고받은 사람들로 표현되고 있는데, 넓은 의미로는 모든 인류 전체를 함의하고 있기도 하다. 이 때문에 서두의 시행에서 엘리엇이 쓴 "우리"we라는 말에는 힘이 있다. 그것은 곧 말로우Marlowe의 뇌리에서 떠나지 않고 남아 있는 죽어 가는 응시의 소유자인 커츠처럼 "직접적인 눈으로/ 횡단했던 사람들"(Those who have crossed/ With direct eyes)(Eliot 89)을 제외한 모든 인류로서의 "우리"인 것이다. 콘래드의 텅 빈 사람들의 이야기를 엘리엇은 여기서 악을 환기하는 문학의 탁월한 예로서 변용시키고 있다. 그래서 그는 악몽의 죽음의 왕국인 콩고Congo의 숲 속 암흑의 오지에서 말로우가 보낸 자기 여행담을 이야기하는 부분에 초점을 맞추고는 거기서 지옥과도 같은 어두운 곳에 발을 밀어넣은 채 주위의 고통과 절망에 갇혀버린 사람들을 생각한다.

엘리엇은 코러스 사용을 실행에 옮기면서, 운문의 리듬에 대한 모델을 셰익스피어 작품의 약강 패턴을 피하고 두운법과 음의 반복효과를 노리는 좀 더 불규칙적인 리듬을 지니고 있는 『에브리맨』(*Everyman*)의 시형을 취하고 있으며, 거기다 변형을 가하고 있다. 이런 점에서 특히 코러스의 리듬은 극에 활력을 주고 있다고 판단된다. 켄터베리 여인으로 구성된 코러스가 살해의 부정을 느낄 때, 그들의 스피치 패턴은 더럽고 역겨울 정도로 상당히 긴 시행에서부터 주기적인 일상생활을 반복하는 것 같은 짧은 시행들에 이르기까지 다양한 변모를 보이고 있다.

> 여기 서 있기로 하자, 대성당 가까이에. 여기서 기다리자.
> 우리가 위험에 끌리고 있는가? 안전하다는 인식인가, 우리의 발길을 끄
> 　는 것이
> 대성당을 향해서? 무슨 위험이 있을 수 있나
> 우리에게, 불쌍한 사람들인, 가련한 캔터베리의 여인들에게는? 무슨 재난을
> 대체 우리가 알지 못하는가? 위험이란 없다
> 우리에게는 그리고 성당 안에는 안전도 없다. 어떤 행위의 징조가
> 우리의 눈으로 목격할 수밖에 없는 행위의 징조가, 우리의 발길을
> 성당으로 향하게 했다. 우리는 증인이 되어야 하는 것이다.

> ***Hére let us*** stánd, clóse by the cathédral. ***Hére let us*** wáit.
> Are we ***dr***áwn by ***d***ánger? Is it the knówledge of sáfety, that ***dr***áws
> 　our feet
> Towards the ***c***athédral? Whát dánger can be
> For us, ***the póor***, ***the póor*** wómen of Cantérbury? whát tribulátion
> With whích we are not alréady famíliar? There is no dánger
> For us, and there is no ***s***áfety in the cathádral. ***S***ome preságe of an áct
> Which our eyes are compélled to wítness, has ***f***orced our ***f***eet
> Towards the cathédral. We are forced to báar wítness. (239)
>
> (이탤릭체와 굵은 글씨 및 강세표시는 필자)

이들 시행은 약강 패턴을 다소 유지하고 있으나 모두 같지는 않다. 각 시행의 강세 수는 두운이 많다든지 운율이 없다든지 하는 식으로 변화하고 있다. 모든 예술은 반복과 변화라는 로렌스 페라인Lawrence Perrine의 정의

(35)에 충실히 따르며 시행들은 반복되다가도 규칙에서 벗어나는 변화를 보인다. 즉 음의 불규칙적인 강약음보로 규칙적인 패턴을 깨고 있으며, 두운이나 음의 반복효과가 두드러지게 나타나고 있다(Bareham 56-57). 코러스 여인들은 마치 교회에서 말하는 것과 같은 효과를 나타내고 있는데, 이는 순간적으로 극적 분위기에 잘 어울리고 있다. 다시 말해서 이 극의 리듬이 곧 교회 안에서 예배의식 때의 리듬과 같이 여겨진다고 볼 수 있다. 이처럼 코러스는 적어도 도덕적 행위의 전개에 대한 관찰자이자 참가자이며, 제의적 성격의 연출자와도 같으므로 그들이 사용하는 운문은 베켓이 사용하는 운문과는 조금 다를 수밖에 없다고 하겠다(Grover Smith 193). 그러므로 코러스의 대화리듬은 그 정서적 강렬함이나 유형에 있어서 아주 다양하다. 코러스는 이렇게 유동적 리듬과 기계적 변화를 주기적으로 교차시켜 사용함으로써, 오히려 지적인 종교사상극에다 신선한 시문학적 관심을 부여하고 있다.

엘리엇은 켄터베리 페스티벌에 맞추어 비교적 제한된 자료로 극작을 해야 했으므로 자연스럽게 간략한 구조로 설계할 수밖에 없었다. 그러나 그는 그리스극의 모든 전형적인 요건들을 충족시키고(Maxwell 188-89)[17], 더 나아가서는 초기 코러스에 나타나지 않는 적극적 태도변화라는 양상에 관심을 둔 엘리엇 나름대로의 독창적인 코러스를 만들어 내려고 애썼던 것이다. 엘리엇의 코러스는 극에서 심상표현의 주요 매체 역할을 하고 있는데, 계속되는 평범한 농촌생활에 대한 주제나 도덕적 회의감이라는 주제, 그리고 마침내 죽음과 순교를 받아들이는 기독교인의 마음 자세 등이 운문적 표현을 통해 선명하게 부각되고 있다.

17) 여기서 맥스웰Maxwell은 엘리엇의 극이 그리스극과 비슷하게 보이는 것이 행동에 참가하는 코러스와 개별적 인물에게는 관심이 없는 특징 때문이라고 지적하고 있는데, 사실상 유혹자나 사제, 캔터베리 여인들은 이름도 없으며, 결코 개별화될 수 있는 인물이 못 된다.

여기서 엘리엇은 극중의 행동을 그 전체적 의미 속으로 전개시켜주는 구실을 코러스가 성공적으로 감당하게 하여 절묘한 효과를 자아내고 있다. 그는 이 극을 통해 코러스의 도움에 크게 의존하고 있는데, 그 이유는 첫째 이 극의 기본적인 행동이 역사적인 사실이건 자기가 꾸며낸 사건이건 간에 두 가지 다 어느 정도 제한되어 있기 때문이다. 즉 엘리엇은 극을 써가면서 먼저 이 제한된 기본적인 행동인 순교에만 집중하고 싶어 했다. 때로는 흥분하고 때로는 히스테리칼hysterical한 여인들의 코러스를 도입한 것은 그 감정적인 합창이 극중에 나타나는 행동의 의의를 반영하고 있느니만큼 놀라울 정도로 보조적인 역할을 하였다는 이유에서였던 것이다. 엘리엇이 밝히고 있는 둘째 이유는 자신과 같이 처음으로 극을 쓰는 시인에게는 극적인 대화체보다는 합창적인 운문체 쓰기가 훨씬 더 용이했기 때문이다. 또한 그는 극 속의 약점(Hay 114-15)이 여인들의 외치는 소리로 다소 보완될 것이라고 느꼈다. 그래서 그는 사실 코러스 사용을 통해 극에다 활기를 주어 자신의 극적 기교의 결함을 감췄다고 생각했으며, 나아가서 이러한 이유로 이후에는 코러스를 한층 더 긴밀히 극 속에 종합해 보려고 결심까지 했던 것이다(Eliot 1974a: 85-86).

이 극에서 보편적 의미는 표면적 행위와 그 저변을 이루는 제의적 양상으로 전달이 되나, 극작가가 현대세계에 그 상황을 중요하게 부각시키려고 애썼던 방법은 어느 정도 기교적인 방식으로 관중에게 전달하는 기사와 베켓의 산문 스피치일 것이다(Carol Smith 116).

엘리엇은 두 군데의 산문 에피소드를 이 극에 사용하고 있는데, 한 곳은 1부와 2부 사이의 막간인 대주교 베켓의 강론이며, 다른 한 곳은 2부에서 베켓을 시해하고 난 뒤에 기사들이 관객에게 자기행위를 옹호하는 부분이다. 베켓의 강론은 관객이 코러스의 통찰력을 느낄 수 있도록 아주 강렬한 효과를 지니는 한편, 정신적 분위기의 중요한 분기점이 되고 있으며, 기사들의 변명은 안도감에 젖어있는 관객들을 뒤흔들어 버리는 충격적인 앤티 클라이막스anti-climax가 되고 있다. 확실히 이 두 에피소드는 서로 다른 의도를 가지고 다른 언어와 리듬, 어조, 충격 등을 지니고 있다. 강론부분이 기사의 변명부분보다 훨씬 혼란스럽지는 않지만, 이 두 산문 에피소드가 분명히 산문의 흐름을 깨뜨리고 있는 것만큼은 사실이다.

엘리엇에 의하면, 자신이 극에서 쓴 대화적인 산문은 관객들이 유쾌하지 않게 느낄지도 모를 일이며, 또한 아무리 교회에 잘 나가는 신자들이라고 하더라도 운문으로 강론을 하게 되면 이상하게 여길 뿐만 아니라, 아무도 그 산문을 설교적 강론이라고 생각하지 않을 것이기에 산문으로 썼다는 것이다. 그리고 자기들보다 800년 후에 살고 있는 관객들에게 말을 하고 있다는 것을 확실히 깨닫고 있는 기사의 옹호연설에서 웅변조의 산문을 사용한 것은 특별한 효과를 내려는 의도에서였다고 밝히고 있다. 즉 그것은 극의 흐름을 운문적인 리듬에서 산문적인 리듬으로 바꾸는 의도적 패턴을 극에다 끌어들임으로써 관객에게 충격을 주어 자기도취에서 깨어나게 하려는 의도에서였다. 하지만 자신의 말대로 그것은 트릭에 지나지 않으므로 두 번 다시는 사용할 수 없는 것(Eliot 1974: 75)이라고 생각할 수 있겠다.

1부와 2부 사이의 막간은 신비스러운 평화를 성취한 사람들에게만 일어나는 순교의 본질과, 예수의 탄생이 주는 평화의 본질에 대한 성탄절 강론부분이다. 베켓의 강론은 행동이 이루어지고 있는 동안 여전히 극의 중심을 이루게 된다. 그는 곧 4명의 유혹자들의 끈질긴 유혹에 시달려 양심의 갈등을 겪다가 강론을 통해 그 유혹을 누르고 물리치면서 마음속으로 명확한 진전을 확신하게 된다. 기사들의 산문 부분은 엄밀히 말해서 허위의 개요에 지나지 않으며, 세속적인 용어로 정신적 문제를 고의적으로 표현한 부분이다.

그래서 이 극의 산문은 한쪽 부분의 산문에 공감동의를 하게 되면 다른 한쪽의 산문부분을 거부하게 된다는 대립적 양상을 보이고 있다.

서두에서 잠깐 언급했듯이, 「시와 극」에서 엘리엇은 극에서의 운문과 산문의 혼합에 대한 견해를 밝혔는데, 운문은 그 자체가 표현의 기본적 매체로서 정당화되어야 한다는 것이다. 즉 운문이야말로 억지로 사건이 일어난 것 같지도 않고 부자연스럽게 일어난 것 같지도 않게끔 모든 사건을 처리할 수 있는 언어라는 것이다. 그러므로 문체나 리듬, 언어 등은 이들이 쓰이는 저마다의 문맥에서 자연스럽게 나타내어 작가가 매체만으로 관객의 반응을 조정하려고 한다는 의도를 관객들이 모르게 해야 하며, 산문과 운문의 조화로운 혼합은 서로 다른 이질적인 리듬이 바뀜에 따라 관객들에게 충격을 주지 않을 정도로 바람직하게 이루어져야 하는 것이다. 하지만 이러한 충격이 바람직한 경우도 있는데, 『대성당의 살인』에서의 두 산문 에피소드는 적합성과 효율성에 대한 작가의 기준을 충족시켜준다고 볼 수 있겠다.

베켓의 강론은 여러 가지 이유에서 이 극에 적절하다고 볼 수 있다. 특히 교회에서 사제의 교시적 기능을 지닌 산문체의 효율성을 들 수 있겠다. 베켓이 사제이기 때문에 자신의 교회에서 신도들에게 교시해야 할 시급한 메시지를 가지고 있다는 사실은 실제적으로 타당하다. 이런 점에서 짧은 장면인 막간은 베켓의 견해가 가상적 회중인 코러스와 관객들에게 전달된다는 일종의 양면적 의미를 지니게 된다(Veter 165). 엘리엇은 실제로 베켓이 사용했던 정확한 문맥에 상당히 의존하고 있는 것같이도 보인다. 극작가는 극적인 용어를 사용해서 관객으로 하여금 베켓이 겪고 있는 유혹을 인식하게 하고 그에 대한 의미를 충분히 파악하게 함과 동시에, 순교에 관한 베켓의 강론 내용을 납득하게 해야 한다는 사실을 명확히 해두려고 애쓰고 있다. 무대 위의 모든 인물이 다 사라지고 관객들의 주위도 산만하지 않게 되어, 자신이 곧 죽게 된다는 사실을 알면서 자신이 왜 그런 선택을 해야 하는지, 그 이유를 밝히고 싶어 하는 대주교라는 인물에게로 모든 관객의 주의가 집중될 거라는 사실을 엘리엇은 염두에 두었던 것이다.

엘리엇은 베켓의 강론에 제1부에서 성취한 진지한 분위기를 해치지 않을 리듬과 성경내용을 조심스럽게 사용하고 있다. 강론에 사용된 언어는 대부분의 사람들이 친숙해있던 관행적 요소를 지니고 있는 까닭에 강론은 주변의 산문언어 조직과 의미 속으로 용해될 수 있는 것이다. "친애하는 하느님의 자녀들이여"Dear children of God라든지 "사랑하는"Beloved이라는 말들은 표준대화체로서 적절하며, 수사의문의 사용이나 성경의 인유 등도 모두가 강론에 적합한 것이다.

막간에 코러스나 사제들이 등장하지 않는 것은 관객들과의 혼연일체를 위해서였으며(Hay 111), 강론은 신도회중인 관객과 강론하는 사람과의 거리를 좁히고 베켓의 행위와 그 행위의 의미를 비교 고찰할 수 있는 시간적 여유를 관객에게 주는데 기여하고 있다. 그는 "meditate"나 "reflect", "consider"와 같은 어휘를 사용하는 훈계조의 강론을 통해서 우리의 주의를 끌고 있다. 콜론colon과 세미콜론semi-colon으로 이루어진 긴 문장들은 나타내고자 하는 아이디어를 수식하고 확장시키며, 정교하게 구문을 구성하고 있다. 베켓은 "mourn"이나 "rejoice", "martyrdom"과 같은 주요한 단어들을 반복함으로써, 자신의 강론내용의 핵심을 부각시키고 있다. 또한 엘리엇은 홉킨스Gerard Manley Hopkins의 스프렁 리듬sprung rhythm의 몇몇 가능성을 실험했으며, 가끔 그것을 두운과 내운內韻으로 빨라진 패턴의 산문에도 시도하고 있다. 이는 자연스러운 호흡의 길이에 따라 자신의 스피치를 조절하는 방법을 통해 아주 교묘하게 시도했던 것이다(Matthiessen 162-63). 이러한 여러 문체적 표현들을 통해 강론이 극의 중심부에 위치해야 한다는 당위성을 관객들로 하여금 인정하게 하고 있다. 하지만 비록 강론이 산문으로 되어있다 하더라도 거기에는 위엄이나 리듬, 문체 및 조용한 회고적 기능이 담겨져 있다.

> 기독교 순교는 결코 하나의 사건이 아닙니다. 왜냐하면 성인들이 우연히 탄생하는 게 아니기 때문이죠. 여전히 기독교 순교는 마치 의지와 계략으로 사람이 통치자가 되듯이 성인이 되려는 인간의지의 결과만으로 이루어지지는 않습니다. 순교는 항상 인간에 대한 신의 사랑이 담긴 그분의 계획입니다. 인간들을 따뜻이 하고, 이끌어서 그분의 길로 되돌려 보내려는 계획입니다.

> A Christian martyrdom is never an accident, for saints are not made by accident. Still less is a Christian martyrdom the effect of a man's will to become a saint, as a man by willing and contriving may become a ruler of men. A martyrdom is always the design of God, for His love of men, to warm them and to lead them, to bring them back to His ways. (61-67)

베케의 주된 강론 요지는 바로 이것이다. 즉 순교란 우연히 또는 인간의 의지로 일어나는 것이 아니라, 신의 의도된 계획으로 이루어지는 것이므로 진정한 순교는 대가를 바라지 않는 순수한 동기를 바탕으로 하게 된다는 것이다. 심지어 순교자가 유혹자의 유혹처럼 인간의 허영에서 야기되는 그 순교의 영광마저도 바라지 않아야 된다는 것을 말해준다. 1부에서는 베켓이 이러한 깊은 뜻을 파악하지 못하다가 네 번째 유혹자가 제의하는 유혹을 받고 나서야 비로소 참된 인식을 하게 된다. 베켓은 자애적인 동기에서라도 자신의 죽음을 생각하게 되나, 조용한 명상의 시간을 통해서 이루어진 참된 발견은 관객이 더 깊은 동정심과 이해심을 갖도록 도움을 주고 있다. 그러므로 코러스를 통해 강한 리듬과 이미지가 담긴 언어로 엘리엇이 독자나 관객의 도덕적이고도 종교적인 구조에 대한 참여의식을 재창조하였다면, 1부와 2부 사이의 막간을 형성하는 강론을 통해서 그와 같은 인식 속에 신도 회중들을 가담시키려고 애쓰는 베켓의 노력을 창조해 내었다고 볼 수 있다(Headings 111).

이에 반해서 기사들의 변명은 완전히 상반되는 효과를 지닌 산문 에피소드로 되어 있다. 이 변명은 베켓의 시해 직후에 일어나는데, 대주교에 대한 신도들의 동정심이 가장 강렬한 순간에, 그리고 관객이 극의 중단 없이 베켓의 강론처럼 현대적 산문으로 된 마무리효과를 기대하게 될 때 나오게 된다. 시해 직후에 코러스의 외침이 뒤따르고 곧 이어서 시해자 중의 한 사람인 피츠 어스Fitz Urse가 말문을 열자 여태까지 가장 강렬했던 정서적 시형에 젖어있던 관객들은 단조롭고 밋밋한 리듬의 부패한 내용의 산문을 대하게 되고 도덕적 위기감에서 벗어나 특수한 목적의 설명문에 접하게 되며, 추악한 살인행위에서부터 온후한 평의회의 토론분위기에 젖게 되는 한편, 시간적으로는 1170년대에서 현대로의 급 변화를 대하게 된다. 이는 회화적인 요소의 선호가 표면화된 현대시에 있어서 직접적인 대화체의 사용이 불가피하다는 엘리엇의 견해(Eliot 1980: 38)가 실천화된 부분이라고 할 수 있겠다.

베켓이 강론을 통하여 관객들의 고매한 면을 불러 일깨운 것과는 달리 첫째 기사는 2류 정객들의 도당 우두머리나 쓰는 진부한 표현을 써가면서 동의를 구하기 위해 관객들의 천한 면에 호소하고 있다.

여러분 잠시 우리들에게 주목해주시기 바랍니다. 여러분들이 우리의 행동을 우호적이지 않게 판단하기가 쉽습니다. 여러분들은 영국인입니다. 그래서 공정한 게임을 믿습니다. 한 사람이 네 사람에 의해 옴짝달싹 못하는 것을 여러분이 보면 여러분의 동정심은 온통 형편없는 자에게 쏠리겠죠. 그럼에도 난 여러분의 명예감에 호소합니다. 여러분은 영국인입니다. 그러니 양측으로부터 듣지 않고서는 절대 누구도 판단해서는 안 됩니다. 그건 오랫동안 우리가 견지해온 배심원 판정원칙과도 부합됩니다. 나 자신도 이 건을 여러분에게 가져올 자격이 없습니다. 난 행동가이지 요설가가 아닙니다. 그런 연유로 난 다른 화자들만 소개하겠습니다. 그들은 나름대로의 능력과 관점을 지녀서 여러분들 앞에 이 엄청나고 복잡한 문제의 시비를 보여줄 수 있을 것입니다.

We beg you to give us your attention for a few moments. We know that you may be disposed to judge unfavourably of our action. You are Englishmen, and therefore you believe in fair play: and when you see one man being set upon by four, then your sympathies are all with the under dog. I respect such feelings, I share them. Nevertheless, I appeal to your sense of honour. You are Englishmen, and therefore will not judge anybody without hearing both sides of the case. That is in accordance with our long-established principle of Trial by Jury. I am not myself qualified to put our case to you. I am a man of action and not of words. For that reason I shall do no more than introduce the other speakers, who, with their various abilities, and different points of view, will be able to lay before you the merits of this extremely complex problem. (276)

짜임새 있고 위엄을 갖춘 베켓의 산문이 관객들로 하여금 사제에 대한 존경심을 불러 일으켰다면 피츠 어스의 이 같은 발언과 그 동료들의 변명은 시해자인 자신들이 무감각하고 편협한 인감임을 관객들에게 보여주는 구실을 한다. 또한 그들의 어색한 현대적 어법은 자신들을 희화화시키기까지 한다.

첫째 기사의 기조 연설아래에 이루어진 셋째 기사의 변명은 관객과의 유대에 호소하는 설득력을 지니고 있다. 그는 동료가 소개한 것처럼 소박한 시골 이웃사람의 티를 내지 않고 있다. 그의 말은 올바른 행위나 품위에 대한 과장과 허위를 담고 있기 때문이다. 그가 해명하고 있는 사건이 바로 대주교의 시해였기 때문에 그의 언어와 정서상태가 실제로 안정되어 있지 못하다는 것을 알 수 있다. 그러면서도 그는 교활한 책략을 언중에 담고 있으며 자신들의 행위가 사실보다는 훨씬 더 끔찍하게 보이게 애쓰고 있다. 다른 정객들처럼 자신의 목적을 위해서 사실을 왜곡시킬 수가 있기 때문에 그도 역시 위험한 인물인 것이다.

둘째 기사는 훨씬 이완된 태도로 언어구사와 문체표현에서 상당한 통어능력을 보이고 있다. 그의 연설문은 아주 복잡하며 그가 구사한 어휘는 훨씬 더 세련되어 있다. 그가 언급하고 있는 요점이 관객들의 정서에 호소력을 지니는 동안에도 그는 관객을 얕잡아 보지도 않은 채 우리들의 질서나 이성, 올바른 행위에 대한 감정에 호소하고 있다. 둘째 기사의 남다른 계교중의 하나는 베켓이 재능이 있고 사회에 필요한 인물이었다는 점을 인정하면서 드러내는 행동이다. 그러나 그는 대주교가 자만심이 강하다고 비난하면서 그 이유 때문에 부득이 그를 제거할 수밖에 없었다는 식으로 역설하게 된다. 그리고 난 뒤 그는 관객들을 자기의 입장에 동조하고 자신과 동일시하게 하려고 애쓴다.

휴 드 모빌Hugh de Morville은 관객을 자신들의 부정한 행위에 끌어들여 함께 거사했다는 것을 요설로 설득한다. 그의 마지막 변명에는 날카로운 독소 같은 계략이 번득이는데, 관객의 감정을 사로잡기 위한 일종의 덫을 놓으며 끝맺고 있다.

> 우리는 여러분들의 관심에 이바지해 왔습니다. 우리는 여러분들의 갈채에 관해 말합니다. 만일 그 문제에 무슨 죄가 있다면, 여러분들은 그 죄를 우리와 함께 져야 합니다.
>
> We have served your interests; we merit your applause; and if there is any guilt whatever in the matter, you must share it with us. (279)

확실히 이 기사는 뛰어난 요설가며 목적을 위해서는 정의나 봉사, 가치 등의 사고를 마음껏 왜곡시킬 수 있는 기교가이다. 그는 시해장면, 즉 순교를 지켜본 관객으로 하여금 베켓이 감정적으로 인기를 끄려는 술책을 부렸다는 사실을 믿게끔 만들고 있다.

네 번째 유혹자가 아주 모호하듯이 네 번째 기사 역시 그러한 성향을 띠고 있는 위험한 인물이다. 그는 관객이 믿고 있는 논리와 상식을 완전히 전도시켜서 베켓이 자살한 것이나 다름없다는 사실을 믿게끔 만들고 있다. 여간 주의하지 않으면 그의 지론이 지지받을 정도로 그의 해명은 설득력 있다. 왜냐하면 베켓을 반대하고 있다는 자신의 견해를 표명하고 있는 이유가 사실을 근거로 하고 있기 때문이다. 사실을 왜곡하여 그릇되게 전하는 능력으로 판단하여 비록 그가 언어를 조야하게 구사하고 있다고 하더라도 사실상 그는 화술에 능한 사람이라고 봐야 한다.

첫 번째 기사가 다시 나와서 자기들의 변명을 종합하여 우스꽝스러운 제스처를 써가며 관객의 주의를 주된 극적 행동으로 되돌리는데, 이는 집정자와 독재자의 계략이 얼마나 영속할 수 있는가 하는 의문점을 상기시켜주는 부분이라고도 볼 수 있다. 이유는 기사들이 사람들의 질서를 뒤흔들어놓고 그들을 격분시켰다고도 볼 수 있기 때문이다. 그러므로 이제 그들은 자기들이 저지른 혼란의 소용돌이가 자기들에게 되돌아올지도 모른다는 회귀적 파급효과를 우려하고 있다. 완벽할 정도의 진부한 리듬과 위정의 권위에 대한 천박한 호소력으로 이 마지막 스피치는 산문 에피소드가 적절한 절정을 가져올 수 있도록 상당한 기여를 하고 있다. 기사들은 변명을 이용하여 일반적인 몇 가지 유용한 목적을 노리고 있는데, 우선 관객과 이들 인물들과의 종전의 관계가 혼란을 가져오게 되면서 안티 클라이막스를 은폐하고 있다. 좀 더 본질적으로 기사들의 스피치는 기사들과 같은 사람들의 세속적인 가치와 베케에게 호소력을 지니는 가치 사이의 화해할 수 없는 관계를 강조하는데 효율적이며, 극의 서두에서부터 코러스의 급변한 상황과 마지막에서 발견되는 화해의 색조 사이에 휴지가 개재되도록 하는 데 상당한 역할을 하게 된다(Veter 168-69). 이는 재즈음악 연주에서 급변하는 리듬의 변화를 청중에게 인식시키도록 사상의 변화를 암시하는 볼타volta 부분에 휴지를 주는 기교와 흡사하다고 하겠다. 이때의 휴지는 청중으로 하여금 리듬의 부자연스러운 뒤틀림에서 오는 부담을 덜어주기 위한 방편이 될 수 있다.

엘리엇은 논리정연한 산문체로 표현한 첫 번째 사제의 베켓에 대한 기도문을 도입하여 기사들의 조야한 산문과 아주 효과적으로 비교해볼 수 있게 함으로써 극에 적절한 품격을 다시 갖추게 하고 있다. 따라서 시극에 관한 엘리엇 자신의 견해에서 엿볼 수 있듯이, 일반적으로 시적이고 종교적인 텍스처texture로 이루어진 극에 현대시론에서 쓰이는 산문 패시지passage를 삽입시킨 것은 그 질서와 리듬이라는 의미에서 기독교적 인생관을 표현한 시와 현대생존의 무질서하고 혼란스러운 실용적 물질주의의 특질인 산문 사이의 대조를 지적하려는 의도에서였다(Carol Smith 102)고 생각함이 바람직하다고 하겠다.

이 극이 갖는 형식적 의미는 특이하다고 볼 수 있다. 코러스의 사용과 기사들의 변명과 궤변으로 일관된 회화체 리듬 및 장엄한 강론조의 산문을 통해 관객의 직접적인 참여를 효율적으로 이루어내었다는 점이 그것이다. 이 때문에 이 극이 종교적 목적으로 완성되었지만 극이 지니는 순수한 위력을 발휘하고 있는 셈이다. 엘리엇이 미사를 가장 큰 극으로 보고 있다는 사실(Fraser 213)에서도 알 수 있듯이, 그에게는 관객의 주의를 끌어서 극 속에 직접 참여시킴으로써 함께 가치를 공유하고 즐기고 싶은 숨은 의도가 담겨 있다. 종교적인 목적에서 출발했다는 태생적 연유로 이 극의 한계를 지적할 수도 있겠지만, 산문체와 운문체를 혼합한 코러스 리듬과 시극 속의 산문체 삽입이라는 실험적 시도는 높이 평가받아 마땅할 것이다. 비록 산문의 구성이 운문의 흐름을 차단하고 방해하고 있기는 하지만 여러 목적상 필요한 것이고 강론이 지니는 설교적 품격과 분위기를 유지할 수 있도록 성경언어와 억양을 사용하였다는 점은 관객에게 추리기법으로 호기심을 자극하여 조화로운 리듬으로 순수한 순교가 주는 존엄성과 숭엄한 신성을 공감하도록 객석의 환경을 창출해내었다는 면에서 훌륭하다고 하겠다. 여태까지 시극을 만들려는 무수한 시도가 시를 바라는 소수의 관객을 대상으로 삼았다는 사실에 실패의 원인이 있다고 판단(Eliot 1972: 70)한 엘리엇이 운문과 산문을 혼합한 것은, 시극의 위치를 회복하기 위하여 운문극과 산문극과의 공공연한 경쟁의 터전을 실험적으로 마련해보겠다(Eliot 1974: 87)는 작가의 의도가 내포되었다고 확신할 수 있다.

제5장

『가족의 재회』

양심의 죄와 속죄

주인공의 정체성 및 속죄라는 심원한 종교적 주제로 보면, 엘리엇의 『대성당의 살인』은 기독교 신앙을 공유하는 관객에게는 각별한 시극이다. 이러한 성격은 성공적인 세속극에 알맞은 이 극의 범위를 제한시키고 말았다. 그래서 엘리엇 또한 극에다 운율사용을 도입하는 방식을 "마지막 수단"dead end(1951: 34)으로 생각하게 되었다. 그는 다양한 계층의 많은 관객에게 다가가고 싶어 하는 진지한 작가의 문제점을 해결하려고 애썼다. 그러나 그러한 문제점을 해결하지 못했다는 요인 때문에 극이 세속극으로 훌륭하지 못했다고 단정할 수는 없다. 극의 성공단계에서 『대성당의 살인』은 엘리엇의 다른 어느 극들보다도 세속극으로 더 긴 수명을 지닌 것이 사실이기 때문이다. 물론, 이는 엘리엇이 어떤 방식으로든지 진지한 극은 반드시 종교적이어야 한다는 믿음을 포기하려고 했다는 뜻은 아니다. 『가족의 재회』가 무대 위에 오르기 몇 년 전에 그가 행한 「종교극: 중세와 현대」("Religious Drama: Medieval and Modern")라는 강연에서 그는 "우리는 종교극 전체가 종교적인 배경을 갖고 종교적인 원리들로 채워지길 바란다"(Eliot 1937: 11)고 말했다.

여기서 미래의 극에서 진지한 소재를 기본적으로 처리하기가 위태로울지도 모른다고 걱정할 필요는 없다. 오히려 그러한 소재를 극적인 면에서 훨씬 더 효율적으로 설명할 수 있는 새로운 기교나 장치를 찾아내는 문제가 중요하다. 이런 점에서 『대성당의 살인』의 참사회 회의장 배경이 『가족의 재회』의 현대판 전원주택 배경으로 전이된 표면적 변화는 외양에 지나지 않는다. 실재에 해당하는 전자의 양심상의 죄 및 보속의 주제와 후자의 양심상의 죄 및 속죄의 주제는 근본적으로 동일한 것이므로, 양자 모두는 양심상의 죄로부터 자유로움이라는 주제를 지향한다고 볼 수 있다.

따라서 『가족의 재회』에 대한 관찰과 분석을 통해서 죄와 속죄라는 모티프motif가 주인공의 정신적 각성이라는 토대 위에서 어떻게 다루어지고 있는가를 미스터리 스릴러기교의 일환으로 살펴보는 일은 매우 중요하다.

『대성당의 살인』에서 주인공이 정신적 삶의 지고한 방식들을 상세히 설명하는 가운데 극의 초점은 보속을 위한 신의 중재적 요소에 맞춰져 있지만, 『가족의 재회』에서는 주인공이 스스로 양심상의 죄를 속죄하는 정신적 선택을 발견하게 되는 평범한 인물(George 159)로 개인적으로 보편적인 양심상의 죄를 표현하는 데 극의 초점이 맞춰져 있다.

주인공 해리 몬첸시Harry Monchensey는 양심상의 죄가 모든 곳에 만연해있다고 생각하게 된다. 그는 양심상의 죄를 인간과 자연의 세계를 압도하면서 "전염"되는 것으로 체험한다.

. . . 여러분은 모르실거예요
출처를 알 수 없는 하수도의 악취를,
배관공도 가까이 갈 수 없을 정도로, 밤 시간에 풍기는;

. . . You do not know
The noxious smell untraceable in the drains,
Inaccessible to the plumbers, that has its hour of the night;

(293-94)

이 말은 신으로부터 버림받은 스위니Sweeney의 일생을 떠올리게 하는데, 그의 삶은 탄생과 교접 및 죽음으로 이어지는 구조적 과정으로 이해된다. 해리는 스위니처럼 새로운 율법으로 개종할 수 있는 시기인 현대에 사는 원시인이다. 따라서 그는 악이라는 의미를 담고 있는 양심상의 죄를 아주 잘 알고 있다. 악의 체험을 "전염"으로 알고 있는 원시인에 대해서는 윌리엄스N. P. Williams의 다음 말 속에 기술되어 있다.

우리가 알고 있는 가장 원시적인 사람들은 윤리적 의미라기보다는 행동과 동기에 의해 확인된 가치나 가치의 부정, 또는 그것들을 자극하는 의지나 성격으로 악을 생각하지만, 오히려 표면상으로는 물질적 의미를 지닌 무시무시한 사람이나 대상에서 발산되거나 피를 흘린다든지, 시체 및 종교적으로 금기시 된 물체로부터 나오는 이해하기 어려운 인자, 또는 생성과 탄생 및 죽음과 연관된 것과 같은 유기적 과정에서 발산되는 불가해한 요인인 불가사의한 전염으로 인식하고 있다. (13)

해리는 악이 스며들어 있음을 인식하고 있을 뿐만 아니라, 자신의 일시적인 삶에 적극적인 영향을 끼치는 정신적 갈등을 겪어 왔다. 다른 곳에서도 해리는 원죄Sin를 "큰 재앙"으로 기술하고 있는데, 그것은 "과거로부터의 타락"이며 "비참함의 근원"이므로, 다음과 같은 주장에서도 그 더러움이 기술되고 있다.

> 문제는 더러움입니다. 피부는 씻어낼 수도 있고,
> 내 삶을 정화할 수도 있고, 마음을 비울 수도 있습니다,
> 그러나 더러움은, 늘 더 깊게 있습니다. . . .

> What matters is the filthiness. I can clean my skin,
> Purify my life, void my mind,
> But always the filthiness, that lies a little deeper. . . . (327)

원죄는 과거로부터 물려받은 것이며 인간에 대한 그 영향력은 뿌리가 깊다. 따라서 원죄는 인간이 아무리 그것을 억누르거나 무시하려고 해도 죄의식으로 작용하여 본능적으로 내재되기 마련이다. 해리는 어머니 에이미Amy와의 처음 만남에서 그녀를 깨끗한 척한다고 공격한다.

> 이렇게 밝은 불에 어떻게 모든 세상 사람들이 보게 앉아 있을 수 있어요?
> 당신이 어떻게 보였는지를 아신다면, 내가 지금 창문으로 들여다봤을 때!

> How can you sit in this blaze of light for all the world to look at?
> If you knew how you looked, when I saw you through the window!
> (291)

인간이 비록 죄의식에 무관한 척해도 마음속에는 늘 죄의식이 있게 마련이다. 해리는 적어도 그러한 체험을 유년시절의 친구였던 매리Mary와의 관계에서 드러낸다. 해리는 유년시절에도 다른 의미로 죄의식을 생각했다고 회상한다. 죄의식은 자기 어머니의 소망에 불응하는 어떤 행동에 가담했을 때 발생했다. 그러나 이 유년시절의 체험에 대한 놀라운 일은 어린애가 집에서 죄의식을 느낄 때, 그들은 그 죄의식을 씻어버리기 위해서 학교에서 반드시 어떤 비행에 가담했다는 사실이다. 그들은 자신들이 시작한 비행이 용서받을 만한 것이라는 일시적 만족감을 얻기 위해서 처벌을 끌어들인다. 그러나 본질적인 죄의식은 그대로 남게 된다. 해리는 아내를 익사시켰다는 생각에 그토록 괴로워한 나머지 한때는 자기가 그녀를 제거해버리고 싶어 했기 때문에 개인적인 죄의식을 느낀다. 이러한 죄의식이 그의 마음속에 공포감을 낳고 있다.

익사한 망령들이
봄이면 육지로 돌아오지 않는가?

Do not the ghosts of the drowned
Return to land in the spring? (310)

해리는 양심상의 죄의식과 직면하지만 그것을 개인적으로 아내의 죽음에 자신이 가담했다는 감정에서 비롯된 범죄의식으로 동일시하고 있다. 사실 그는 자신을 아내의 살해범으로 오인하여 고백하는 망상에 빠져, 자신의 악행을 쓸모없는 삶에다 명확한 의미를 부여하기 위해서 범죄와 폭행에 탐닉한 사람의 행위로 설명하고 있다.

대서양 한가운데서 구름 한 점 없는 그날 밤
내가 그녀를 밀어버렸을 때
불타는 바퀴를 순간적으로 멈추게 하려고
무의미한 방향을 역전시킨 데에 지나지 않습니다.

It was only reversing the senseless direction
For a momentary rest on the burning wheel
That cloudless night in the mid-Atlantic
When I pushed her over. (294)

이러한 생각은 도리스를 겁탈하려는 스위니의 위협을 연상시키며 스위니 이야기에서 한 여자를 실제로 살해하는 사건을 떠올리게 한다. 악행에 대한 해리의 이유는 훨씬 더 잘 정의되어있고, 초기 형식의 스위니 단편들에서 보이고 있는 주제에 대한 명확한 진보인 듯이 보인다.

더욱이 해리는 악행에도 불구하고, 누구나 고의적으로 폭행을 저지를 수 있으리라는 사실만으로 무의미한 삶으로부터 구제받을 수 없다는 것을 잘 알고 있다.

혼잡한 사막에서 짙은 안개 속에서
갑작스러운 고독, 수많은 생명체들은
방향 없이 움직이고, 방향은 없이
어딜 가든 그 연무 속을 돌면서 방황하는 수밖에－
목적도 없이, 행동원칙도 없이
빛과 어둠이 교차하는 중간에서;

The sudden solitude in a crowded desert
In a thick smoke, many creatures moving
Without direction, for no direction
Leads anywhere but round and round in that vapour—
Without purpose, and without principle of conduct
In flickering intervals of light and darkness; (294)

삶의 무의미함이라는 주제와 인간의 외로움이라는 주제는 다음 시행에서 암시되고 있다.

. . . 어떤 사람은 도망치려하지요
억지로, 그러나 여전히 사막의 붐비는 군중 속에서
유령에게 떠밀려, 여전히 홀로 남습니다.

. . . One thinks to escape
By violence, but one is still alone
In an over-crowded desert, jostled by ghosts. (294)

이는 특히 엘리엇 초기시편들인 『텅 빈 사람들』과 『황무지』의 주제와 연결되어 있기 때문에 원죄의 주제와도 상호 관련되어 있다. 원죄는 일차적인 핵심적 실재로 자명해진다. 죄는 서서히 물들어 회복 불가능한 오염상태로 변한다.

그동안에 오염은 서서히 피부를 뚫고 더 깊이 파고들어
살을 더럽히고 뼈까지도 변색시키지요—

이것이 문제이지요, 하지만 이건 말로 표현할 수 없고,
달리 옮길 수도 없지요:

While the slow stain sinks deeper through the skin
Tainting the flesh and discolouring the bone—
This is what matters, but it is unspeakable,
Untranslatable: (294)

원죄는 외양상으로는 인간의 마음에서 유죄로 작용하지만 양심의 차원에서는 피상적으로 설명이 불가능하게 만든다. 이러한 정신적 관념을 정의하거나 설명하는 일은 어떤 특수한 언어로도 제대로 해내지 못할 것이다. 따라서 엘리엇은 인간의 본원적 죄지음을 나타내기 위해서 일상적이고도 익숙한 질병이나 질환의 용어를 사용한다.

흔히 말하는 양심이라는 것보다
한층 깊은 문제입니다; 그건 바로 암입니다
자신을 잠식해 들어가지요.

It goes a good deal deeper
Than what people call their conscience; it is just the cancer
That eats away the self. (295)

살인의 주제와 암의 주제 사이의 관계에 대한 암시는 다시 해리와 가족 주치의인 워버튼Warburton과의 대화에서 비친다.

비록 시골의 개업의에게도. 내 첫 환자는, 지금－
믿지 않으시겠지만, 숙녀 분들은－살인자였습니다,
그가 불치의 암에 걸린 것이지요.

Even in a country practice. My first patient, now－
You wouldn't believe it, ladies－was a murderer,
Who suffered from an incurable cancer. (314)

워버튼의 말에 해리는 다음과 같이 암과 살인에 관해 얘기한다.

살인을 믿는 것이 정말 훨씬 어렵지요
암을 믿는 것보다는. 암은 여기에 있는 것:
즉 혹이라든지, 은근한 아픔이라든지, 때때로 일어나는 구토:
살인은 잠과 잠에서 깨는 것을 뒤바꾸어 놓는 것이지요.
살인은 거기에 있지요.

It is really harder to believe in murder
Than to believe in cancer. Cancer is here:
The lump, the dull pain, the occasional sickness:
Murder a reversal of sleep and waking.
Murder was there. (314-15)

살인행위에 대한 강조는 원초적인 죄의 철회불가능성을 제시하려고 의도된 것이다. 살인자의 행위가 짐승과도 같은 행위임에도 불구하고, 이에 대한 책임을 회피하는 사람의 입장을 무죄를 주장하는 살인자의 입장과 거의 같게 만든다. 해리는 그와 같은 사실을 지적한다.

> . . . 그 일반적인 살인자는
> 자신을 죄 없는 희생자라고 여기겠지요.
> 그 사람은 살인 후에도 여전히 자기는 과거의 자기
> 또는 이러했으면 하고 생각하는 자기라고 여기겠죠. 그는 이해하지 못합니다.
> 모든 것은 되돌릴 수가 없고,
> 과거는 되찾을 수가 없다는 것을. 그러나 암이란 것은, 지금,
> 분명히 현실적인 것입니다.

> . . . Your ordinary murderer
> Regards himself as a n innocent victim.
> To himself he is still what he used to be
> Or what he would be. He cannot realise
> That everything is irrevocable,
> The past unredeemable. But cancer, now,
> That is something real. (315)

1917년의 「엘드롭과 애플플렉스」("Eeldrop and Appleplex")에서 엘리엇은 같은 말로 살인주제의 의미를 설명한 적이 있다.

> 갑섬 가Gopsum Street에서 한 남자가 자기 애인을 살해한다. 중요한 사실은 남자에게는 그 행동이 항구적이고 그가 살아갈 짧은 공간에 맞게 그는 이미 죽은 몸이라는 것이다. 그는 이미 우리와는 다른 세상에 있다. 그는 경계를 넘어선 것이다. 중요한 사실은 돌이킬 수 없는 일을 저질렀다는 점이며 우리가 직접 그것을 목격할 때까지는 아무도 깨닫지 못할

가능성이 있다는 것이다. (9)

한편 『대성당의 살인』에서 기사들의 변명이 관객에게는 위협적으로 충격을 주게 했다는 점도 그들의 범죄행위에 대한 책임회피이다.

『가족의 재회』에서 살인의 주제를 이용하여 양심상의 죄 주제를 설명하는 일은 평범한 세속적 의미를 지닌다. 이런 의미는 보편적인 많은 죄에 대한 기독교적인 생각에 맞게 범죄와 양심상의 죄를 연결시키려는 해리의 시도 속에 훨씬 더 잘 나타나 있다. 해리가 자기 아내의 죽음에 대한 가족들의 이해에 불평하며 느끼는 부담감은 다음에서 기인된다.

먼저, 그 단일 사건을 따로 떼어서 생각하지요
무슨 무서운 일이 생기면 그런 일이 일어날 수 없다고 하면서,

First of all, you isolated the single event
As something so dreadful that it couldn't have happened, (295)

또한 부담감은 다음에서도 생긴다.

여러분께선 언제나 모든 일을 별개로 떼어서 생각하려 하고
하찮은 일을 중대하게 만들기 때문에,
모든 일이 하찮게 되어 버리고 . . .

You go on trying to think of each thing separately.
Making small things important, so that everything
May be unimportant, . . . (326)

실제로 사건은 해리가 생각한 그대로인 듯이 보인다.

그것은 어떤 거대한 재난의 일부이고,
나로서는 정리할 수 없는 전 인류와 전 세계의
어떤 일정한 과오와 탈선의 일부분이 아닌가 하는.

But it begins to seem just part of some huge disaster.
Some monstrous mistake and aberration
Of all men, of the world, which I cannot put in order. (326)

이와 같이 가중된 부담감 속에서 해리는 한때 자기 어머니를 살해한 오레스티즈Orestes를 복수의 여신들the Furies이 찾은 것처럼, 박해자인 이들은 해리를 찾는다. 이러한 점 때문에 엘리엇이 자기극의 구성적 개요를 애스킬러스의 『오레스테이아』에서 차용해왔다는 사실을 유추해 볼 수 있다. 우선 복수의 화신을 극에 도입한 것은 마귀나 유령에 대해 그 어떤 믿음도 보내지 않았던 현대 관객들을 염두에 둔 것으로, 어쩌면 엘리엇이 관찰한 그대로, 자기가 사용한 소재를 자신이 완벽하게 통제하지 못하고 있음을 말해준다고 볼 수 있다(Eliot 1951: 36). 그러나 의심할 나위 없이 눈에 보이지 않는 이 수사관들을 도입한 것이 극에다 더 의미 있는 미스터리적 요소를 끌어들이고 있다. 사실 겉으로 보기에 원죄라는 중심주제는 배경까지 관통하여 해리의 정신적 상태를 설명하는 데 주요하게 작용한다. 하지만 원죄의 주제에 대한 엘리엇의 설명은 충분하지 못하다. 『대성당의 살인』에서 순교와 보속의 주제를 다루었기 때문에 그의 목적은 그것을 보완하는 속죄의 주제를 만들어서 원죄의 주제를 완성시키는 것이었다. 그러나 그는 상업극을 염두에 두고 주로 세속적인 관객을 위해 극작을 하면서 다시 한 번 속죄의 개념을 나타내는 적당한 매체를 계속해서 찾으려고 하였다.

해리는 확실히 정상적인 보통 사람이지만, 동시에 행위의 내면적 의미가 이해될 수 있는 아주 민감한 인물이기도 하다. 유메니데스Eumenides의 방문 이면에 있는 신성神性의 의도가 지니는 의미를 애거사Agatha는 가장 잘 읽어내고 있다.

. . . 너는 틀림없이
이 불행한 가족의 의식 역할을 하는 것일 거야,
너는 가족의 대표가 되어 연옥의 불 속을 날고 있음에 틀림이 없어.
틀림없이 그럴 거야.

. . . It is possible
You are the consciousness of your unhappy family,
Its bird sent flying through the purgatorial flame.
Indeed it is possible. (333)

그러므로 유메니데스 모티프는 죄와 속죄라는 모티프와 깊게 상호연관 되어 있다. 토마스 베켓은 신의 의지에 자신의 의지를 예속시키려고 최종적으로 결심을 할 때 자신이 스스로 결정해야 했다. 이에 비해 해리는 훨씬 운이 더 좋은 편이다.

그러나 해리는 끌려서 경계를 넘어선 것이니 따라 가야 한다.
그에게 있어 죽음이란 다만 이 세계의 일일 뿐이고,
그에게, 위험이니 안전이니 하는 것은 다른 의미를 갖는다.
그것들이 이를 밝혀 준거야. 그리고 나도 그것들을 본 바에야
믿어야겠지.

But Harry has been led across the frontier: he must follow;
For him the death is now only on this side,
For him, danger and safety have another meaning.
They have made this clear. And I who have seen them must believe
them. (342-43)

유메니데스는 오레스테즈에게 했던 것과 같이 그를 추적하여 그의 유죄를 인정하게 하는 눈에 보이지 않는 수사관 역할을 할뿐만 아니라, 은총의 도구인 수호천사(Williams 318) 역할도 하는 것이다.

해리가 속죄를 선택하는 은총의 요소에 역점을 둔 사실은 엘리엇이 극을 쓰면서도 마음속으로는 성 오거스틴의 삶과 개종에 대한 설명을 할 수 있었음을 암시하고 있다. 은총에 대한 기독교교리의 출처는 바로 이 성인이라고 할 수 있겠다(Williams 323-26). 해리가 궁극적으로 삶의 과정과 여정 및 의지의 완성이 필요함을 강조한 것은 성 오거스틴의 개인적 삶, 특히 그의 개종 체험에서 흥미로운 대조관계를 찾아내었음을 암시하고 있다. 엘리엇의 작품에서 잘 알려진 것처럼 여러 요소들의 병합에 대한 그의 관심은 분명하고, 성인들의 삶에 대한 그의 선입견은 종교극에 대한 그의 견해에서 충분히 드러나고 있다. "구약이나 성인전에 나오는 다른 사건들과 함께 추가사항이나 허구사항을 어느 정도 다루는 극들이 있어야 한다"(Eliot 1937: 14)는 엘리엇의 주장은 종교적인 요소와 문학적인 요소의 조화를 추구하려는 그의 의지를 엿볼 수 있는 대목이다.

의지의 완성은 토마스 베켓의 예가 보여주듯이, 필연적인 보속을 위한 자격이자 선결조건이다. 해리가 의지력을 완성하는 과정은 의식이라는 형식의 패턴을 통하여 예시되고 있다. 그는 지옥을 경험하면서 십자가의 성 요한이 영혼의 어두운 밤으로 말하고 있는 것을 체험했다.

들어갔다 나갔다, 비명을 지르는 형체들이
둥그런 사막에서 끝없이 떠도는 그 속을
썩어가는 포옹의 오염으로
녹아버리는 뼈들을 짜 맞추며. . . .

In and out, in an endless drift
Of shrieking forms in a circular desert
Weaving with contagion of putrescent embraces
On dissolving bone. . . . (335)

의지력을 완성하여 정화시키는 이 과정에서 마지막 움직임은 해리의 개종으로 나타난다.

사슬은 끊어지고,
회전은 멈추고, 기계소리도 멈추고,
황야는 개이고, 위로는 궁극적인 눈인
공정한 태양, 그리고 불순한 것은 물러나고
깨끗해진다.

The chain breaks,
The wheel stops, and the noise of machinery,
And the desert is cleared, under the judicial sun
Of the final eye, and the awful evacuation
Cleanses. (335)

신의 중재를 통하여 양심의 죄로부터 방면되었음을 체험하면서 해리는 이제 "밝은 천사"로 보고 있는 유메니데스를 따를 수밖에 없다. 그가 신성을 찾아서 떠나려는 세련된 자동차는 애스킬러스 극에서의 마차에 비견되는 훌륭한 현대식 등가물이다. 그러나 해리의 죄와 속죄 및 보상으로 이어지는 영적인 극은 유메니데스를 볼 수 있는 인물들인 애거사와 메리 및 다우닝Downing에게만 보이고, 나머지 가족 구성원들인 에이미와 바이올렛Violet, 아이비Ivy, 찰스Charles 및 제럴드Gerald는 세속적인 관객들 마냥 아무 것도 모르는 가운데 이 내적인 정신적 드라마를 관람하는 코러스와 같다.

엘리엇은 「극시에 대한 문답」(1932)이라는 글에서 화자 중의 한 인물을 통하여 "우리는 신적인 극과 연관된 사람의 극을 원한다"(Eliot 1980: 49)고 주장하고 있는데, 두 가지 종류의 드라마가 『가족의 재회』에 깊이 관여하고 있는 몇 가지 주안점을 살펴본 결과, 이제 신적인 극도 여전히 통상적으로 인간적이며 심지어 오락적인 극의 여러 요소에 관심을 가질 수 있게 되었다.

눈에 보이지 않는 추적자인 유메니데스와 해리의 조우, 그리고 자기가 아내를 바다에 밀어 넣어버렸다는 해리의 폭로는 전체 가족을 놀라게 할 수 밖에 없었다. 이에 대해 해리가 "위험한 환상"(295)에 빠져있다고 찰스는 생각한다. 에이미는 장소가 바뀌었고 "안개 낀 날씨" 때문에 해리가 "몹시 지쳐있으며/ 긴장해있다"고 생각한다. 그녀는 그에게 "뜨거운 목욕"(295)을 하게 함으로써 그를 치유하려한다. 아이비와 제럴드와 바이올렛은 해리를 가족의 애정과 어떤 의료적 처치를 통해서 치유가 가능한 정신 "질환자"로 간주하고 있다.

그러나 극의 핵심적인 상황은 일련의 수사과정으로 발전되어 코러스 구성원 저마다는 해리의 소통할 수 없는 "심적 상태"(Smith 120)를 나름대로 조사하게 된다. 실제로 조사를 통하여 해리의 문제점을 심리적으로 탐사하고 있는 워버튼은 주의 깊은 태도로 해리를 조사하는데, 그 결과 해리의 정신 상태는 온전하며 오히려 의사를 부르려는 사람들의 정신상태가 잘못된 것으로 밝혀진다. 해리는 그 조사를 "스파이짓spying"이라고 묘사한다. 정신적인 문제점들에 대응하여 적용하는 그들의 심리적 방식이 실패하거나 한계를 보인 것[1] 자체가 자기 환자로부터 단서를 얻어내지 못하는 의사의 무능력을 입증하는 증거가 된다. 대신에 상황적 아이러니는 의사와 "환자" 사이의 입장이 바뀌고 나서 의사가 스스로 환자역할을 하게 된다. 이 장면은 『칵테일 파티』의 라일리Reily와 실리아Celia의 장면을 예견하게 해준다.

워버튼이 해리의 부모 관계에 대한 이야기를 할 때 그의 이야기는 신선한 서스펜스를 창출한다. 해리의 부모관계에 대한 어느 정도의 미스터리가 있는 것같이 보이는 면이 사실은 『개인 비서』의 핵심적 극 상황을 간접적으로나마 예견해주고 있다고 하겠다. 그러나 곧 애거사는 "여기에는 아무런 미

---

1) 엘리엇은 방송 대담에서 종교가 심리학의 지배력에서 벗어나지 못하는 위험성에 관해 얘기했다. 그는 「도덕적 제재에 대한 조사」("The Search for Moral Sanction")에서 자기에게는 "심리학이 종교의 보다 강렬하고 심원하며 만족스러운 정서를 대부분 무시하는 것 같다"(1932: 446)고 말했다. 그는 바로 앞에서는 다음과 같이 말했다. "심리학자가 우리를 설득하려는 경향을 보일 때만 먼저, 우리 모두가 정신적으로 병들었으며, 다음에 우리 모두는 서로서로와 자신을 이해하기 위해서 과학적인 면을 받아들일 필요가 있고, 마지막으로 심리학이 그 지침과 행동규칙을 마련해줄 것이라고 설득하지만, 이는 기독교 신앙이 그래왔으며 여전히 어느 정도 그런 면이 있다. 현대적 딜레마에 빠진 것은 이 세 가지 단언이 나타날 때뿐이다"(445). 엘리엇의 이 말들은 워버튼이 극중에서 한 말과 비교된다.

> 우리 모두는 한 가지 면에서 병들어 있다 혹은 여러 가지 면에서:
> 우리는 아무런 증세를 찾지 못하면 건강하다고 한다
> 질환에 대한 증세를. 건강은 상대적인 용어다.
>
> We're all of us ill in one way or another:
> We call it health when we find no symptom
> Of illness. Health is a relative term. (314)

스터리가 없어"(There is no mystery here)(332)라고 말하면서 출산의 미스터리에 관한 새로운 서스펜스를 없애 버린다. 하지만, 애거사의 분명한 태도는 그녀가 극의 서두에서 또한 "내가 이해 못하는 점이 확실히 있어:/ 그건 나중에 밝혀질 것이야"(There are certain points I do not yet understand:/ They will be clear later)(296)라고 말한 걸로 보아서, 행위 그 어딘가에 미스터리가 있음을 암시하고 있다.

이 "이해 못하는 점"은 확실히 독자의 호기심을 불러일으키며 행동의 서스펜스를 조성하는 듯이 보이는데, 애거사가 미래란 과거를 토대로 구축될 수 있다고 지적한 것처럼 해리 자신이 과거를 알고 보다 나은 이해의 경지에까지 이르도록 자극을 주었기 때문에, 중요하게 여겨지는 의사의 조사에 의해 그 미스터리가 밝혀지기 시작한다. 의사와 해리에 의한 이러한 조사와 역조사는 나중에 애거사에 의해 완결되는 이야기로 바뀌게 된다. 그 이야기가 해리 부모 사이의 애정 없는 관계를 밝히면서 미스터리 해결의 실마리가 제시되고 있다.

애거사와 찰스가 빠지고 아주머니가 가담해 구성된 코러스가 해리에 대한 의사의 조사에 무게를 둔 점을 감안하면, 조사를 통해서 밝혀진 결과는 행위 과정상으로는 그다지 중요하지 않다. 자기 아내의 익사에 관여되었으리라는 해리의 혐의에 관한 미스터리는 명확히 밝혀지지 않고 있다.

이 수사극에서 사실 극적으로 깊이 관련되어 있는 듯이 보이는 자료는 바로 찰스의 조사다. 찰스는 배경에서 이미 제시된 해리의 범죄 혐의에 대해 바이올렛이 쓸데없다고 우려하고 있음에도 불구하고, 해리 아내의 죽음이라는 결과를 야기한 상황에 대한 나름대로의 정황조사에 착수한다. 그녀는 찰스에게 다음과 같이 말한다.

찰스씨, 당신이 결국 심문할 생각을 한다면,
그렇게 해서 무슨 도리가 나타나리라고는 생각되지 않는군요.
에이미는 동의하지 않으리라는 것도 확실하고—
나는 절대로 반대한다는 의사를 표명하고 싶을 뿐이에요
그 목적이나 당신이 쓰는 그 방법이나 할 것 없이.

Charles, if you are determined upon this investigation,
Which I am convinced is going to lead us nowhere,
And which I am sure Amy would disapprove of—
I only wish to express my emphatic protest
Both against your purpose and the means you are employing. (297)

그러나 찰스의 행동이 일 년이나 지난 미스터리 살인사건에 틀림없이 세인의 관심만 도로 불러일으킬 뿐이라는 이유로 문제에 접근하는 찰스를 바이올렛이 반대하고 있다는 그 사실만으로도 극의 미스터리 요소는 줄어들지 않고 오히려 지속되어 증폭된다.

찰스의 조사 스타일이 얼마나 미스터리 스릴러에서 차용된 수법과 일반적으로 흡사한 가를 살펴보면, 사용된 미스터리 요소가 여기에 침투해 있음이 분명해진다. 비록 엘리엇이 극의 장면마다 정교하게 미스터리 주제를 전개하는 일은 힘들었겠지만, 간접적으로나마 독자나 관객에게 그러한 인상을 심어준 것은 틀림없다 하겠다. 『가족의 재회』에서 극의 구조는 도스또옙스키 스타일의 죄와 처벌의 이야기를 전개하고 있으며, 주로 극적 행위는 주인공이 자신의 비정상적인 정신 상태와 연관 지어 범행을 했다고 고백하는 "양심상의 죄"를 찾아내는 데 집중되고 있다. 수사관은 반드시 선별적이어야 한다. 찰스 자신은 조사를 통해 단서를 수용하는 데 있어서 이 선별과정이 갖는 의미를 간과하지 않는다.

> 내 방법이란 것도, 까다로움을 피울 여유가 없으니까
> 손에 닥치는 대로 무엇이고 해볼 수밖에.

> And as for my means, we can't afford to be squeamish
> In taking hold of anything that comes to hand. (298)

조사과정은 많은 증거의 취합과 관련 단서의 선별 분류작업으로 구성된다. 엘리엇은 실제로 찰스가 아마추어 탐정으로 사실상 역할을 하고 있는 1부 1장에서 모든 중요한 미스터리 스릴러적 요소들을 다루고 있다. 몇몇 스릴러 작가들이 창안해낸 여러 다른 유형의 수사관들에 대한 견해에서 엘리엇은 어느 정도 자신의 기호에 따라 훈련되지 않은 아마추어 탐정의 도입을 생각하고 있는 것 같다.

찰스는 증인인 다우닝에게 친절하고 동정적인 태도로 자기 일을 시작한다. 이 장면은 윌키 콜린스의 『월장석』에서 증인을 교묘하게 다루는 커프 경사Sergeant Cuff를 이미 엘리엇이 잘 알고 있었을 것이라는 추정을 다시 한 번 가능하게 해준다(Eliot 1980: 464). 찰스는 해리 아내 죽음의 정황에 대해 알고 있는 것을 토로하라고 다우닝에게 요구하지 않고, 그 대신 신문에 보도된 "여객선에서의 귀족부인의 실종"에 이어 보도된 혼란스러운 기사를 회고한다.

> 우리는 그때의 사정을 자세히는 알지 못하죠;
> 겨우 신문에서 읽고 안 것뿐이니까—
> 물론, 신문에도 여러 가지 자세히 나 있긴 하지만.

We didn't learn very much about the circumstances;
We only knew what we read in the papers—
Of course, there was a great deal too much in the papers. (299)

"귀족부인의 실종"이라는 세상이 놀랄만한 머리기사를 사용하면서 "대단히 많은" 암시적 힌트를 통해, 신문은 해리 아내의 죽음에 대한 미스터리를 심화시켰다. 범죄가 "만연되고 있음"을 폭로하는 일이 현대사회에서 해야 할 신문의 역할이라는 사실이 여기서 자명해진다. 찰스의 조사는 따라서 미스터리를 강화시키도록 계산된 것인 듯이 보인다.

다우닝의 발언은 더욱 더 서스펜스를 조장하고 가중시킨다. 데이빗 존스가 지적했듯이, "다우닝의 자기 행동에 관한 언급은 해리의 죄 인정을 도와주고 있는 듯하다"(92)[2]. 더욱이 그가 질문에 답할 때마다 어떤 중요한 단서를 주기보다는 오히려 견해만 피력할 뿐이다. 따라서 이 신뢰할만한 증인에 대한 신문이 미스터리를 연장시키고 상황을 복잡하게 만든다. 그러나 다우닝의 증거왜곡은 의도적인 장치이다. 이유는 그가 작성한 정확한 보고서는 의심할 나위 없이 미스터리를 해결하는 데 도움을 주는 한편 요지는 정확히 미스터리가 단번에 "정리"되어서는 안 되며, 오히려 탐정이야기의 용인된 스타일로 더욱 더 복잡하게 이어져서 연장되어야 하기 때문이다.

---

2) David E. Jones, *The Plays of T. S. Eliot* (London: Routledge & Kegan Paul, 1960), p. 92. 데이빗 존스는 그 행위에 부과된 스릴러 패턴을 아주 가깝게 설명하고 있는 것 같으나, 곧 이어서 심리적 특성이나 인류학적 측면에 대한 조사에 관한 점을 포기해 버린다. 게다가 질문에 매번 대답할 때마다 그는 중요한 단서보다는 견해만 밝히고 있다. 따라서 이런 신뢰할만한 증인에 대한 조사는 미스터리를 지속시켜주고 정황을 복잡하게 만든다. 그러나 다우닝의 증거왜곡은 의도된 장치이다. 이유는 미스터리가 즉시 "해결되어서는" 안 되고 계속 복잡하게 되어 탐정소설에서 수용되는 양식으로 연장되어야 하고, 또한 그의 정확한 조사보고는 틀림없이 미스터리 해결에 도움을 줄 것이기 때문이다.

그러나 엘리엇 극에서 구성을 복잡하게 만든 목적은 다른 데 있다. 그는 의도적으로 해리가 저지른 범죄의 가능성을 잠시 언급하면서 찰스가 곧 힌트를 주고 있는 주된 주제를 강조하기 위해 여러 기대감을 드러내고 있다.

하여튼 해리를 책망하지 않겠어요. 나 자신도 젊어선 그랬을 것이니까요.
그 애가 어떤 짓을 하게 될지는 실상 아무도 모릅니다.
귀찮아서 피하고 싶은 사람이 생겨 봐야 알지요.

I might have done the same thing once, myself.
Nobody knows what he's likely to do
Until there's somebody he wants to get rid of. (297)

이는 『투사 스위니』의 "남자는 일생에 한번은 여자를/ 죽여야 하고, 죽일 필요가 있으며, 죽이고 싶어 한다"(Any man has to, needs to, wants to/ Once in a lifetime, do a girl in)(124)는 시행을 반향하고 있다. 그의 접근방식이 의미가 있는 것은 해리의 심적 상태에 대한 찰스의 조사라기보다는 그가 시도한 일반화논리인 것이다. 모든 인간은 범죄를 저지르기 쉽다는 주요한 사실을 그는 이해하고 있다. 일반화논리는 태생적 악행에 대한 찰스의 무의식적인 인식을 나타낸다.

그러나 애거사가 코러스와 관객이 믿어주었음을 바라듯이 해리가 범죄를 저지르지 않았음을 아무리 믿는다고 해도 해리가 자기 아내를 익사시켰다는 진술은 그와 같은 믿음을 강조하고 있다.

상상하기도 어려울 만큼 당장 가라앉아 버렸습니다.
나는 그때까지 늘 생각해왔지요, 내가 어디 가든지 그 여자는

나와 함께 있을 것이고, 내가 무엇을 하든지
그 여자는 죽지 않으리라고. 그러나 그렇지 않았습니다.
모든 것이 다른 의미에서 사실입니다.
내가 선실로 돌아갈 때만 해도 그 여자가 거기 있으리라고 생각되었습니다.
그리고 나서, 나는 흥분하여, 찾아 돌아다녔던 것 같습니다;
사무장도 급사도 모두가 대단히 동정해 주었고
의사는 아주 배려해 해주었습니다.
그날 밤 나는 혼자서, 곤하게 잠을 잤습니다.

You would never imagine anyone could sink so quickly.
I had always supposed, whenever I went
That she would be with me; whatever I did
That she was unkillable. It was not like that.
Everything is true in a different sense.
I expected to find her when I went back to the cabin.
Later, I became excited, I think I made enquiries;
The purser and the steward were extremely sympathetic
And the doctor very attentive.
That night I slept heavily, alone. (294-95)

사건이후의 자기 심적 상태에 대한 해리의 진술은 다음과 같다.

—나는 그후 이틀 동안 기분 좋게 잠이 들어 누워 있었습니다;
그리고 되살아났지요. 나는 잠을 두려워합니다.
잠이란 쫓기다가 드디어 붙잡히는 최후의 상태 그것이죠.
아니 깨어있는 것 그것도 무섭습니다. 그 여자를 이렇게 가까이 느껴 본

일은 없습니다.
오염은 골수에까지 미쳐왔으며
그리고 *그것들*은 항상 가까이 있습니다. 여기, 과거 어느 때보다 가까이.

—I lay two days in contented drowsiness;
Then I recovered. I am afraid of sleep:
A condition in which one can be caught for the last time.
And also waking. She is nearer
than ever.
The contamination has reached the marrow
And *they* are always near. Here, nearer than ever. (295)

이 부분은 스위니의 범죄이야기에 담긴 살인자의 심적 상태를 회상시켜준다.

그는 자기가 살아 있고
여자가 죽은 것을 몰랐지
그는 여자가 살아 있고
자기가 죽은 것은 몰랐지

He didn't know if he was alive
and the girl was dead
He didn't know if the girl was alive
and he was dead (125)

살인자의 심리상태는 그가 악몽을 체험하는 데서도 극명해지는데, 코러스의 대 합창으로 표현되고 있다.

한밤중에 그대가 단 혼자여서
　　땀과 공포의 지옥에서 잠이 깰 때
침대 한 복판에서 그대가 단 혼자인데
　　누군가에게 머리를 얻어맞은 듯이 잠이 깰 때
그대는 악몽 중의 악몽을 본 것이다
　　그대에게 후 하 소리가 나올 것이다.

When you're alone in the middle of the night and
　　you wake in a sweat and a hell of a fright
When you're alone in the middle of the bed and
　　you wake like someone hit you on the head
You've had a cream of a nightmare dream and
　　you've got the hoo-has coming to you. (125)

그러므로 범죄수사 극은 양심상의 죄와 속죄라는 주제를 지적해서 제시하도록 이용되고 있다. 그러나 엘리엇이 실제로 이 양자를 얼마나 기술적으로 조합하고 있는지는 알 수 없다. 그는 극의 내적 의미가 "가장 지적인 관객 구성원"(Eliot 1933: 153)에 의해서 혼돈되지 않도록 어쩔 수 없이 그렇게 경고하고 있다.

우리의 마음속에 새겨진 얘기는,
범죄와 형벌의 탐정이야기가 아니라, 죄와 속죄의 이야기지.

What we have written is not a story of detection,
Of crime and punishment, but of sin and expiation. (333)

엘리엇이 그러한 경고를 표현하고 있다는 사실은 상당한 지적 수준의 관객과 적당한 수준의 지적 관객은 물론이고 기독교적 인생관을 믿는 사람을 포함하여 믿지 않거나 관심도 없는 사람들까지 포함하여 구성된 모든 관객에 의해 평행적 의미가 극에서 확실히 도출될 수 있음을 시사해주고 있다. 더 나아가서, 엘리엇은 다른 놀랄만한 장치를 이용하여 극적인 평행감을 일관되게 강화시키고 있다. 양심의 복수화신에게 쫓기고 있는 살해범이 경찰의 출현으로 말미암아 심하게 자극 받은 나머지 신경질적으로 변한다. 이것이 윈첼 경사Sergeant Winchell의 도착 이후 해리에게 일어나고 있는 상황이다. 해리와 경찰의 만남은 아주 극적이다. 경사의 양어깨를 붙잡을 때 해리는 눈에 보이지 않는 탐정인 유메니데스가 갑작스럽게 지방 경찰관이라는 낯익은 인물의 모습으로 육화된 것처럼 여긴다. 그러나 그의 격정은 경찰관이 베일에 싸여 있는 인물이 아니라는 사실을 발견하고는 수그러든다.

윈첼 경사를 극에 도입한 것은 1930년대와 1940년대 관객에게 좀 더 부가적인 충격효과를 갖게 하도록 계산된 일일지도 모른다. 왜냐하면 인물의 이름이 유명한 당시의 런던 경시청Scotland Yard의 수사관인 윗처Inspector Whitcher를 연상시킬 정도로, 거기서 나왔을 가능성이 높기 때문이다. 그리고 엘리엇이 찰스 딕킨스와 윌키 콜린스를 염두에 두었을 지도 모른다는 생각도 가능하다(Eliot 1980: 460-70). 딕킨스는 분명히 콜린스가 『월장석』에서 그린 커프 경사의 모델이기도 한 윗처 수사관의 이름을 빌어 『하우스홀드 워즈』(*Household Words*)에서 위첨Witchem 경사를 만들어냈다(Murch 109).

범죄수사 극이 보편적 죄악을 강조하려고 사용된 것처럼, 전화나 전보와 같은 현대적 기구 장치들은 인간생활을 감싸고 있는 공포감을 강화시켜 주려고 도입되었다. 경관이 해리의 형인 존John의 사고 소식을 밝히자, 아서Arthur의 사고 소식을 전해주는 장거리 전화가 아이비Ivy에게 온다. 뒤이어 에이미의 사망 소식이 이어지는데 연속된 두 사건의 발생에 연관성이 없음에도 불구하고 연속된 사건은 보편적 공포감과 불행을 가중시키고 있다. 해리의 두려움을 비롯한 극중의 모든 일반적인 공포감은 엘리엇의 무서운 암흑세계에 있지만 성스러운 광명이 되는 세상(Schuchard 130)의 선결요건인 셈이다.

사건을 선풍적 관심 안에 두는 현대 신문의 역할도 극 속에 스며들어 있다. 신문은 "자동차 충돌사고를 당한 귀족의 동생"이라는 제목으로 아서의 사건기사를 게재하고 사고의 책임이 아서에게 있다는 설명까지 곁들이고 있다.

> 몬첸시 경의 영제, 아서 제럴드 찰스 파이퍼씨는 1월 1일 이른 아침, 에버리 스트릿에서 차를 달리다가 주문 받이의 손수레를 들이받아 파손을 주어 오늘 벌금 50파운드와, 소송비용의 지불을 명령받고 아울러 차후 1년간 운전금지 처분을 받았다.

> The Hon. Arthur Gerald Charles Piper, younger brother of Lord Monchensey, who ran into and demolished a roundsman's cart in Ebury Street early on the morning of January 1st, was fined £50 and costs to-day, and forbidden to drive a car for the next twelve months. (328)

엘리엇은 『투사 스위니』에서 『세계 소식』이라는 일간지를 이용했듯이, 분명히 여기서 한 지방 일간지를 통해서 범죄보고서를 활용하고 있다.

범죄와 수사를 다루는 극은 양심상의 죄와 속죄를 다루는 극과 나란히 진행되는데, 가족관계 속에서 훨씬 더 큰 반향을 일으키므로 관객의 이해가 빠르다. 이런 의미에서 범죄와 수사극은 『가족의 재회』에서 진정한 "극"을 구성하고 있다고 볼 수 있다. 그러나 그 의미를 이해하려면, 극 속에서 엘리엇의 주 대변인 격으로 보이는 애거사의 눈을 통하여 그 핵심을 살펴보아야 한다. 실제로 좋은 극은 서로 다른 관객의 인지유형에 따라 다양한 수준의 흥미를 갖게 하기 때문이다.

엘리엇이 작품을 통해서 애거사와 협력하고 있다는 사실은 "우리가 썼던"이라고 피력한 애거사의 말에서도 알 수가 있다. 분명히 엘리엇은 애거사가 이해하듯이, 그리고 코러스로서 뿐만 아니라 특히 찰스가 이해하듯 또는 심지어 해리가 이해하듯, 관객들이 의미 있는 행동을 취할 정도로 충분히 지적이기를 바라고 있었다. 실제로 해리와 코러스 사이에는 아무런 소통관계도 없다.

해리가 자기 아내를 죽였을 지도 모른다는 생각에 에이미는 견딜 수 없어 하지만, 찰스는 남자라면 누구나 범죄를 저지를 수 있다는 생각을 일반화시킨 뒤에 해리의 유죄를 설정한다. 그러나 해리는 처음 등장하면서 자기의 죄를 억누르려 하고 있는 에이미를 비난한다. 메리도 어떤 의미에서는 해리 아내의 죽음에 에이미가 연루되어 있음을 폭로한다.

> 그리고 심지어 그녀가 죽었을 때도 그랬어요. 난 그때에 이미
> 에이미 아주머니가—
> 난 거의 믿었어요—자기 의지로 그 여자를 죽인 것이라고.
>
> And even when *she* died: I believed that

Cousin Amy—
I almost believed it—had killed her by willing. (304)

이렇게 보면, 어쩌면 온 가족이 살인사건에 다 연루되어 있을지도 모른다. 애거사는 다음과 같이 말한다.

그 여자가 나를 신용하지 않는다는 것도 알았어—시집식구를 무서워하고
있었기 때문에.
그 식구들과 싸우려고 했지—약자의 무기로서,
지나치게 격렬한 무기로.

I could see that she distrusted me—she was frightened
of the family.
She wanted to fight them—with the weapons of the weak,
Which arte too violent. (304)

심지어 애거사까지 가족의 범죄에 스스로 연루되어 있다. 그녀는 해리가 에이미의 죄책감을 이해하고 있는 것이 "단편적인 설명"(296)에 지나지 않을 수도 있음을 알고 있다.

2부 2장에서 애거사가 한 이야기는 해리의 범죄의식이 해리의 죽은 부친으로까지 거슬러 올라갈 수 있음을 암시해준다.

. . . 난 알았어 아버지가 생각하는 것이
어떻게 네 어머니를 없애느냐하는 것임을. 참 어리석은 연극이지!
그분에게 살인자의 역할이란 당치도 않단 말이야.

. . . I found him thinking
How to get rid of your mother. What simple plots!
He was not suited to the role of murderer. (332)

해리의 아버지는 한때 에이미를 살해할 생각을 진지하게 고려했었다.

하나서 열까지 어리석은 방법만 생각하다가, 그때마다
더 고상한 방법을 모색하느라고 결국은 포기하게 된 거지

Oh, a dozen foolish ways, each one abandoned
For something more ingenious. (332-33)

애거사의 이야기는 해리와 코러스 사이의 소통의 문제를 분명히 해결해주려는 의도를 담고 있으므로 범죄수사극과 죄와 속죄의 극의 균형을 유지시켜주고 있다. 그러나 분명한 것은 해리의 범죄에 대한 미스터리는 궁극적으로 해결되지 않고 있다는 점이다(Barber 439)[3].

몬첸시 가家의 사람 모두가 해리 아내의 죽음에 연루되어 있다고 볼 수 있으므로, 범죄수사의 극과 죄와 속죄의 극 둘 사이의 균형 잡힌 조화는 표면적 차원에서는 일어나지 않는다. 엘리엇은 분명히 현대적 배경으로 극을

---

3) C. L. Barber, *"The Family Reunion," T. S. Eliot: A Selected Critique*. ed. L. Unger (New York: Reinehart & Co., Inc., 1948), p. 439. "어쩌면 내가 그녀를 밀었다고 여겼다"라는 해리의 말은 몇몇 비평가들로 하여금 그의 범죄도 아버지처럼 의도에 지나지 않았으리라고 결론을 내리게 한다. 그러나 극은 이러한 구조를 갖고 있지 않다. 엘리엇은 실제로 살인이 일어났다는 독자적인 증언을 해리의 운전기사로부터 어렵게 제시하고 있다. 따라서 애거사의 "What of it?"은 그 실제 살인을 대수롭지 않은 것으로 처리하려는 의도에서 나온 것이다.

쓰려는 그의 바램에 부응하여 가족의 재회라는 틀 속에 사건행위를 설정해 둠으로써 결의를 암시하고 전체 가족구성원들에게 서로를 이해할 수 있는 기회를 제공하려고 노력하고 있다. 엘리엇은 이렇게 하여 가족 중에서 나이 든 구성원의 생일에 그런 재회의 모임을 갖는 미국적인 관습을 다루고 있는 듯이 보인다(Ayoub 415-33). 실제로 1부의 3장은 대부분의 인물들이 함께 모이는데, 가족의 재회라는 관습적인 장면과 아주 흡사하다.

워버튼은 이 재회의 모임에 참석한 단순한 국외자일 뿐이며, 다른 참가자들은 "가족의 만찬"을 공유하지 않고 자기들의 과거 업적에 관해 얘기하며 가족의 혈연관계에 익숙해진다. 그러나 사교모임이라는 필연적인 틀은 몬첸시 가 사람들이나 전체 가족을 기다리는 불안정하고 혼돈된 삶이나 운명을 제공할 정도로 극히 피상적이다. 그 피상성은 논의되는 주제가 사소하다는 사실에서 드러날 뿐 다른 곳에서는 분명히 드러나지 않는다. 예를 들어서 아이비는 그녀의 이름에 걸맞게 정원과 자기가 "여러 번 수상한" 제비 고깔꽃에 관해서만 얘기한다. 아주 친밀한 친구들이 이 모임에 여러 번 초대받았듯이, 이 모임에 초대받은 의사는 아주 진지한 주제인 살인자이며 암의 고통을 받고 있는 자기 첫 환자에 관해서 얘기하나 그 주제는 그런 축제행사에 맞지 않게 무심코 회자된다. 비록 전체 극이 가족의 재회라는 즐겁게 여기고 있는 배경에 반해서 발생하고 있지만, 음울하고 우울한 정신이 전체를 스며들어 관통하고 있다. 『대성당의 살인』의 코러스처럼 『가족의 재회』의 코러스는 몬첸시 가에 닥칠 가능성이 농후한 불운의 전조를 지니고 있으며 이 극의 표면에 잠복해 있는 것들에 대해 두려워하고 있다.

> 난 일어난 모든 일들이, 그리고 앞으로 일어날 모든 일들이 두렵다,
> 문간에 도사리고 있는 닥쳐올 일들이, 마치 늘 거기
> 　있는 것처럼.

> I am afraid of all that has happened, and of all that is to come;
> Of the things to come that sit at the door, as if they had been
> there always. (315)

몬첸시 가는 해체되어 몰락할 운명에 있는 듯이 보이며, 시간을 의식하고 있는 완벽주의자인 에이미의 소망에 의해 조절되고 통제되는데, 그 때문에 에이미는 슬픔이 자기와 다른 이들에게 초래된다는 자기의 헛된 공상을 만족시키려고 자기의 의지를 가족에게 개입시킨다. 그녀의 남편이 갖는 죄스러운 소망 못지않게 그녀의 죄 많은 바람도 소망의 숲이라는 의미의 "위시우드"Wish-wood라는 장소의 이름으로 적절히 묘사되어 몬첸시 가의 어린 이들에게 영향을 끼쳐서 그들 모두를 파멸에 이르게 한다. 동떨어진 고택인 위시우드는 살인 미스터리현장에 합당하게 마련된 장소(Chinitz 146) 역할을 하고 있다. 고든Gordon의 지적처럼 그 집에 몰려든 사람들도 코난 도일Conan Doyle에서부터 애거사 크리스티Agatha Christie에 이르기까지의 영국탐정소설에 전형적으로 등장하는 숙모와 숙부들이다(326). 이와 같이 설정된 미스터리 극의 틀에 맞게 내용적으로도 몬첸시 가의 저주는 확실히 자녀들에게 내린 아버지세대들의 죄의식이 이후의 자식세대로까지 이어짐을 상징하고 있다(91).

계획된 살인들, 즉 해리 아버지의 죄의식은 비록 그 행위의 이면에 잠재해 있지만, 여전히 정화가 필요하다. 애거사의 말대로 "시선이 이 집에 쏠려 있다"고 하든, "저주"가 그 집에 깃들어 있다고 하든지 간에, 극의 맥락에서 유일한 보속의 방법은 하나의 범죄나 하나 내지는 다수의 양심상의 죄에 대한 처벌에 있는 것이 아니라, 인간의 총체적 죄에 대한 인정 내지는 속죄에 있다고 하겠다. 에이미의 예가 보여 주듯, 실제적인 삶의 행위에서 속죄는 가장과 자만심의 포기를 함축하고 있으며, 애거사가 말하듯이 실제 개인으로 자신을 이해하는 일과 실제로 그들이 그렇듯이 다른 사람들을 이해하는 일을 암시하고 있다.

이제, 그 용기란 다만 순간적인 것이고
그 순간은 다만 공포와 자만심에 불과한 것이지. 내게는 그 이상의 것이 보인다.
무어라고 말할 수 없는, 말로써 표현할 수 없는 저 너머의 세계가.

Now, the courage is only the moment
And the moment is only fear and pride. I see more than this,
More than I can tell you, more than there are words for. (305)

그러나 처음에는 세속적인 극을 보는 여러 부류의 관객을 위해 쓰인 극의 전반적인 설계에 맞추어서 엘리엇은 명백히 기독교적인 속죄의 행위를 억제하고 있다. 이는 해리의 목표가 분명치 못하다는 이유로 설명 가능하다. 그는 선교사가 될 수 없을 것이고, 자기 가족과 모든 집착을 포기하려고 결심하면서 떠남 자체를 신성의 재가를 담은 속죄의 형태로 환유시킨다.

결정이란 우리를 초월하여 가끔 나타나는
어떤 힘에 의해서 이루어지겠지

The decision will be made by the powers beyond us
Which now and then emerge. (305)

해리의 결심은 이미 천상의 힘에 의해 이루어졌으므로 "비이성적인"

행복을 얻어 "밝은 천사들"을 따르게 하고 있다. 애거사가 해리의 범행을 아버지로부터 물려받은 범죄의식으로 설명하면서 그 범행에 대한 미스터리의 해결을 진전시키고 나면 극의 평행적 차원의 의미해결이 신학적 차원에서 이루어진다. 해리는 다음과 같이 말한다.

> 그렇게 해서 내가 태어났지요. 일은 그렇게 해서 일어납니다.
> 모든 것은 다른 의미에서 사실이지요,
> 전에는 무의미라고까지 생각될 수 있었던 의미에서.
> 모든 것은 돌이 떨어지고 나무가 쓰러지듯이
> 자연히 조화의 길로 나아갑니다. 그래서 결국에는
> 처음에는 파멸이라고 생각되던 것이
> 완성되는 것이지요.
> 아마 나의 일생이란 다른 사람의 마음이
> 나를 대상으로 꿈꾸었던 꿈이었을지도 모릅니다. 아마
> 내가 그 여자를 밀어 넣었다는 것도 다만 꿈일지 모릅니다.

> And have me. That is the way things happen.
> Everything is true in a different sense,
> A sense that would have seemed meaningless before.
> Everything tends towards reconciliation
> As the stone falls, as the tree falls. And in the end
> That is the completion which at the beginning
> Would have seemed the ruin.
> Perhaps my life has only been a dream
> Dreamt through me by the minds of others. Perhaps
> I only dreamt I pushed fer. (333)

"아마"라는 말을 반복한 것은 해리의 무죄를 회의적이게 만든다. 해리의 범죄가담에 대한 미스터리는 해결되지 않고 끝없이 지속되고 있다. 해리가 살인을 저지르지 않았을지도 모르지만, 그의 책임을 완전히 모면할 수는 없으며, 우호적이지 못한 태도를 보임으로써 해리의 아내가 자살하게 된 주요 원인이 되었을 것이라고 여겨지는 그의 어머니나 가족 역시 여기서 자유로울 수는 없을 것이다. 그러므로 극의 차원에서 가족의 재회는 일어나지 않는다. 가족이 흩어져 있는 상황이 가족의 정신적 재회의 여건이 된 것 같다. 그러나 존과 아서는 사고를 만나서 집에 도착하지 못했으며, 해리는 집을 떠나고, 에이미의 생일은 그녀의 사망일이 되어서 결국 가족의 모임이 장례모임으로 변해버린다.

몬첸시 가의 해체와 더불어 범죄와 비행 및 악행의 영속성과 탐색이라는 인간드라마는 속죄의 순례로 기술되는 제의적인 극으로 결론을 맺는다. 등장인물들이 생일 케이크 둘레를 에워싸고 돌면서 노래를 부르는 부분은 확연히 "기독교적 제의와 성찬이 동작과 대화로 양식화되는"(Skaff 101) 전형적인 엘리엇 극의 패턴이다. 이와 같은 준비단계는 해리가 자기 아버지의 필연적인 범죄행위 및 해리의 속죄언어를 이해하지 못하는 어머니의 무관함을 인식하는 순간 시작된다. 극 속에서 당연한 의미가 제대로 드러나면서 해리 스스로를 범죄자로 생각하게 하고, 스스로와 가족으로부터 속죄할 수 있는 유일한 수단으로 속죄를 받아들이는 그의 죄의식에 깃든 정신적 기질의 근원으로 아버지의 범죄행위에 대한 인식이 확대된다. 코러스를 구성하고 있는 지각력이 없는 인물들이 새로운 종류의 인식을 습득하기 시작하는 것은 부분적으로 이러한 결심이 성취된 이후라야 가능하다. 여전히 불확실한 것은 에이미가 정말 이해하기 시작할 수 있을까라는 점이다. 해리는 자기가 떠나는 목적을 자유롭게 설명하지 못하고 있다.

내가 선교사가 되겠다고 말한 적은 없어요.
설명은 하고 싶지만, 한 분도 믿으려고 하지 않을 겁니다;
믿으신다고 하더라도, 이해해 주시진 않을 거예요.
내가 가는 이유를 여러분은 모릅니다. 여러분에겐 보이지 않았지요.
내게 보인 것이. 왜 그걸 그렇게 웃음거리로 만들지요
지금요? 제발, 부탁이니,
가능한 한 법석대지 마세요. 곧 별것 아닌 것으로 생각될 겁니다.
한편, 나도 나의 버릇없는 행동을 사과합니다.
그러나 만일 이해*하실* 수만 있다면 여러분은 참 기뻐하실 겁니다.
그래서 이제 작별인사 해야 겠군요, 다시 만날 때까지요.

I never said that I was going to be a missionary.
I would explain, but you would none of you believe it;
If you believed it, still you would not understand.
You can't know why I am going. You have not seen.
What I have seen. Oh why should you make it so ridiculous
Just now? I only want, please,
As little fuss as possible. You must get used to it;
Meanwhile, I apologise for my bad manners.
But if you *could* understand you would be quite happy about it,
So I shall say good-bye, until we meet again. (344-45)

해리의 설명은 다시 한 번 극 속에서 다른 차원의 의미뿐만 아니라 이러한 층위 사이의 골을 강조하고 있다. 깊은 차원의 의미를 파악하지 못하고 있는 에이미에게는 해리의 행위가 그의 언급처럼 "나쁜 행위"로 여겨지고 있음에 틀림이 없다. 따라서 엘리엇은 알지 못하는 인식력이 떨어지는 인물들로 하여금 더 심오한 실재를 일별하도록 하게 할 뿐만 아니라 알고 있는 아주 인식력이 뛰어난 프로타고니스트protagonist들에게도 일상적인 언어로 더 심오한 의미들을 전달하도록 시도하게 함으로써 이러한 틈을 이어주고 있다고 말할 수가 있다. 그러나 주목해야 할 점은 엘리엇이 범죄와 폭력에 관한 일상어를 통하여 독자나 관객이 한편으로는 아버지의 범행과 아들의 범행과의 관계를 찾아보게 하고, 다른 한편으로는 사람에게 세습된 범죄의 충동에서 벗어나는 방법으로 속죄의 필요성을 알게 하는 미스터리 요소를 극의 진행에 도입시키고 있다.

결론적으로 엘리엇이 범죄와 폭력의 요소를 사용하면서도 독자를 범죄수사 과정에 참여시킴과 동시에 범행을 저지르게 하는 상황을 절실히 느끼게 하기 위해서, 일련의 수사형식을 도입하고 있다. 해리의 범죄에 대한 미스터리가 제대로 유지되고 있는 가운데, 엘리엇은 본질적으로 악한 인간의 심성을 강조하려는 의도를 갖고 있다. 그리고 그는 확실히 보편적인 평범한 상황에 있는 인간의 사악한 성격을 조명하여 이러한 인상을 효율적으로 촉진시키고 있으며, 진지한 관심을 스릴러 요소에다 기울여서 자신의 극에 대한 극적인 관심을 고조시키고 있다. 『가족의 재회』의 해리와 다른 인물에게서 모든 독자는 공통점을 찾아야 한다. 악을 향한 경향은 쉽게 감지할 수 있는 공통요인이다. 사람의 정신적 각성은 자신 안에 있는 이러한 경향에 대한 인식과 더불어 생기는 것이다. 해리가 악행을 저질렀을 수도 있고 그렇지 않았을 수도 있다. 그의 범죄에 대한 미스터리는 결코 해결되지 않고 그의 실제 정신적 각성, 즉 속죄의 준비단계가 자신의 세습적인 범죄충동에 대한 인식으로 시작되고 있다. 존스의 지적처럼, "분명히 그것은 해리의 정신적 각성의 근원이 되었던 자신의 안에 있는 살해충동에 대한 인식"인 것이다 (Jones 100). 결과적으로 범죄와 미스터리 요소들은 기독교적 개념을 설명하는 장치뿐만 아니라 『가족의 재회』의 극적 패턴을 구성하는 재미있는 요소가 되고 있다. 이런 요소들은 엘리엇의 다음 극인 『칵테일파티』에서 다시 나타나게 된다.

지금까지 살펴보았듯이, 엘리엇의 시극 『가족의 재회』는 양심의 죄와 그에 대한 속죄를 다루고 있는데, 주인공의 정체성과 속죄라는 심원한 종교적 주제가 부각되고 있다. 정체성과 속죄라는 측면에서 보면, 『대성당의 살인』이 갖는 양심상의 죄와 속죄의 주제가 『가족의 재회』의 양심상의 죄와 보속의 주제와 근본적으로는 동일하며, 양자 모두는 양심상의 죄로부터의 자유로움이라는 주제를 지향하고 있다고 할 수 있다.

그리고 코러스의 역할은 관객에게 극의 진행과 해리의 심리적 움직임을 알려주면서 그리스극과 같은 저주의 대물림이라는 주제를 한층 더 숭엄하게 다루는 데 일조하고 있다. 대 합창에서 풍기는 육중한 멜로디는 극의 미스터리한 분위기를 더 한층 고조시킨다. 오라토리오oratorio에 젖은 음악당 분위기도 『대성당의 살인』에서부터 그대로 계속 이어지고 있다.

제6장

『칵테일파티』
제의와 뮤지컬로 본 실종과 신원미상의 인물

엘리엇의 시극에서 보이는 미스터리 요소의 사용이 두드러지게 나타나고 있는 정황을 문화연구 측면에서는 적극적으로 관찰하는 것이 바람직한 태도라고 하겠다. 그러나 이 문제에 반론을 제기한 논리도 존재하는 것이 현실이다. 하지만 그런 주장의 근거가 미약하다는 점에서는 참고는 하되 크게 주목할 만할 정도로 타당성을 확보하고 있다고 볼 수는 없다. 그래서 그런 학자의 주장과 그에 대한 반박을 중심으로 더 한층 발전된 미스터리 스릴러의 요소를 탐색하는 한편 민스트럴 쇼minstrel show에서 발전해 온 뮤지컬musical적 요소와 『대성당의 살인』에서 기사들의 토마스 시해장면을 연상시키는 제의적 연출부분을 연관시켜 분석할 필요가 있겠다.

허벗 하워스Herbert Howarth는 2차 세계대전 전후 무렵에 『칵테일파티』가 더 이상 범죄소설의 핵심적인 대상이 못 된다고 주장하면서, 전쟁이 대중의 취향을 바꾸어 놓고 말았다고 지적하였지만(312), 범죄와 탐정스릴러 취향이 쇠퇴하고 있다는 그의 의견은 실제로 받아들이기가 어렵다. 왜냐하면 탐정소설에 대한 대중적 취향이 사실은 1940년대에도 상당히 증가했다는 기록이 있기 때문이다. 『잔인한 살인』(*The Bloody Murder*)에서 줄리언 시먼즈 Julian Symons가 지적한 것처럼, 1944년에 탐정소설가인 체이니R. S. Cheyney는 150만 부 이상이나 되는 결산판매량을 기록했고, 절정기에는 미국에서 한 해에 30만 부나 팔았으며, 프랑스에서는 90만 부가 팔렸다는 것이다(204). 따라서 탐정소설의 판매기록으로 보아 전쟁을 기점으로 대중의 미스터리 스릴러에 대한 선호도가 떨어졌다는 하워스의 주장에 타당성을 부여할 수가 없을 것이다.

오히려 하워스의 논리를 반박이라도 하듯이, 엘리엇은 『칵테일파티』에서 그가 이전에 사용한 스릴러 요소와 기교를 다시 사용하여 발전시키고 있다. 그는 마치 광범위하게 퍼진 미스터리 스릴러에 대한 당시의 취향을 이용이라도 하듯, 처음부터 미스터리 요소를 극작에 편입시키고 있다. 『칵테일파티』는 훨씬 더 접근하기 쉬운 형식인 인간의 본원적인 죄의식, 즉 가장假裝하려는 인간의 보편적인 성향(Jones 131)이라는 익숙한 소재를 제공하고 있는데, 이 가장의 요소가 미스터리 스릴러의 중요한 성분(Eliot 1927: 141)이기 때문이다. 목격자를 통해서 범죄의 단서를 추출해내는 일은 탐정들에 의해서 빈번히 채택되어지는 일이다. 엘리엇 자신도 스릴러에서 이러한 요소가 있음을 간파하고 있지만, 동시에 개연성이라는 요소를 강화시켜주는 부정적 효과를 이끌어낼 수 있는 가장을 너무 길게 연장해서 도입하는 일은 경계하고 있다.

이 미스터리에 기여하는 또 다른 요소는 처음에는 정체를 몰라 "Unidentified Guest"로 등장하는 신원미상 손님의 거동과 인물들 간의 제의적 행위이다. 자신의 정체에 관한 물음에 거듭해서 대답을 회피하는 일이나,

계속해서 "낯선 사람"으로 남으려는 의지 및 "24시간" 안에 사라진 안주인인 라비니아Lavinia를 찾아오겠다는 장담 등이 그것이다. 이러한 요소들은 라일리Reilly의 탐정과도 같은 역할을 암시해주고 있을 뿐만 아니라, 극 자체도 스릴러의 시행을 따라서 발전해가도록 도움을 준다. 또한 극의 서두에서 줄리아Julia가 말하지 않은 미스터리 이야기의 델리아 베린더Delia Verinder와 빈스웰 부부the Vincewells라는 이름 역시 윌키 콜린스의 『월장석』에 나오는 이름들을 연상시켜준다. 엘리엇은 관객들 중 스릴러 팬들의 호기심을 자극하여 자기의 극 속에서 스릴러물에 대한 기억을 살려 미스터리적인 요소를 찾게 하기 위해서 대중 스릴러 작품으로부터 인물들의 이름을 연상할 수 있도록 비슷하게 표현하려고 애썼기 때문일 것이다.

극의 "미스터리 구성"이 견지되는 가운데, 나중에 라일리로 밝혀지는 신원미상의 손님은 중심인물로 부각된다. 정해진 시간에 안주인을 되찾아 오겠다는 그의 엄청난 과제와 임무수행은 현대 미스터리 스릴러 정신에서는 더 막중한 것이다. 수수께끼 같은 신원미상의 손님은 확실히 안주인을 찾아오는 자기의 임무를 완수하지만, 돌아온 안주인은 자신의 행적을 감춘 연유에 관한 최소한의 정보도 주지 않는다. 이러한 상황은 필연적인 미스터리 구성과 일치하며, 그 상황은 신원미상의 손님에 의해서 설정된다. 분명히 이러한 조건을 설정하는 목적은 라비니아가 없는 동안에 그녀의 은신에 관한 미스터리를 연장시켜주기 위함이다. 라비니아의 귀가에 대한 기본적인 조건이 일단 받아들여지면, 나머지 행동이 미스터리라는 덮개 아래에서 일어나게 되는 것이다. 관객은 손쉬운 해결책을 전혀 갖지 못하게 된다. 대신에 안주인 라비니아의 잠적과 귀가를 둘러싸고 있는 상황이라는 더 깊은 수수께끼를 푸는 일, 즉 다시 말하면 에드워드 챔벌레인Edward Chamberlaine 가족에 대한 걱정의 근원을 해결하는 일은 신원미상 손님의 노력 속에 포함되어야 한다.

그러니까 신원미상 손님은 현대인의 정신적 질환을 탐사하기 위해서 현대관객이 용이하게 받아들일 가장을 선택했다고 볼 수 있다. 실로 라비니아는 스스로 자신의 처지를 기술하기 위해서 "신경쇠약"이라는 말을 사용하고 있다. 그러나 "정신과적" 조사과정이 아주 예기치 않은 세부사항을 밝혀주고 있으며, 훌륭한 탐정소설에서 나타나고 있는 그릇된 추론적 요소의 사용을 제시하는 세부묘사를 명확히 해주고 있다. 도로시 세이어즈는 이 요소를 "짜인 거짓말 기술"로서 "탐정소설에 알맞은 처방"(31)이라고 정의하고 있다.

엘리엇이 도입한 미스터리 장치와 수사 장치 역시 "극적인 고조감 강화"와 "극적인 장치" 제작의 필요성에 대한 해답을 주지만, 반면에 이들 장치는 극의 각별한 종교적 주제와 관련하여 훨씬 더 큰 장점을 제공하고 있다.

그리고 마치 가면무도회처럼 극의 서두부터 말미까지 시종일관 지속되는 칵테일파티는 등장인물들이 자신들을 초대한 안주인의 행방이 알려지고 정체를 모르는 손님의 신원이 밝혀지는 과정을 하나의 제의적 의식으로 받아들이면서 민스트럴 쇼와 뮤지컬이 갖는 음악적 연출로 진행되고 있다.

『가족의 재회』이후 10년이 지나서 엘리엇의 다음 극인 『칵테일파티』(1949)가 무대 위에 오르게 되었다. 전술한 허벗 하워스의 지적처럼, 범죄소설이 논의의 핵심에서 비켜가면서 전쟁이라는 큰 사건에 대중의 관심과 시선이 쏠렸기 때문에 『칵테일파티』는 언론과 국가적 체험을 통해서 혼인상태가 깨어지면서 수반되는 줄거리만으로는 대중의 눈길을 끌 수 없다. 그래서 심리학자의 도움을 구하는 호소가 작품 속에 삽입된다. 극에다 음모를 편입시킨 것과 결혼생활의 파경 및 심리적 도움에 대해서 하워스가 한 말은 옳다고 볼 수 있지만, 범죄와 탐정 스릴러 트렌드가 바뀌고 있다는 견해에 관해서는 동의하기가 어렵다.

『칵테일파티』를 보면, 엘리엇이 그가 이전에 사용한 스릴러 요소와 기교를 다시 사용하고 있을 뿐만 아니라 발전시키고 있다. 배경은 이전의 극에 비해서 현대적인데 전원주택이 거실로 대체되고, 주인공은 이제 귀족적인 구성원이 아니라 평범한 도시변호사이다. 심지어 언어까지도 일상적인 대화체에 더 가깝게 되어 이해하기가 훨씬 쉬워졌다. 소재를 다루는 방식에 있어서도, 엘리엇은 『가족의 재회』에서 어느 정도 조심스럽게 사용했던 바로 그 장치에 직접적이고도 광범위하게 의존하고 있다. 그는 마치 아주 처음부터 광범위하게 퍼진 미스터리 스릴러에 대한 당시의 취향을 이용이라도 하듯, 처음 시작부터 미스터리 요소를 편입시키고 있다.

그러나 이러한 변화는 본질적으로 외양과 배경에만 국한된 것이었다. 엘리엇 극의 기본적인 내용은 주제에 관해서나 그 표현방법에 관해서 본질적인 변화를 겪지는 않았다. 사실, 『칵테일파티』는 훨씬 더 접근하기 쉬운 형식인 인간의 본원적인 죄의식, 즉 가장하려는 인간의 보편적인 성향(Jones 131)[1]이라는 익숙한 소재를 제공하고 있다.

이 가장의 주제는, 특히 낭만적인 위장은 오랫동안 견지해온 희극의 주제가 되어왔던 것이다. 그러나 엘리엇의 극에서 그 의미는 진지하고 종교적이다. 이 주제의 주된 의미는 인간의 불완전성과 변화하는 속성이라는 필연적 현실에 대한 이해보다는 가장에 기초한 모든 인간관계는 어쩔 수 없이 일시적이라는 사실에 있다. 에드워드 챔벌레인과 실리아 커플스톤Celia Coplestone 그리고 라비니아 챔벌레인과 피터 퀼프Peter Quilpe의 은밀한 정사는 틀림없이 종국에 이르고 만다. 이유는 그들이 모두 낭만적인 가장假裝에 주로 근거하고 있기 때문이다. 연인들은 서로의 인간적 속성에다 사람으로서

1) 가장하려는 인간의 성향이라는 주제에 관해서 존스는 논평하면서 "여기서 우리는 극의 기본적인 생각의 하나에 접근하고 있다"고 말한다.

는 가질 수 없는 완벽함을 부여한다. 이 주제가 주는 또 다른 의미는 이런 가장이 오랫동안 지속되면 그 결과 타인들은 물론이고 자신에 대한 더 깊은 무지에 빠져서 자신의 이해범위가 좁아지게 되며, 궁극적으로는 다른 이들에게 자신의 의지를 부과하려는 유혹에 빠지게 된다는 점에 있다[2].

이 주제에 대한 두 번째 암시가 엘리엇의 다음 극인 『개인비서』에서 채택되지만, 첫 번째 암시는 직접적으로 『칵테일파티』의 주제가 된다. 보편적 경향의 위장이라는 주제는 효과적으로 "기이한 상황"(386)을 통해서 제시되는데, 그 상황에서 도회지 변호사인 에드워드 챔벌레인은 아내가 몸소 마련한 칵테일파티가 개최되는 날 저녁에 집에서 수수께끼 같이 사라진 아내의 실종을 처음으로 몸소 추적하게 된다. 에드워드에게 찾아온 재난은 그가 자기 아내를 완전히 모르는 채 살아온 5년간의 위장의 세계를 드러내고 만다.

오늘 아침 식사를 하며 내 아내를 본 이후
그녀의 모습이 더 이상 기억나지 않네요
그녀의 생김새를 묘사할 자신이 없어요
경찰에 그녀를 찾아달라고 의뢰해야 한다고 하더라도.

Since I saw her this morning when we had breakfast
I no longer remember what my wife is like

2) 엘리엇이 몸소 관찰한 바로는 "우리가 다른 사람을 이해 못하고 그를 무시할 때 그 사람에게 무의식적인 압력을 가해 우리가 이해할 수 있는 어떤 것으로 그를 전환시키는 일은 인간적이다. 많은 남편과 아내들이 이 같은 압력을 서로에게 가하고 있다. 사람에게 가해지는 효과가 아주 강력하면 인성의 개량보다는 압력과 왜곡이 될 가능성이 있다. 아무도 다른 사람을 자신의 이미지로 변화시키는 권리를 가질 정도로 충분히 선한 사람은 없다"(Eliot 1949: 64-65)는 것이다.

I am not quite sure that I could describe her
If I had to ask the police to search for her. (363-64)

극의 나중에 라비니아 역시 자기가 만든 세계에서 생활해 왔음이 발견된다. 명백히 그 부부가 살아온 삶은 심지어 서로를 이해하려는 시도조차 하지 않은 채 모든 것을 당연시해온 것으로 그들의 피상적인 애정과 자아를 고양시키려는 욕구의 발현인 셈이다.

비록 기억이 분명하게 시간의 파괴된 자취에 대한 어떤 체험을 확보한다고 하더라도, 또 다른 종류의 위장을 창조한다. 과거에 대한 소중한 기억은 단지 "애정 어린 영혼"(385)일 뿐이다.

다정한 유령들: 할머니라든지,
크리스마스 파티 때의 명랑한 아저씨라든지,
또는 귀여운 애보는 여자라든지－그러한 당신의 어린 시절을
위안과 즐거움과 안전으로 감싸주던 사람들－
그들이 만일 지금 돌아왔다면, 난처하지 않겠어요?

The affectionate ghosts: the grandmother,
The lively bachelor uncle at the Christmas party,
The beloved nursemaid－those who enfolded
Your childhood years in comfort, mirth, security－
If they returned, would it not be embarrassing? (385)

위장에 의해 영구적으로 숨겨진 인간의 실재는 매번 새롭게 이해될 필요가 있다. 위장이라는 외부적 덮개는 본질적 실재를 드러내도록 관통되어야

한다. 따라서 『칵테일파티』라는 더 심오한 극은 인물들의 위장을 파괴하고 그들이 단순히 피하려는 본질적인 실재와 직면하게 하려는 요소로 구성된다.

자기 아내의 실종을 발견한 에드워드는 수치심 때문에 자기가 살아온 비현실적인 세계에 대해 일별할 수 있는 기회를 갖게 된다.

> 아내가 이젠 가버렸다고 생각한 순간에, 나는 붕괴되기 시작하여,
> 생존이 중지되었습니다. 그것이 아내가 내게 해준 것입니다!
> 나는 아내와 함께 살 수 없습니다—그건 이제 견딜 수 없습니다;
> 그러나 아내가 없이는 살 수 없습니다. 아내 때문에 나는
> 내 자신의 존재를 가질 수 없이 되었으니까요.
> 우리가 5년간 같이 살면서 아내가 내게 해준 것은 그것입니다!
> 아내는 이제 이 세상을 그녀와 관계를 끊고서는
> 살 수 없는 장소가 되게 하였습니다. . . .

> When I thought she had left me, I began to dissolve,
> To cease to exist. That was what she had done to me!
> I cannot live with her—that is now intolerable;
> I cannot live without her, for she has made me incapable
> Of having any existence of my own.
> That is what she has done to me in five years together!
> She has made the world a place I cannot live in
> Except on her terms. . . . (403)

동시에 그는 실리아와 자신의 은밀한 관계 또한 또 다른 종류의 위장이며 따라서 "항구적인 것"(380)이 아님을 깨닫는다. 그의 애정관은 피상적이다.

그런 게 아닙니다.
내가 라비니아를 사랑하고 있는 게 아닙니다.
내가 정말로 그 여자를 사랑했다고는 생각되지 않습니다.
내가 한 번이라도 사랑에 빠진 일이 있다면—사랑한 일이 있죠—
나는 당신 이외의 어떤 여자와도 사랑한 일이 없어요.
아니 지금도 그럴 겁니다. 그러나 이대로 계속될 리 없습니다.
그것이 결코 . . . 영원한 것일 수 없었습니다.

It's not like that.
It is not that I am in love with Lavinia.
I don't think I was ever really in love with her.
If I have ever been in love—and I think that I have—
I have never been in love with anyone but you,
And perhaps I still am. But this can't go on.
It never could have been . . . a permanent thing: (380)

마찬가지로 자기 아내의 복귀를 요청하려는 에드워드의 결심은 그와 가정을 꾸미고 싶어 하는 실리아의 죄스럽고도 낭만적인 꿈을 여지없이 부숴버린다. 그녀는 거기서 부정확하고 변심하는 남자의 본성에 대한 인식만 깨우치게 된다.

내가 당신을 바라보고 있는 동안 당신은 두 번 변모한 것입니다.
처음에 당신의 얼굴을 보니. 그 윤곽의 하나하나가 너무도 익숙한
사랑스러운 것으로 생각이 됐어요. 그런데 보는 동안
그것이 시들어 갔어요, 마치 미이라의 껍질이 벗겨지듯이.
당신의 목소리가 귀에 들어왔을 때, 언제나 내 마음을 흔들었던,

그 소리가 이젠 딴 목소리로 되었어요—아니 목소리가 아닙니다.
내게 들린 것은 다만 벌레소리였지요.
메마르고, 끝이 없고, 무의미한, 사람의 것이 아닌—
당신이 두 다리를 비벼대어 그런 소리를 냈을 지도 모릅니다—
아니 그것은 차라리 메뚜기 소리입니다.
나는 당신의 심장을 찾고, 그 피를 찾아 거기에 귀를 기울였지요.
그런데 눈에 보인 것은 인간만큼 큰 딱정벌레였고,
그 속에 들어 있는 것이라곤 딱정벌레를
밟아서 나오는 것 정도 밖에 아니겠지요.

Twice you have changed since I have been looking at you.
I looked at your face: and I thought that I knew
And loved every contour, and as I looked
It withered, as if I had unwrapped a mummy.
I listened to your voice, that had always thrilled me,
And it became another voice—no, not a voice:
What I heard was only the noise of an insect,
Dry, endless, meaningless, inhuman—
You might have made it by scraping your legs together—
Or however grasshoppers do it. I looked,
And listened for your heart, your blood;
And saw only a beetle the size of a man
With nothing more inside it than what comes out
When you tread on a beetle. (382)

실리아에게는 자기가 생각하고 있는 에드워드가 아니라 실제의 에드워드 모습을 있는 그대로 생각하는 비전 그 자체가 일종의 신비스러운 체험인 것이다. 엘리엇이 주목한 것처럼 생에 대한 혐오감과 역겨움은 신비스러운 체험이 갖는 두 개의 본질적인 특징이다.

> 삶에 대한 혐오감은 중대한 면이다―심지어, 괜찮다면 신비로운 체험이기도 하다―그 자체만으로도. (Eliot 1980: 190)

엘리엇 역시 환멸과 좌절의 순간들은 "지적인 영혼의 발전과정에서 필연적인 순간들이며, 그리고 파스칼Pascal의 유형에 대해서는 그 순간들이 어두운 밤이나 가뭄과 유사한데, 그것은 기독교 신비주의자의 발전과정에서는 필연적인 단계"(Eliot 1980: 412)임을 「파스칼의 팡세」("The 'Pensées' of Pascal")에서 지적했다. 실리아의 역겨움은 사람과 인간의 상황이 가진 필연적인 흉한 모습에 대한 그녀의 인식과 환멸에서 비롯된다. 그러므로 이러한 상황에 대한 비전은 그녀의 인생관과 연애관 및 결혼관까지 변형시켜서 자신에게 다가오는 외로움이라는 새로운 삶을 들여다 볼 수 있게 한다.

> 그것과 함께 살고 싶어요. 아무 것도 없어도 되겠고,
> 무엇이든지 견디어 내겠어요, 그것만 마음에 지닐 수 있다면요.
> 사실상, 정말 성실하지 못한 일이라 생각해요
> 내가, 이제 와서, 어떤 누구와 함께 생활하고자 한다는 것이!
> 그런 종류의 애정을 나는 누구에게도 줄 수 없어요―
> 물론 그럴 수 있으면 좋겠지요―그런 삶에 따라오는 애정을.
>
> I want to live with it. I could do without everything,
> Put up with anything. if I might cherish it.

In fact, I think it would really be dishonest
For me, now, to try to make a life with *any*body!
I couldn't give anyone the kind of love—
I wish I could—which belongs to that life. (418)

실리아의 좌절은 그 논리적 종국으로 옮겨진다. 기독교 순교자처럼 그녀는 악행을 당한다. 그녀는 전염병에 감염된 기독교 원주민들을 간호하기 위해 자원봉사자로 떠난 먼 섬나라에서 "십자가형을 당한다"(434). 그녀의 이름과 활동을 성 세실리아St. Cecelia의 삶과 비교를 하면서 훌륭한 대비 관계를 암시하고 있는 윌리엄 애로우스미스William Arrowsmith의 관찰(412-13)[3]에서 본 바와 같이, 그녀는 "요양원으로 가는 사람들과 같은 성인들"(410)의 길을 가는 것이다.

그녀의 십자가형에 대한 보고서는 극에 관한 생동적인 관심의 문제로 『대성당의 살인』에서와 같이 극적인 공연이 아니라, 기독교인의 죽음과 순교라는 담론으로 구성된다. 더 심오한 기독교 극은 따라서 배경으로 옮겨지고 극은 그 대신에 에드워드와 라비니아의 부서진 삶을 그린 평범하고도 일상적인 극적 표현에 초점을 맞추고 있다. 엘리엇은 평범한 현대의 가정생활을 나타내고, 시간을 초월하여 심오한 의미를 나타내는 극을 표현하기 위해

3) 윌리엄 애로우스미스는 실리아와 성 세실리아의 상동관계를 지적하면서 다음과 같은 사항을 살펴보았다. "실리아라는 이름은 세실리아의 축어형 어휘며, 세실리아는 성처녀 순교자인 성 세실리아의 삶에서 숭배된 기독교 이름이다. 따라서 성인과 극에서 같은 이름을 받은 사람과의 중요한 유사관계가 분명히 있다. 그 이상일 수도 있다. 기독교명 세실리아의 전통적인 의미를 생각해보면, 수긍이 간다. 캑스턴Caxton이 영어로 옮긴 드 보레뉴De Voraigne의 『황금전설』(*The Golden Legend*)에서 성인의 삶의 서두에서 나온다." . . . "세실리아는 천국의 백합과도 같고 장님에게는 길과도 같다. . . . 실리아는 계몽의 길을 갔다고 전해진다."

서 오락적인 즐거움도 주고 정신적인 진리를 드러내도록 전경과 배경을 연결하는 미스터리 스릴러 요소를 다른 그 어떤 장치보다도 많이 사용하고 있다.

독자의 주의력은 극의 바로 첫 장면부터 미스터리 요소에 의해 직접 이끌려 간다. 칵테일파티의 손님들이 수다스러운 줄리아 셔틀스웨잇Julia Shuttlethwaite를 설득하여 「클루츠 부인과 웨딩케익」("Lady Klootz and the Wedding Cake")의 이야기를 하게 하려고 할 때, 기이하게도 파티에 있어야 할 안주인 자체가 그곳에 없다는 사실을 알게 된다. 줄리아가 얘기를 진행해 가며 청중들로 하여금 미스터리 이야기에 호기심을 갖고 기대하게 만드는 순간에, 안주인이 수수께끼 같이 종적을 감추었다는 사실을 발견하면서 많은 아이러닉한 서스펜스가 생긴다. 라비니아의 모습이 보이지 않는 일종의 실종 사건[4]에 누구보다도 당혹스러운 에드워드 챔벌레인Edward Chamberlayne은 아내의 숙모가 갑작스럽게 병이 나는 바람에 아내가 숙모를 간호하러 에섹스Essex에 급히 갈 수밖에 없었다는 거짓 이야기를 꾸며내어 어설프게 미스터리를 해결하려고 애쓴다. 그러나 그의 꾸며진 설명은 미스터리를 해결하기보다는 더 깊게 만들고 있다. 손님들은 에드워드의 충실함에 회의를 가질 뿐만 아니라, 숙모의 질환 원인이 무엇인지를 알아보도록 그를 채근한다. 그의 아내의 실종에서 비롯된 "우스꽝스러운"(386) 상황은 줄리아로 하여금 전율을 느끼게("I'm thrilled")(390) 만든다. 그녀의 흥분은 범죄와 미스터리가 얽혀 있는 상황에 대한 관객들의 일반적인 동요와 자극을 유발시키게 된다.

여기서 제시된 줄리아가 전율을 느낄 만한 미궁의 상황은 미스터리 스릴러물의 상황과 비슷하게 견줄만한 것이다. 에드워드의 상황은 분명히 관객

4) 엘리엇이 평한 스릴러 작품에는 『수수께끼 같은 실종』(*The Mysterious Disappearances*)이라는 제목의 작품도 있었다는 사실(Eliot 1927a: 140)을 보면 아주 재미있다.

이나 독자의 호기심을 불러일으키려고 의도된 것이다.

> 우리는 서로 익숙해 있었지요. 그래서 그녀가 가버린 것이
> 순간적으로 알리고, 자세한 말도 없이,
> 말 한 마디 적어놓고는
> 가서 오지 않겠다는—도저히, 이해가 안돼요.
> 수수께끼에 싸여 남아 있는 걸 아무도 좋아하지 않겠지요:
> 사건은 그래서 . . . 아직 끝나지 않았습니다.

> We were used to each other. So her going away
> At a moment's notice, without explanation,
> Only a note to say that she had gone
> And was not coming back—well, I can't understand it.
> Nobody likes to be left with a mystery:
> It's so . . . unfinished. (362)

안주인의 실종에 부합된 상황적 세부묘사는 미스터리를 해결하기 어렵게 만들 정도로 빈약하다. 라비니아 자신이 남겨둔 "쪽지" 말고는 아무런 단서도 없다. 그러나 그 "쪽지"는 미스터리에서 단서 역할을 할 수도 있었지만, 그러기에는 아주 불완전하고 단편적이라서 라비니아를 추적할 수 있는 장소에 대한 아무런 힌트를 주지 못하고 있는 것이다.

> 그녀가 나를 떠나겠다는 내용의 쪽지를 남겼더라구요;
> 하지만 그녀가 어디로 갔는지는 모르겠네요.

> She left a note to say that she was leaving me;
> But I don't know where she's gone. (360)

평범한 관객처럼, 실리아 커플스턴은 수수께끼 같은 라비니아의 가출에 대한 이유를 추측할 뿐이다. 어쩌면 갑자기 돌아와서 에드워드와 실리아를 함께 잡아두려는 라비니아의 술책인지도 모른다. 그러나 에드워드는 그가 처한 상황이 개인적 상황뿐만 아니라 다른 사람들도 겪게 된 난처한 상황이라는 사실을 지적하고 있다.

> 실리아: 그녀가 우리를 함정에 빠뜨리려고 했단 말씀인가요?
> 에드워드: 아니죠. 함정이 있다면, 우리 모두가 함정에 빠진 거죠.
> 우리 스스로가 함정을 만든 셈이지요. 그러나 나는 몰라요
> 그것이 어떤 종류의 함정인지.

> Celia: Do you mean to say that she's laid a trap for us?
> Edward: No. If there is a trap, we are all in the trap,
> We have set it for ourselves. But I do not know
> What kind of a trap it is. (375)

줄리아는 스릴러에서의 유사한 상황을 충분히 인식하고 관객이 생각하여 스릴러에 빠져드는 것을 이해하고는, 라비니아의 부재가 심지어는 "유괴"(392)의 경우도 될 수 있다고 말한다. 그녀의 말은 갑자기 「갈등의 단편」을 회상시키는데, 여기서 스위니는 강간으로 도리스를 위협한다. 알 수 없는 안주인 사라짐의 상황은 또한 『가족의 재회』에서 귀족부인이 사라지는 장면을 개작한 버전과 흡사하기도 하다.

사건에 대한 미스터리는 "렌즈 하나를 잃어버리는"(365) 플라스틱으로 된 줄리아의 안경과 같은 세부묘사의 도입으로 한층 강화되고 있다. "한 알의 렌즈" 안경은 파티가 끝나고 다른 손님들이 떠난 후에 신원미상 손님이 부르는 노래에 나오는 이름인 외눈의 라일리One-Eyed Riley와 어느 정도 관계가 있음을 암시해 준다. 이 손님과 에드워드 사이의 대화에 대한 줄리아의 언급은 극 분위기의 주조를 이룬다.

미스터리가 너무 많군요
오늘 이곳에서는.

There's altogether too much mystery
About this place to-day. (365)

이 미스터리에 기여하는 또 다른 요소는 신원미상 손님의 거동이다. 자신의 정체에 관한 물음에 거듭해서 대답을 회피하는 일이나, 계속해서 "그러니, 난 낯선 사람으로 남아 있겠어요"(Let me, therefore, remain stranger)라고 하며 신원을 밝히지 않으려는 의지(361) 및 "24시간 안에/ 그녀가 이곳에 올 거요"(In twenty-four hours/ She will come to you here)라고 하며 만 하루 내에 사라진 안주인을 찾아오겠다는 장담(364) 등이 그것이다. 이러한 요소들은 신원미상 손님의 탐정과도 같은 역할을 암시해주고 있을 뿐만 아니라, 극 자체도 스릴러의 시행을 따라서 발전해간다. 또한 극의 서두에서 줄리아가 말하지 않은 미스터리 이야기의 델리아 베린더Delia Verinder와 빈스웰 부부the Vincewells라는 이름 역시 윌키 콜린스의 『월장석』에 나오는 이름들을 떠올리게 해준다. 엘리엇이 다시 한 번 관객들 중 스릴러 팬들의 호기심을 자극하여 자기의 극 속에서 그들에 대한 기억을 되찾고 미스터리적인 요소를 찾게 하기 위해 대중 스릴러물로부터 인물들의 이름을 조명하려고 애쓰고 있다.

극의 "미스터리 구성"을 견지하면서, 신원미상 손님은 중심인물로 부각된다. 그는 정해진 시간에 안주인을 되찾아온다는 엄청난 임무를 완수하는 동안에 나름대로의 감각을 발휘하고 있다. 다른 각도에서 보면, 신원미상의 손님이 옮기려는 만만찮은 책무의 수행은 엘리엇 극 구성개요의 근원이 되었던 유리피데스Euripides의 극 『알세스티스』(*Alcestis*)[5]에서 하계로부터 알세스티스를 찾아오는 헤라클레스Herakles의 과제와도 견줄만한 것이다. 그러나 『칵테일파티』에서의 과제와 이행은 현대 미스터리 스릴러의 정신에서는 더 막중한 것이다. 수수께끼 같은 손님은 확실히 안주인을 찾아오는 자기의 임무를 완수하지만, 회복은 조건적이다. 신원미상의 그 손님은 현대 과학적 속성을 이용하여 사망한 사람의 육체적 회복이 불가능함을 인정한다.

> 다른 한 가지는 이렇습니다: 어려운 문제입니다
> 누군가를 죽음에서 되돌아오게 한다는 것이.
>
> And another is this: it is a serious matter
> To bring someone back from the dead. (384)

그러나 종교적 신앙심에 부응하여 그는 죽음과 부활의 가능성을 항구적으로 일어나는 주기로 인식한다.

---

5) Donald Hall, "An Interview with T. S. Eliot," *The Paris Review* 21 (Spring-Summer, 1959). 엘리엇 스스로가 밝히기 전까지 비평가들은 『칵테일파티』 구성개요의 근원으로 유리피데스의 『알세스티스』를 식별할 수가 없었다.

아, 우리는 매일같이 서로 상대방에 대하여 죽고 있는 겁니다.
우리가 다른 사람에 대하여 알고 있는 것은
겨우 우리가 그들을 알았던 순간의 기억에 불과하지요.
그리고 그들은 그 이후부터는 변화하는 것입니다.
그들이나 우리들이 항상 동일한 인간이라고 생각하는 것은
하나의 유익하고 편리한 사회적 관습인데
그런 것은 때로는 깨볼 만도 합니다. 우리가 또한 유의해야 할 건
누구를 만날 때마다 우리는 낯선 한 사람을 만난다는 것입니다.

Ah, but we die to each other daily.
What we know of other people
Is only our memory of moments
During which we knew them. And they have changed since then.
To pretend that they and we are the same
Is a useful and convenient social convention
Which must sometimes be broken. We must also remember
That at every meeting we are meeting a stranger. (384-85)

돌아온 안주인이 자신의 종적을 감췄던 상황에 관한 최소한의 정보도 주지 않으면서, 조건부 제안은 필연적인 미스터리 구성과 좀 더 일치하고 있다. 그래서 그 조건은 신원미상의 손님에 의해서 설정된다.

그러나 내가 만일 부인을 데려온다면, 조건은 단 한 가지:
부인에게 전혀 묻지 않겠다고 약속해 주는 것입니다
그녀가 그간 어디 있었는가를.

But if I bring her back it must be on one condition:
That you promise to ask her no questions
Of where she has been. (364)

분명히 이러한 조건을 설정하는 목적은 라비니아가 없는 동안에 그녀의 은신에 관한 미스터리를 연장시켜주는 것이다. 챔벌레인 부부는 이러한 조건을 수용하는 문제에 둔 역점에서 더 멀리 보고 있다.

에드워드: 난 아무 것도 묻지 않으리다.
라비니아: 그럼 난 아무 설명도 하지 않겠어요.
에드워드: 그럼 나도 아무 설명하지 않겠소.
라비니아: 그럼 나도 아무 것도 묻지 않을게요. 하지만 . . . 왜요?

Edward: I am ask no questions.
Lavinia: And I know I am to give no explanations.
Edward: And I am to give no explanations.
Lavinia: and I am to ask no questions. And yet . . . why not? (392)

라비니아의 귀가에 대한 이러한 기본적인 조건이 일단 받아들여지면, 나머지 행동이 미스터리라는 덮개 아래에서 일어나게 되는 것이다. 관객은 손쉬운 해결책을 전혀 갖지 못하게 된다. 대신에 안주인의 실종과 귀환을 둘러싸고 있는 상황이라는 더 깊은 수수께끼를 푸는 일, 즉 다시 말하면, 에드워드 챔벌레인의 가족에 대한 걱정의 근원을 해결하는 일은 신원미상 손님의 노력 속에 포함되어야 한다. 이것이 정확하게 2막에서 일어나는 일이다.

그러한 임무를 완수하기 위해서 신원미상 손님은 정신과 의사로서 역할을 하는데, 직업에 알맞은 병원이 아닌 런던의 상담실에서 스스로를 가장한다. 가장으로 상당한 굴욕감을 안겨준 불행한 사건인 라비니아의 사라짐에서 고통을 받는 사람이자 희생자인 그의 심중을 탐사하는 일은 더 쉬워질 것이다. 가장이 도움을 주는 이유는 정신분석이라는 학문을 잘 알고 그 학문에 의해 엄청난 영향을 받은 현대인에게는 훨씬 더 납득이 될 수 있다는 사실을 입증할 가능성이 있기 때문이다. 그녀의 병에 관한 미스터리에 대해 정신과 의사가 질문을 했을 때, 라비니아는 그것을 "신경쇠약"nervous breakdown(397)이라고 기술하고 있다. 비록 정신분석적 조사를 가장한 가운데 조사가 시행되고 수수께끼 같은 손님이 자신의 참된 정체를 감춘다고 하더라도, 정신과 의사를 처음 본 환자들은 그를 이전에 만나보았던 신원이 밝혀지지 않은 손님이라는 사실을 알게 된다.

에드워드: 내게 이런 생각이 들더군요
내가 방에 들어오기 전에, 당신이 동일인이 아닐까 하는.
그러나 또 다른 병의 징조라 하고 생각지 않기로 했지요.
그런데, 좀 더 알았어야 할 걸 잘못했군요 당신을 알지도
못하는 사람의 소개로 여기 올 것이 아니라.
그러나 알렉스는 말재주가 있어요. 그 사람이 소개하는
상점은 항상 만족스러웠어요.
이거 용서하세요. 그 사람은 그러나 경솔한 사람*입니다.*
난 알고 싶은 데요 . . . 하지만 무슨 소용 있겠어요!
곧 실례하는 게 좋지 않을까 생각합니다.
라일리: 안될 말씀, 제발 앉으십시오, 챔벌레인씨.
가실 것이 아니라 앉으시는 게 나으실 겁니다.
무언가 물어 보시려고 생각하셨을 텐데요.

Edward: It came into my mind

Before I entered the door, that you might be the same person:

But I dismissed that as just another symptom.

Well, I should have known better than to come here

On the recommendation of a man who did not know you.

Yet Alex is so plausible. And his recommendations

Of shops, have always been satisfactory.

I beg your pardon. But he *is* a blunderer.

I should like to know . . . but what is the use!

I suppose I might as well go away at once.

Reilly: No. If you please, sit down, Mr. Chamberlaine.

You are not going away, so you might as well sit down.

You were going to ask a question. (401)

에드워드를 환자로 다루는 라일리에게 실리아의 등장은 라일리의 역할을 제대로 하게 하여 사건을 복잡하게 만든다.

실리아: 예, 그 줄리아 . . . 셔틀스웨이트 부인이

당신에게 가라고 내게 권하더군요. - 그런데 전에 뵌 적이 있군요.

만난 적이요, 어디서였죠? . . . 아, 물론 그랬겠죠.

그런데 어디였던지 . . .

라일리: 꼭 알 필요는 없습니다.

나는 셔틀스웨이트 부인의 권유로 거기에 갔었습니다.

실리아: 그렇다면 더욱 복잡해지는군요.

Celia: Yes, it was Julia . . . Mrs. Shuttlethwaite
Who advised me to come to you. — But I've met you before,
Haven't I, somewhere? . . . Oh, of course.
But I didn't know . . .
Reilly: There is nothing you need to know.
I was there at the instance of Mrs. Shuttlethwaite.
Celia: That makes it even more perplexing. (412)

정신과의사는 여전히 그 상황을 더욱 더 "혼란스럽게" 만드는 자신의 정체에 관한 질문에 대답하는 일을 회피하고 있다. 마찬가지로, 환자들도 역시 통상적인 어휘의 의미상으로 보는 환자가 아닌 것이다. 그들은 자신들의 정신과 의사와도 상담을 하지 않으며, 오히려 그들이 의사를 상담하게 된다.

라일리: 당신 같은 내 환자들은 다 자기를 기만하던 자들입니다
한없이 괴로워하고, 정력을 소모하지만,
결코 성공적이지 못합니다. 당신 두 분은 내게 병을 상의
하는 척 합니다; 두 분다, 자신들이 내린 진단을 내게
떠맡기고, 자신의 처방을 자신들이 쓰려고 합니다.

Reilly: My patients such as you are the self-deceivers
Taking infinite pains, exhausting their energy,
Yet never quite successful. You have both of you pretended
To be consulting me; both, tried to impose upon me
Your own diagnosis, and prescribe your own cure. (407)

심지어 정신과 의사를 찾아온 실리아의 변명도 통상적으로는 설명될 수가 없다.

> 실리아: 내 생각에 대부분 사람들이, 당신을 뵈러 올 때에는,
> 그들이 확실히 아프거나, 아니면 합당한 이유가 있지요
> 당신을 뵈러 오는 이유가. 그런데, 난 그렇지 않아요.
> 난 다만 절망에 빠져서 왔어요. 그러니 기분상하지 않아요.
> 당신이 그냥 가라고 다시 하더라도 말예요.

> Celia: I suppose most people, when they come to see you,
> Are obviously ill, or can give good reasons
> For wanting to see you. Well, I can't.
> I just came in desperation. And I shan't be offended
> If you simply tell me to go away again. (412-13)

따라서 에드워드와 라비니아처럼, 신원미상의 손님으로 나오는 라일리도 현대인의 정신적 질환을 탐사하기 위해서 현대관객이 용이하게 받아들일 수 있는 가장이나 위장을 선택했다고 주장하는 이유는 타당하다. 실로 라비니아는 스스로 자신의 처지를 기술하기 위해서 "신경쇠약"[6]이라는 말을

---

6) Peter Munz, "The Devil's Dialectic," *Hibbert's Journal* xlix (1950-51), 256-63. 피터 먼즈 Peter Munz는 정신적인 갈증이라는 개념을 나타내는 데 엘리엇이 선택해서 쓰고 있는 "신경쇠약nervous breakdown"이라는 말을 인정하지 않고 있다. 엘리엇 역시 정신적 체험을 표현하는 데 심리학의 한계가 있음을 잘 알고 있었으나, 그가 정신적 고갈의 시대로 보았던 당시 과학의 시대에 익숙하고 적절한 것처럼, 그 용어의 선택은 알맞은 것이라 하겠다. 델모어 슈와츠Delmore Schwartz 역시 아래의 글에서 이 용어는 새로운 시대의 어휘라고 주장하고 있다. Delmore Schwartz, "The Psychiatrist as Hero," *The Partisan Review* xviii (1951), 11.

사용하고 있다. 그러나 "정신과적" 조사과정으로 아주 예기치 않은 세부사항이 밝혀지고 있으며, 훌륭한 탐정소설에서 나타나고 있는 그릇된 추론적 요소의 사용을 용이하게 해주고 있다. 따라서 제시되는 세부묘사는 한층 명확해진다. 도로시 세이어즈는 이 요소를 다음과 같이 정의하고 있다.

> 탐정소설에 알맞은 당신의 처방이 있다. 그것은 짜인 거짓말 기술이다. 여러분의 책 앞에서 끝까지 독자를 정원으로 이끌어 가는 것이 여러분의 전체 목적이자 목표인 것이다. 독자로 하여금 거짓말을 믿게 하는 일은 간략히 말해서 진실 외의 모든 것을 믿게 하는 일이다.[7)]

장의 서두부터 에드워드는 아무 죄 없는 희생자로 등장하는데, 구경꾼의 심중에 끼치는 이러한 인상이 한동안 그대로 남게 된다. 그러나 조사과정을 통해서 라일리는 에드워드의 죄를 들추어내는데, 그가 간통죄가 있다는 사실이 밝혀진다. 마찬가지로, 에드워드가 라비니아를 거들떠보지도 않았기 때문에 그녀가 달아났다는 사실이 그녀가 돌아온 후에 밝혀진다. 그러나 라일리는 정신과 의사로서 그녀 역시 간통죄를 지었음을 입증한다. 그녀의 신경쇠약증은 그녀의 연인인 피터 퀼프Peter Quilpe의 변절 때문에 야기되었던 것이다. 이렇게 기대했던 사항이나 사건의 실체들의 역전현상이 탐정소설에서는 필수적인 요소라고 하겠다.

그러나 정신과 의사가 채택한 가장도 오래가지 못한다. 전문 의사가 사용하는 일반적 기술 용어와는 일관되지 못한 언어를 그가 구사하고 있기 때문이다. 정신과 의사로서 라일리는 실리아에게 이렇게 말한다.

---

7) Dorothy Sayers, "Aristotle on Detective Fiction," *English*, 1, 1 (Spring, 1936), 31.

그 상태는 구제의 가능성이 있습니다.
그러나 치료의 형식은 당신 자신이 선택해야 합니다:
당신 대신 내가 선택할 수는 없어요. 그게 당신이 바라는 거라면,
당신을 인간적 조건에 적응시킬 수도 있습니다,
당신만큼 그 정도에 이른 상태를 본연의 상태로 돌리는데
성공한 일도 있습니다.

The condition is curable.
But the form of treatment must be your own choice:
I cannot choose for you. If that is what you wish,
I can reconcile you to the human condition,
The condition to which some who have gone as far as you
Have succeeded in returning. (417)

확실히 이것은 전문의학자의 언어는 아니다. 환자들을 서로 쳐다보며 있게 한 방법은 비록 그가 "보기 드문 과정"(a rather unusual procedure)(405)이라고 인정하고 있지만, 그래도 환자를 검진하는 정신과 의사의 수법임을 말해준다. 이는 정신과 의사의 예의에 맞는 관행을 잘못 표현했을 뿐만 아니라[8] 신원미상 손님의 조사 목적을 강화시킨다. 그 이유는 라비니아의 실종 미스터리를 해결할 뿐만 아니라, 라비니아가 사라져 에드워드에게 충격을 주게 한 "질환" 내지는 사악한 것의 근원을 탐사하려는 목적이 있기 때문이다. 우리가 여기서 목격할 수 있는 것은 가장의 요소가 미스터리 스릴러의 중요한 성분(Eliot 1927a: 141)이 될 수 있다는 것이다. 범죄 가능성 있는

8) 휴 케너는 "어떤 정신과 전문직 구성원들이 자기들의 시술방식이 잘못 표현되고 있다고 언론에다 불평을 했다"는 사실을 지적했다(289).

목격자에게서 단서를 추출해내는 일은 탐정들에 의해서 빈번히 채택되어 지는 방법이다. 엘리엇 자신도 스릴러에 이러한 요소가 있음을 말하고 있지만, 또한 행동에서 개연성이라는 요소를 강화시켜주는 부정적 효과를 이끌어낼 수 있는 가장을 너무 길게 연장해서 도입하는 일은 경계하고 있다.

> 줄거리가 정교하고 믿기 어려울 정도의 가장을 기초로 해서는 안 된다. 우리는 가장을 훨씬 더 익살스러운 뤼팽Lupin에게서 받아들였듯이, 인물을 홈즈Holmes로 가담시키는 것으로부터 받아들였다. 그러나 우리는 그것들을 계략의 작업이라고 여긴다. 가장은 오로지 임시적이어야만 하기 때문에 가장된 삶은 이러한 악덕을 과장한 것이다. (Eliot 1927a: 140-41)

헨리 하코트-라일리 경Sir Henry Harcourt-Reilly이라는 이름 그 자체는 어느 정도 위장하여 조사를 진행하는 동안에는 탐정이 채택하는 별명이나 가명처럼 보인다. 그는 스스로 노래를 통하여 자신을 동일시하는 외눈박이 라일리the One-Eyed Reilly일 수도 있다. 칵테일파티에 그가 모습을 드러낸 것을 적절하게 설명할 수는 없다. 줄리아는 확실히 그의 인성에서 탐정 같이 두려운 면모를 어느 정도 밝히고 있는 듯하다.

> 줄리아: 에드워드, 저 불쾌한 사람은 누구에요?
> 내 생전 이런 모욕은 받아본 적이 없는데.
> 안경을 두고 간 것이 아주 다행이네요:
> 이런 게 모험이군요!
> 그에 관해 얘기 좀 해줘요. 함께 술 마셨군요!
> 그래 저런 친구를 사귀었군요
> 라비니아가 나간 후에! 그가 누구요?

에드워드: *난* 모르겠는데.

줄리아: *당신*이 모른다구요

에드워드: 생전 처음 보는 사람인데.

줄리아: 왜 여기에 왔나요?

에드워드: *난* 모르겠는데.

Julia: Edward, who *is* that dreadful man?
I've never been so insulted in my life.
It's very lucky that I left my spectacles:
This is what I call an adventure!
Tell me about him. You've been drinking together!
So this is the kind of friend you have
When Lavinia is out of the way! Who is he?

Edward: *I* don't know.

Julia: *You* don't know

Edward: I never saw him before in my life.

Julia: Both how did he come here?

Edward: *I* don't know. (365)

모른 체하고 있던 줄리아는 나중에 가서 신원미상 손님의 비밀 동맹의 가까운 동료임이 밝혀진다.

에드워드가 부르고 있는 수수께끼 같은 정신과 의사의 조사방법은 훨씬 더 많은 얘기를 함으로써 "분석"(your analysis)(364)으로 귀결시킨다. 범죄나 사건의 발생 순간부터 범죄나 사건의 결과를 초래한 과거의 환경이나 원인들에까지 이르는 행동을 재구성하는 그의 방법은 정확하게 스릴러 탐정들이 쓰는 방식과 같은 것이다. 라일리는 늘 현재상태서부터 조사를 시작하여 경우에 따라 과거를 고려하는 방식을 취한다.

난 항상 현재의 상태로부터 시작하지요
그리고 필요가 있을 경우 과거로 돌아갑니다.

I always begin from the immediate situation
And then go back as far as I find necessary. (402)

심지어 수수께끼 같은 정체의 정신과 의사는 관객에게 자신의 정보가 단지 환자 자신에게서 나온 것이 아니라는 사실을 회상시키는데, 실제로 그는 스릴러 탐정이 조사하는 수사과정 동안에 겪게 되는 여러 가지 모험을 연상시키는 근거와 접하기 위해 이곳저곳을 다녀야 한다고 주장한다.

그 점은 잘 말씀하셨습니다.
그러나 사실을 말씀드리자면
지금 내가 두 분에 대해서, 각각 두 분의 내막을 폭로한 것은,
두 분이 내게 고백한 것과는 아무 관계가 없습니다.
지금 두 분과 교환한 정보는
모두 외부 정보원에게서 입수한 것입니다.

A point well taken.
But permit me to remark that my revelations
About each of you, to one another,
Have not been of anything that you confided to me.

The information I have exchanged between you
Was all obtained from outside sources. (408)

외눈박이 라일리를 "개성적인 눈"을 지닌 대단한 존재로 부각시킨 신원미상의 손님이 쓰는 주요 시술행위에는 "외부 정보자원"outside sources이라는 용어도 포함되고 있다. 그러한 정보자료에는 그가 선정한 증인과 수집한 증거들뿐만 아니라 그가 채집하려고 시도한 모험들 모두가 포함된다. 엘리엇은 "미스터리 이야기에서 독자는 매번 신선한 모험에 이끌려 간다"(Eliot 1927b: 360)고 주장할 정도로 모험을 중시하고 있다. 스스로 곤란에 빠지지 않도록 사실들을 감추는 진정한 몇몇 증인들에게서 정보를 추출해내는 일은 탐정들에게 늘 쉬운 노릇은 아니다.

당신은 '모욕'이라는 말이 무의미한 곳에 와 있습니다;
그리고 그런 것을 참아야 합니다. 지금까지 당신들의 말씀이 –
두 분 모두 – 틀림없이 사실입니다: 당신들이 느낀 바를 –
아니 그 중 약간을 설명하셨습니다만 – 중요한 사실은 빠졌군요.
우선 당신 남편에 대해서 먼저 말씀드리지요.

You have come where the word 'insult' has no meaning;
And you must put up with that. All that you have told me –
Both of you – was true enough: you described your feelings –
Or some of them – omitting the important facts.
Let me take your husband first. (407)

이들 "중요한 사실들"은 어쩌면 미스터리 해결에 없어서는 안 될 귀중한 단서가 될 수도 있고 그렇지 않을 수도 있다.

신원미상의 손님을 수사하는 임무는 쉬운 일이 아니다. 엘리엇이 무척이나 좋아했던 아서 코난 도일Arthur Conan Doyle의 탐정인 셜록 홈즈9)에게 왓슨 박사Dr. Watson가 도움을 주었듯이, 또한 렉스 스타웃Rex Stout의 미스터리 소설에서 네로 울프Nero Wolfe에게 아키 굿윈Archie Goodwin이 조력자가 된 것처럼, 임무수행에 따른 수사를 실행에 옮기기 위해서 그는 두 명의 손님에 의해 도움을 받는다. 도로시 세이어즈는 주 탐정을 돕는 그와 같은 조수를 "충실한 아케이티스"(fidus Achates)(33)라고 부르고 있다. 줄리아 셔틀스웨이트도 그러한 두 명의 조수 중 한 사람이다. 그녀의 이름에 꼭 맞게, 그녀는 장소를 옮겨 다니면서shuttle 외관상 여행객들을 주시하는 탐정의 "눈eye" 역할을 하고 있다. 그러나 이들 조수와는 달리 그녀는 미스터리 분위기를 고조시킴으로써 관객의 탐색을 헷갈리게 하여 극의 행동에 더욱 더 깊게 관여하도록 유도하고 있다.

줄리아는 은밀하게 사태를 조작한다. 처음에 그녀는 신원미상의 손님과의 어떠한 관계도 부인하지만, 나중에는 칵테일파티에 그를 초청한 사람이 바로 그녀였다는 사실이 드러나게 된다. 시작 장면에서 에드워드가 발견한 우스꽝스러운 상황에서 야기된 재미와 흥분도 그녀가 꾸며낸 것이다. 마지막까지 그녀가 결코 말하지 않고 있는 가운데 미스터리와 모험의 이야기에 관객을 참여시키려는 그녀의 시도는, 한 인물이 암시하듯이, 그녀가 이야기꾼의 기술적 비결을 갖고 있음을 시사해준다. 그녀는 언제 이야기에서 관련 없는 점들을 삭제하고 언제 흥미 있는 중요한 점을 강조하는지를 알고 있었다. 다른 손님들의 눈에 에드워드를 우스꽝스럽게 만들기까지 에섹스에 있는 라

9) 엘리엇은 홈즈가 그의 용맹스러움 때문만이 아니라, 존슨적인Jonsonian 의미에서 주로 바늘과 증거수집상자와 바이올린을 가지고 다니는 해학적인 인물이기 때문에 존재한다고 말하고 있다(Eliot 1980: 464).

비니아의 아주머니 이야기를 억지로 그가 꾸며내도록 시킨 장본인도 그녀인 것이다.

줄리아가 미스터리를 더욱 더 오리무중으로 빠지게 만드는 데 시도한 스릴러 탐정의 조수로서 인습에서 벗어난 자유로운 역할을 나타내는 사항이 두 가지나 있다. 하나는, 빈번히 잃어버리는 그녀의 안경으로 그녀는 다른 사람의 아파트를 엿보게 되는데, 이는 사람들의 사적인 삶에 관한 정보를 찾을 충분한 기회를 주는 교묘한 조작기술이다. 그녀가 직접 기술하듯이 하나의 렌즈에만 맞추고 있기 때문에, 안경은 엄청날 정도로 수수께끼가 많은 "최대의 미스터리"(the greatest mystery)(365)가 된다. 줄리아는 자신의 정체를 드러내지 않은 채 에드워드의 이전 칵테일파티에 참석했던 손님들에게 전보를 보내서 라비니아가 돌아올 때 참석해 달라고 요청한다. 줄리아의 행동에 호기심을 갖고 있으면서도 당황한 라비니아는 전보로 친구들을 그 자리에 부른 것은 "줄리아의 못된 장난"(Julia's mischief)(388)일지도 모른다고 의심한다. 미스터리를 촉진시키고 심화시키는 줄리아의 기능은 확실히 또 다른 역할을 하는데, 엘리엇이 미스터리 상황에서 관객의 즐거움을 의식한 것과 같이 그녀가 그러한 미스터리 상황을 좋아했기(365) 때문이다.

줄리아: 그렇다면 무슨 이야기를 하셨어요?
아니 그러면 둘이서 처음부터 노래를 불렀나요?
대체 온통 수상한 것뿐이군요
오늘 이 장소에는.
에드워드: 죄송합니다.
줄리아: 별 말씀. 난 그게 좋아요. 그런데 그래서 생각이 나네요
내 안경이.

Julia: But what did you talk about

Or were you singing songs all the time?

There's altogether too much mystery

About this place to-day.

Edward: I'm very sorry.

Julia: No, I love it. But that reminds me

About my glasses. (365)

줄리아는 또한 정신과 의사의 시술방식을 처음으로 "극악무도한" 것으로 생각해보도록 관객을 유도한 책임도 있겠지만, 이상한 손님과 긴밀한 연계를 맺고 있는 것처럼 보이게 행동한다.

신원미상 손님의 또 다른 조수는 알렉스 맥콜기 깁스Alex McColgie Gibbs인데, 극에서 수수께끼 같은 세 사람 중의 한 구성원이다. "아무 것도 없는 상태에서 맛있는 음식을 만들어내는"(Concocting a toothsome meal out of nothing)(368) 그의 능력은 인정받고 있다. 알렉스는 극의 미스터리 분위기를 해결하기보다는 더 증대시키는 데 도움을 줌으로써 인습에서 벗어난 자유로운 스릴러 역할을 하는 신원미상 손님의 또 한 명의 조수인 것이다. 그는 또한 제임스 본드James Bond와 같은 자신의 국제적인 연락망으로 해외 여행객들, 특히 회사 중역인 벨라 스고디Bela Szgody와 약속을 마무리 지으려고 캘리포니아로 돌아온 피터 퀼프를 탐정 같은 눈길로 주시하고 있다. 아주 재미있게도, 상연된 영화는 영국식 저택인 "볼트웰Boltwell"의 쇠퇴 여건을 묘사하고 있는데, 이는 상징적으로 영국의 삶과 문화의 쇠망을 나타내어 준다[10].

10) 여기서 이안 플레밍Ian Fleming의 수사요원인 제임스 본드에 관해서 간략하게 살펴 볼 필요가 있다. 영화 속에서 그는 율리씨즈Ulysses처럼 저 멀리 터키Turkey에서 미국의 라스베

미스터리를 불러일으키는 사람으로서 알렉스의 기능은 그가 어디에나 항상 있음으로 인해 자명하게 작동되고 있다. 줄리아처럼 그는 무언가 전조의 기미만 보이면 챔벌레인 부부를 방문한다. 알렉스가 어떻게 들어왔는지를 먼저 알고 싶어 하는("I'd like to know first how you got in, Alex.") 에드워드에게 알렉스는 자기가 와보니 이미 문이 열려 있었기 때문에 누가 왔는지를 알아보려고 살짝 들어갔다고 말한다.

아, 내가 와 보니 문이 열려있더군요
해서 난 슬그머니 들어가야겠다고 생각했답니다
  누가 당신과 함께 있는지를 보려고요.

Why, I came and found that the door was open
And so I thought I'd slip in and see
  if anyone was with you. (367)

챔벌레인 부부 집에서 그는 라비니아의 귀환을 목격하거나 축하를 목적으로 손님들을 함께 모이게 한 전보에 관한 미스터리를 관객이 보도록 사실상 강요하고 있다.

알렉스: 돌아오셔서 반갑습니다. 라비니아!
당신의 전보를 받고서 . . .

가스Las Vegas, 지중해, 캐리비언 해the Carribean, 대서양, 심지어는 다시 미국의 마이애미 해안Miami Beach까지 여행한다. 그는 바하마 해역the Bahamas에서 스킨 다이빙할 때에도 임무를 띠고 지하세계를 여행한다. 이처럼 그에게는 전 지구의 전체 문명을 안전하게 지켜내는 엄청난 임무가 맡겨지는 것이다. 즉 자유세계는 그의 행동에 달려있다고도 과언이 아니다. 정말 그는 세계평화를 지키는 정의 조직의 일원이다.

라비니아: 어디서요?

알렉스: 데담에서.

라비니아: 데담은 에섹스에 있는데, 그렇다면 데담에서 친 거군요.
에드워드, 데담에 친구라도 있나요?
아니, 난 데담에는 아무도 아는 사람이 없는데.

줄리아: 그렇다면, 정말 재미있는 미스터리군요.

알렉스: 그 미스터리가 무언가요?

Alex: Welcome back, Lavinia!
When I got your telegram . . .

Lavinia: Where from?

Alex: Dedham.

Lavinia: Dedham is in Essex. So it was from Dedham.
Edward, have you any friends in Dedham?

Edward: No, I Have no connections in Dedham.

Julia: Well, it is all delightfully mysterious.

Alex: But what is the mystery? (390)

상황에 관한 미스터리, 즉 라비니아의 미스터리 같은 잠적은 여전히 명확하게 밝혀지지 않고 있다. 이에 대해 단 한마디의 말로 심지어 문제를 해결했는데, 극작가는 자기 목적에 맞게 이러한 탐정 요원들을 통해서 집요하게 그 효과를 살리고 있다. 알렉스는 미스터리를 해결하고자 일단 아주 근접하게 다가가지만, 줄리아로부터 그 일에 대해 "알렉스, 꼬치꼬치 알려고 하지 *마세요*"(Alex, *don't* be inquisitive)(390)라는 경고를 받는다. 그로 말미암아 독자는 더욱 더 이 미스터리 기제의 기능에 관해 호기심을 갖게 된다.

"아니, 줄리아 *우리는* 전보내용을 설명할 수 없어"(No, Julia, *we* can't explain the telegram)(391)라며 그녀에게 동의한 알렉스의 장난기 어린 말투는 의심할 나위 없이 관객의 호기심을 자극하는 것을 목표로 하고 있다. 그러나 극에서 그의 존재감이 갖는 심각한 양상은 확연하게 두드러진다. 그가 고위직 관리 계통과 관계를 맺고 있다는 사실을 인식하는 일은 그렇게 놀라운 것은 아니다. 알렉스는 주지사 파티의 일원으로 자원봉사단체the Voluntary Aid Detachment의 다른 두 명의 자매회원과 함께, 어느 개미언덕 근처에서 십자가형을 당했을 거라는 실리아(It would seem that she must have been crucified/ Very near an ant-hill)(434)에 대한 직접 보고서를 수집할 목적으로, 킹칸자Kinkanja라는 역병이 도는 먼 오지의 섬을 여행한다. 이 "미스터리 같은"(One of his mysterious expeditions)(427) 원정여행으로 인해 청중들을 즐겁게 하기 보다는 그들의 등골을 오싹하게 만드는 범죄와 수사의 이야기를 구성하는 보고서가 만들어진다.

그때에, 폭동이 일어났던 것이지요
이교도들 사이에, 내가 당신에게 말했듯이.
그들도 알았지만, 죽어가는 원주민을 내버려 둘 수가 없었겠지요.
결국, 그들 두 사람은 도망쳤지요:
하나는 정글에서 죽었고, 하나는 살긴 했지만
다시는 정상적인 생활을 못할 몸이 되어버렸지요.
그러나 실리아 코플스톤은, 잡히고 말았답니다.
우리 사람들이 그곳에 갔을 때, 부락민들에게 물어 봤답니다—
살아남은 부락민 말입니다. 그때 그들은 그녀의 시체를 발견했고,
아니, 적어도, 그런 흔적이라도 찾은 모양입니다.

> And then, the insurrection broke out
> Among the heathen, of which I was telling you.
> They knew of it, but would not leave the dying natives.
> Eventually, two of them escaped:
> One died in the jungle, and the other
> will never be fit for normal life again.
> But Celia Coplestone, she was taken.
> When our people got there, they questioned the villagers—
> Those who survived. And then they found her body,
> Or at least, they found the traces of it. (436)

단순한 말보다 실제 살인사건을 수사하는 탐정의 과제를 알렉스가 수행하는 일은 섬뜩하다. 따라서 신원미상 손님과 그의 동료들 세 사람은 함께 속죄를 추구하면서도 잘못을 저지르는 영혼을 주시하는 "개인적 시선"의 역할을 하는 비밀스러운 집단을 구성한다. 수수께끼 같은 이 집단은 라비니아의 미스터리 같은 잠적의 의미를 한층 더 심화시키면서 저마다 처한 상황을 수정하는 방식으로 그들에게 지적해준다. 그 집단은 죄 많은 영혼들이 궁극적으로 사랑과 결혼의 유대를 무시하는 자기들마다의 낭만적인 가장에 내포되어 있는 죄와 죄의식을 보게 하는 노력을 아끼지 않고 있다.

신원미상 손님과 그의 동료들이 수행하는 조사는 스릴러에서 이루어지듯이, 죄를 탐사하는 데 목적을 두고 있다. 『칵테일파티』에서 정신과 의사의 조사는, 물론 유죄"guilt"라는 어휘의 의미가 법적이기보다는 정신적이라고 하더라도 같은 목적으로 유도되고 있다. 에드워드 챔벌레인과 라비니아 및 실리아 커플스톤은 저마다 도덕적 행동의 단절, 또는 좀 더 정확히 말하면 간통"adultery"의 죄가 있다는 사실이 발견된다. 정신과 의사는 도덕적 가치의 상실을 보편적 현상으로 강조한다.

> 아, 그렇습니다; 중대한 문제이군요. 흔히 있는 병이랍니다.
> 대단히 유행하지요 정말로.

> Oh, dear yes; this is serious. A very common malady.
> Very prevalent indeed. (402)

하지만 그의 시술 방식과 그의 조수들인 줄리아와 알렉스의 기능 스타일은 세 사람이 하는 일을 외관상 지독하게 보이게 하는[11] 신비스러운 분위기를 조장한다. 이들 세 사람은 모두 어떻게든 “악마와 같은” 대상으로 기술되고 있다. 인물들에 의한 악마의 빈번한 언급은, 사실상 그 세 사람을 라비니아가 실종된 바로 그 순간에도 작동을 시작하고 있는 일종의 지옥 기구로 변환시키고 있다. 즉 처음부터 행동은 이러한 조직이라는 기관에 의해서 조정되고 있다.

> 확실히 당신은 그 전보를 설명할 수 있을 것인데요.
> 나는 까닭을 모르겠군요. 그러나 내 생각에는 어제
> 내가 어떤 기계를 돌리기 시작했는데, 그게 지금도 돌아가는군요,
> 그런데 그걸 멈출 수가 없어요; 안돼요, 기계가 아닌 것도 같고—
> 그것이 기계라면, 누군가 다른 사람이 돌리고 있는 거죠.
> 그러나 그게 누군가요? 항상 누군가가 간섭합니다 . . .
> 자유롭지 못하네요 . . . 허나 내가 그것을 돌리기 시작했는데 . . .

---

11) 콕토J. Cocteau의 『지옥의 기계』(*The Infernal Machine*)와 엘리엇의 『칵테일파티』는 모두 다 같은 근원인 유리피데스의 『알세스티스』에서 그 구성의 개요를 빌려오고 있다.

I am sure that you could explain the telegram.
I don't know why. But it seems to me that yesterday
I started some machine, that goes on working,
And I cannot stop it; no, it's not like a machine—
Or if it's a machine, someone else is running it.
But who? Somebody is always interfering . . .
I don't feel free . . . and yet I started it . . . (391)

그런데 신원미상의 손님은 고통을 겪고 있는 사람이나 그의 "환자들"을 조사할 때에도 어떤 목적을 위해서 자기 자신의 기능을 관객이 슬쩍 보게 한다.

하지만 한 말씀드릴 것은, 낯선 사람을 가까이 한다는 것은
예기치 않은 일을 자초하는 것이고, 새로운 힘을 푸는 것이며,
병 속에 가두었던 도깨비를 나오게 하는 것입니다.
즉 당신의 힘이 미치지 못하는 일련의 사건을
시작시키는 일입니다. 그래서 계속하죠.
그때에, 당신은 어떤 위안을 맛보는 것입니다
자신이 알지도 못하는.

But let me tell you, that to approach the stranger
Is it invite the unexpected, release a new force,
Or let the genie out of the bottle.
It is to start a train of events
Beyond your control. So let me continue.
I will say then, you experience some relief

Of which you are not aware. (361)

확실히 수수께끼 같은 기계는 범죄의식에 의해 고통 받으면서 에드워드처럼 "정신적 죽음"(The death of the spirit)(404)을 겪고 있는 사람들과, 실리아가 느끼듯이 "죄의식"(a sense of sin)(414)과 "고독감"(An awareness of solitude)(413)을 느끼는 사람들에게 위안을 가져오도록 작동하고 있다. 에드워드 자신은 이러한 기계에 대한 자애로운 의도를 어렴풋이 알고 있는데, 그 이유는 이 세 사람을 기아로부터 자기를 구해내어 자기 아내의 잠적으로 야기된 굴욕적인 상황에 직면하도록 도움을 준 사마리아 사람들Samaritans로 의식해서 기술하고 있기 때문이다. 그의 측에서 보면 자신의 정신적 감식력이 떨어져서 실리아를 세 번째 사마리아인으로 기술하는 작은 잘못을 저지르는데, 이는 어쩔 수 없는 일이다. 그런데, 실제로 세 번째 사마리아인으로 인식되는 인물은 바로 신원미상의 손님 당사자인 것이다.

그러므로 지옥이라는 기제는 비전이 명료한 순간에는 범죄의식으로 병든 인간의 영혼에 위안을 가져오는 사마리아인들이나 수호자들로 보이게 된다(Jones 152). 실리아는 당면한 문제를 아주 건강하고 적극적인 방식으로 해결해 나가는 방식을 택하고 있다.

알겠어요. 나는 구태여 내 문제가 흥미롭다고 생각하진 않아요;
그러나 그렇게 시작하진 않을 거예요. 전 아주 건강해요.
적극적인 생활도 할 수 있어요—일할 것만 있다면;
어떤 강박관념에 사로잡혔다고도 생각되지 않아요;
어떤 목소리도 듣지 못하고, 그 어떤 환상도 없어요—

Well, I can't pretend that my trouble is interesting;

But I shan't begin that way. I feel perfectly well.
I could lead an active life—if there's anything to work for;
I don't imagine that I am being persecuted;
I don't hear any voices, I have no delusions— (413)

그러나 동시에 『가족의 재회』의 "밝은 천사들"과는 달리 이들 수호천사들은 피와 살로써 최고의 질서에 의한 탐사의 방식으로 활동하는데, 그들은 엘리엇이 상당히 역점을 두었던 무언가에 대해서 탐정의 입장에서 제 역할을 한다. 특히 신원미상의 손님은 알려진 다른 추리문학에서 등장하는 탐정들과 대비 관계를 드러내고 있다. 예를 들어서, 시작 장면에서 칵테일파티 석상의 다른 손님들이 흩어지고 난 뒤에도 그대로 뒤에 남아서 에드워드 챔벌레인에게 말을 하는 방식은 스티븐슨R. L. Stevenson의 법률가이자 탐정인 아터슨Utterson의 스타일에 영향을 받은 흔적이 역력하다. 양자는 모두 예민한 분석력을 지니고서 진jin과 물을 섞는 것을 좋아하고 파티가 끝난 뒤에 상대적인 평화와 고독을 선택하여 집주인과 진지한 문제에 관해 대화를 나눈다. 그러나 아터슨은 신성에 관한 책을 읽어서 한때는 패배하는 사람들의 삶에 영향을 끼쳐 결국에는 좋은 영향력 있는 인물로 묘사되고 있다[12]. 엘리엇은 탐정을 처리하는 데 있어서 스티븐슨보다도 더 비유적이다. 그가 두 가지 면에 동시에 기능하게 할 정도까지 엘리엇의 탐정은 그가 셜록 홈즈보다도 더 동경해 마지않았던 인물인 체스터턴의 신부이자 탐정인 브라운 신부와 훨씬 더 가깝게 된 것이다(Eliot 1980: 464). 브라운 신부는 모든 인간이 잠정적으로는 범죄자라는 통찰력, 즉 모든 인간이 정신적인 죄인이라는 사실

12) 변호사이자 탐정인 아터슨이 인물로 나오는 스티븐슨의 미스터리 이야기 『지킬 박사와 하이드씨』(*Dr. Jekyll and Mr. Hyde*)를 보면 스티븐슨의 인물과 엘리엇의 신원미상 손님이 어느 정도 비슷하다는 것을 알 수 있다.

에 자기 조사의 토대를 둔다. 이것은 엘리엇의 수수께끼 같은 손님에 대한 전제 사항이기도 하지만, 그들을 범인으로 직접 다루지 않고 그 대신에 치유할 수 없는 질병에 시달리는 환자로 다루고 있다. 보편적인 질환이라는 생각은 보편적인 죄지음이라는 상념에 대한 비유이며, 전자를 탐사함으로써 그는 후자를 조사하게 된다.

실로, 환자 개개인은 내가 조사하고자하는
전반적인 증세의 단편밖에 안 되는 경우가
종종 있습니다. 자기 혼자서 앓고 있는
그러한 고립된 환자는, 오히려 예외에 속합니다.
최근에도 당신의 병상과 꼭 같은
환자를 대한 일이 있습니다.

Indeed, it is often the case that my patients
Are only pieces of a total situation
Which I have to explore. The single patient
Who is ill by himself, is rather the exception.
I have recently had another patient
Whose situation is much the same as your own. (405)

"전체적인 상황"을 탐사하면서 신원미상의 손님과 그의 조수들은 스스로를 탁월한 명령이나 질서에 따라 움직이는 탐정이라고 표명하는데, 그들의 행동이 도덕적으로 더 지고하다는 의미에서 탁월한 것이다. 신원미상 손님의 목적은 라비니아의 잠적에 대한 미스터리를 해결하고 24시간 내에 그녀를 귀환시킴으로써 관객에게 즐거움을 주는 데만 있는 것은 아니다. 그의 목적은 모든 인간이 처한 곤경이기도 한 필연적인 힘든 궁지를 관객으로 하여금 성찰해보게 하기 위하여 죄의식이라는 함정을 파놓는 데 있다. 그의 조사는 진행된다.

알게 되지요

당신이 과연 무엇인가를. 당신이 정말 느끼는 게 무언지를.
다른 사람들 사이에서 당신이 정말 무언지를 알게 되지요.
대부분의 경우 우리는 자기 존재를 당연하다고 생각합니다,
그래야 했듯이, 자기에 대한 약간의 지식을 토대로
살지 않을 수 없기 때문입니다. 그래 당신은 무엇인가요?
당신은 자신이 무엇인가를 나나 마찬가지로 모를 것입니다,
아니 오히려 아는 게 적을 겁니다. 당신은 겨우 진부한 반응을
되풀이하는 한낱 장치에 지나지 않습니다. 오직 한 가지 할 일은
아무 것도 하지 않는 것입니다. 그러니 기다리십시오.

To finding out

What you really are. What you really feel.
What you really are among other people.
Most of the time we take ourselves for granted,
As we have to, and live on a little knowledge
About ourselves as we were. Who are you now?
You don't know any more than I do,
But rather less. You are nothing but a set
Of obsolete responses. The one thing to do
Is to do nothing. Wait. (363)

신원미상의 손님은 임상 의사가 쓰는 용어로 조사내용을 해석할 때, 그가 조사하고 있는 것은 "아주 평범한 질환"(A very common malady)(402)이므로, "모든 환자가 특이하며, 또한 다른 사람과 아주 흡사하다"(All cases are unique, and very similar to others)(402)고 덧붙인다.

나중에 라일리로 밝혀지는 신원미상의 손님은 또한 관객들로 하여금 그들의 정신상의 죄를 의식하게 하기 위해 죄를 추적하고 동시에 그들이 찾는 속죄의 길을 가리켜준다는 점에서 탁월한[13] 탐정이자 수사관인 셈이다. 그는 챔벌레인 부부에게 이전 결혼생활로 돌아가도록 충고하지만, 새로운 사랑과 이해의 정신만이 그들이 갖게 될 새로운 칵테일파티의 진정한 성공을 보장할 수가 있다. 그리고 실리아 커플스톤에게는 사도들에게 베푼 불타[14]의 마지막 은총과 유사한 말을 그가 한다.

> 평화롭게 가세요, 내 딸이여.
> 성심껏 자기 구원의 길을 개척하세요.
>
> Go in peace, my daughter.
> Work out your salvation with diligence. (420)

여기서 신원미상의 손님은 챔벌레인 부부와 실리아 커플스톤에게 한두 가지 다른 종류의 은총에서부터 이미 잘 알려진 찰스 윌리엄스가 규정한

---

13) 여기서 탁월하다superior라는 말의 의미는 엘리엇의 "탁월한 유형superior type" 탐정소설이라는 개념과 잘 일치하고 있다.

14) R. Baird Schuman, "Buddhistic Overtones in *The Cocktail Party*," *Modern Language Notes*, lxxii, 6 (June 1957), 426-27. 극의 의미에 대한 불교의 함축적 의미해석에 관해서는 슈만Schuman의 위 학술지에 수록한 논문을 볼 것.

기독교의 두 길을 권고하고 있는 듯하다.

> 긍정적인 방법과 부정적인 방법, 양자 모두가 존재할 수 있었다. 각자가 다른 길의 핵심이 되기에 함께 여기에 들어가는 것이라고 말할 수도 있으리라. . . . 성찬식은 동시에 이미지이자 현존인데, 양자에게 모두 공통적이고 필연적이다. 한 길은 우주가 활기차게 고동칠 때까지 질서 있게 사물들 모두를 긍정하는 것이고, 다른 하나는 어디에도 절대자 외에는 아무 것도 없을 때까지 모든 것을 거부하는 것이다. 긍정의 길은 위대한 예술과 사회적 정의를 발전시키고, 거부하는 부정의 길은 기독교 왕국의 위대했던 정신적 대가들에 대한 기록을 영혼의 아주 신비스러운 글 속에서 끊임없이 파기하는 것이다. (57-58)

따라서 탐정이 주로 쓰는 장치들을 신원미상의 손님이 정신분석의 언어와 조합하는 동안, 그의 태도는 분명히 관객이 극을 통해서 더 심오한 기독교적인 이상과 방법을 인식하게 하려는 의도를 보이고 있다. 윌리엄 애로우스미스Wiliam Arrowsmith의 표현을 빌리자면, 그와 그의 조수들은 "기독교 음모단"(420)의 기능을 한다. 이러한 기술에 대해서 존스는 적절한 관찰을 통해서 다음과 같이 논평하고 있다.

> "기독교 음모단"이라는 기술은 불행하게도 정당하다. 우리가 관찰한 바와 같이, 엘리엇이 라일리와 줄리아 및 알렉스가 속한다고 생각되는 그의 기독교인들의 공동체Community of Christians가 하나의 기구가 아니라고 나는 분명히 말한다. 하지만 극 속에서 그들은 거의 은밀한 사회의 분위기에서 움직이는 수수께끼 같은 종교적 기구에 소속된 것처럼 보인다. 그들은 확실히 어느 정도 전원적인 비교秘敎적 의식과 유사한 것에 빠져있는

것 같다. 이런 종류의 것들은 대부분의 사람들이 배제되었다는 생각을 느끼게 되면, 그들을 소외시킨다. 엘리엇은 아마도 그러한 효과를 의도하지는 않았을 것이다. 분명히, 기독교인들의 공동체가 각별한 영적인 동료의식을 공유하고 직관적인 이해로 함께 일하게 될 것이지만, 이런 방식으로 스스로 떨어져 있지는 않을 것이다. 극적인 고조감 강화나 극적인 장치의 제작을 위한 필요성이라고 어쩌면 설명할 수도 있을 것 같다. (152)

엘리엇이 도입한 미스터리 장치와 수사 장치나 기구 역시 "극적인 고조감 강화"와 "극적인 장치"의 제작 필요성에 대한 해답을 주지만, 반면에 이들 장치는 극의 각별한 종교적 주제와 관련하여 훨씬 더한 장점을 제공하고 있다. 존스가 주장하듯이 만일 "기독교 음모단"이나 "수수께끼 같은 종교적 기구"의 이념이 대부분의 사람들을 소외시키는 경향이 있다면, 그래서 "그들이 배제되었다는 생각을 느끼게 된다면" 미스터리 수사극의 요소는 정반대의 방향으로 극적인 관심과 극적인 참여 및 심지어 정체성 확인이라는 기존의 연결고리를 현대관객에게 제공하게 되는 셈이다. 이 장치가 실제의 극장에서 어느 정도까지 성공적이냐 하는 문제는 말하기가 어렵다. 그러나 미스터리 요소가 확실히 어느 정도 배경으로 이동되었다고 하더라도 죽음과 순교의 본질적인 극을 방해하지는 않는다. 여하튼, 스릴러적 관심, 즉 미스터리의 해명은 신비스럽고 수수께끼 같은 기구가 극 장면에서 떠날 때까지 약해지지 않고 있는데, 볼트웰에 대한 영화를 통해서 필연적인 인간의 상황을 더 잘 이해할 수 있도록 피터 퀼프에게 캘리포니아로 가라고 하고, 챔벌레인 부부에게는 새로운 칵테일파티를 개최하도록 하고 있다. 그 임무를 완수하고 난 뒤, 수수께끼 같은 이 기구는 챔벌레인 부부의 집이나, 어쩌면 엘리엇의 다음 극인 『개인 비서』에서 나오는 멀해머Mulhammer 부부의 집 같은 거닝Gunning 부부의 집으로 옮겨간다. 줄리아가 챔벌레인 부부에 관해서 "미스터리가 너무 많군요/ 오늘 이 곳에서는"(365)이라고 말한 것처럼, 미스터리는 확실히 『개인 비서』에도 만연해 있다.

미스터리요소 다음으로 주목해야할 부분이 제의적 춤동작과 동작에 맞게 연주될 재즈 리듬이다. 이러한 부분은 엘리엇이 어디에 주로 관심을 두고 있었는지를 파악해보고 극적 장치에 필요한 요소를 교묘히 끌어들이는 전략의 구현과도 관련이 깊다.

묻혀버린 엘리엇의 볼룸댄스 이력은 낮은 소리로 읊조리는crooning 기질과 조화를 이룬다. 이른바 조이스보다 비교적 못한 보컬능력으로 방해받지 않은 그는 가끔 예상치 못한 지인들 가운데서 보드빌 식의 곡이나 음란한 노래들을 곧 잘 풀어놓았다고 알려져 있다. 1950년대에는 그가 친구들이나 "후원자"guardian인 메리 트레벨리언Mary Trevelyan에게 아프리카계 미국인의 영가에서부터 팝에 이르는 선곡들을 노래했다는 것이다(Gordon 212-14). 로벗 지럭스Robert Giroux는 어느 날 저녁 엘리엇의 노래가 "자기가 알기로는 존재했던 것 이상으로 조지 코한George M. Cohan의 노래다운 시들이었다"(343)고 회고한다. 그리고 발레리 엘리엇Valerie Eliot이 남편을 면도해주는 아침 의식이 우스꽝스러운 음악당 노래를 자기기분에 맞도록 활기차게 해석한 노래로 모험적이었다는 사실을 알게 되었다(Timothy Wilson 45). 그와 같은 면도행위도 『칵테일파티』에서처럼 그에게는 다분히 제의적인 일상이다. 유행가인 팝송은 다른 사람들에게도 그랬겠지만 엘리엇의 생활무대를 두드러지게 했다. 예를 들어 그가 1910년 처음으로 런던에 갔을 때 그는 항상 허먼 핑크Herman Finck의 「그림자 속에서」("In the Shadows")라는 음악에 관심을 갖고 있었다(Eliot 1988: 17). 어쩌면 그 때문에 그가 자기 작품에게 끼치는 음악과 같이 외부로부터 유입되는 그러한 영향을 차단할 정도로 충분히 내적인 장벽을 세울 수 있었을 지도 모른다. 그러나 그는 의도적으로 그러지는 않았다.

1996년 『마치 해어의 작품들』(*Inventions of the March Hare*)로 출간된 초기 엘리엇 노트북의 시들은 그의 운문체 형성에 기여한 재즈로 변화한 팝송의 정수를 보여주고 있다. 「클라우네스크 모음곡」("Suite Clownesque")(1960)을 예로 들면, 틴팬 앨리 혼성곡Tin Pan Alley pastiche으로 표현되는 프루프록Pruprock의 도시방황을 보드빌 식으로 꾸민 희극적인 무대공연이 포함되어 있다.

길을 걸어 내려가면,
오후 5시에,
그대를 만날 수 있네
그대를 맞아서
내가 그대를 알고 있음을 보여주지.

If you're walking down the avenue,
Five o'clock in the afternoon,
I may meet you
Very likely greet you
Show you that I know you. (35)

그런 억양이나 리듬이 충분히 인지되지 않는다고 하더라도 등장인물은 곧 그 원천이 어디서 비롯되었는지가 명확해지며 "어두워진 뒤의 브로드웨이야!"(It's Broadway after dark!)라고 외치거나 심지어 전년도에 히트한 친숙한 노래인 「은색 달빛에서」("By the Light of the Silvery Moon")를 암시하게 된다(171). 샌드보드sandboard와 캐스터네츠를 바탕으로 반주를 주문하고 있는 무대 지시사항은 민스트럴 요소의 혼합을 도입하고 있다. 시의 구어체는 "미국적인 요소"Americanisms와 "get away with it", "cocktails", "I guess", "up to date", "very likely", "I'm all right"와 같은 당시 만들어져서 유행하는 여러 다른 속어로 채색되게 된다. 특이하게도 건강한 사춘기 기질을 지녔던 엘리엇은 희극적인 주인공에게 고개를 돌리기에 충분한 한 무리의 소녀들을 작품 속에 도입하여 나중에 해변에서 "그들을 세심하게 들여다보며" 서 있는 장면을 연출한다.

광대 마스크를 통해서 엘리엇은 통상적으로 자기의식과 양면성으로 흐려진 자신의 작품인물의 한 면을 투사할 수 있다. 일단 그는 "우주 속에서 마음 편안함"을 느끼고 있기 때문이다. 자기의 시적 매체를 제공하는 강한 대중적 리듬 속에 몰입되어 마치 맨해튼Manhattan이나 마티니martini로 빅토리아시대 과거의 송장을 묻어버리기라도 하듯이, 기분 좋게 "영구차 위에 칵테일 잔들을 흔들며" 그는 자기의 젊음과 미국적 자아를 즐긴다. 그는 "5도 화성의 플란넬 수트를 입은/ 말쑥하고, 완벽하며,/ 완전무결한 장자"(First born child of the absolute/ Neat, complete,/ In the Quintessential flannel suit) (35)다. 그 양복은 프루프록에게 맞는데, 프루프록도 해변에서 플란넬 바지를 입고 있다. 그러나 「클라우네스크 모음곡」에서는 브로드웨이의 자장가가 순간적으로 프루프록의 마음을 위무한다. 이어서 시에서의 자신감으로 수명이 짧다는 것을 입증하지만, 여기서는 드디어 불안감이 나타나게 된다.

우리에게 문제될 것은 없다고 생각해!
—그러나, 진지해야해,
넌 내가 괜찮다고 생각하니?

I guess there's nothing the matter with us!
—But say, just be serious,
Do you think that I'm all right? (35)

시는 이 불안한 변명으로 끝을 맺으며, 독자로 하여금 선행 시행이 지니는 청춘의 낙관론이 결국에는 허세였는지의 여부에 의아해하게 만든다.

엘리엇이 대중음악의 선율을 받아들여야만 했다는 사실과 재즈가 그의 시의 중요한 성분임에 틀림이 없다는 사실은 그렇게 놀라운 일이 아니다. 엘리엇의 많은 비평을 통해서 보면, 예술가가 무엇을 끌어들이든 예술의 근원은 아주 넓은 의미에서 보면 주변의 문화에 있다는 생각이 늘 그를 지배하고 있음을 알 수 있겠다. 「율리시즈, 질서, 그리고 신화」("Ulysses, Order, and Myth")에서 그는 "고전적인 성향"을 "바로 구할 수 있는 자료로 해낼 수 있는 최선의 것"(177)으로 정의한다. 엘리엇이 『시의 효용과 비평의 효용』에서 사색하고 있는 모든 시인의 마음은 진지한 서적뿐만 아니라 그림종이나 저렴한 소설로부터, 그리고 적어도 추상적 성질의 작품으로부터 나온 글에서 자동적으로 나중에 자기에게 도움이 될지도 모르는 이미지와 구 또는 어휘 등과 같은 자료를 나름대로의 방식으로 고르도록 끌리게 된다고 한다(Eliot 1975: 69-70). 그리고 "작가 심상의 한 단편은 그의 독서에서 비롯된다"(141)고 단정 짓는다. 그러면서도 그는 「형이상학파 시인」("The Metaphysical Poets")에서는 시인이 점점 "포괄적인" 예술에 삽입시켜야 하는 것이 "아주 다양하고 복잡한" 현대문명이라고 진단한다(Eliot 1980: 289). 「마리 로이드」에서는 그 예를 들어 중년의 파출부 여성이 자기 핸드백에 휴대하고 다니는 물건들과 같은 대중적 체험에 대해서 세밀하게 묘사한다(Eliot 1980: 457-58). 그렇지만 시인이 쓰는 작품의 소재는 대체로 "초기 유년시기부터 감각적이었던 그의 전반적인 삶에서 나온다"(Eliot 1970a: 141)고 볼 수 있다.

초기 유년시절부터 엘리엇이 가까이 지니고 있던 몇몇 재료는 많은 것을 설명해주고 있다. 그중에서 세인트루이스St. Louis는 그의 생애 첫 10여 년간에 랙타임재즈의 공인된 탄생지가 되었는데, 아주 가까이 있다 보니 그는 실제로 대상의 한가운데 있게 되었다는 사실을 당시에는 미처 의식하지 못했을 것이다. 엘리엇은 훗날의 강연에서 "내가 살았던 모든 환경의 흔적들"을 자기의 시가 보여주었음을 언급한 뒤에, 자기 "가족들이 어느 정도 슬럼화 되어가는 누추한 이웃에서 생활했으며, 결국 우리 친구들과 지인들이 더욱 더 서쪽으로 옮겨갔다"(Eliot 1960: 421-22)고 회고하였다. 당시에는 로커스트Locust 2635번지에 위치한 엘리엇 주택 부지를 점차적으로 에워싸고 있는 사람들이 아프리카계 미국인 빈민들이었다. 집 자체는 남아있지 않았지만 그 터는 이제 마틴 루터 킹Martin Luther King과 레드 폭스Redd Foxx, 몇 블록 북쪽에는 니그로 리그Negro League의 야구계 대부인 제임스 "쿨 파파" 벨James Thomas "Cool Papa" Bell의 이름을 딴 많은 거리들과 인접하고 있다. 핸디W. C. Handy는 인근의 바에서 그의 「세인트루이스 블루스」("St. Louis Blues")를 작곡하기도 했다(Hughes 160). 1900년까지는 오직 볼티모어Baltimore만 세인트루이스보다 아프리카계 미국인들의 인구밀도가 더 높았다고 한다(Lipsits 17). 엘리엇은 세인트루이스의 가장 평판 높은 가문의 총아로 틀림없이 주변 세계로부터 보호받았겠지만, 그는 항상 방언을 이해하고 있었기 때문에 사회가 점차적으로 끊임없이 흑인 중심으로 인종화 되어갔다고 하더라도 주위환경으로부터 무언가를 끄집어내는 데 성공할 수 있었을 것이다.

엘리엇의 집은 "'스포츠지역'이라는 체스넛 밸리Chestnut Valley에서 걸어서 짧은 거리에 위치하고 있었는데", 그곳은 바와 홍키통크honky tonk 술집에서 흘러나오는 랙타임이 정말 말 그대로 세인트루이스의 환경과 분위기 속에 충만하였다고 볼 수 있다(20-21). 실제로 엘리엇이 비록 마음속에서라도 모험적 시도를 했을 가능성은 없었겠지만, 지역적 영향력 그 이상의 힘이 느껴지는 대중적 유흥의 중심지로부터 2마일 떨어진 곳에서 자라났다. 이는 토니 파우스트Tony Faust 레스토랑에서 멀지 않은 사우스 식스 스트릿South Sixth Street에 있는 아프리카계 미국인이 많이 가는 곳인 베이브 코너스Babe Connors였다(Ewen 81-82). 현란하고 매혹적인 쇼걸show girl들이 엄청나게 대규모로 진열 전시되는 베이브 코너스는 재즈시대에 30여 년간 우아한 할렘 클럽Harlem club으로 성업하게 되었다. 엘리엇 유년기의 특징적인 그곳의 공연가는 1920년대의 위대한 여성 블루스가수의 선구자격인 전설의 마마 루Mama Lou였는데, 그녀는 백인 고객들을 위한 공연으로 밤 생활의 새로운 경지를 개척했다(82). 나중에 엘리엇이 부르는 것을 들었다는 전형적인 아프리카계 미국인의 발라드인 「프랭키와 자니」("Frankie and Johnny")를 유행시킨 장본인이 바로 마마 루였다(Lucas 47). 그녀는 또한 관객들에게 「옛 동네의 좋았던 시절」("A Hot Time in the Old Town")과 「트라-라-라-붐-데-이」("Tra-ra-ra-boom-de-ay")를 소개하기도 했는데, 후자는 로티 콜린스Lottie Collins가 1892년에 런던 음악당 센세이션을 불러일으켰던 곡이다. 베이브 코너스에서 연주된 이들 노래와 다른 여러 노래들은 틴 팬 앨리 작곡가들이 선별하여, 가사의 좋지 않은 부분을 삭제하거나 수정해서 부르거나 연주했으며, 세인트루이스에서 알려지게 되었다. 그리고 나중에는 국내외적으로 유명한 스탠더드 곡[15]으로 부각되기도 했다. 콜린스의 「트라-라-라-붐-데-이」의

15) 어느 시대나 관계없이 오랫동안 늘 연주되어 온 일반화된 음악을 지칭한다. 즉 한 시기의 히트곡 범위를 넘어 사람들과 항상 친해져서 사랑 받는 곡, 즉 고전이나 에버그린ever-green, 혹은 튠 넘버tune number라고도 한다. 이렇게 누구에게나 사랑 받는다는 점 때문에 그 생명력이 강하다. 스탠더드 넘버로 불리기 위해서는 몇 가지 조건이 필요하다. 음악성

대담한 연주가 끊임없는 토론을 자극해내었던 영국에서도 그 근원은 수수께끼로 남아 있다. 한 학자는 그 근원을 추적하여 "알제리Algeria의 밸리 댄스dans du ventre" 혹은 "중앙아프리카의 야만스러운 주연이나 섹스파티"로 보았으며, 다른 학자는 그것을 어느 런던 음악인이 쓴 "유사한 흑인의 노래"라고 정체를 밝히기도 했다(Koritz 21). 그러나 세인트루이스 사람들은 진정한 그 근원을 알고 있었다. 미시시피Mississippi 근처의 매음굴에서 나온 랙타임은 "그 힘으로 대서양을 건넜는데" 랙타임인 「세인트루이스 블루스」와 엘리엇을 유럽으로 몰아낸 동일한 "힘찬 서부의 기후"로 호감을 사고 있었다. 엘리엇의 시는 물론이고 팍스 트롯의 음보와 절충적 보컬의 레퍼토리repertory 리듬의 소스를 찾으려면 「앨프릿 프루프록의 연가」의 배경이 되는 옛 세인트루이스의 중얼거리는 사람들의 목소리가 새어나오는 뒷골목과 톱밥 깔린 음식점들을 살펴보면 된다. 이는 초기 시에서 볼 수 있는 프루프록이 체험하는 분위기와도 같으며, 시극속의 극중 인물들이 갖는 칵테일파티의 분위기와

이 높다거나 대히트를 기록했다고 해서 이 대열에 끼지는 못한다. 예를 들어 새로운 음반을 낼 때마다 엄청난 판매고를 기록하는 마이클 잭슨Michael Jackson이나 머다너Madonna의 곡을 스탠더드라고 말하지는 않는다. 크게 히트한 곡이라도 다른 동료나 후배 연주자들이 그 곡을 반복해서 불러주거나 연주해줘야 한다. 팝 음악에서 엘비스 프레슬리Elvis Presley의 「럽 미 텐더」("Love Me Tender")나 비틀즈Beatles의 「예스터데이」("Yesterday"), 프랭크 시나트라Frank Sinatra의 「마이 웨이」("My Way"), 1965년 겨울에 나온 사이먼 앤 가펑클Simon Garfunkel의 기념비적인 작품인 「침묵의 소리」("Sound of Silence")처럼 발표된 지 오랜 시간이 지났지만 많은 사람들에게 계속 애창되는 노래를 스탠더드 넘버라고 한다. 특히 빙 크로스비Bing Crosby의 노래로 알려진 「화잇 크리스마스」("White Christmas")는 지금도 많은 가수와 연주자에 의해 다루어지고 있는 스탠더드 넘버의 가장 대표적인 곡이다. 특히 재즈에서 이 말이 더 자주 쓰이는데, 예를 들면, 빌리 홀리데이Billie Holiday의 「아임 어 풀 투 원츄」("I'm a Fool to Want You") 같이 연주자들이 즐겨 연주하거나 보컬리스트vocalist가 즐겨 부르는 곡도 여기에 해당한다. 원래는 팝송과 대비되는 말로 쓰였으나, 지금은 오래된 팝송이나 영화주제곡, 뮤지컬musical이라도 널리 애호되고 연주되는 곡 전체를 가리키게 되었다.

도 흡사하다.

하지만 엘리엇은 재즈 전문가는 아니었다. 그를 되다가 만 재즈비평가 정도로 묘사할 수도 있겠지만, 오히려 정말로 음악을 이해하고 있는 지식인이라는 말이 옳다고 하겠다. 자기 작품에 상당한 영향을 끼치도록 충분히 그의 귀가 재즈에 열려있었다는 사실을 기억해야 한다. 엘리엇은 1914년에 영국으로 이민을 갔는데, 그 시기는 미국에 재즈출현의 시기를 몸으로 느끼지 못할 정도로 이른 때이지만, 적어도 그가 자라난 장소라는 환경적 요소를 생각해보면 미국대중문화의 주요 요소인 랙타임과 그 파생장르들을 알 정도로 충분히 재즈분위기가 무르익은 시기라고도 생각해 볼 수 있다. 의심할 바 없는 일이겠지만, 1910년에서 1920년대에 영국음악당과 댄스홀에 대해 엘리엇은 성원을 보냈고, 재즈가 진화해감에 따라 그는 자연스럽게 재즈에 노출되었다. 엘리엇의 시절에는 수많은 아프리카계 미국인 음악가들이 영국의 여러 장소에서 꾸준히 활동하였다. 예를 들면 전적으로 믿긴 어렵지만 "영국에 재즈를 처음 도입했다고 주장하는" 드러머drummer 루이스 미첼Louis Mitchell은 엘리엇이 처음에 영국에 갔을 때와 정확히 같은 해인 1914년 여름에 영국에 도착했다. 이듬해 미첼은 자기 밴드와 결별하고 음악당 순회공연을 시작했는데, 거기서 초기 재즈를 널리 노출시켰던 것이다(Rye 47). 1915년에는 미국 볼룸댄스 열기가 영국에 침투하고 있었는데, 『시카고 디펜더』(*Chicago Defender*) 지는 5월 22일자로 "흑인 음악가들이 미국에서 들어와서 런던의 호텔과 카페에서 활동하던 독일인들을 대체하는 중"이라고 보도했다(Chilton 47). 1919년부터는 줄곧 새로 지은 해머스미스 팔레 드 당스Hammersmith Palais de Danse에서 오리지널 딕시랜드 재즈밴드the Original Dixieland Jazz Band의 성공적인 흥행이 이어졌는데, 80명의 댄스강사를 고용하여 런던 사람들이 춤출 수 있도록 한꺼번에 5,000명을 수용하는 27,000평방피트의 리모델

링한 아주 넓은 롤러스케이트 링크roller skate rink가 오픈했으며, 이제 막 떠오르는 뉴올리언스New Orleans 스타일의 재즈를 연주하는 아프리카계 미국인 밴드들은 자기들이 엄청난 인기를 누리고 있다는 사실에 놀랐다고 한다(Rye 50). 이들 중 가장 중요한 그룹인 재즈 킹스the Jazz Kings는 시드니 베쳇Sidney Bechet을 피처링featuring하여 1920년에서 1922년까지 정기적으로 해머스미스에서 연주하였다. 이러한 사실을 언급할 가치가 있는 이유는, 얼마나 빈도가 잦았는지는 모르지만 해머스미스 팔레 드 당스의 후원자들 가운데에 토마스 엘리엇과 비비엔Vivien 부부가 포함되어 있었다는 사실이 나중에 밝혀졌기 때문이다[16]. 엘리엇이 시드니 베쳇의 음악에 맞춰 춤을 췄는지에 대한 직접적인 증거는 없지만 그 가능성은 깜짝 놀랄만할 정도로 있었을 것이라는 추정이 가능하다. 어쨌든 분명한 일은 엘리엇이 사교생활을 하는 다른 중산층 런던 사람들처럼 이 시기에 아프리카계 미국 재즈를 외면할 수는 없었을 것이고, 겉으로는 그렇지 않은 체하는 노력도 했을 지도 모른다. 분명히 이러한 현실적인 장면은 『황무지』가 1922년 늦게 세상에 선보이던 시기에 설정되었다. 어쨌든 이 시대에 재즈를 읽거나 들으면서 재즈를 인식한 사람들은 미국인 독자나 음악팬 뿐만은 아니었다.

『황무지』에 끼친 재즈의 영향은 오랫동안 공론의 근원이 되었다. 후세의 독자들이 엘리엇이 재즈에 가져올 법한 관계를 순전히 대립적일 것이라고 생각한데 비해, 모더니즘과 재즈의 구조적 관계의 존재가 "일반적"이라고 여긴 엘리엇 당대의 사람들은 양극적일 것이라고 생각하는 경향이 있다(North 1999: 146). 따라서 루이스 언터마이어Louis Untermeyer는 그가 『황무지』의 보잘 것 없이 편성된 "난잡한" 성분들이라고 간주한 것들 가운데서

16) 1916년경부터 엘리엇 부처를 알고 있었던 올더스 헉슬리Aldous Huxley가 이러한 사실을 스티븐 스펜더Stephen Spender에게 알려줬다고 한다(Chinitz 200).

"재즈리듬"을 찾았으나(1982: 151-52), 존 매클루어John McClure는 엘리엇이 "재즈의 바다에 익사한"(170) 사람이라고 여겼다. 심지어 나중에 랠프 엘리슨Ralph Ellison은 어떤 다른 텍스트보다도 그를 문학적 경력을 갖춘 사람으로 출발시킨 그 시에 경의를 표하였다.

> . . . 『황무지』가 내 마음을 사로잡았다. 그 힘에 당혹스러웠던 나는 감동을 받았지만 이해하지 못했다. 어쨌든 그 리듬은 니그로 시인의 리듬보다는 종종 재즈리듬에 더 가깝다. 심지어 당시엔 이해가 되지 않았지만 그 인유의 폭은 루이 암스트롱Louis Armstrong의 암시만큼이나 다양하고 복잡했다. (160)

언터마이어처럼 엘리슨도 이미 발견해낸 재즈 소스에서 엘리엇이 사용한 리듬의 연원을 집요하게 추적하였다. 사실 이러한 리듬은 엘리엇이 개종할 때까지 지속적으로 사용하였다. 엘리엇이 인유를 사용한 것에 대해서도 엘리슨은 옳게 보았다. 인물들의 동작과 시행의 리듬을 연계해서 자세히 살펴보면, 인유된 리듬의 박자는 『칵테일파티』에서 원을 그리며 케이크 주변을 회전하는 인물들의 댄스 같은 제의적 동작에 상징적 원형의 의미를 실어주고 있는데, 『대성당의 살인』에서 베켓의 주변에 네 명의 기사가 그에게 칼을 겨누며 벌이는 제의적 동작에도 같은 의미로 부합되고 있다. 이는 『황무지』에서 운명의 바퀴Wheel of Fate라는 큰 인유의 이미지와도 연결이 되는 움직임이다. 재즈리듬의 연원적 요소는 『칵테일파티』에서 사람들이 케이크 주변을 도는 장면에서 집결된다.

통상적으로 운문은 첫째로 셰익스피어William Shakespeare의 약강 5보격과 같은 보격적 패턴을 가지고 있다. 둘째로 그것은 산문적 내지는 의미적인 리듬이 있는데 이것은 보격적 패턴과 동시에 존재하며 보격적 패턴에 대하여 싱커페이트syncopate한다. 셋째로 영시의 운문에는 강세적인 패턴이 있는데 약강 5보격에 있어서는 대개 4개의 강세음을 가지고 있다. 이러한 4 강세 시형은 영시운문의 근거를 이루고 있다. 그것은 두운시, 동요 및 발라드의 리듬이며 모두 엘리엇 시에 가까운 리듬이다. 그것은 보격과는 달리 음악적 리듬이며 강세음 사이의 음절수가 다양하다. 엘리엇의 경우 『투사 스위니』에서 이러한 리듬을 가장 명백하게 들을 수 있으며, 다양한 수의 음절이 하나의 큰 강세에 대하여 싱커페이션이 가미되면서 재즈와의 언어적인 평행을 이룬다. 그러한 강세 패턴은 희롱시인 패러디를 위해서만 유용하다. 시극에는 산문적 효과에 가까운 강세적 패턴의 시행이 있는데, 엘리엇은 그것을 3개의 주요 강세와 하나의 중간 휴지를 가진 시행이라고 한다. 그래서 4개의 강세로 들리는 것이다. 『칵테일파티』에서 에드워드에게 하는 실리아의 말을 예로 들어보자.

> 그래, 직접은 아니지. 줄리아가 전보를 받고
> 그녀에게 오라고 하며, 날 함께 데려오라고 했지.
> 줄리아가 지체되자, 책임지고 날 보냈어.

> Well, not directly. Julia had a telegram
> Asking her to come, and to bring me with her.
> Julia was delayed, and sent me on her head. (386)

첫 행이 12음절이고 두 번째와 세 번째 행은 11음절로 되어 있으나 강세는 공히 4개씩 들리고 있다.

엘리엇에게 예술은 형태와 양식, 선율을 의미하고, 그래서 또한 전통을 의미하게 된다. 예술작품은 관찰될 수 있는 현실로서의 삶과 구분되어야 한다. 엘리엇은 젊을 때 코르네이유Corneille, 라신Racine, 드라이든Dryden과 같은 유럽의 고전주의 드라마에서, 다른 한편으로는 발레와 음악당, 채플린Chaplin의 연기, 라스텔리Rastelli의 곡예술에서 순수한 예술의 형태를 발견했다. 그는 드라마가 원래 예식이었다는 사실을 철저하게 믿고 있었으며, 그리고 그 예식은 계속 반복되는 움직임의 확고한 도식으로 이루어졌기 때문에 본질적으로 무용이라고 본 것이다. 모든 음악이나 무용의 본질적 요소는 반복이라는 사실에서도 알 수 있듯이, 모든 예술은 반복과 변화의 두 가지 요소에 구조를 부여하도록 구성되었다(Perrine 165-66). 엘리엇 역시 음악은 소리의 반복과 변화이지만, 미술이나 무용은 패턴의 반복과 변화라는 점을 파악했기 때문이다. 춤은 북소리에 따라서 이루어지지만, 그는 우리가 그 북을 잃어버렸으므로 그것을 복원시켜야 한다고 주장한다(Eliot 1923: 11).

엘리엇은 평범한 현대 가정생활과 시간을 초월한 심오한 의미를 표현하기 위해서, 다른 그 어떤 것보다도 오락적인 즐거움도 주고 정신적인 안정감을 드러내도록 극의 전경과 배경을 연결하는 미스터리 스릴러적 요소를 사용하고 있다. 『칵테일파티』에서 관객의 주의력은 극의 첫 장면부터 미스터리 요소에 의해 유도된다. 칵테일파티에 참석한 손님들이 수다스러운 줄리아 셔틀스웨잇을 설득하여 이야기를 하게 하려고 할 때, 놀랍게도 안주인인 라비니아가 없다는 사실을 발견한다. 줄리아는 청중들이 호기심을 갖도록 연출하지만, 안주인이 없다는 사실이 알려지면서 아이러닉한 서스펜스가 생긴다. 라비니아의 잠적에 부득하게 관여한 가엾은 에드워드는 숙모의 갑작스런 병환 때문에 아내가 간호 차 에섹스에 급히 갈 수밖에 없었다고 꾸며내어 미스터리를 해결하려고 시도한다. 그러나 꾸며낸 그의 설명은 미스터리에서 벗어나기보다는 더 깊게 빠지게 만들고 있다. 손님들은 에드워드의 성실성에 회의를 갖고, 숙모 질환의 핑계를 알아보기 위해 그를 떠본다. 라비니아의 실종에서 비롯된 우스꽝스러운 상황은 줄리아를 곤란하게 만들고, 그녀의 격정은 범죄와 미스터리가 얽혀있는 상황에 대한 관객들의 일반적인 동요와 자극을 재연시킨다.

엘리엇이 미스터리한 상황에서 관객의 즐거움을 의식한 것처럼, 미스터리 상황을 좋아했던 줄리아가 미스터리를 촉진시키고 심화시키는 역할은 확실히 또 다른 기능을 한다.

줄리아: 미스터리가 너무 많군요
오늘 이곳에서는.
에드워드: 미안합니다.
줄리아: 천만에요, 난 오히려 좋은 걸요.

Julia: There's altogether too much mystery
About this place today.
Edward: I'm very sorry.
Julia: No, I love it. (365)

미스터리를 만들어내는 알렉스의 기능은 어디에나 항상 있을 정도로 자명해진다. 줄리아처럼 그는 무슨 일이 생길 것 같으면 체임벌레인 부부를 방문한다. 그는 체임벌레인 부부 집에서 라비니아의 귀가를 손님들이 알고 축하하러 모이게 한 전보에 관한 미스터리를 관객이 목격하게 한다.

라비니아: 어디서요?
알렉스: 데담에서.
라비니아: 데담은 에섹스에 있는데, 그렇다면 데담에서 친 거군요.

에드워드, 데담에 친구라도 있나요?

에드워드: 아니, 난 데담에는 아무도 아는 사람이 없는데.

줄리아: 그렇다면, 정말 재미있는 미스터리군요.

알렉스: 그 미스터리가 무언가요?

Lavinia: Where from?

Alex: Dedham.

Lavinia: Dedham is in Essex. So it was from Dedham.

Edward, have you any friends in Dedham?

Edward: No, I Have no connections in Dedham.

Julia: Well, it is all delightfully mysterious.

Alex: But what is the mystery? (390)

엘리엇이 자신의 목적에 맞게 이러한 탐정 요원들을 통해서 집요하게 미스터리를 살리고 있기 때문에 라비니아의 미스터리 같은 잠적은 여전히 명확히 드러나지 않고 있다. 미스터리를 해결하기 위해 다가간 알렉스에게 줄리아는 그 일에 대해 세세하게 알려고 하지 말라는 경고를 준다. 이 때문에 독자는 더욱 더 이 미스터리 장치의 기능에 호기심을 갖게 된다. 자기들이 전보내용을 설명할 수 없다며 줄리아에게 얘기한 알렉스의 치기어린 말투는 확실히 관객의 호기심을 자극하고 있다. 그러나 극에서 그의 존재 기능은 곧 분명해진다. 그는 자원봉사단체의 두 명의 자매회원과 함께 실리아에 대한 보고서 수집을 목적으로 오지인 킹칸자 섬을 여행한다. 이 여행으로 범죄와 수사 이야기를 구성하는 보고서가 작성되어 청중들은 미스터리를 체험한다.

미스터리 장치는 범죄의식으로 고통 받으면서 에드워드처럼 "정신적 죽음"을 겪고 있는 사람들과, 실리아처럼 "죄의식"과 "고독감"을 갖는 사람들에게 위안이 되어 작동한다. 이 장치는 비전의 순간에는 범죄의식으로 병든 인간의 영혼에 위안을 가져오는 수호자로 보이게 된다(Jones 152).

제7장

『개인비서』
증거와 정체확인

『개인 비서』는 극의 제목에서부터 미스터리 수사나 적어도 어떤 비밀스러운 개인적 성향을 지닌 업무와 관련된 탐정 스릴러적인 관심이 내포되어 있다. 이러한 미스터리 속성은 수사와 우연의 일치, 오리무중과 수수께끼로 점철된 신비스러움, 고백 등과 같은 요소를 통해서 드러나는데, 극을 상당히 재미있게 만들고 동시에 그 심오한 의미와 주제를 상징적으로 나타나게 해주고 있다. 사실 조사과정은 초기의 극에서보다 더 광범위한 방법을 수용하고 있으며 서스펜스가 잘 유지되고 있기 때문에, 이 작품은 초기 극에서 보이지 않는 기교적인 부드러움을 자아내고 있다.

이 극의 핵심 주제는 부자지간의 소외와 화해라고 할 수 있다. 죄와 속죄 및 소원함이라는 미스터리 사이클cycle의 주제를 쓴 변형으로, 죄의 상태와 죄인이 추구한 속죄의 유형으로 화해를 나타내고 있다. 부자지간의 소원함이라는 주제는 또한 주인공 해리가 자기 양친을 갈라놓고 자기에게 유죄의식을 부여한 결별에 대한 이유를 발견하려고 노력하는 극인 『가족의 재회』에서도 나타난다. 그가 비록 진실을 알게 되지는 못했지만, 숙모인 애거사와 연루된 아버지의 추문 사이의 그의 부모와 애정 없는 관계는 그가 물려받은 죄의식에 책임이 있으며, 궁극적으로는 몬첸시 가문을 괴롭혀 온 저주에도 책임이 있다는 사실을 인식하게 된다. 『개인 비서』에서도 양친간의 불행한 관계나, 그러한 부모에게서 태어난 자녀들의 정신 속에 자리 잡은 무의미함이라는 감정, 부자지간의 소외 및 아버지에 대한 탐색 등과 같은 비슷한 소재가 사용되고 있다.

이 극에서 도입된 우연의 일치라는 상황은 미스터리 스릴러에서 중요한 요소의 기능을 일깨워 준다. 그러나 동시에 미스터리 스릴러의 다른 여러 요소들처럼, 우연의 일치라는 요소는 적어도 한 차원 더 높은 다른 용도에 투입되고 있다. "단지 우연하다는 이유 때문에 그것을 지성적으로 받아들지 못한 사람은 거의 없었다"(169)는 에드가 앨런 포우Edgar Allan Poe의 이 주제에 대한 괄목할 만한 관찰은 엘리엇이 그를 현대 탐정소설의 창시자로 간주하게 된 계기가 되었다.

이와 같이 우연성에 관한 해석 이면에서 클로드 경Sir Claude의 말대로 심지어 평범한 사건을 "뚜렷한 우연성"으로 보는 옛날 미국 청교도 습관의 잔재를 찾게 되는 우연함, 다시 말하면 세속적인 사건들에서 신성한 관계를 탐색하게 되는 "확연히 드러난 우연성"을 찾을 수 있다. 이 극에서 우연성이라는 요소가 통상적인 미스터리 스릴러에서와 같이 어느 정도 기능을 할 때에도, 엘리엇은 인물들을 놀라게 하여 "초자연적인 것에 있는 모호하면서도 스릴을 갖고 반신반의해 한 상태로" 투입시키기 위해 우연성을 사용하였던 것이다.

1953년에 쓰인 『개인 비서』는 엘리엇 극의 진지한 소재를 제시해주는 극적인 기교와 장인적 성향이 성숙한 충분한 증거를 제공해주고 있다. 진지한 내용을 위장하는 방법이 극의 제목 그 자체가 다른 의미들을 나타내어주는 수법에서 분명해진다. 주인공인 콜비 심킨스Colby Simpkins는 도시 금융인의 유일한 개인비서일 뿐만 아니라, 교회의 신임을 받고 싶어 하는 지망자이기도 하다. 비서라는 말뜻은 극의 결론에 도달하려고 그가 결정한 것으로 교회나 종교적인 지도자를 함축하고 있다(Brooke 69).

극은 여러 가지의 혼합물이다. 어느 비평가에 따르면, 만일 "극의 구성에서 보면, 극이 『실수 희극』(*The Comedy of Errors*)과 아주 흡사하며, 소극적 요소로 보면 가끔은 무디어진 오스카 와일드Oscar Wilde 극과 유사하고, 화해와 조화라는 마지막 결의에서 보면 약간은 셰익스피어 후기 희극을 모방하고 있다"(Ward 214)는 것이다. 극의 제목에서부터 보면 미스터리 수사나 적어도 어떤 비밀스러운 개인적 성향을 지닌 업무와 관련된 탐정 스릴러적인 관심이 암시되고 있다. 이러한 미스터리 요소와 그 기능은 수사와 우연의 일치, 오리무중이나 수수께끼, 혹은 신비스러움, 고백 등과 같은 방법을 통해서 나타나고 있다. 실제로 추리소설적 특성은 극을 상당히 재미있게 만들 뿐만 아니라 그 심오한 의미와 주제를 상징적으로 부각시켜주고 있다. 그리고 조사과정도 초기 극에서보다 더 광범위한 방법을 수용하고 있을 뿐만 아니라 서스펜스가 잘 유지되고 있기 때문에 극이 훨씬 짜임새가 있다고 판단된다.

사실, 아버지에 대한 탐색은 극의 주 행동을 구성하고 있다. 간접적으로 아버지의 탐색은 주인공 자신의 정체성에 대한 탐색을 의미한다. 주인공의 정체성을 찾는 일에서 『개인 비서』는 엘리엇이 자기극의 구성개요를 빌려온 유리피데스의 『아이언』(*Ion*)과 나란히 전개된다. 『아이언』을 따라서 『개인 비서』도 콜비 심킨스라는 중심인물이 오리무중의 부모를 찾아 나서는 신비스러운 작품이다. 이 두 극의 평행관계(Jones 156-57)를 살펴보는 일은 재미있다. 비록 이 저술연구의 주된 관심사는 아니지만, 두 극 사이의 주제적 유사점과 상황적 상동관계를 양극 모두에 공통적으로 나타난 미스터리 요소를 분명히 하는 정도로 어느 정도 논의해 볼 수는 있을 것이다. 실제로 『아이언』과 『개인 비서』 사이의 평행관계는 존스가 정교하게 이끌어 내었으며, 그로버 스미스 역시 『아이언』에 대한 버렐A. W. Verrall의 번역이 『개인 비서』의 토대가 되고 있다는 견해를 밝히고 있다(239-40).

두 극의 주인공이 처한 상황은 유사하다. 태양신 아폴로Apollo와 엑스투스 왕King Xuthus의 아내인 인간 크루저Creusa 사이의 부정한 관계에서 태어난 아이언은 나중에 기쁜 마음으로 자신의 적자로 받아들이는 엑스투스 왕의 아들로 밝혀진다. 아이언은 결국 이오니아인Ionians들에 의해 그들의 신성한 창시자로 숭배 받는다. 엘리엇의 시극에서 콜비 심킨스는 아이언과 같은 한 종족의 신성한 창시자가 아니라, 자기 아버지를 알고 그로 인해 자신의 정체성을 알아보려고 애를 쓰는 사람의 모습을 보이고 있다. 엘리엇은 주인공 탄생의 미스터리를 탐사하는 데에만 유리피데스를 따르고 있는데, 이러한 미스터리의 탐사는 이전 극에서도 나타나고 있는 주제와 상황을 비춰주고 있다.

엘리엇 극에서 재현되는 주제 중의 하나인 아버지에 대한 탐색 주제는 『개인 비서』에서 아이러니컬한 형식으로 그려지고 있다. 그 주제는 자녀에 대한 부모의 의무감 포기라는 직무유기 문제를 풍자하고 있다. 멀해머Mulhammer 부부는 이전의 자신들의 불법적 관계로부터 자녀를 잃어버리게 된데 대해서 비난을 받는다. 자기 자녀의 신원을 파악하지 못하는 무능함 때문에 그들은 도덕적으로 과실이 있는 것이다. 그들은 저마다 믿는 척하며 새로 온 개인비서를 잃어버린 자기들의 아들이라고 생각한다. 그들의 어색한 상황은 은퇴한 개인비서인 에거슨Eggerson의 대조되는 처신으로 더욱 더 난처해진다. 전쟁에서 아들을 잃었다는 사실 때문에 그의 희생은 아주 훌륭하게 여겨지지만, 그럼에도 불구하고 그의 평정은 멀해머 부부에게는 수치심과 죄책감을 유도할 뿐만 아니라 자신들의 정체성 상실마저 느끼도록 환기시킨다.

엘리자벳 부인Lady Elizabeth은 찾을 수 있는 더 적절한 용어가 없어서 스스로 "개새끼" 내지는 "바꿔치기 한 애"(changeling)(485)라는 기술記述을 선택한다. 이런 용어들이 아버지로부터 영구적으로 떨어져 나온 상태와 도덕적 정체성을 완전히 상실한 상태를 나타내어 주는 한편, 그러한 상황이 아들에 대한 선택과 친아버지의 발견을 통해서 수정될 수도 있음을 암시해주고 있다. 게다가, 그들의 소망을 충족시키기 위해 계속해서 구축해 가는 환영 같은 가장假裝의 세계로 인해 그는 실재를 보지 못한다. 가장하고 싶은 보편적인 성향과 태어나면서 아버지로부터 떨어져 있었다는 느낌에 대한 회피가 이 극의 주요한 주제가 된다. 데이빗 워드David Ward는 환상을 포기할 필요성이 이 극의 기본적인 주제라고 생각하고 있다(214). 이러한 주제는 또한 과거에는 셰익스피어와 엘리자벳 조의 극작가들에 의해서뿐만 아니라, 미스터리 사이클 극작가들에 의해서도 사용되었던 것이다(Matthews 120-22).

『개인 비서』는 아버지로부터 소외되었다는 괴로운 감정을 억누르고 싶어 하는 욕구에서 비롯된 가장하고 싶어 하는 이러한 보편적인 성향을 단호하게 설명해주고 있다. 이런 이유로 생각해야 하는 것과 실제로 생각하는 것의 차이가 생긴다. 그러므로 지속적인 가장은 자신에 대한 무지뿐만 아니라 자기 동료들에 대한 무지를 영속시키고 있다. 클로드 경Sir Claude에 따르면, 엘리자벳 부인인 "그녀는 항상 가장의 세상에서 살아 왔다"(She has always lived in a world of make-believe)(Eliot 1978: 462)는 것이다.

이 극에서 핵심적인 관심요소는 콜비가 품는 양친에 관한 의심스러운 진실에 대한 탐사인데, 이 탐사는 미스터리 스릴러적 요소들을 사용함으로써 시작되고 있다. 콜비의 말에서 나타나는 서스펜스는 그의 숙모인 거저드 여사Mrs. Guzzard가 자기를 양육했다는 사실과 자기 친부모를 전혀 모르고 있다는 사실을 일찍이 폭로했기 때문에 생긴다. 극의 서두에서 클로드 경의 말은 특이한 스릴러 상황을 만들어낸다.

> 언제 아니면—정말—내가 그의 신원을 밝힐 여부는
> 그녀가 그를 어떻게 생각하느냐에 달렸지. 오늘 오후에야
> 그녀는 결국 자네가 은퇴하고
> 젊은 후임자를 맞게 된 걸 알게 될 거야,
> 콜비 심킨스를.

> When—or indeed whether—I reveal his identity
> Depends on how she takes to him. This afternoon
> She will only learn that you have finally retired
> And that you have a young successor,
> A Mr. Colby Simpkins. (448)

심지어는 개인비서의 정체가 엘리자벳 부인으로부터도 비밀로 지켜지게 되고 콜비의 신원확인에 대한 반응을 그녀가 어떻게 보느냐에 따라 서스펜스의 강도가 달라진다. 마찬가지로 이어지는 몇 마디의 말들은 콜비의 부모친권에 대한 미스터리를 더 심화시키는 기능을 하게 된다.

진실을 밝히는 급박함에 역점이 주어진 가운데 거자드 여사의 이름도 미스터리의 실마리가 된다.

엘리자벳 부인:

난 이 거자드 부인을 만나봐야 해요. 난 그녀와 직접 대면해야죠.
어쩌면 이것이 우연의 일치가 아닐 수도 있지요.
정말 믿을 수가 없어요, 그렇지요, 클로드?

. . . .

클로드 경:

정말 놀라운 우연의 일치야—
만일 그것이 우연의 일치라면.

Lady Elizabeth:

I must see this Mrs. Guzzard. I must confront her.
This couldn't possibly be a coincidence.
It seems incredible, doesn't it, Claude?

. . . .

Sir Claude:

It is certainly a remarkable coincidence—
If it is a coincidence. (487-88)

우연의 일치라는 상황에 맞춰진 역점은 미스터리 스릴러에서 이러한 요소의 중요성을 일깨워 준다. 그러나 동시에 미스터리 스릴러의 다른 여러 요소들처럼, 우연의 일치라는 요소는 적어도 더 높은 차원에서 다른 용도에 투입되고 있다. 엘리엇이 현대 탐정소설의 창시자로 간주하고 있는 에드가 앨런 포우Edgar Allan Poe는 이 주제에 관해서 괄목할 만한 관찰을 다음과 같이 하였다.

심지어 아주 침착한 사색가들 중에서도 외관상 대단히 기묘하여 단순한 우연을 지적으로 수용할 수 없었던 우연성에 놀란 나머지 초자연적인 것에 대하여 모호하지만 전율적이면서도 반신반의한 상태에 가끔 빠지지 않았던 사람은 거의 없다. (169)

이와 같이 우연성에 관한 해석 이면에서도, 클로드 경의 말대로 심지어 평범한 사건을 우연의 결과로 보는 옛날 미국 청교도의 습관에서 보이는 우연성, 다시 말하면 세속적인 사건들에서 신성한 관계를 탐색하게 되는 확연히 드러난 우연성을 찾을 수 있다. 이 극에서 우연성이라는 요소가 통상적인 미스터리 스릴러에서와 같이 어느 정도 기능을 할 때에도, 엘리엇이 또한 인물들을 놀라게 하여 초자연적인 대상이 지닌 모호하면서도 스릴이 있고 반신반의해 하는 상태로 유지시킬 때에도 우연성을 사용하게 되는 경우도 있는 것이다. "정말 놀라운 우연의 일치야—만일 그것이 우연의 일치라면"이라고 클로드 경이 말하는 때가 바로 그 순간이다.

극에서는 미스터리 요소의 분석을 시작하기 위해서 거자드 여사의 이름이 "오랫동안 찾아 왔던"(I've been hunting for)(485) 바로 그 단서라는 엘리자벳 부인의 주장이 탐색에 대한 미스터리 스릴러의 개념을 끌어들이고 있다. 탐정의 실마리 찾기 방법으로 결국 자기 자신이 범인이라는 사실이 드러난다. 클로드 경과 엘리자벳 부인이 저마다 콜비를 요구하면서 그들 간의 교환관계가 활기를 띨 때 미스터리 조사의 전망은 한층 밝아진다.

콜비의 신원을 밝히기 위해 멀해머 부부가 시작한 두 가지 설명은 스릴러에서 미스터리를 분명히 하기 위해서 시도된 "이론들"과 견줄 만하다. 그리고 다양한 가능성 있는 이론들을 형성하는 미스터리 스릴러의 기교에 대해 엘리엇이 실제로 논평한 부분은 주목할 만하다. 엘리엇은 "독자가 미스터리를 해결할 수 있는 당당한 기회를 가져야 한다"(Eliot 1927: 140)고 직접 관찰했다. 콜비는 자기가 누구의 아들인지 알고 싶어 했기 때문에, 클로드 경은 증거수집과 조사를 통해서 미스터리를 해결하기로 결심하고 "우선 먼저 할 일은 우리가 거자드 여사를 만나야 한다"(Then the first thing is: we must see Mrs. Guzzard)(482)고 말한다.

수사 요소는 미스터리 스릴러의 중추적 역할을 한다. 수사를 진행하려고 등장하는 은퇴한 개인비서인 에거슨이 탐정 역을 맡는다. 그는 캐묻기도 하고 증인이 제공한 정보를 취합하여 분류하기도 하며, 증거를 분석하여 미스터리에 대한 만족할 만한 해결책을 제시하기도 한다. 따라서 조사위원회의 의장으로서 에거슨의 자격과 역할은 탐정에게 주어진 몫이다. 조사를 실행에 옮기는 그의 역할에 대한 적합성 여부는 관객에게는 회의적으로 받아들여질 수도 있다. 에거슨은 개인비서의 능력이 입증된 은퇴한 사람이다. 그는 자기의 일을 수행하기 위해 조슈아 공원Joshua Park에 있는 자기 거처로부터 특별히 초대받았다.

윌키 콜린스Wilkie Collins 작품의 수사관인 커프 경사Sergeant Cuff에 대한 엘리엇의 표현대로 하자면, 클로드 경은 에거슨을 "그는 재치와 분별력을 지닌 바로 그 사람"(He's the very soul of tact and discretion)(505)으로 묘사하면서 그의 능력을 확인하고 있다. 에거슨의 도착과 함께 신원확인 문제가 지니고 있는 다양한 측면에 관한 이론적 논의의 범위가 상당히 넓어지면서 미스터리의 복합적 의미가 전체의 주목을 받기 시작한다.

거자드 여사가 믿을 만한 증인으로 간주될 수 있기 때문에, 그녀의 진술이 신빙성 있는 증거로 받아들여지기 이전에 생각해 볼만한 가능성이 두 가지가 있다. 거자드 여사라는 인물이 두 명 있었거나, 아니면 두 명의 어린애가 동일한 거자드 여사에게서 양육되었으리라는 추정이다. 두 명의 거자드 여사가 존재했으리라는 가능성은 희박한 데 비해, 미스터리 해결의 핵심으로 보이는 두 번째 가능성이 설득력 있고 두 명의 어린애가 의도적으로 바뀌었을지도 모르는 일이다. 두 어린애를 의도적으로 헷갈리게 한 목적은 친부모가 제대로 양육할 수 없기 때문에 금전상의 이익이나 다른 이익을 확보하려고 하는 데 있었을지도 모르는 일이다. 두 아이를 구분하지 못할 정도로 헷갈리게 만들어서 가난한 어린애에게 다른 아이의 양친으로부터 상당한 경제적 혜택을 보게 하는 일은, 틀림없이 가난한 애의 행복에 관심을 둔 사람에게는 부당하지만 매력 있게 여겨졌을 것이다. 두 어린애의 보호자인 거자드 여사는 명백히 이 미스터리 사건에 깊이 연루되어 있다. 사건은 확실히 미스터리 스릴러에 들어맞는 적절한 소재가 된다. 이와 유사한 내용이 쉴M. P. Shiel의 미스터리 이야기인 「에드먼즈베리 수도사의 돌」("The Stone of Edmondsbury Monk")의 예에서도 사용되고 있는데, 거기서 미스터리는 보석과 평범한 돌이라는 두 개의 광석이 섞이는 과정에서 생긴다. 보석이 그 빛깔을 잃으면서 평범한 돌과 구분할 수 없게 된 상황적 결과에서 발생한 분규가 수수께끼 같은 미스터리를 창조한다는 점에서는 이 작품과 유사하다.

과거 사건에 대한 수사팀장의 간략한 설명은 미스터리 스릴러에서 재차 반복된 사건설명과도 유사하다. 그 설명은 독자가 사건에서 멀리 떨어져 있을 때에도 사건의 여러 사실들에다 초점을 맞추고 독자에게 미스터리 해결에 근접하려는 인상을 준다. 휴 케너가 말했듯이, "탐정소설은 두 번씩 전달된 이야기이다. 우리가 이해한다고 여겨지는 때는 두 번째 이야기 때이다"(241). 주요 증인인 거자드 여사가 사건의 전모에 익숙해지게 하려고, 에거슨은 사건을 설명하고 그녀가 귀중한 정보를 갖고 용이하게 나설 수 있는 지점에서 그녀를 떠난다.

『가족의 재회』의 다우닝Downing보다도 더 정확하면서도 덜 당황하는 증인인 거자드 여사의 법적인 의견은 그 자체로 재미있는 이야기를 구성한다. 그녀는 한때 자기가 돌보는 어린애가 있었지만 양육에 필요한 매월 송금이 중단되자 포기해야만 했다는 사실을 밝힌다. 엘리자벳 부인은 토니Tony가 사고를 당했을 때 그랬음에 틀림이 없었다고 회고해 보지만, 탐정이자 의장인 에거슨은 이 점을 받아들이지 않는다. 그는 다른 방향으로 수사를 진행한다.

조금 열을 식혀보도록 할까요?
또 다른 각도에서 문제에 접근해봅시다,
그리고 거자드 여사에게 어린애가 어떻게 되었는지 물어보죠
그녀가 입양한 아이가, 엘리자벳 여사의 애였을 지도 모릅니다만.

May I pour a drop of oil on these troubled waters?
Let us approach the question from another angle,
And ask Mrs. Guzzard what became of the child
She took in, which may have been Lady Elizabeth's. (508)

거자드 여사의 폭로는 상황을 더욱 더 당황스럽게 만든다. 세인트 바나바스St. Barnabas의 교회결혼식을 기념하려고 어린애를 양자로 받아 들여서 그 아이에게 바나바스라는 세례명을 준 사람들이 비국교도인 케이건Kaghan 부처였으리라는 그녀의 추리는 대단히 놀라운 것이다. 케이건을 한때 거자드 여사가 양육한 동일한 어린애로 알고 있는 클로드 경은 엘리자벳 부인을 미혹시킨다. 그래서 그녀는 케이건과 콜비 심킨스를 구별하기를 거절한다.

이상적인 미스터리 스릴러 수법에 맞게 미스터리는 에거슨의 조사에도 불구하고 지속되는 것처럼 보인다. 비록 자기 증거에 대한 거자드 여사의 확인이 멀해며 부부를 실망시킬 가능성이 있다는 사실을 충분히 예견할 수

있지만, 그래도 그녀의 진술과 폭로는 분명히 확인이 필요하다.

> 그건 다른 사람 못지않게 내게도 아주 관계가 있습니다.
> 그러나 부인께서 만족해하실까요,
> 케이건부부가 제시하게 될 증거를 그녀가 갖게 된다면.
> 바나바스 케이건을 자기 아들로 인정하고서?

> That is as much to my interest as anyone's.
> But will your wife be satisfied,
> When she has the evidence the Kaghans will supply,
> To recognise Barnabas Kaghan as her son? (572)

미스터리는 드러나지 않고 이 극의 끝까지 유예된다. 결국에는 오랫동안 감추어진 사건의 전모가 제시되지만, 클로드 경이 "허구"라고 생각하고 있다는 사실에서도 알 수 있듯이, 케이건이나 콜비 심킨스가 엘리자벳 부인의 아들이라고 밝히는 거자드 여사의 고백적 증언에도 멀해머 부부는 만족하지 않는다.

> 클로드 경, 나는 당신을 속일 생각이 전혀 없었어요,
> 그러나 당신이 자신을 속이고 말았군요. 당신이 캐나다에 갔을 때
> 그녀가 애를 갖게 된 사실을 내 언니가 알았지요:
> 정말이에요. 나 역시 애를 가졌지요.
> 당신은 물론 몰랐겠지만. 당신과는 관련이 없었지요.
> 내가 말한 것처럼, 내 언니는 죽었지요
> 애를 낳기도 전에 말입니다. 당신은 아주 먼 곳에 있었고;

나는 당신에게 전갈을 보냈어요, 당신에게 전해지지 못했네요.
돌아오자, 당신은 단번에 나를 만나러 왔지요;
난 알았지요 내가 그 소식을 당신에게 알려야 했다는 사실을.
. . . .
난 당신이 출생증명서를 요구할까봐 두려웠어요.
당신은 결코 그러지 않았죠. 그래서 그 일은 그냥 지나가 버렸죠.

I had no intention of deceiving you, Sir Claude,
Till you deceived yourself. When you went to Canada
My sister found that she was to have a child:
That much is true. I also was expecting one.
That you did not know. It did not concern you.
As I have just said, my sister died
Before the child could be born. You were very far away;
I sent you a message, which never reached you.
On your return, you came at once to see me;
And I found that I had to break the news to you.
. . . .
I feared you would ask for the birth certificate.
You never did. And so it went on. (514-15)

증거는 마침내 간호사인 거자드 여사가 아버지 없는 가난한 자기 아들을 위한 금전적 이익을 확보하기 위해서 고의적으로 섞어 놓았던 케이건과 콜비 심킨스라는 두 어린애의 신원을 밝히는데 도움을 주었다. 따라서 미스터리는 중복의 요소라는 도움으로 설정되어 있기도 하지만, 동시에 임신했던 두 여인인 거자드 여사와 그녀의 동생이라는 우연성의 도움으로 거자드 여사가 진술하면서 밝혀지게 된다.

이 미스터리를 연장시키는 데 우연성은 중요한 역할을 한다. 거자드 여사의 메시지가 클로드 경이 캐나다에 있을 때에는 도착하지 않았기 때문에, 돌아오는 길에 거자드 여사와 함께 있는 아이를 보자 그는 그 아이를 자기의 아이로 받아들일 수밖에 없었다. 그 애가 누구의 애인지 듣지 못했던 그는 그 애의 출생증명서도 요구하지 않았다. 우연의 요소는 또한 미스터리 스릴러에서 주요한 역할을 한다. 포우의 「황금 벌레」("The Golden Bug")에서는 모래 둔덕 아래에 구겨서 감춰둔 종이쪽지가 드러난 부분이 숨겨진 보물을 발견하는 단서가 되었고, 엘리엇이 지적한 바와 같이, 윌키 콜린스의 『월장석』에서는 훔친 월장석이 인도 사원에서 발견되어 미스터리가 해결된 것이 사람의 창의성에 의해서라기보다는 주로 우연에 의해서였다(Eliot 1980: 468).

그러나 『개인비서』에서 거자드 여사가 제시한 증거의 세부사항에 대한 확인을 요구하지 않으면, 증거 때문에 콜비의 양친에 관한 미스터리가 해결된 것같이 보일 것이다. 동시에 거자드 여사의 의도적인 범죄행위에 의해 미스터리가 야기되었다는 사실도 명백해질 것이다. 그로버 스미스가 관찰한 바대로 거자드 여사는 거짓말을 일삼는 사람이었다. 만일 그녀가 성실했더라면 그녀가 갑자기 이상해졌을 지도 모를 정도로 25년간 그녀는 돈 때문에 처벌받을 만한 죄를 범해왔기 때문에(Smith 241), 거자드 여사의 증거는 고백이며, 이는 범인이 궁극적으로 자기 죄를 고백하게 만드는 미스터리 스릴러 패턴과 일치한다. 그러나 이 이야기 구조가 일반적으로 스릴러와 얼마나 동떨어져 있는 지, 그리고 이 미스터리가 상징적으로는 개인의 범죄행위보다 보편적 인간성향을 어떻게 드러내는 지가 거자드 여사의 다음과 같은 말에서 발견되고 있다.

> 부인께선 아들을 찾으려 소망했고, 이제 아들을 얻었어요.
> 우리는 모두 자신을 복종시켜야 해요
> 이루어진 소망에. 그것은 고통스러운 과정일 수가 있지요,
> 생각하건대, . . .

> You wished for your son, and now you have your son.
> We all of us have to adapt ourselves
> To the wish that is granted. That can be a painful process,
> As I know, . . . (512)

이 말들이 암시하는 바와 같이, 이 미스터리 극은 인간 소망충족의 극이기도 하다. 비록 엘리자벳 부인이 콜비를 택하지 않더라도, 그녀의 소망은 케이건을 취하면서 충족된다. 케이건과 루캐스터 엔젤Lucasta Angel은 그들이 바라는 대로 결혼하게 된다. 하지만 클로드 경만은 콜비에 대한 거짓 권리가 가장과 자기영예의 결과였기 때문에 실망한다. "나는 사실을 알고 싶었다"(I wished to know the truth)(513)고 말한 콜비 역시 자신의 소원이 충족된다.

죄와 속죄로 이어지는 극의 종교적 의미는 콜비가 정교한 조사를 야기한 진실의 본질을 설명할 때 분명해진다.

> 방금 떠올랐지요. 내 생각에 이런 아버지라면 좋을 것 같습니다
> 내가 여태 몰랐었고 지금도 알지 못하는,
> 내가 태어나기 전에 혹은 내가 기억할 수 없던 때에
> 돌아가셨기 때문에. 나는 알 수 없게 된

다만 소문이나 기록에 의해서가 아니라면—
그 분 생애의 내력에 대해서, 실패나 성공의 생애에 대해서 . . .
어쩌면 성공보다는 실패의 생애이겠지만—
그 분의 소유물이라든지, 색 바랜 사진들이 남아서
그런 것 속에서 나와의 공통점을 찾아보고자 하는;
그런 이미지를 마음속에 그려보고,
그런 이미지로 살아가는. 한 평범한 사람으로
어떤 면에서 그 분의 생애를 영속시켰으면 합니다,
나는 그 분이 되고자 했던 사람이 됨으로써,
그리고 그분이 하고 싶었던 일을 함으로써.

It's only just come to me. I should like a father
Whom I have never known and couldn't know now,
Because he would have died before I was born
Or before I could remember; whom I could get to know
Only by report, by documents—
The story of his life, of his success or failure . . .
Perhaps his failure more than his success—
By objects that belonged to him, and faded photographs
In which I should try to decipher a likeness;
Whose image I could create in my own mind,
To live with that image. An ordinary man
Whose life I could in some way perpetuate
By being the person he would have liked to be,
And by doing the things he had wanted to do. (513)

이들 노선은 기독교적인 해석에 따라 달라질 수 있다. 이들 노선의 종교적 의미에 주목해보면, 사실 "나는 내 아버지의 뒤를 이어야하겠습니다"(I must follow my father)(516)라는 콜비의 대답은 곧 성경 속 예수의 말과도 같다. 두 번씩이나 반복되는 "follow"라는 말을 기독교적으로 해석해 보면 예수가 추종하는 아버지는 창조주인 것이다. 콜비가 "오직 소문이나, 기록에 의해서가 아니라면/ 알 수 없게 된" 아버지는 예수에게는 복음에 의해서만 알게 되는 창조주인 셈이다. 예수는 세속적 기준에 의하면 실패자이지만, 그의 삶은 기독교인이 모방하고 영속화하려는 대상임에는 틀림없다(Jones 166). 그러므로 아버지라는 어휘에는 일반적 의미와 종교적 의미가 모두 내포되는데, 이 두 의미는 콜비가 올갠 주자의 죽음으로 인해 생긴 공석을 맡도록 제의한 교회 내부에서 자기 아버지를 알고 찾으려는 결정을 최종적으로 할 때 통합된다. 이는 이승의 세속적인 아버지를 두고 싶지 않다는 콜비의 심정과도 부합되는데, 이승의 혈육관계를 초월하여 천상과의 지고한 인간관계를 그가 동경하고 있음을 의미한다. 그의 친아버지인 허벗 거자드Herbert Guzzard도 역시 교회의 올갠 주자로서 자기 꿈을 접어버린 음악가였다. 콜비는 마지막까지 아들의 정체에 관해 클로드 경을 속이고 생활해가려는 거자드 여사가 자기 친어머니라는 사실을 알게 된다.

놀라운 일은 에거슨이 조슈아 공원에 있는 교구목사의 관리인으로 그 자리를 콜비가 맡을 수 있도록 도움을 주기 위해 다시 한 번 등장하여 모습을 나타낼 때이다. 조사위원회의 의장이자 강력한 관리인으로 행동하는 상징적 인물로 부각되는 그는 거자드 여사로 하여금 진실을 고백하게 하고 처벌을 받게 할뿐만 아니라, 콜비가 자신의 적당한 직업을 선택하는 데 도움을 주고 있다. 심지어 오랜 조사 끝에 거자드 여사의 진실 고백은 극의 종교적 의미를 나타내는 상징성을 지닌다. 그녀의 죄 많은 행위는 모든 소망이 도덕적 한계와 결과를 지니고 있다는 생각을 절실히 느끼게 하는 수단이 된다. 그녀는 다음과 같이 말한다.

> 이제 안녕히 계십시오. 여러분은 여러분의 소망을 성취했습니다
> 어떻게 되었든 간에. 당신과 난, 클로드 경,
> 25년 전에 우리는 같은 소망을 가졌었지요;
> 그러나 우린 보지 못했지요, 우리가 그 소망을 지녔을 때,
> 그 계약에는 시한부라는 단서조항이 있었다는 사실을.

> Then I will say goodbye. You have all had your wish
> In one form or another. You and I, Sir Claude,
> Had our wishes twenty-five years ago;
> But we failed to observe, when we had our wishes,
> That there was a time-limit clause in the contract. (518-19)

소망충족을 속죄하게 한 목적은 행위에 걸맞은 소망의 결과를 도출해내기 위함인데, 범죄행위처럼 죄 많은 소망은 응보의 결과를 낳을 수밖에 없다는 사실을 제시하는 데 있다. 이러한 메시지를 엘리엇은 『가족의 재회』에서 정교한 처리를 통해 수용하고 있으며, 마지막 극인 『원로 정치가』(*The Elder Statesman*)에서 양심상의 죄인 원죄와 형사상의 죄인 범죄 사이에 대한 논의를 대비시키고 있다.

살펴본 것처럼 엘리엇은 『개인비서』에서 모든 인물들이 한 인물의 오인된 신원을 바로 잡아나가는 데 참여하게 하는데, 특히 주인공 콜비는 인성과 신성의 통합을 통해 대극적인 두 세계에 대한 의무감을 가지도록 하게하고 있다. 엘리엇은 우연성을 도입하여 에거슨이라는 수사관을 등장시켜서 거

자드 여사를 증인으로 채택한 뒤 증언을 하게 한다. 그리고 수사기법 상 아주 중요한 실마리 찾기를 통해 오랫동안 감추어져왔던 한 인물의 오인된 신원을 바로 잡는 사건의 전모를 밝히고 있다.

이 극에 드러나고 있는 현실적 세계와 이상적 세계의 보완이라는 주제로 세속적 생활과 종교적 생활, 가시적 개인세계와 불가시적 집단 세계, 의식적 소수와 무의식적 다수, 인간애와 신적인 사랑, 이기심과 구원, 물질적인 것과 정신적인 것, 실재와 비실재라는 대극적 개념의 상호보완적 통합을 모색해왔던 인물들의 노력은 부자관계를 탐색함으로써 오인된 자신의 신원을 바로 잡으려는 콜비의 자기존재 확인 과정을 거치면서 종교적 차원에서의 구원의 의미로 승화되고 있다. 오인된 정체성의 교정은 어느 한 특정 인물만의 노력이 아니라 주인공을 위시한 주변 인물 모두의 도움으로 이루어졌다는데 그 의의가 있으며, 이 과정에서 엘리엇이 사용하고 있는 수사기법 요소는 정체성 탐색이라는 이 극의 본원적인 틀을 형성하는 중요한 역할을 하고 있다.

『개인비서』는 가족관계를 바탕으로 개인의 자기정체성을 확인해 나가는 과정을 미스터리 해결방법과 중첩시켜서 그 불가분의 연관성을 기술하고 있으며, 범행증거와 정체성 확인의 주제는 극 전체에서 두드러진다.

제8장

『원로 정치가』
자백과 사건해결

1959년에 첫 공연된 엘리엇의 마지막 극인 『원로 정치가』는 그의 모든 극중에서도 "가장 사적인" 극으로, 그가 다루는 진지한 소재나 다른 것들보다도 미스터리 스릴러 요소에 엘리엇이 더 의존하고 있다는 정황이 드러나고 있는 작품이다.

모든 것을 분석·취합해보면 엘리엇이 『원로 정치가』만이 아니라 그의 여타 다른 시와 극을 통해서 탐정 미스터리적 요소와 정신병 조사방법 및 죄와 속죄의 주제와 같은 것에 대한 각별한 선입적 애호감과 우리 시대의 혼란에 얼마나 관객의 관심을 끌어들이고 있는지를 알 수가 있다.

이런 점에서 『원로 정치가』는 엘리엇 극에서도 독특한 위치를 점하고 있다. 탐정 스릴러적 장치를 사용하고 있음에도 불구하고, 일반적으로 이해되는 범죄는 잘못된 단서를 제외하고는 극에 진입되지 않는다. 스티븐 스펜

더Stephen Spender는 극이라는 장르가 죄와 범죄의 주제를 동시에 다루는 영역을 제공하지 못한다고 보았다. 그가 관찰한 바에 따르면, "죄와 범죄라는 두 종류의 다른 실재를 구분하는 것이 어쩌면 극보다는 소설에서 훨씬 더 적절한 주제"(188)라는 것이다. 그러나 사실적인 면에서 『원로 정치가』는 클레버튼 경Lord Claverton이 범인이라고 불릴만한 그 어떤 행위도 하지 않았다는 간단한 이유만으로 범죄를 다루고 있다고 말할 수는 없다. 법률적으로 말하면 그는 사고 장면처럼 보였던 상황에 멈추지 않았다는 위반사실에 대한 죄가 있을 뿐이다. 경찰의 조사에 의하면, 심지어 트럭기사까지도 같은 사람을 치이게 하여 체포되었으나 나중에는 방면될 정도로, 노인의 사망원인은 신문기사를 통해 자연사로 밝혀진다. 이와 같이 경찰의 수사과정이 언론매체를 통해서 간접적으로 드러나게 하는 방법은 전형적인 미스터리 작가들이 즐겨 쓰는 수법이다.

클레버튼 경의 국내 실패에 대한 인식은 자신의 개인적 삶의 실패뿐만 아니라, 『가족의 재회』와 『칵테일파티』를 포함한 엘리엇 극의 주제가 되고 있는 부부간의 애정과 의사소통의 실패인 것이다. 클레버튼 경의 고백이 "범죄가 아닌 것들"에 대한 것이듯이, 고백 이후에 따라오는 것은 처벌이 아니라, 자아와 애정 및 정신적 평화와의 화해로 이끄는 회한이다.

이 극에서 죄의 개념은 『대성당의 살인』이나 『가족의 재회』에서와 같이 형이상학적이거나 종교적이 아니다. 이 극은 오히려 통상적이고 도덕적 실패의 문제를 다루고 있다. 즉 비겁함과 조야함, 은폐와 탈선, 이기심과 경솔한 권력추구가 그것이다.

엘리엇이 극과 극을 이동함에 따라 이전의 극에서 보였던 주제와 상황들이 단순히 반복되어 나타나지는 않지만, 가끔은 새로운 면에 역점이 주어진다. 이는 엘리엇 극들, 사실은 극을 포함한 그의 모든 작품이 그 정도로

서로 연결되어 있고 상호의존적이기 때문에, 그런 점들을 모두 아는 것이 저마다의 이해의 폭을 상당히 넓혀줄 수 있으리라는 생각에 어느 정도 기여하게 된다. 엘리엇 극의 이러한 내적 통일성의 가치는 『원로 정치가』의 주제와 상황에 관해서 각별하게 보일 수 있다.

엘리엇의 마지막 극인 『원로 정치가』는 여러 가지 의미에서 중요한 극이다. 우선 그의 모든 극중에서도 "개인적 힘과 평정을 표현하고 있다" (Ward 219)는 점에서는 가장 엘리엇의 특징이 잘 드러난 극이며, 다른 극들보다도 그가 다루는 소재를 진지하게 설명하고 있다는 점에서 엘리엇이 대중문화 요소에 크게 의존하고 있다는 확실한 정황을 보여주고 있는 극이다. 엘리엇이 극작을 거듭함에 따라 이전의 극에서 보였던 주제와 상황들을 단순히 반복하여 나타내지는 않지만, 유사주제와 상황을 끌어다가 가끔은 새로운 가치를 부여하기도 한다. 이 때문에 엘리엇 극들은 서로 연결되어 있을 뿐만 아니라 상호의존적인 성향을 나타내고 있다. 그러므로 이런 점들을 모두 이해하는 일이야말로 그의 극에 대한 해석의 폭을 상당히 넓혀줄 수 있는 중요한 선행 작업이며 극의 내적 질서 정리에도 도움이 된다. 엘리엇 극의 이러한 내적 통일성의 가치는 바로 이 『원로 정치가』의 주제와 상황적인 면에서 각별하게 두드러지고 있다.

따라서 극의 구조가 의도적으로 복잡하게 구성되어 있을 뿐만 아니라 잘 다듬어진 패러디의 희극적 성격을 띠면서도(Frye 96) 동시에 소극이 나아갈 새로운 방향을 제시해주고 있다(Worth 174)는 평가를 받고 있기도 하다. 이 장은 시극 『원로 정치가』를 중심으로 죄와 도덕의 문제에 대한 탐사가 어떻게 이루어지고, 주요 인물의 고백 이행에서 드러나고 있는 미스터리 해결이 어떤 방식으로 마무리되어가는 지를 살펴본 뒤, 그 과정에서 미스터리 스릴러의 기법이 어떻게 사용되었는가를 관찰해보는 데 초점을 두고 있다.

엘리엇이 『원로 정치가』를 쓴 뒤, 마틴 브라운에게 쓴 편지에서 『가족의 재회』의 해리의 직업이 『오레스티즈』나 『콜러너스의 이디퍼스』에 의해 완결될 필요가 있다고 언급한 것으로 알려져 있다(Matthiessen 168). 비록 두 극의 상황이 서로 다르더라도, 틀림없이 『원로 정치가』는 『가족의 재회』보다도 훨씬 더 완성도가 높은 극이다. 초기 극의 죄와 속죄의 주제는 『원로 정치가』에서 다시 나타나고 있다.[1] 물론 엘리엇이 말하는 "직업"은 내적인 움직임과 변화의 문제일 수도 있다. 외적으로는 제목 그 자체가 분명히 명시하고 있는 것처럼 원로 정치가인 클레버튼 경의 직업이 인물의 신원을 밝히는 단서가 된다. 극이 전개됨에 따라 그는 정치활동에서 은퇴했다는 사실을 알 수 있다. 하지만 바로 이러한 은퇴가 미스터리라는 문제로 부각되고 있는 것이다. 정계와 공적인 생활에서 나름대로의 평판을 지닌 클레버튼 경은 소도시에서 자기의 지위를 안전하게 유지하길 기대해왔었다. 그러다가 그는 자기의 직업수행을 갑작스럽게 중단해 버린다. 이 점에 대해서 친구인 세뇰 고메즈Senor Gomez는 다음과 같이 말한다.

난 우정에는 재능을 지녔어.

나는 자네의 성공을 기뻐했네. 그러나 한 가지 모를 점이 있어.
자네는 50도 되기 전에 장관이 되었어.
그렇게 가면 정상으로까지 갈 것이 틀림없었지!
그런데 정계에서 은퇴하여,
시티로 가서 은행장에다
몇몇 기업체의 회장직을 맡았지.

---

1) 데이빗 존스는 『콜러너스의 이디퍼스』의 소포클레스처럼, 엘리엇이 『원로 정치가』에서 초기 극에서 주제와 몇 가지 상황을 빌어 와서 다시 시작하고 있다는 사실을 밝히고 있다 (182).

I have a gift for friendship.

I rejoiced in your success. But one thing has puzzled me.
You were given a ministry before you were fifty:
That should have led you to the very top!
And yet you withdrew from the world of politics
And went into the City. Director of a bank
And chairman of companies. (538)

물론, 정치가의 조기은퇴를 공적으로 선언한 이유는 그러한 경우에 주어지는 일반적인 이유인 건강악화이다. 은퇴이유를 묻는 고메즈의 질문에 클레버튼 경은 "그만큼 내 일을 알고 있었다면/ 자네는 내가 의사들의 권고에 따라 은퇴했다는 기사를 분명히 읽었을 텐데"(Knowing as much about me as do/ You must have read that I retired at the instance of my doctors)(539)라고 우회적으로 자신의 건강문제가 은퇴의 발단이 되었음을 시사한다. 그러나 정치인으로도 그는 내적으로 앓고 있었으며, 알려진 것보다 더 심한 병을 앓고 있었다. 질병의 근원적 이유는 극의 과정상 나중에 밝혀지지만, 주로 과거에 매몰되어 있다. 현재는 클레버튼 경이 미래만 보면서 전망에 대해서 완전히 낙심한 상태에 있다. 적극적인 정치생활에서 물러난 지금 그가 체험할 수 있는 모든 것은 고통스러운 공허감뿐이다.

무無를 명상하고 있었지, 생각해봐:
매일, 해마다, 아침을 먹으면서,
나는 이 책을 봤지—아니 이와 유사한 책을 들여다봤어—
너도 알다시피 지난날의 그 책들은 모두 책장에 보관하고 있어;
나는 제대로 책을 들여다 볼 수 있고, 내가 무엇을 하고 있었는가

를 알 수 있어 20년 전, 오늘, 오후 이 시간에
이 책을 들여다봤다면, 오늘은,
아침을 먹으면서가 아니고, 차 마시는 시간 전에,
내가 넘기고 있는 것은 텅 빈 페이지였어—
이것은 국회의원이 된 이래 최초의 공백의 페이지지.
전에 나는 늘 사람들에게 얘기할 것을 메모하곤 하였지:
이제 나는 얘기할 것도 없고, 얘기할 대상도 없어.
알 수 없어 . . . 앞으로 몇 장이나 더 빈 페이지가 지속될 것인가?

Contemplating nothingness. Just remember:
Every day, year after year, over my breakfast,
I have looked at this book—or one just like it—
You know I keep the old ones on a shelf together;
I could look in the right book, and find out what I was doing
Twenty years ago, to-day, at this hour of the afternoon.
If I've been looking at this engagement book, to-day,
Not over breakfast, but before tea,
It's the empty pages that I've been fingering—
The first empty pages since I entered Parliament.
I used to jot down notes of what I had to say to people:
Now I've no more to say, and no one to say it to.
I've been wondering . . . how many more empty pages? (529-30)

클레버튼 경은 죽음 그 자체가 놀라운 공허감에 비해서 더 나을 것이라고 생각한다.

아니야, 난 과거의 생활에 대한 집착 같은 것은 조금도 없어—
다만 앞에 전개된 공백에 대한 공포뿐이야.
내게 만일 일해서 자신을 멸망시킬 정도의 정력이 있다면
나는 기꺼이 죽음과 직면할 것이야! 허나 기다리고, 또 기다리며,
행동하고 싶은 의욕도 없이, 그러면서도 무위를 싫어하면서.
진공상태에의 공포, 그것을 채우고자 하는 의욕도 없이.
이것은 마치 텅 빈 대합실에서 앉아있는 기분이야
어느 지선의 시골기차 정거장에서
막차가 떠난 후, 승객들도 떠나고
난 후, 매표소도 닫히고
포터들도 퇴근하고 난 후. 나는 무엇을 기다리고 있는가
썰렁한 빈방에서 불 꺼진 난로 앞에서?
누구를 기다리는 것도 아니고, 무엇을 기다리는 것도 아니야.

No, I've not the slightest longing for the life I've left—
Only fear of the emptiness before me.
If I had the energy to work myself to death
How gladly would I face death! But waiting, simply waiting,
With no desire to act, yet a loathing of inaction.
A fear of the vacuum, and no desire to fill it.
It's just like sitting in an empty waiting room
In a railway station on a branch line,
After the last train, after all the other passengers
Have left, and the booking office is closed
And the porters have gone. What am I waiting for
In a cold and empty room before an empty grate?

For no one. For nothing. (530)

"나는 무엇을 기다리고 있는가"라는 자문에 "누구를 기다리는 것도 아니고, 무엇을 기다리는 것도 아니야"라고 스스로 답하는 클레버튼 경은 자신이 잘못된 것을 모르고 있다. 그는 아주 일찍 온 방문객인 세뇰 고메즈와 만난 뒤 다른 사람들이나 사건들과, 또는 죄스런 과거의 기억들과 조우하게 된다. 그러나 그 과정에서 대리인인 고메즈와 카길 여사Mrs. Carghill 및 자기 자신의 파묻혀 버린 자아와 본질적으로 대결하게 되는 것이다. 따라서 수사 대상은 밝고 실수 한 번 하지 않은 유쾌한 대중적인 이미지를 지닌 성공한 정치가의 모습 이면에 숨겨져 있던 한 인간의 본질적인 정체성인 것이다.

정신병자 조사와 탐정사건 수사에 공통점이 있다면, 양자가 모두 과거를 뒤져가면서 현재의 상태나 상황을 재구성하고 설명하는 단서를 찾아낸다는 사실에 있다. 이전의 극에서와 마찬가지로 이 극에서도 엘리엇은 탐정수사에서 쓰는 수사방식으로 뿐만 아니라 정신질환자 조사에 대한 대중적 관심을 이용하고 있다. 『대성당의 살인』으로 거슬러 가보면 기사들 중 한 명이 대주교 살인사건을 설명하는데, 기사들의 말에 따르면 토마스 베켓은 이기심 많고 광적이라서 기사들이 기술하고 있는 것처럼 그의 죽음은 살인이 아니며, 오히려 "건전치 못한 생각에서" 저지른 "자살행위"였기 때문에 그 상태에 이르게 한 그의 심리적 과거의 순간을 탐사해보는 일이 필요할 것이라고 기사들은 주장했다. 과거를 탐사하고 재구성하는 장치는 『가족의 재회』에서도 재현되는데, 워버튼과 애거사는 해리의 주장에 대해 모든 잘못된 일이 실제로 일어나는 근원인 해리의 아버지 삶의 시절로 거슬러 그를 데려간다. 『칵테일파티』에서도 이와 같은 상태와 부합되게 진찰실과 정신과 의사가 등장하는 적절한 장면설정이 마련되어 있다.

2막과 3막에서 클레버튼 경이 간 요양소인 배즐리 콧Badgley Court은 『칵테일파티』에서 라일리의 정신과 병원과 같은 계열이다. 그 운영방식은 어쩌면 훨씬 더 코믹하다. 그곳은 명상뿐만 아니라 영상화된 프로그램으로 환자들의 오락을 위한 정숙한 방Silence Room이 있는 회복기 환자의 요양원이다. 그러니까 "안정요법"을 위한 곳이다. 전망과 회복 가능성이 밝은 환자들만 그곳에 받아들여진다. 치유될 수 없는 환자에 대해서는 피곳Mrs. Piggott 여사가 설명하는 바와 같다.

> 우리는 절대로 그들을 받지 않아요. 그리고 치료하기
> 어렵게 *보이*는 손님도 받지 않아요—
> 우리는 이곳에 환자를 보내는 의사선생들에게
> 그렇게 부탁을 합니다.

> We never accept them. Nor do we accept
> Any guest who *looks* incurable—
> We make that stipulation to all the doctors
> Who send people here. (546)

명백히 마지막 두 행의 인유는 실리아를 요양소에 보내는 『칵테일파티』의 라일리와 같은 의사에 대한 인유이다. 피곳 여사는 새롭게 가장하여 이전 극의 간호비서Nurse Secretary인 배러웨이 양Miss Barraway으로 재등장하는데, 연령상으로는 나이가 들었으며("Mrs.") 전문직으로 우수한 위치에 있다("Matron").

아녜요, '간호부장'이 아닙니다!
물론, 어떤 의미에선 제가 간호부장*입니다만*—
아니, 내가 결혼한 부인이라는 것을 말하려는 것만은 아닙니다—
사실은 과부입니다. 하지만 나는 정식 간호사였어요,
그리고 물론 소위 의학적 환경 속에서
살아왔습니다. 아버지는 전문가였어요
약학 부문에서, 그리고 내 남편은
유명한 외과의사였지요. 아시겠어요, 난 그분과 사랑에 빠졌답니다
내가 맹장수술 받는 동안에요!

Oh no, not 'Matron'!
Of course, I *am* a matron in a sense—
No, I don't simply mean that I'm a married woman—
A widow in fact. But I was a Trained Nurse,
And of course I've always lived in what you might call
A medical milieu. My father was a specialist
In pharmacology. And my husband
Was a distinguished surgeon. Do you know, I fell in love with him
During an appendicitis operation! (545-46)

그녀는 건강에 도움이 되는 문제를 지도해주려고 환자와 환자 사이를 "날아다녀야 하기"(must fly)(547) 때문에, 『칵테일파티』에서 줄리아 셔틀스웨잇의 명민한 속성을 지니고 있다. 그녀가 클레버튼 경에게 제공하는 지시사항 중에는 신문 뒤에 숨어서 원치 않는 사람들을 피하는 일에 관한 방법도 있다.

슬그머니 접근해오는 것 같은 손님을 발견하면
얼굴에 신문을 덮고서
잠들어 있는 척하십시오.

If you spy any guest who seems to be stalking you
Put your newspaper over your face
And pretend you're pretending to be asleep. (548)

요양원에서 구할 수 있는 실제적 종류의 정신과적 치유에 관해서는 거의 언급이 없다. 환경적으로 "간호하는-집의 분위기"(a nursing-home atmosphere)(546)를 피하고 다양한 게임과 스포츠가 제공되어 환자들이 스스로 상실해버린 자신감을 되찾도록 하게 한다. 정신과 의사 자신은 이제 더 이상 전면에서 환자 스스로 수행해야 하는 과제처럼 여겨지는 질환의 성격을 진단하지 않는다. 이것이 적어도 클레버튼 경에게는 사실이다. 배즐리 콧에서 모든 환자는 아프지만 "아무도 병들어 있는 듯이 보이지 않는다"(Nobody looks ill!)(546). 모니카가 밝히고 있는 아버지 클레버튼 경은 그가 알고 있는 것보다 더 아프기 때문에("Father is much iller than he is aware of:")(528), 요양원에서 그가 해야 할 일은 자기인식을 향상시켜서 미스터리 같은 그의 질환의 정확한 성격을 찾아내는 일이다.

탐정수사는 훨씬 이전부터, 그러니까 극의 아주 초기부터 이루어진다. 세뇰 고메즈의 등장은 미스터리 스릴러 수법으로서는 가장 먼저 시작된다. 물론 그는 다름 아닌 클레버튼 경의 젊은 시절 옥스퍼드 친구였던 프레데릭 컬버웰Frederick Culverwell이다. 그는 잉글랜드에서 위조죄로 형을 받고는 "중미의 산 마르코San Marco 공화국"으로 이민을 가서(533), 30년 이상이나 거기서 살며 떳떳하지 못한 방식으로 많은 돈을 번 사람이다. 『원로 정치가』에서 이름을 바꾸어 쓰는 인물과 그들의 외적 정체성에 관한 것도 극의 중요한 핵심을 이룬다. 클레버튼 경이 옥스퍼드 시절 알았던 메이지 배터슨Maisie Batterson이란 여자는 그녀가 무대에서, 그리고 카길 여사처럼 요양소에 다시 등장하면서 메이지 몬조이Montjoy가 된다. 세뇰 고메즈가 기억하는 바와 같이 원로 정치가는 옥스퍼드에서는 "간단히 딕 페리Dick Ferry"였으며, 결혼 후 자기 부인의 이름을 차용해서 리처드 클레버튼-페리Richard Claverton-Ferry가 되었으며, 마지막에 가서는 귀족신분으로 상승하자 클레버튼 경이 되었다.

프레데릭 컬버웰은 자기 이름을 바꾸었을 뿐만 아니라 자신의 국적도 바꾸었기 때문에, 클레버튼 경의 집사 램벗Lambert은 전혀 모르는 방문객에 대해 기술해 달라는 부탁을 받자 그를 그냥 "외국사람"(a foreign person) (532)이라고 부른다. 클레버튼 경은 이 "외국사람"이 돈을 요구하게 되었다고만 생각했으며, 심지어는 신원이 프레데릭 컬버웰이라고 밝혀진 나중에는 자신의 동기가 "협박"(blackmail)(567)이 될 수 있다고 생각한다.

고메즈의 방문동기가 무엇이든지, 그 목적은 정확히 말해서 원로 정치가의 과거조사와 재구성이다. 고메즈의 등장 바로 전에, 찰스Charles는 모니카Monica에게 말하면서 다음 사항을 관찰한다.

> 그분의 사생활이 너무 잘 지켜졌기 때문에
> 나는 가끔 의아할 때가 있어요 . . .
> 지켜야 할 사생활이 과연 있는 것인가 하고.

> His privacy has been so well preserved
> That I've sometimes wondered whether there was any . . .
> Private self to preserve. (528)

찰스는 모니카에게 "개인적인 자아가 있다"고 응답한다. 자아회복을 살펴보려면 클레버튼 경과 고메즈가 "도둑처럼 사이가 좋았던" 옥스퍼드 시절로 거슬러 올라가야 한다. 그 당시 클레버튼 경의 근황이 어떠했으며, 당시 자기가 사려 깊지 못하게 무시해버렸던 것들이, 파묻힌 씨앗들처럼 이제 참을 수 없는 죄와 좌절감으로 싹이 터 나오게 한 그의 행위들은 어떤 것들이었는지를 알아볼 필요가 있다.

우선 그는 "알려지지 않은 인문학교 출신의 장학생 소년"인 젊은 컬버웰을 옥스퍼드에서 타락시켜서 아주 비싼 자신의 취향을 주입시켰던 것이다. 결과적으로 컬버웰이 우등생이 되고 클레버튼이 낙제하리라고 예상했지만, 낙제를 해서 비서가 되어 결국 위조범이 된 사람은 컬버웰이었다. 클레버튼 자신은 고메즈가 그에게 말했던 것처럼, 내부에 "신중한 악마"를 지니고 있었기 때문에 항상 지나친 결과를 때마침 깨닫게 되었다. 클레버튼은 고메즈가 출옥한 뒤 그의 산 마르코 여행비를 지불했기에, 자신의 삶에서 이 불미스러운 사건을 영구히 남기게 되었다.

그러나 왜 그가 처음에 프레데릭 컬버웰을 후원했는지가 미심쩍다. 당시 컬버웰은 덕분에 사교계의 멋쟁이들인 클레버튼의 친구들과 교제하게 되어서 기뻤지만, 자신에 대한 클레버튼의 관심에 당황했다. 그러나 고메즈는 계속했다.

> 나중에, 난 이해했지: 자네는 나를 친구로 삼음으로써
> 우쭐해졌기 때문에—자네의 권력욕이 근질근질해진거야
> 내도 우쭐해졌음을 볼 정도로, 그리고 자네를 존경하는 걸 보고서.

> Later, I came to understand: you made friends with me
> Because it flattered *you*—tickled your love of power

To see that I was flattered, and that I admired you. (537)

마찬가지로 고메즈는 클레버튼도 잊었다고 생각했던 클레버튼 경의 과거 삶의 또 다른 순간을 밝힌다.

그러나 여기서 탐정소설적 관심에 더 세밀한 주의가 필요하다. 지적한 바와 같이 이 극은 고메즈가 클레버튼 경의 숨은 과거를 노출시키면서 시작되는데, 엘리엇은 다른 극에서 사용했던 것과 같은 장치들을 도입하여 이러한 양상을 강화시키고 있다. 클레버튼 경이 다음과 같이 고메즈에게 대답하는 것이 그 예라고 할 수 있다.

이 얘기가 대중의 흥미를 끈다고 생각한다면
왜 일요신문에 그 얘기를 팔지 않지?

If you think that this story would interest the public
Why not sell your version to a Sunday newspaper? (540)

스릴러 양상은 『투사 스위니』에서 나오는 태블로이드 판 신문의 선정성에 대한 언급과 『가족의 재회』에서 나오는 코러스의 말에서 유사하게 사용되었다.

왜 우리는 죄 지은 공모자들처럼 여기에 서 있어야 할까,
  어떤 계시를 기다리며
결국 숨겨졌던 것들은 드러나고, 신문팔이 애들은
  거리에서 외쳐댈 때?
아무도 모르던 사사로운 것이 널리 알려져, 거리의 사진가는

신문에 실을 사진으로 쓰려고 플래시를 터뜨리겠지.

Why should we stand here like guilty conspirators, waiting for
some revelation
When the hidden shall be exposed, and the newsboy shall
shout in the street?
When the private shall be made public, the common photographer
Flashlight for the picture papers. (301)

『원로 정치가』에서 엘리엇이 그러한 장치의 사용을 통해서 성취한 것은 소위 현대생활에 자기 주제를 이식시킨 것만은 아니다. 그는 공직이나 다른 높은 지위에 있는 사람들의 숨겨진 비행의 노출에 대한 취향을 통해서 극 속에 관객을 참여시키려고 애쓰고 있다. "당신의 비밀이 내게는 안전합니다"(Your secret is safe with me)(541)라는 클레버튼 경에게 한 고메즈의 확언에서와 같은 암시가 호기심 많은 청중을 끌어들이고 있음에 틀림이 없다. 이런 면에서 범죄가 공적으로 이루어졌고 책임감 또한 공적으로 살인자들에 의해 모면해갔던, 그래서 실제 탐정 수사에 대한 영역의 허용이 지극히 제한되었던 『대성당의 살인』에서부터, 범죄가 처음으로 고백되어 거부당한 『가족의 재회』에 이르기까지, 또한 의심도 받지 않아서 수사도 받지 않은 사람에 의해 저질러진 범행의 심각성에 대한 냄새가 거듭해서 독자에게 주어진 『원로 정치가』에 이르기까지, 그 발전과정을 살펴보는 일은 흥미로울 것이다. 살인과 해결이라는 지극히 적은 스릴러적인 요소만을 갖고 있는 극에서부터 혐의가 짙은 "범죄인"의 정체를 밝히는 데 동원되는 스릴러적인 요소들을 사용하는 극에 이르기까지의 진전사항이 그 핵심일 것이다.

클레버튼 경의 가담에 대한 혐의는 고메즈로부터 자기를 공격하는 비난을 조용히 들을 때 드러난다. 고메즈의 이야기가 길 위에서 일어난 사고에 대해 만들어낸 하나의 "개작"(version)(540)일 뿐일 수도 있다고 클레버튼 경이 언급했을 때 긴장이 발생한다. 이 때문에 관객은 또 다른 가능성 있는 개작이 있다고 생각하면서 그 개작을 찾아보고 싶은 마음이 생긴다. 미스터리 해결을 위해서라도 도로 위에서 죽은 한 노인의 의문사를 설명할 수 있는 두 가지 개작을 만들 가능성에 대한 미묘한 암시를, 여러 이론을 체계화해야 하는 탐정의 관행과 부합시키고 있다. 또한 정치가의 미스터리인 병과 조기 은퇴에 대한 더 큰 의혹을 설명하기 위해서라도 고메즈의 폭로에 이어지는 상황에서 스릴러적 서스펜스를 강화시킨다. 이와 같은 내포는 『대성당의 살인』에서 변명을 늘어놓는 기사의 논리에서도 나타나며, 『개인비서』에서는 발전된 개연성으로 수렴된다.

클레버튼 경의 과거에 연루된 또 다른 인물인 카길 여사가 은퇴한 정치가 앞에 나타나서 그에게 젊은 시절 그의 행동에 대한 불쾌한 사실들을 부각시키자 탐정 수사적 관심은 강화된다. 고메즈가 말하듯이, 그녀는 "신뢰할만한 증인"(reliable witness)(576)이라서 그녀의 증거는 신빙성이 있다고 간주될 수 있기 때문이다. 「나에 대한 당신의 사랑이 너무 늦지 않았어요!」("It's Not Too Late For You To Love Me!")라는 노래로 인기를 얻은 전직 탑 뮤지컬 스타인 메이지 몬조이인 카길 여사는 클레버튼 경이 사랑을 배신하고 행복한 결혼생활의 희망을 좌절시켰다고 비난한다. 그의 기억을 새롭게 하고 자기 주장을 뒷받침하기 위해 그녀는 한때 자기에게 클레버튼 경이 썼던 연정의 편지 사본을 제시할 준비를 한다. 가능한 법적 증거로서 가치 있고 유명한 공인과 관련된 경매품목으로도 가치 있는 이 편지는 그녀의 변호사의 관리 하에 안전하게 보관되어 있었다. 그러나 신중한 클레버튼 경은 그녀를 매수하여 법정 밖에서 그 문제를 매듭지으려고 하였으며, 고메즈의 경우에서와 같이 이 사건 역시 일단 종결되며 영구히 묻히게 되리라고 생각했던 것이다.

나중에는 "정말 신의 섭리"(It's truly providential)(579)라고 기술될 정도로 카길 여사가 이러한 사실들을 아주 우연히 드러내자 고메즈는 다시 등장한다. 이제 두 사람의 요원인 카길 여사와 고메즈는 합세하여 과거사건을 재구성하여 한 정치가 비행의 전모를 조사하게 된다.

카길 부인: 산 마르코로 돌아가셨죠,
고메즈씨, 당신이 정말로 베즐리 콧에 체류할 생각이라면,
당신에게 경고합니다—나는 당신을 철저히 알아내어
리처드에 대해서 알고야 말 것입니다
옥스퍼드 시절의.
고메즈: 한 가지 조건이 있어요:
그러면 당신도 딕을 알았을 때 그에 관해 내게 말해야 할걸요.

Mrs. Carghill: Went back to San Marco,
Senor Gomez, if it's true you're staying at Badgley Court,
I warn you—I'm going to cross-examine you
And make you tell me about Richard
In his Oxford days.
Gomez: On one condition:
Then you tell me all about Dick when you knew him. (564)

흩어진 실마리를 취합해보면, 엘리엇이 『원로 정치가』만이 아니라 그의 모든 극을 통해서 탐정 미스터리적 요소와 정신병 조사방법 및 죄와 속죄의

주제와 같은 것을 각별히 선호했으며, 당시의 시대적 혼란에 얼마나 관객의 관심을 끌어들이고 있는지를 알 수가 있다. 『20세기』(*The Twentieth Century*) 지의 편집장이 독자에게 말했듯이, "국가가 기독교 정통교리에 대해서 입각한 도덕성에 어느 정도의 태도를 보이는 관리자인지, 그리고 어느 정도의 죄가 범죄가 되는지에 대해서는 아무도 모른다. 도덕적 의문이 논의되면 사람들은 자기가 다니는 교회에 관해서 언급할 것이고 혹자는 대부분의 정신과 의사가 보이는 견해에 대해 언급할 것이며, 또 어떤 이는 민주주의에서 법이 고려해야 할 현재 상태의 여론에 관해서 언급할 것이다. 그 때문에 많은 논쟁이 서로 어긋나게 들리게 되는 것이다."[2] 또는 바브라 우튼Barbara Wooton 이 관찰했듯이, "누가 아프고 누가 죄를 지었는지, 그리고 누가 의사에게 가고 누가 감옥에 가야 하는지에 대한 이러한 물음에 관해 오늘날의 견해는 아주 혼란스럽다. 실로 우리의 모든 법 과정의 체제가 정립된 도덕적·형사적 책임의 개념이 침투될 수 없는 정신병과 같은 안개 속으로 용해되어 버리는 위험에 처하게 된다"(9).

바로 이런 점 때문에 다른 많은 극들과는 달리 『원로 정치가』는 엘리엇 극에서도 독특한 위치를 점하고 있다. 탐정 스릴러적 장치를 사용하고 있음에도 불구하고, 일반적으로 이해되는 범죄는 잘못된 단서를 제외하고는 극에 진입되지 않는다. 스티븐 스펜더는 극이라는 장르가 죄와 범죄의 주제를 동시에 다루는 영역을 제공하지 못하고 있다고 주장한다. 그가 관찰한 바에 따르면, "죄와 범죄라는 두 종류의 다른 실재를 구분하는 것이 어쩌면 극보다는 소설에서 훨씬 더 적절한 주제"(188)라는 것이다. 그러나 사실적인 면에서 『원로 정치가』는 클레버튼 경이 범인이라고 불릴만한 그 어떤 행위도 하지 않았다는 간단한 이유만으로 범죄를 다루고 있다고 분명히 말할 수는

2) "To the Readers," *The Twentieth Century*, clxiii, 971 (January 1958), 3.

없다. 법률적으로 말하면 그는 자동차 사고 장면처럼 보였던 상황에서 차를 멈추지 않았다는 위반사실에 대한 죄만 있을 뿐이다. 노인의 죽음의 원인에 대해서는 심지어 트럭기사까지도 같은 사람을 결과적으로 치이게 하여 체포되었으나, 경찰의 진상조사에 의해 나중에는 방면된다.

이주 늦은 밤이었지. 지방도로였는데.
나는 길에 쓰러진 한 노인을 치고서
멈추지 않았지. 그리고 또 다른 사람이 그를 치었던 거야.
한 트럭 운전사가. 그는 차를 세웠고 바로 체포되었지,
그러나 나중에 석방이 되었어.
그것은 노인의 죽음은 자연사였지
그리고 노인이 치기 전에 이미 죽어있었던 거야.
우리가 친 것은 시체였으니까
아무도 그를 죽이지 않은 셈이지. *내가* 멈추지 않은 건 사실이지.

It was late at night. A secondary road.
I ran over an old man lying in the road
And I did not stop. Then another man ran over him.
A lorry driver. He stopped and was arrested,
But was later discharged. It was definitely shown
That the old man had died a natural death
And had been run over after he was dead.
It was only a corpse that we had run over
So neither of us killed him. But *I* didn't stop. (571-72)

마찬가지로 고메즈가 클레버튼 경을 협박하러 돌아왔다는 의혹이 완전히 잘못된 것으로 밝혀지는데, 고메즈는 클레버튼 경에게 말한다.

이보게, 자네 참 둔하군!
내가 말했지: '자네의 비밀이 내게 있는 한 안전하다'라고.
그런데 자네가 . . . 그래, 난 믿을 수 없네
한 옛날 친구를 비난하니 . . . 협박이지!
정 반대지, 내가 자네의 협박을 받는다고 해야 옳은 것일세
여러 번에 걸쳐서. 산 마르코란 곳은 좋은 곳이지.
돈 벌기에는 말이야—모아두는 데엔 적당치 않지만.
내 투자는—전부가 내 이름으로 되어 있진 않아도—
상당히 여러 곳에 흩어져있지. 사실 말이지,
스톡홀름과 취리히 은행에 현재 맡겨 둔 돈만 해도
여생을 편안히 먹고 살 수 있지.
딕, 자네는 내게 사과해야 해.
협박이라고? 그 반대야
혹시 자네야말로 궁한 때엔 언제라도
내 전 재산을 마음대로 쓰게나.

My dear chap, you are obtuse!
I said: 'Your secret is safe with me.'
And then you . . . well, I'd never have believed
That you would accuse an old friend of . . . blackmail!
On the contrary, I dare say I could buy you out
Several times over. San Marco's a good place
To make money in—though not to *keep* it in.

My investments—not all in my own name either—
Are pretty well spread. For the matter of that,
My current account in Stockholm or Zürich
Would keep me in comfort for the rest of my life.
Really, Dick, you owe me an apology.
Blackmail! On the contrary
Any time you're in a tight corner
My entire resources are at your disposal. (541)

카길 여사 또한 클레버튼 경의 편지사본을 이용하려는 의도를 전혀 갖고 있지 않았다. 오히려 그녀는 자신의 능력에 따라서 전 가족을 돕고 싶은 것이다.

사건의 진실은 3막에서 클레버튼 경이 실제 상황을 명확히 인식하게 되는 데 있다.

세상에는 범죄가 아닌 많은 것들이 있지, 모니카,
법률의 대상이 안 되는 것들이 많이 있지:
일시적 과실들, 경솔한 과오들,
무모한 자포자기들, 설명이 힘든 충동들,
바로 다음 순간에 후회하게 되는 행동들,
세상에 알리고 싶지 않은 사소한 일들.

There are many things not crimes, Monica,
Beyond anything of which the law takes cognisance:
Temporary failures, irreflective aberrations,

Reckless surrenders, unexplainable impulses,
Moments we regret in the very next moment,
Episodes we try to conceal from the world. (568)

극은 "범죄가 아닌 많은 것들", 즉 비밀들에 대한 본질적 관심을 명확히 하고, 찰스로 하여금 후자를 주장하게 함으로써 범죄적 법적 용어뿐만 아니라 범죄의 부적격성까지도 분명히 하고 있으나, 클레버튼 경은 다른 관심 분야로 옮겨간다. 그래서 찰스는 여전히 협박의 가능성을 되풀이해서 말하며, 그런 협박에 적절히 대처하는 방안에 대해서도 설명한다.

그게 만일 협박이라면, 아무래도 그렇게밖에 보이지 않는데.
모든 걸 털어놓게 내가 그분을 설득할 수 있다고 당신은 생각해?

If it's blackmail, and that's very much what it looks like.
Do you think I could persuade him to confide in me? (567)

그는 모니카에게 말할 뿐만 아니라, 동시에 클레버튼 경을 도와주겠다고 제안한다.

지금 생각하고 있어요, 선생님—의심가진 것 용서하세요—
모니카에게서 그 손님들에 대한 얘길 들었어요.
두 사람들은, 그녀의 말대로, 오랜 친구라고 주장합니다—
내 생각에 만일 협박 같은 문제가 있다면,
법정에서 그런 사례를 다룬 일이 있기 때문에,
제가 틀림없이 도와 드릴 수 있습니다.

I was thinking Sir—forgive the suspicion—
From what Monica has told me about your fellow guests,
Two persons who, she says, claim a very long acquaintance—
I was thinking that if there's any question of blackmail,
I've seen something of it in my practice at the bar,
I'm sure I could help. (569)

심지어 2막 끝에서는 범죄와 회피라는 용어 외에는 다른 용어를 생각할 수 없게 된다. 클레버튼 경은 자기 아들 마이클Michael이 영국을 떠나려는 결심을 알리러 배즐리 콧에 왔을 때에도 자기가 이해하는 데에도 한계가 있음을 은연중에 드러내는 반응을 보인다.

클레버튼 경: 마이클, 네가 말한 이상으로 네가 가고자 하는
또 다른 이유가 있느냐? 예로서 . . . 살인이라든지?
마이클: 살인이라고요? 왜 살인을? 아, 도로 위 사고군요.
절대로 아닙니다. 저 운전 제법 잘해요.
클레버튼 경: 그러면 무언가? 그 젊은 여자인가?

Lord Claverton: Michael! Are there reasons for your wanting to go
Beyond what you've told me? It isn't . . . manslaughter?
Michael: Manslaughter? Why manslaughter? Oh, you mean on
the road. Certainly not. I'm far too good a driver.
Lord Claverton: What then? That young woman? (560)

그런데 3막에 접어들어 클레버튼 경이 명확한 인식으로 찰스에게 대

답해야 하는 과정에서 어느 정도의 놀라운 상황이 발생한다.

자네의 추리는 아주 온당해. 그러나 관련성이 희박해.
그 두 사람은 기억하고 있어
내가 도망쳤을 때의 일을. 아주 잘,
이번만은 도망치지 않을래 — 그들에게서 도망치지 않을 거야.
그들을 만남으로써 나는 결국 그들에게서 도망치는 셈이 되지.
— 나는 너에게 고백했다, 모니카:
그것이 자유에로 나아가는 첫 걸음이지.
그리고 어쩌면 가장 중요한 거야. 나는 네가 생각하는 것을 알아.
너는 생각하겠지 — 내가 병적인 양심의 가책을 느끼고 있다고.
잊어버려도 될 지난날의 과오를 머리에 새기며.
내가 앓고 있다고 넌 생각하지, 병에서 회복하고 있는 상황에서!
사소하게 생각되는 것들이 당사자에게는 얼마나 중요한 것인가를
다른 사람에게 이해시키는 일은 쉽지 않지;
아무도 죄라고 생각하지 않는 일을 고백하는 일이
누구나 인정하는 형법상의 죄를 고백하는 것보다 더 어렵지.
왜냐하면 범죄는 법률과 관계가 있지만
죄는 죄인 당사자와 관계가 있는 것이니까.

Your reasoning's sound enough. But it's irrelevant.
Each of them remembers an occasion
On which I ran away. Very well.
I shan't run away now — run away from *them*.
It is through this meeting that I shall at least escape them.
— I've made my confession to you, Monica:

That is the first step taken towards my freedom,
And perhaps the most important. I knew what you think.
You think that I suffer from a morbid conscience,
From brooding over faults I might well have forgotten.
You think that I'm sickening, when I'm just recovering!
It's hard to make other people realise
The magnitude of things that appear to them petty;
It's harder to confess the sin that no one believes in
Than the crime that everyone can appreciate.
For the crime is in relation to the law
And then sin is in relation to the sinner. (572-73)

고메즈와 카길 여사가 "다룰 수 있는 사람에 지나지 않는다"고 찰스는 주장하지만, 클레버튼 경은 "그들이 실재가 아니라는" 사실을 안다.

그들이 실재하지 않기 때문이지, 찰스. 그들은 망령에 불과해:
내 과거에서 나타난 망령. 그들은 늘 나와 함께 있어 왔지.

Because they are not real, Charles. They are merely ghosts:
Spectres from my past. They've always been with me. (569)

어쩌면 그는 정말 『투사 스위니』에서 나오는 애스킬러스의 서사적 표현을 이용하여 다음과 같이 말했을 지도 모른다.

당신은 그들을 못 보지, 못 봐—그러나 나는 그들을 보지:
그들은 나를 찾아 내려오거든. 나는 옮겨야 돼.

You don't see them, you don't—but I *see them:*
They are hunting me down, I must move on. (115)

3막 전체는 고백이라는 절정의 순간으로 구성되어 있다. 클레버튼 경의 고백이 탐정소설에서 범인들의 유용한 고백과 어떻게 다른지 알 수 있으며, 그것이 "범죄가 아닌 것"과 얼마나 관련되어 있는지도 알 수가 있다. "누구나 알 수 있는" 가상적인 범죄적 행위에 관해서 말하자면, 클레버튼 경은 아주 신속하게 그것들을 처리하고 있다.

매우 간략하게 얘기할게
그리고 간단히. 프레데릭 컬버웰로 보자면,
그는 내 생활에 뛰어들어서
한 사건의 기억을 일깨워주는구나
물론 그가 잘 알고 있고, 날 늘 괴롭혀온 사건을.
내가 차로 옥스퍼드로 돌아올 때, 여자애 둘이 함께 타고 있었지.
아주 늦은 밤이었지. 지방도로였는데.
나는 길에 쓰러진 한 노인을 치고서
멈추지 않았지. 그리고 또 다른 사람이 그를 치었던 거야.
한 트럭 운전사가. 그는 차를 세웠고 바로 체포되었지,
그러나 나중에 석방이 되었어.
노인이 자연사한 게 분명히 밝혀졌기 때문이지
그러니 치이기 전에 노인은 이미 죽어있었던 거야.
우리가 친 것은 시체였으니까
아무도 그를 죽이지 않은 셈이지.

I will tell you very briefly

And simply. As for Frederick Culverwell,
He re-enters my life to make himself a reminder
Of one occasion the memory of which
He knows very well, has always haunted me.
I was driving back to Oxford. We had two girls with us.
It was late at night. A secondary road.
I ran over an old man lying in the road
And I did not stop. Then another man ran over him.
A lorry driver. He stopped and was arrested,
But was later discharged. It was definitely shown
That the old man had died a natural death
And had been run over after he was dead.
It was only a corpse that we had run over
So neither of us killed him. (571-72)

그러나 특히 "법과 관련된" 범죄처럼 양심상의 죄는 당사자가 직접 "죄인과 관련이 있기" 때문에 "아무도 믿지 않는 죄를 고백하는 일"은 훨씬 더 복잡한 관계로, 즉 특히 자기이해라는 완전한 굴욕감을 포함하는 관계로 과거의 재구성을 요구하고 있다. 클레버튼 경은 자신의 과거 전부를 회상하면서 말한다.

나는 분명히 알아
많은 과오를 범해 온 것을
그동안 평생을 살아오면서, 과오에 과오를 겹치고,
과오를 바로 잡고자 한 그릇된 시도는
결국 또 다른 과오가 되곤 했지.

I see now clearly
The many mistakes I have made
My whole life through, mistake upon mistake,
The mistaken attempts to correct mistakes
By methods which proved to be equally mistaken. (578)

클레버튼 경은 이제 다른 사람들과의 관계에도 정말 나쁜 면이 있음을 알게 된다. 카길 여사와 프레데릭 칼버웰에 관해서도 그는 다음과 같이 깨닫는다.

이들은 내 망령들이지. 그들은 모두 본성이 선한 사람들이었어,
현재의 고메즈나 카길, 클레버튼 경과는
아주 별개의 인간이 될 수 있는 사람들이었지.
프레디는 나를 존경했지, 같이 옥스퍼드대학에 다닐 때.
그 존경을 나는 어떻게 이용했던가?
나는 그를 분수 이상의 도락의 길로 이끌었어:
그래서 그는 위조범이 되었어. 그 결과 투옥되었고.
그 친구의 약점에 대해 내게 책임이 있었는가?
그렇지, 내게 책임이 있지.
우리는 쉽게 간과하지 우리를 존경하는 사람들은
우리의 좋은 점뿐 아니라 나쁜 점까지도 모방을 한다는 사실을−
아니, 존경이 가는 점은 무엇이든지 모방을 하게 되지!
그리하여 모방하는 자의 타고 난 결점을 조장하는 결과가 되지.
메이지는 나를 사랑했어, 모든 역량을 다해
자기가 갖고 있는−자기중심적이고 어리석은 방식이었지만−
사랑을 만나면 우리는 그것을 존중해야 해;

그것이 비록 헛되고 이기적이라도, 그 사랑을 악용해서는 안 돼.
그 점이 나의 과오야. 그 기억이 나를 괴롭히네.

These are my ghosts. They were people with good in them,
People who might all have been very different
From Gomez, Mrs. Carghill and Lord Claverton.
Freddy admired me, when we were at Oxford;
What did I make of his admiration?
I led him to acquire tastes beyond his means:
So he became a forger. And so he served his term.
Was I responsible for that weakness in him?
Yes, I was.
How easily we ignore the fact that those who admire us
Will imitate our vices as well as our virtues—
Or whatever the qualities for which they did admire us!
And that again may nourish the faults that they were born with.
And Maisie loved me, with whatever capacity
For loving she had—self-centered and foolish—
But we should respect love always when we meet it;
Even when it's vain and selfish, we must not abuse it.
That is where I failed. And the memory frets me. (571)

클레버튼 경의 국내에서의 실패에 대한 인식이 여전히 작용하는데, 그것은 자신의 개인적 삶의 실패(Ward 219)뿐만 아니라, 『가족의 재회』와 『칵테일파티』를 포함한 엘리엇 극의 주제가 되고 있는 부부간의 애정과 의사소통의 실패인 것이다. 엘리엇은 여기서 몇 십 년 전에 논의했던 생각을 실험하고 있는 것 같다. 또한 엘리엇은 자신의 글에서 "예술작품의 창작은 극에서는 인물 창조를 말하는데, 개성, 좀 더 심원한 의미로 말하면 삶, 즉 작가의 삶이 인물에 용해되는 과정을 구성하는 인물창조인 것이다"(1980: 172)라고 밝히고 있다.

> 내 견해는 여전해. 어떻게 흉금을 털어놓겠는가
> 오해를 받을 것이 확실할 때에?
> 죄의 소멸의 희망이 없는 데도 어떻게 고백하겠는가?
> 그건 그녀의 잘못이 아니야. 우리는 서로 이해하지 못했지.
> 그렇게 우리는 살았지, 두 사람 사이에 깊은 정적을 둔 채,
> 그녀는 조용히 세상을 떠났어. 그녀는 내게 아무 말 하지 않고.

> And I'm still of that opinion. How open one's heart
> When one is sure of the wrong response?
> How make a confession with no hope of absolution?
> It was not her fault. We never understood each other.
> And so we lived, with a deep silence between us,
> And she died silently. She had nothing to say to me. (570)

클레버튼 경은 이제 명확히 알 수 있는 실패는 물론 자녀들의 삶에도 영향을 끼쳤다. 그는 모니카에게 다음과 같이 말한다.

> 난 알아 너의 어머니와 난, 실패하고 말았지
> 서로 이해하는데, 우리 둘은 너를 오해했지

서로 다른 방식으로. 너의 유년기를 생각해보면,
마이클이라는 행복한 너의 소년 시절을 생각해보면,
너의 소년기와 사춘기를 생각해보면,
그리고 너에게 좋도록 의도한 모든 노력이
어김없이 서로를 좌절시켰다고 생각할 때에,
어떻게 내가 슬프고 후회스러운 걸 느끼지 않을 수 있겠나?

I see that your mother and I, in our failure
To understand each other, both misunderstood you
In our divergent ways. When I think of your childhood,
When I think of the happy little boy who was Michael,
When I think of your boyhood and adolescence,
And see how all the efforts aimed at your good
Only succeeded in defeating each other,
How can I feel anything but sorrow and compunction? (578)

클레버튼 경의 고백이 "범죄가 아닌 것들"에 대한 것이듯이, 고백 이후에 따라오는 것은 처벌이 아니라 자아와 애정 및 정신적 평화와의 화해로 이끄는 회한이다. 이 보상적 과정을 나타내는 상징이 3막 시작과 끝 부분에 언급되는 "커다란 자작나무"인 것이다.

모니카: 그쪽에서 들어올 줄은 몰랐지요, 아버지!
집안에 계신 줄로만 생각했어요, 어디 계셨어요?
클레버튼 경: 멀지 않은 곳에. 큰 너도밤나무 밑에 서 있었지.
모니카: 왜 너도밤나무 아래에 계셨어요?
클레버튼 경: 그 곳에 가고 싶은 생각이 나서지.

Monica: I never expected you from that direction, Father!
  I thought you were indoors. where have you been?
Lord Claverton: Not far away. Standing under the great beech tree.
Monica: Why under the beech tree?
Lord Claverton: I feel drawn to that spot. (567-68)

클레버튼 경 또한 나아가고자 취한 방향은 고메즈와 마이클이 취한 방향과는 아주 달라서 그가 여행해야 할 장소는 "멀리 떨어진 곳"이 아닌 아주 가까운 곳이다. 그것은 죄 많은 자신의 자아에로의 여행이다. 바로 "그 장소"는 신들이 고통 받고 고뇌에 시달린 이디퍼스에게 평화를 가져온 콜로너스에 있는 성스러운 숲을 암시한다(Jones 180-81)[3]. 그리고 영적인 계몽은 불타의 깨달음 이후의 반얀Banyan을 대신한 자작나무로 묘사되고 있다. 불타의 깨달음은 사람의 삶을 죽음과 불행, 슬픔 및 고통의 일환으로 보고 있으며, 또한 여기서 빠져나갈 수 있는 가능한 방법을 찾는다(Warrens 121).[4] "조용하고 차가운 곳에"(It is quiet and cold there)(584) 죽기 위해서 자작나무 아래의 장소로 돌아와야 하는 클레버튼 경의 스스로 자초한 고통은 주로 자기의 개인적 죄에 대한 속죄이다(Jones 192)[5]. 하지만 더 큰 의미도 있다.

---

3) 『콜로너스의 이디퍼스』에서 이젠 늙은 유배당한 왕은 아테네Athens 근처의 콜로너스로 와서 에린예스Erynyes, 혹은 복수의 신Furies에게 이끌려서 성스러운 숲으로 온다. 이디퍼스는 자기 딸인 안티고네Antigone에 의해 이끌려서 숲으로 피신하여 아테네 왕인 테세우스Theseus에게 보호를 간청한다. 아폴로Apollo로부터 받은 예지력으로 이디퍼스는 자신이 죽고 자신의 죽음이 축복을 가져올 지역을 알게 된다.

4) 승려들 중 한 사람인 말룬키아푸타Malunkyaputta가 한 질문에 대한 답에서 부처는 "세상이 중심이라는 독선이 통용되든, 또는 세상이 영원하든 간에 여전히 출생, 노령, 죽음, 슬픔, 탄식, 불행, 비애 및 좌절은 항상 남으며, 이런 것들을 없애버리는 일에 대해서는 내가 규정할 것"이라는 말을 했다고 한다.

5) 존스는 "사실 처음에는 특별한 선택의 발견은 없으며, 『칵테일파티』에서와 같이 다른 이들

그 메시지는 겸허함과 애정을 통한 보속이다. 클레버튼 경의 죽음은 실로 "살아있는 사람들에 대해 축복을 내렸던"(The dead has poured out a blessing on the living)(584) 것같이 보인다. 그의 자기 고행과 속죄에 대한 찰스와 모니카의 증언은 그들의 애정을 완벽히 하고 그들을 통합시켜 준다.[6]

그런데 그러한 것이 고메즈와 카길 여사라는 대리인에 의해 진행된 수사과정의 종결이다. 그들은 정말 아이러닉한 대리인이다. 고메즈나 카길 여사도 자신들의 말과 행동의 심오한 의미에 대해 이해하지 못하고 있는데, 말과 행동은 둘 다 그들이 의도했던 것과는 다른 결과를 가지게 된다. 그들에게 극의 해결은 고메즈에 의해 마이클에게 직위가 주어지는 문제와 그 결과 산 마르코를 향해서 함께 떠나는 문제에서 일어난다.

고메즈: 그렇다고 해서 내가 공로자라 할 수 없어요.
　운이 좋았다고밖에 볼 수 없겠네요.
　바로 이때 영국에 와서
　도움이 될 수 있을 때 말입니다.
카길 부인: 진정 신의 섭리겠지요!

Gomez: Not that I deserve any credit for it.
　We can only regard it as a stroke of good fortune

의 죄에 대해서 아무도 속죄하지 않는다"는 사실을 적절히 발견했다.

6) Cf. John Jones, *On Aristotle and Greek Tragedy* (London: Chatto & windus, 1962), p. 234. 여기서 다시 한 번 『콜로너스의 이디퍼스』와 『원로 정치가』 사이에는 평행적 유사성을 찾을 수가 있다. 이디퍼스가 딸들로부터 떠날 때, "애들아, 오늘 너희는 아버지를 잃게 된다, 여기 지금, 여기 지금 나라는 모든 것은 사라지고 너희들은 더 이상 짐을 지지 않게 될 것이다. 내 딸들아. 하지만 한마디만은 이 모든 고통을 용해할 것이다. 그 말은 사랑이다. 사랑은 다른 누구에서부터가 아니라 내게서 너희들이 받은 선물이었다. 그래서 이제 너희들은 나 없이도 너희들의 삶을 살아가야 한다"고 말한다.

That I came to England at the very moment
When I could be helpful.
Mrs. Carghill: It's truly providential! (579)

물론 관객은 더 심오한 "신의 섭리적" 의도를 인식하면서 만일 극이 해피엔딩이 된다면 마이클보다는 클레버튼 경과 관계가 있으리라고 짐작하게 된다.

놀랄지도 모르지만: 나는 평화스러운 기분이군요.
회개를 통해서 마음의 평화가 생기지요
진실을 알고서 회한이 뒤따르면.

This may surprise you: I feel ar peace now.
It is the peace that ensues upon contrition
When contrition ensues upon knowledge of the truth. (581)

고메즈와 카길 여사라는 "신의 섭리적" 대리인은 이전의 극에서 도입된 유사한 대리인보다도 앞서 있음을 나타내준다[7]. 죄인을 고백하고 속죄하게 만들기 위해 『가족의 재회』에서는 객관화되지 않은 "단서"와 "밝은 천사

7) 유명한 도스또엡스키의 『죄와 벌』과 같은 시기에 쓰인 단편 소설 「영원한 남편」("The Eternal Husband")에서 활동하는 유사한 대리인이 발견된다. 주인공인 벨차니노프 Velchaninov는 과거를 회상하여 자신이 거의 범죄에 가까운 것을 보게 된 몇 가지 도덕적 실패의 사례들을 남겼다는 사실을 발견한다. 그는 과거에 사기를 당하고 속임수를 당한 사람들을 만나서 꿈속에서 자기 죄를 없애기 위해 그들을 만난다. 러시아소설과 엘리엇 극에는 몇 가지 세부적인 유사점이 있다. 게다가 각 작품의 행동은 외부적 측면보다는 내부적인 측면에서 일어난다. 그러나 세부적인 면은 각자 다른 종류로 나타난다(Crag 165-69).

들"이 도입되고 『칵테일파티』에서는 신원미상의 손님인 라일리가 주도하는 미스터리 장치가 쓰이고 있다. 『원로 정치가』에서 주된 대리인은 고메즈이며 정말 죄를 지은 죄인이다. 다른 대리인인 카길 여사는 전적으로 신뢰할 수 있는 인물인데, 숙모와 숙부들로 된 코러스가 전혀 이해 못하는 언어인 난해한 죄와 속죄의 언어로 직접 말하는 『가족의 재회』의 애가사와는 다르다.

이 극에서 죄의 개념은 『대성당의 살인』이나 『가족의 재회』에서와 같이 형이상학적이거나 종교적이 아니다. 이 극은 오히려 통상적이고 도덕적 실패의 문제를 다루고 있다. 즉 비겁함과 조야함, 은폐와 탈선, 이기심과 경솔한 권력추구가 거기에 해당된다. 이제 엘리엇은 종교적인 설교가의 장황한 강단언어가 아닌 시대의 가장 평범하고 일상적인 언어로 이 문제들을 말한다. 레즐리 폴Leslie Paul은 "『원로 정치가』가 엘리엇이 인간정신에 관한 심오하고도 어려운 것들을 이야기하기 위해 복잡하지 않은 인물이 표현한 단순하고도 빨리 포착되는 상황을 사용하고 있는 우리 시대의 용어로 표현하면 도덕"이라는 관찰을 적절히 사용했음을 인정하고 있다(Paul & Salmon 340-41).

> 먼저 기독교 해Christian Year의 더 큰 축제에 적합하고 성당이라는 환경에서 공연하기에 알맞은 극이 있어야 한다. 둘째, 구약성서의 다른 사건들이나 성인전The Lives of the Saints에서 나오는 사건들을 다소 첨가하고 창작하여 다루고 있는 극이 있어야 한다. 이외에도 세상의 여러 가지 삶의 상황들을 명확히 기독교적인 방식으로 다루는 극들도 있어야 한다. (Eliot 1937: 8-17)

『원로 정치가』는 개인의 신원에서부터 과거의 드러나지 않은 행적이

고백의 형태를 빌어서 밝혀지도록 극을 구성하고 있는 엘리엇의 방식과 도입한 스릴러적인 요소가 돋보이는데, 자백과 사건해결이라는 주제가 기교에 맞게 어우러져 있다.

제9장 결 론

시극작가로서의 엘리엇에게서 탐정소설가나 광대와 같은 기질을 들추어내는 일은 용이한 작업이 아니다. 왜냐하면 이런 성격의 문화적 비평 노력은 진지한 자세를 일관되게 주장하는 학자에게 정통적으로 인정받지 못하고 있는 대중문화장르인 재즈와 미스터리 스릴러를 순수문학적 주제와 관련지어야 하는 부담에서 벗어날 수 없기 때문이다. 그러나 생각보다 주목을 받지 못한 이 새로운 관계설정은 시대정신에 맞게 당연히 조명을 받을 필요가 있다. 고전과 전통을 중시한 시인이자 비평가이며 동시에 극작가이기도 한 엘리엇도 자신의 작품에서 탁월한 탐정소설가와 재즈뮤지션과의 관계를 중요하게 발전시켜 왔을 것이다. 비록 선별적이긴 하지만, 그는 세상에 대한 자신의 시적인 견해를 표현하기 위해서 주제와 구조 및 기교에서 대중문화적 장르가 갖는 효과적 책략의 의식적인 차용을 시도했다.

엘리엇의 시극은 많은 관객에게 다가가고 싶어 하는 모든 극작가가 갖는 평범하고도 공통적인 문제를 안고 있다. 1930년대의 시극은 소수의 선별된 관객에게만 만족을 주었기 때문에 엘리엇은 불만스러웠다. 따라서 극이 어떤 상황에서든지 모든 종류의 사람의 관심을 끌어야 한다는 생각은 그에게 아주 절실한 명제였다. 그러나 이 시기부터 영국에서는 재즈에 대한 회의감이 생기기 시작했고 엘리엇도 재즈에 대해 이중적인 감정을 갖게 된다.

엘리엇의 창작품 가운데 『황무지』 이후 극작계획에서 재즈를 포함한 대중적인 요소의 영향력이 스며있는 것이 아주 확연히 드러나고 있음을 느끼게 해주는 작품은 미완의 시극인 『투사 스위니』이다. 반면에 엘리엇이 1927년 재즈와 분명히 결별하고 있다는 점은 관찰할 가치가 있다. 이 시점은 공교롭게도 그가 영국국교회로 개종하고 스스로 영국시인이라고 생각했던 시기다. 물론 엘리엇만이 이 시기에 재즈를 거부한 유일한 사람은 아니다. 20세기 중엽 영국 지식인들 사이에서는 재즈가 광적이며 그 즉각적인 종말을 어김없이 예측하는 의견의 일치가 형성되기 시작했다. 이런 면에서 1921년 "재즈는 죽었거나 어쨌든 죽어가고 있다"고 공언한 클라이브 벨은 시대를 앞섰다고 볼 수 있다. 1927년에 영국음악 평론가인 어네스트 뉴먼Ernest Newman은 "영국에서 재즈의 시대는 이미 지나갔음"을 미국대중들에게 애써 가며 확신시켰고 "재즈에 대해 고집스럽게 좋은 말을 할 음악인은 단 한 사람도 없다"(3)는 회의감을 피력했다. 이건 어느 정도 사실이다. 이유는 재즈가 지지자들 사이에서도 후원을 잃어가고 있었기 때문이다. 1921년에서 1923년 사이에는 윌리엄 월튼Walton이 『파세이드』(*Façaid*)를 발표했는데, 멋진 재즈풍의 시를 배경으로 작곡했다. 1926년에 월튼은 재즈음악이, 실로 재즈시대의 "전반적인 분위기"가 진부해졌기 때문에 "역겨워서" 재즈를 거부했다고 한다(Craggs 109). 수개월 후에는 여전히 저명한 옹호자였던 밀핸드

Darius Milhand도 마찬가지로 재즈를 버렸다고 한다(Gendron 116). 1927년 무렵 재즈를 거부하는 일은 분명히 유럽의 지식인 사회에서는 유행처럼 퍼져나갔다. 그러나 엘리엇은 양면적인 입장을 취했다. "아무리칸"Amurrican이라는 발음에서도 알 수 있듯이, 미개한 미국인 침입자이자 국외자의 역할을 찾았던 만큼 자기 시에서 흑인산파와 재즈의 물결에 관한 생각을 억압해버릴 아무런 이유가 엘리엇에게는 없었기 때문이다. 1927년 1월에 그의 재즈적인 『투사 스위니』의 「갈등의 단편」이 『크라이티리언』지에 선보였다. 그는 거트루드 슈타인Gertrude Stein의 「해명으로서의 저작」("Composition as Explanation")에 대한 거친 서평에서 자기 입장을 고수하고 있다. 그는 "예전에는 접해보지 못한 독특한 최면의 힘을 지닌" 슈타인의 리듬을 믿고 있다. 그리고 그녀의 문체를 색소폰과 찰스턴Charleston, 즉 재즈와 연관 짓고 있다. 그러나 슈타인과 재즈는 전조된 융성의 기운으로 함께 내려가고 있었다. 그녀는 "만일 이것이 미래라면 미래는 아주 야만인들의 미래가 될 가능성이 높다. 하지만 이것은 우리가 관심을 두어서는 안 될 미래"(Chinitz 1997: 322-26)라고 선언해버렸다. 엘리엇은 1910년대의 갈림길에서 먼 길을 오고 있었다. 그는 "문학적으로 고전주의자, 정치적으로 왕당파, 종교적으로 앵글로 가톨릭"이라고 공언한 즈음에 무서운 젊은 세대, 재즈시인, 그리고 스스로 이교도를 좇아버리는 사람의 역할을 찾고 있었다. 같은 시기에 엘리엇은 방언으로 공인된 아프리카계 미국인 정체성 찾기 게임인 "인종 가면극"racial masquerade을 버린 것 같이 보인다. 그와 파운드는 이 극에 오랜 기간 참여했었다. 중서부 지방색과 미국인 중산층 뿌리와 문화적 중심에 있었던 그들이 "외국인 거주자"라는 사실이 드러나는 구어체 강세에 대한 두 작가의 불안감을 엿볼 수 있다(North 1994: 77-81). 엘리엇 작품에서 아프리카적 속성이나 민스트럴 쇼의 성분 등을 조합한 인종가면극에 대한 충동이 분명히 그의 재즈 수용과 밀접한 관계가 있다. 엘리엇이 종전에는 전복의 대상으로 보았던 영국체제에 들어가려고 애쓸 때 적어도 대중문화에 개방된 한쪽의 창문이 닫혀버린 것이다.

엘리엇은 더 이상 미국인 놀이를 할 수 없었지만, 그렇다고 그 어떤 판단으로도 엘리엇에게서 미국적인 것을 몰아내었다고 진정으로 말할 수는 없었다. 그의 애매한 양가적 감정을 분명히 규정할 수도 없었다. 1928년 허벗 리드에게 보낸 편지에서 한 그의 고백은 10년 전에 메리 허친슨에게 보낸 그의 서한에 젖어든 상반된 깊은 감정으로부터 나온 것이다.

> 언제 때가 되면 나는 미국인이 아니었던 어느 미국인의 관점에 관해서 에세이를 쓰고 싶다. 이유는 그가 남부에서 태어나 흑인 특유의 끄는 발음을 한 소년시절 뉴잉글랜드에서 학교에 다녔지만 남부에 거주하는 남부인이 아니었기 때문이다. 그의 가족은 경계 주에 살았던 북부인이었고 모든 남부인들과 버지니아인들을 멸시했으며, 아무데서나 어떤 일도 결코 하지 않았기 때문에 스스로를 미국인이라기보다는 프랑스인, 프랑스인이라기보다는 영국인이라고 느꼈을 정도며, 백 년 전까지만 하더라도 미국은 자기 가정의 범위가 확장된 곳이라고 생각했기 때문이다. (Read 15)

결코 안정되거나 최종적으로 정착되지 못한 정체성을 암시한다면, "결코 어디서나 괜찮은 대상"이 되지 못했다는 점이 정확히 미국인이 된다는 요지임을 엘리엇은 놓치고 있는 셈이다. 그는 영국인이 되도록 자기 여생을 열심히 노력하게 됐다. 사실 그에게는 언젠가 미국의 배경이 오랜 세월 후에 다시 호기심 어리게 보일 것이다. 반면에 그는 런던의 정평 있는 문인들의 전설적 후광을 이용하고 있다. 다리 한쪽을 이미 웨스트민스터 시인 코너에 두고서

뒤틀리고 기괴하며 끈질기고 전통에 얽매여 있으나 이 마스크는 타인들을 위한 것이다. 그 가면을 쓰는 순간부터 엘리엇은 실제로 자기 역사를 피해나갈 수 없음을 알고 있다. 리드에게 보낸 그의 편지를 보면 엘리엇이 자기의 이원적 융통성을 계획한 에세이가 완전히 가설에만 그치고 있지는 않다는 사실을 추측할 수 있다. 그가 미국시민권을 버린 것과 같이 엘리엇은 미국의 과거에 관해서 인쇄매체를 통해 회고하기 시작한다. 1928년 모우러Edgar Ansell Mowrer의 『미국이라는 세상』(*The American World*) 서문은 많은 향수를 자아내는 힌트들을 많이 내포하고 있다. 엘리엇 스스로 "개척자의 후예"라고 자랑하고 있다는 점과 할머니가 "저녁식사로 자기 소유의 야생 칠면조를 쏘았다"는 사실을 독자들에게 밝히고 있다.

> 우리 가문은, 그 분가였던 우리 가족도 두 세대에 걸쳐 남서부에 정착한 뉴잉글랜드 사람이었다. 내가 살던 시절 남서부는 급속히 중서부로 바뀌고 있었다. 가족들은 뉴잉글랜드에 살고 있는 친척들을 시기심을 갖고 경계했다. 그러나 성숙해서야 비로소 나 자신이 늘 남서부에 살고 있는 뉴잉글랜드인이었고 뉴잉글랜드에 살고 있는 남서부인이었음을 알게 되었다. 뉴잉글랜드의 학교에 다녔을 때 보스턴 원어민의 강세를 익히지 않았는데도 내 남부강세를 잃어버리고 말았다. 뉴잉글랜드에서 나는 어둡고 긴 강과 가죽나무와 불타는 색의 홍관조, 화석이나 어패류를 찾아봤던 높은 석회암 절벽 등이 그리웠다. 미주리에서는 매사추세츠의 전나무와 월계수와 매역취, 멧종다리와 붉은 색 화강암 및 푸른 바다가 그리웠다. (xiii-xiv)

이들 행에서 명백히 고향을 상실했다는 침울한 감정이 엘리엇이 자기 유배를 선택하지 않았음을 말해주는 것 같다. 오히려 유배는 떠넘겨졌다. 그의 시 「풍경들」(“Landscapes”), 「드라이 샐비지」(“The Dry Salvage”)와 산문 「미국문학과 미국언어」(“American Literature and the American Language”)를 비롯한 다른 모든 작품에서 그의 명상은 영국인이 되려는 의식적인 노력이 엘리엇으로 하여금 저버린 출생신분을 결코 잊을 수 없게 했음을 나타내고 있다.

1963년 늦은 무렵 그는 도널드 홀Donald Hall에게 그의 시는 “여러 것의 조합”이었다고 말했으나 그 정서적 근원에서 보면 그 시는 미국에서 나온 것이다(110). 『대성당의 살인』에서 첫 번째 유혹자가 토마스에게 “사람은 자기가 버리는 것을 가끔 사랑하게 된다”(A man will often loves what he spurns)(247)고 한 말을 상기해보면, 얻고자 노력한 대상보다 얻기 위해 버린 것에 대한 애정이 엘리엇 작품생산의 원동력이 된 것이다.

엘리엇은 슈타인에 대한 논평을 발표한 후에도 심지어 재즈와 연을 끊지 못했다. 적어도 그의 사생활에서는 그렇지 못했다. 버지니아 울프Virginia Woolf는 엘리엇의 새로운 시를 논의할 뿐만 아니라 칵테일을 마시고 거기에다 재즈를 틀기 위해 그를 방문하려한다고 로저 프라이Roger Frye에게 편지를 쓴 적이 있다(1988: 523). 이와 같은 내용은 나중에 스위니의 다음과 같은 표현을 떠올리기에 충분하다.

> 우린 여기 앉아서 이 술을 마실 거랍니다
> 우린 여기 앉아서 노래도 듣고.
>
> We're gona sit here and drink this booze
> We're gona sit here and have a tune. (125)

그러나 영화를 포함해서 드라마와 음악, 칵테일, 춤과 같은 미국문화를 본다면, 비록 엘리엇이 이들의 영향력을 결코 무시하면서 버리지 않았다고 하더라도, 그는 1927년 이후 더 이상 이 각별한 소재를 바탕으로 시학을 전개시키려고 하지 않았다. 만일 그의 고전적 성향이 구할 수 있는 재료로 할 수 있는 최선의 것을 선택하는 일이라면, 구할 수 있는 재료가 변화했다는 사실이 이제는 분명한 것 같다. 그의 국적변경과 종교적 개종이 대중문화에 대한 엘리엇의 관심과 참여하려는 열정의 종국을 나타내지는 않았지만 필연적으로 대중적인 것에 대한 그의 생각이 확연하게 바뀌었음을 간파할 수 있다. 후기 작품에 비친 대중문화요소가 초기작품에 비해 현저하게 줄어들고 있는 빈도만 보더라도 알 수 있는 일이다. 어쨌든 엘리엇이 재즈 밴조린을 선호하여 연주하려는 모습을 보는 일이 이젠 더 이상 적절하지 못하게 되었다.

엘리엇의 가장 초기의 정전적인 작품인 「귀부인의 초상」의 두 번째 섹션에 있는 구문은 또 다른 축을 따라 화자의 문제에 접근한다.

당신은 이제 아침에 공원에서 날 보게 될 거예요
만화와 스포츠 면을 읽고 있는,
각별히 내가 언급해볼까요?
영국의 백작부인이 무대에 선다는 걸.
어떤 그리스인은 폴란드 춤을 추다 살해되었고,
또 다른 은행 파산가는 자백을 했다는 등.

You will see me any morning in the park
Reading the comics and the sporting page,
Particularly I remark?
An English countess goes upon the stage.

A Greek was murdered at a Polish dance,
Another bank defaulter has confessed. (20)

그런데 스포츠면의 연재만화, 드라마, 복싱, 그리고 충격적인 살인이야기들과 같이 엘리엇의 선호취미를 포함한 대중문화는 세속주의나 물질주의와 연관되지 않는다면 쇼팽Chopin과 같은 고전음악에 대한 대안을 제시해줄지도 모른다. 나중에 엘리엇은 신문이 "하찮은 일이나 개인의 흠집 내는 일로 채워져 있음"(1988: 230)을 불평했고 사실 "사소한 많은 문제들"(220)로 채워져 있다고 말했다. 이런 의식은 1918년부터 시작된다. 당시 엘리엇은 어머니에게 미국신문을 부쳐줘서 고맙다는 편지를 썼다. 그리고 그는 "그것들은 오랫동안 내가 봐왔던 최초의 것이며 아주 이상하게 보였고 종이만 낭비하는 사치처럼 보여 졌다"고 회고한다. 비록 모든 것을 잃어버리지는 않았지만, 그는 "일반적으로 가장 흥미를 느낀 부분은 스포츠면"이라는 사실을 밝히기도 했다(220).

엘리엇은 실제로 "진보의 전초기지"the outpost of progress나 다를 바 없는 자신과 같은 문화전도사들에게 영국은 문화적 "고양"을 위한 신세계이지만, 한편으로는 자기 태생지인 미국을 영국에 의존하는 식민지로 그릴 때에도 허세를 부리지 않았다. 엘리엇이 폭스트롯이라는 춤에서 자기가 전도하려는 문화적 진보의 혁신으로 유럽을 "미국문화 침투의 최전선의 하나"로 분명히 알고 있었던 것이다(Hawkes 90). 확실히 엘리엇의 관객도 그 점을 알았다. 테렌스 호크스는 엘리엇에게 외국인의 관점에서 영국문화를 평가하면서 진부한 영국 춤은 영국의 문학적 삶과 지성적 삶을 동시에 해쳤던 불완전한 현대성을 반영해주고 있다고 보았다(91). 만일 영국의 춤이 아주 경직되고 구식이라면, 영국의 문학은 유사한 기질 상 파괴적이고 보수적인 "위태로운 브라만주의"(Eliot 1988: 314)에 의해 시들어버렸다고 해도 과언은 아닐 것이다. 1919년 존 퀸John Quinn에게 엘리엇은 "진기함이란 다른 어떤 것보다 여기서 더 이상 받아들일 수 없는 것이며 훨씬 뛰어난"(314-15) 것이라고 규정했다. 새로운 것에 대해서는 의식적이고 자기조롱적인 복음주의자로 그는 대중적인 것에 대해서는 아이러닉하게도 애정 어린 모순적 태도를 유지했다. 그의 예술에서 많은 흔적으로 남아 있는 것은 본질적으로 동료 감수성이다. 즉 그는 미국과 미국적인 것을 동포나 동료의 속성을 지닌 함께하는 대상으로 보았던 것이다. 엘리엇의 모더니즘이 자리하고 있는 곳이 형식적 혁신이나 그의 변화무쌍한 도회적 환상뿐만 아니라 바로 이러한 감수성에 있는 것이다.

엘리엇은 1953년 6월 9일 워싱턴 대학교Washington University에서 가진 연설 「미국문학과 미국언어」를 통해서 자기의 고향인 세인트루이스에서 출발하여 영국으로까지의 힘든 여정에서 살아남았던 어떤 미국 토박이의 모험에 대해 상술했다.

> 지난 10월에 린드버그Lindbergh 대령이 "세인트루이스 정신"The Spirit of St. Louis이라는 비행기를 타고 르 부제Le Bourget에 내린 사건처럼 사람들의 시선을 끄는 구경거리는 아니지만 그 나름대로 버금가는 놀라운 사건이 발생했다. 보도에 따르면 "강한 서풍일기 기간 동안" 처음으로 미국의 개똥지빠귀turdus migratorius는 확실히 자기만의 힘으로 대서양을 횡단했다. (Chinitz 19)

누가 봐도 이 연설에서 개똥지빠귀는 엘리엇 자신일 것이다. 엘리엇은 이처럼 미국의 매스미디어와 글로벌 자본주의 및 여타 후기 산업적 현대성 현상을 통하여 그 영향력을 넓혀가면서 미국언어를 쓰는 이 국적 이탈자의 정체를 계속해서 확인했다. 그리고 엘리엇 자신이 대서양을 횡단한 이 개똥지빠귀의 정체를 간접적으로 밝힌 셈이다. 특히 그가 그 새의 원산지인 세인트루이스와 연관 짓기 시작했을 때, 더욱이 개똥지빠귀의 이동경로를 따라 엘리엇이 자기를 유럽에 알리게 된 "강력한 서풍일기"는 필연적으로 미국영어를 뒷받침해주는 것과 같은 힘을 주고 있다. 델모어 슈워츠Delmore Schwartz가 명명했던 "문학적 독재"(312)의 경지로 엘리엇이 오르는 동안에도, 그는 잉글랜드의 미국시인이었다. 그가 정말 미국시인으로 남는 일을 포기했다고 보기에는 확실치 않은 점이 많다. 그의 권세는 유명한 변화의 바람에 의해 미국으로부터 불어 온 바람인 다른 문화적 발전과 어떤 신비스러운 방식으로 연관되어 있음에 틀림이 없다. 이 연설에서 엘리엇은 대서양을 횡단한 개똥지빠귀의 "미래에 관해 숙고하기" 시작했다. 잉글랜드에서 미국 개똥지빠귀와 함께 살 그 종의 배우자와 만날 수 있을지 아니면 어떤 일이 일어날지 아무도 모른다.

> 우리의 외로운 선구자는 최선을 다해야 하며 여행가migratorius보다는 음악가musicus인 영국 개똥지빠귀thrush와 번식해야 한다. 나중의 사건에서 영국 것은 봄철 수컷 가슴에 희미한 빨간 점을 지니고 있는데 새로운 종의 개똥지빠귀에서 찾아야 한다. 여행가와 음악가가 혼재된 대상인 음유시인-새 또는 거리의 악사organ-grinder로 알려지게 된 종이다. (50)

엘리엇 자신이 시인이었기 때문에 먼 곳을 이동해가서 정착해야하는 이주자에게는 노래 부르는 거리의 악사나 광대가 이상적일 수도 있었다. 양키 혁신주의자와 위대한 전통주의자, 걸어 다니며 열변을 토하는 예언가와 시의 음악성을 후원하는 음악가, 유배 시인과 종족 시인의 바로 그 이원적 조화야말로 엘리엇 자신이 살아남는 생존전략일 수도 있다. 유사성으로 동조화를 이루기 위해 엘리엇은 몸소 "음유시인-새"나 "거리의 악사"로 남고 싶은 것이다. 날개를 단 음유시인으로 남고 싶으면서도 그가 또 얼마나 자신을 문학적 거리의 악사라고 묘사하는 길을 선택하게 되었는지를 이해할 수 있을 것이다. 그는 주저하지 않고 부유하면서도 잘 개발된 유미적 분야의 구세계에서 살고 있는 조야한 음악인, 우아하지도 않고, 허약하고, 세련되지도 못한, 미국이주민 근로자로 기술하는 법을 택했다고 볼 수 있다.

20세기 초 런던이라는 문화적으로 보수적인 타국내의 자기 영토에서 이런 역할수행을 하는 것은 엘리엇에게 눈앞에 있는 대단한 대상을 야만인으로 드러내는 일이다. 국외자로서 그의 지위는 용이해지기도 했다. 엘리엇은 1921년 맥스웰 보덴하임Maxwell Bodenheim에게 편지를 쓰면서 미국인으로서 말할 수 있었다. "나는 영국인에 관한 특정한 끈기 있는 호기심과 그들이 지적인 활동과도 같은 일을 하도록 자극받을 수 있는 지를 알아보는 욕구를 갖고 있다"(1988: 431)고 했다. 이는 잉글랜드가 그를 자극해 가장 안전하고 확실하게 문학 활동을 하게 할까라는 의문에 대한 탐색이다. 그는 보덴하임에게 그것은 "기발한 생각"이 아니라 단지 "일종의 싸움"이라고 규정했다. 스스로를 미국인 침입자로 자리매김함으로써 엘리엇은 외관상 독립된 관점에서 영국문화를 비판할 수 있었다.

미국인이 되려는 이러한 노력이 유용하다는 사실을 엘리엇은 알고 있었지만, 그의 호전적 기질은 미국에서 아무런 대상을 찾지 못했다. 그는 미국에서 "지적 활동 같은 어떤 것"을 불러일으키려는 시도에 그다지 관심을 보이지 않았다. 실로 이런 걸 감안한다면 가능성이 없는 기대였을지도 모른다. 보덴하임에게 보낸 편지는 태생지인 미국과 이주지인 영국의 차이점을 잘 설명하고 있다. 언제까지나 야만적인 미국에 대해 비교될 정도로 한때 문명이 발달한 잉글랜드의 이 같은 대비는 정확히 엘리엇을 괴롭혔다. 이유는 그가 미국인이었기 때문이다. 자기의 뿌리를 미국의 비문화라는, 곤경으로 간주한 토양과 단절하는 일에 대해 영원히 자신이 혼란스러워질지도 모른다고 그는 우려했다. 1919년에 그는 친구인 메리 허친슨에게 영국국민의 인성적 특성을 가늠해보려는 자기의 노력에 관해 말했다.

> 그러나 내가 외국인 이주자라는 걸 기억하세요—외국인 그리고 나는 당신을 이해하고 당신의 모든 배경과 전통도 이해하고 싶다는 것을 기억하세요. 솔직해지려고 애쓸 겁니다. 노력이 당신과 함께라면 가치가 많이 있겠죠—내겐 어렵지만—세습에 의해 그리고 회의적이고 비열한 나의 성격 때문에. 그러나 나는 단순히 미개인임을 증명할 수 있을 뿐이죠. (1988: 318)

이 편지 바로 후에 엘리엇은 「전통과 개인적 재능」을 썼고, 전통은 "세습될 수 없고 원한다면 큰 노력으로 그걸 얻을 수 있다"(4)고 몸소 재확인하려고 애썼다. 만일 그렇다면 파운드가 말하려했듯이 "반쯤 미개한 국가에서" (Pound 61) 태어난 것이 부적격은 아니었다. 엘리엇이 허친슨에게 보낸 편지에서 "전통"과 맞바꿔 쓸 수 있는 용어인 "문명"을 얻으려면 모든 사람들이 노력해야 한다고 했다. 그러나 이 생각은 미국인으로 엘리엇이 단순히 문명화되는 기회를 놓쳤다는 불안한 걱정을 떨쳐버리지 못하고 있다는 말도 된다. 그가 허친슨에게 쓴 편지에서 문명은 무의식적으로 민족을 형성하지만, 두 민족 내지는 여섯 개의 민족이 스스로 문명화되도록 출발할 수는 없다는 소신을 밝히기도 했다(1988: 317-18). 따라서 엘리엇은 몸소 자기의 모든 노력에도 불구하고 자기가 야만인임을 단순히 입증해버릴지도 모른다. 그는 로마에서는 헨리 제임스가 되고 싶었을 것이지만, 그 대신에 베니스에서는 버뱅크Burbank나 심지어 블라이슈타인Bleistein이 될 수 있을 지도 모른다고 두려워하지는 않았을까?

귀속감과 정체성에 대해 항상 예민했던 엘리엇은 재즈 구성이 비평에 의해 "참된" 것과 "그렇지 못한" 것 사이의 이분화(Gendron 90-91)가 일어날 수밖에 없었던 사회적 분위기를 생각해서, 자기의 목적에 맞게 포괄적인 의미로 초기담론에 재즈이용을 생각했다는 사실은 충분히 납득이 가는 일이다.

엘리엇은 자기 선배인 에즈라 파운드처럼 당시의 유럽과 미국은 문화의 위기를 겪고 있다고 믿었다. 정신적 가치의 몰락은 20세기의 가장 위대한 시로 간주되고 있는 『황무지』(1922)의 주요 주제가 되었다. 서구의 현대 예술가의 감수성은 문화적 해체에 의해 영향을 받은 나머지 문학의 위기를 초래하게 되었다. 이와 같은 상황은 정신적인 것에 대한 믿음의 상실과, 초자연적인 것에 대한 두려움, 자연의 지배 및 전통이나 관습, 가족과 교회 등과 같은 것과의 단절을 의미하는 가치가 점차로 세속화되어 가면서 발생하게 되었다. 따라서 인간 실재를 이해하고 우주를 파악할 수 있는 종교적 가치를 복원할 필요성이 생기게 되었다. 1936년 1월 23일 더블린에 있는 유니버시티 칼리지University College에서 연설을 한 엘리엇은 다음과 같은 사실을 관찰했다. "우리가 고려해야 할 것은 문학의 위기뿐만 아니라 기독교 세계를 통틀어서 생기는 문화의 위기인 것이다. . . . 오늘날 우리에게 필요한 것은 삶에 대한 가톨릭적Catholic인 관점을 예시해 주는 문학이다. . . . 우리는 4세기 동안 영국에서 그러한 문학을 가져보지 못했다."

엘리엇이 삶에 관한 종교적 관점을 옹호하고 전통으로의 회귀 및 자연적인 것에 대한 초자연적인 것의 우월성 회복을 주장하는 것은 이러한 맥락에서 이해될 수 있다. 그는 그와 같은 인생관을 보여줄 수 있는 문학을 바라고 있었다. 만일 그의 극이 종교적 목적을 제시해주고 있다면, 세속적 상황에서 간접적으로 생기는 기독교적인 주제와 사상을 설명하는 일을 부여받았음에 틀림이 없을 것이다. 극들은 개인적인 죄와 공포를 인식하는 주인공의 삶에서 표현을 발견하는 인간의 자연스러운 죄의식과, 죄스러움을 드러내고 죄 제거의 필요성에 대한 의식을 고조시키는 일에 매진했을 것이다. 그래서 민감한 주인공이 체험한 외로움과 권태감 및 공포감은 그들에게서 떠나지 않는 죄의식과 신성한 것으로부터 이탈되었다는 감정을 일깨워 주기도 한다. 이런 감정에 대한 인식은 궁극적으로는 "번식과 교미 및 죽음"이라는 의미 없는 기계적인 주기로 파악되는 삶에 대한 혐오감을 자아내기 마련이다. 유일한 의미 있는 행위는 신성한 것과의 관계를 복원시킬 수 있는 행위인 것 같다. 이러한 관계의 실현이야말로 고대의 신비스러운 제의가 지니는 유일한 목표였던 것이다. 그것이 또한 미스터리 연쇄극이나 기적극 및 도덕극과 같은 중세 종교극의 주요 목적이었던 것이다. 그런데 이것은 마찬가지로 엘리엇 시와 극의 목적이기도 하다. 만일 엘리엇 극이 종교극에 있다고 믿었던 어떤 복음주의적인 가능성을 지니고 있다면, 그의 극들은 사려 깊고 민감한 사회구성원으로 하여금 제시된 주제와 상황을 생각해보고 가능한 한 거기서 많은 즐거움과 만족감을 끌어내도록 자극하면서 존재할 지도 모른다. 어쩌면 그의 극들은 올바른 물음을 물어서 현대판 황무지의 정신적 불모성의 비밀을 발견하고 그 풍요로움의 신성한 근원을 복구해내는 성배전설의 기사와 같은 유형임을 스스로 입증하려는 것일지도 모른다.

한편 엘리엇은 극작가로서 그와 같은 신성한 근원으로부터의 소외감에서 생기는 여러 가지 결과를 다루고 있다. 즉, 『투사 스위니』에서는 죄를 저지르는 경향과 죄에서 생기는 공포를 체험하는 일을, 『가족의 재회』에서는 죄지음과 속죄를, 『칵테일파티』에서는 죄의식과 보상을, 『개인비서』에서는 표현된 개인의 참된 정체성의 탐색을, 그리고 『원로 정치가』에서는 개인의 내적인 자아와의 만남을 다루고 있다. 주인공의 정신적 상태의 진전은 스위니와 같은 감각적 본성에서 나와서 악에 대한 민감한 인식의 상태와 속죄와 희망찬 삶의 부활을 위한 외부나 내부를 향한 여행의 상태로 나아가게 된다. 이것이 죄와 속죄, 또는 죄와 보상이라는 주제로 광범위하게 기술되고 있는 엘리엇 극에서 나타나고 있는 종교적 주제의 본질적인 패턴이다.

엘리엇이 보들레르Baudelaire에 관해서 쓴 자신의 에세이에서 자연적인 선이나 악과는 다른 것으로 규정한 도덕적 선Good과 악Evil의 문제를 여러 에세이와 글을 통해서 논의했다는 사실은 널리 잘 알려져 있다. 그는 의미의 층위를 변화시키는 데 적합한 매체라고 발견한 시극에서 선과 악이라는 두 개의 층위에 깊은 관심을 가졌다. 이러한 변화를 통하여, 엘리엇은 한 층위에서는 주인공의 죄 많은 감각적 삶을 표현하고 있으며, 더 깊은 다른 한 층위에서는 그러한 삶에 대한 공포감과 권태로움을 표현하고 있다. 엘리엇은 공포와 죄악이 자연적인 삶의 바로 그 핵심에 놓여 있다는 견해를 갖고 있었다. 그러한 것들은 무서운 자기폭로보다는 자기착란과 자기회피에 습관화되어버렸기 때문에 사람들이 무시해버렸거나 무시해버리는 것이다. 사실 엘리엇이 『프루프록과 다른 관찰들』(*Prufrock and Other Observations*)을 발표한 1917년으로 거슬러 올라가면 초기 시작품에서는 자기회피의 주제를 다루고 있는데, 극작 활동을 하던 말년까지 다시 그 주제를 반복해서 다루고 있다. 프루프록을 사로잡은 것은 외로움이라는 정신적인 공포감이며, 클레버튼 경의 정치경력을 갑작스럽게 너무 일찍 막 내리게 한 것은 자기폭로에 대한 두려움이다. 프루프록의 자아는 분열된 자아이지만, 클레버튼 경의 분열된 자아는 도덕적 실패의 고백과 죄의 속죄를 통하여, 그리고 내적 자아와의 화해를 통하여 마침내 통합된다. 『투사 스위니』에서 『원로 정치가』에 이르는 극들은 죄와 속죄라는 중심 주제를 바꾸는 주제의 발전을 분명하게 제시하고 있다. 그러나 극은 죄를 배경으로 하여 주인공들이 체험하는 공포가 일어나면서 존재하게 된다. "신적인providential" 매체의 간섭이나 중재를 통하여 주인공들은 멀든 멀지 않든 등장인물 중의 한 사람이 "속죄의 순례"pilgrimage of expiation라고 묘사한 여행을 떠나게 된다.

실재에 관한 전반적인 시각의 부정적인 양상으로 악과 공포를 표현하는 것이 많은 위대한 작가들이나 극작가들의 주된 관심사가 되어 왔다. 그들의 예술적 상상력은 공포와 악에 대한 그들의 정신적 인식 위에 작용했다. 몇몇 문학대가들은 주인공들이 느꼈던 "소름끼치는 순간들"을 구체적으로 표현해냈는데, 그들 가운데에는 소포클레스의 이디퍼스Oedipus를 비롯하여 애스킬러스의 오레스티즈, 단테의 우골리노Ugolino, 크리스토퍼 말로우 Christopher Marlowe의 포스터스Faustus, 셰익스피어의 햄릿Hamlet, 웹스터Webster의 공작부인Duchess, 도스또옙스키의 라스콜니코프Raskolnikov 등이 있다 (Eliot 1985: 874). 그러나 공포와 악은 별도로 현실을 이루지 않는다. 긍정적 양상인 선과 미가 없다면 현실은 완전함과 충만함을 갖지 못할 것이다. 엘리엇은 자기 초기 작업에서 이러한 견해를 표명했는데, 『성스러운 숲』의 「단테」("Dante") 편에서 그는 다음과 같이 말했다. "무섭고 추한 것이나 혐오스러운 것에 대한 예술가의 생각은 미의 추구를 향한 충동의 필연적이고도 부정적인 측면이다. . . . 부정적인 것은 훨씬 더 귀찮은 것이다"(169). 그러나 창작으로 이러한 양상들을 재현하는 데에는 물론 모든 예술가가 반드시 갖고 있다고 할 수 없는 성숙과 비전이 필요했다. 그러므로 엘리엇은 엘리자베스Elizabeth 시대 극작가인 시릴 터너Cyril Tourneur에게 극찬을 보냈는데, 그 이유는 터너가 『복수자의 비극』(*The Revenger's Tragedy*)에서 기교뿐만 아니라 성숙된 표시로 공포의 비전을 표현했기 때문이다. 그가 관찰한 것은 "환희나 공포가 있는 비전의 강도는 아주 우연한 경우에 청소년 작품에다 저자가 줄 수 있는 삶에 대한 인식을 초월하여 성인 남녀가 반응할 수 있는 보편성을 줄 수도 있다는 것이다"(Schuchard 1985: 1048-49). 그는 그리스 극작가가 표현한 공포의 비전과 엘리자베스 시대 극작가나 현대 작가가 표현한 공포의 비전과의 차이를 끌어내어, 공포의 비전과 처리는 특별한 시기의 삶에 맞는 분명하고도 독특한 면을 바탕으로 했음을 지적했다. 그는 하디Thomas Hardy가 공포를 다루는 방식에 만족해하지 않았는데, 그 이유는 하디는 악을 표현했지만 『비운의 주드』(*Jude the Obscure*)에서 표현된 공포는 "소포클레스보다도 시릴 터너에게 더 가까웠기"(1047) 때문이다. 엘리엇은 포우의 작품에서 "정신적인 것보다는 비 물질주의적이면서도 영적인 것에 토대를 둔"(1048) 다른 유형의 공포를 발견했던 것이다.

『투사 스위니』를 쓰는 과정 동안에, 즉 엘리엇이 개종하기 직전에 그는 포우와 도스또엡스키가 자기들 작품 속에 공포를 다루어 놓은 것에 대해서 아주 깊은 생각을 했다. 『투사 스위니』와 『가족의 재회』에서는 범죄 이야기의 주인공이 겪는 심리적 공포감이 표현되어 있다. 관객이나 독자는 자기의 범죄와 공포감에 관한 이야기를 하면서 겁에 질려 있는 살인범을 스위니 자신이라고 의심을 하게 된다. 마찬가지로, 『가족의 재회』에서 해리는 자기 아내를 살해한 사람이 자신이라고 믿을 정도로 충분히 자신의 죄에 대해 강한 공포감을 체험하게 된다. 공포를 다룸으로써 엘리엇에게 인상을 심어 준 다른 작가들로는 호손Hawthorne과 헨리 제임스Henry James 및 조셉 콘래드가 있다. 콘래드의 『암흑의 핵심』(*Heart of Darkness*)은 『황무지』에 쓴 공포를 나타내는 서사를 그에게 제공해주었다. 엘리엇이 도스또엡스키를 높이 평가하는 이유는 라스콜니코프나 젊은 카라마조프Karamazov와 같은 그의 주인공이 "공포를 통해서 더 깊은 비전으로 도피해 버렸기"(Forster 1053) 때문이다. 『이신을 좇아서』(*After Strange Gods*)라는 이름으로 1934년에 출간된 버지니아 대학교University of Virginia에서의 1933년 페이지 바버 강연the Page-Barbour Lectures에서 엘리엇이 관찰한 것은 "『이디퍼스 왕』(*Oedipus Rex*)이 공포의 마지막 한 방울조차도 극작가에 의해서 추출된다는 아주 끔찍한 구성으로 되어 있으며, 하디의 동시대인들 작품 중에서, 콘래드의 『암흑의 핵심』과 헨리 제임스의 『나사의 회전』(*Turn of the Screw*)이 공포를 다룬 이야기지만, 사실 현실세계에서는 공포란 없고, 소포클레스와 콘래드 및 제임스 이들 작품 속에서는 우리가 선과 악의 세계에 있다"(Eliot 1934: 62)는 것이다.

이러한 공포감을 제시하기 위해서 작가는 극단적인 상태의 감정과 지성을 자아내기 위해서 대상물과 상황을 발견할 능력을 가져야 했다. 따라서 문화적 위기를 겪어 온 시대에 살면서, 종교적 가치와 사회적 가치에는 무관심한 채, 정신적인 죄와 범죄의식 및 속죄와 같은 종교적인 주제들을 다루는 장치로서 범죄와 공포 및 수사라는 탐정소설적인 패턴을 사용하는 것보다 훨씬 더 엘리엇의 목적에 기여할 극적인 전략에는 과연 어떤 것이 있을까? 엘리엇은 극이 관객에게 즐거움을 주고 극작가가 등 뒤에서 "원숭이 장난"과 같은 계략을 쓰기 전에 "잔인한 주의력을 집중"시켜야 한다는 사실을 잘 알고 있었다.

"원숭이 장난"이란 광대 짓처럼 관객이 기쁨과 즐거움을 발견하게 되는 대중적인 형식을 빌려 진지한 주제와 소재를 단지 조작한다는 것이다. 일반적으로 증가하는 탐정소설에 대한 독자들의 환상은 그들이 무의식적으로 범죄와 공포 및 미스터리의 이야기로부터 끌어내는 어떤 깊은 만족감이나 흥미 또는 의미에 대한 확실한 표시가 된다. 그것들이 스며듦으로써 범죄와 공포는 인간실재의 명백한 특징이 되고 있다. 그러므로 엘리엇의 목적은 사회적 · 도덕적 의미를 당대 세계의 이러한 삶의 비전으로 융합시키는 데 있었다. 소포클레스나 셰익스피어, 제임스나 콘래드가 범죄와 공포의 이야기를 쓰거나 거기서 비극을 추출해내었던 반면에, 엘리엇은 유사한 범죄와 공포 및 미스터리 이야기를 기독교적인 관점에 주입시켜서, 『대성당의 살인』을 제외하고는 그 이야기에서 희극을 끌어내어 오고 있다. 어쩌면 『대성당의 살인』에서의 죽음과 순교라는 고매하고 비극적인 주제는 세속적 가치의 맥락에서 아이러니컬하게도 종교적인 성향이 없는 현대 독자와 관객에 의해 살해당한 사람은 물론이고 살인범의 수수께끼 같이 알 수 없는 살인동기들에 토대를 둔 범죄와 수사의 극으로 다시 읽혀질지도 모른다.

엘리엇의 극들은 그래서 본인 이전에 소포클레스와 애스킬러스, 셰익스피어, 딕킨스, 콜린스, 체스터턴, 포우 및 도스또엡스키 같은 위대한 고전 대가와 현대 대가들을 토대로 하고 있기 때문에 종교적 요소와 세속적 요소를 독특하게 조합하여 표현하고 있다. 그들은 범죄를 다루었고 거기다 사회적·도덕적 의미를 부여했으나, 엘리엇은 거기다 종교적 의미를 귀속시켰다. 딕킨스와 콜린스, 포우 및 도스또엡스키 같은 작가들이 엘리엇 극에 끼친 영향이 상당했던 것은 사실이다. 도스또엡스키는 몸소 유럽 미스터리 소설의 모델을 따르고 있었는데, 특히 딕킨스의 소설이 그 모델이 되었고, 다시 딕킨스는 윌키 콜린스의 소설에 영향을 받았다. 엘리엇은 1932년에 출간되어 1980년까지 증간된 『에세이 선집』(*Selected Essays*)에 수록된 「윌키 콜린스와 찰즈 딕킨스」("Wilkie Collins and Charles Dickens")라는 글에서 이들 작가의 소설에 상당한 찬사를 보냈는데, 그들은 영국에서 처음으로 발생한 미스터리 장르의 소설작가들이었다.

엘리엇 극에 끼친 미스터리 소설의 영향을 살펴봤지만, 엘리엇이 자신의 목적에 맞게 그것을 어떻게 변형 시켰는지를 살펴 볼 필요가 있었기 때문에 여태까지 관찰과 분석을 거듭했던 것이다. 『투사 스위니』는 심리적인 공포감을 표현하는 데 포우와 도스또엡스키의 영향력을 보여주고 있을 뿐만 아니라, 디킨스의 『올리버 트위스트』(*Oliver Twist*)의 영향도 보이고 있다. 엘리엇은 스릴러 제목인 코난 도일의 『머스그로브 의식』을 사용하고, 죽음과 순교라는 정신적 미스터리를 아이러니컬하게 강화시켜서 『대성당의 살인』에서는 그 모든 것들을 종합적으로 요약하고 있다. 이들 작품과 이어지는 극에서 미스터리적인 요소는 종교적 주제에 훨씬 큰 극적인 흥미를 부여하고 있다. 『가족의 재회』는 결국 죄와 속죄의 극으로 변형된 디킨스와 도스또엡스키를 아이러니컬하게도 다시 연상시키는 죄와 벌의 이야기가 지니는 패턴을 거의 완성시키고 있다. 몇 가지 미스터리 탐정소설을 연상시키는 『칵테일파티』에서의 수수께끼 같은 신원이 밝혀지지 않은 손님과 그의 동료들은 나중에 낯선 남녀들을 결합시켜주고 다른 구원의 길에 주인공들을 파견하는 데 도움을 주는 상징적인 인물인 사마리아 사람들로 인식되고 있다. 『개인비서』에서는 스릴러 유형의 추적에도 흥미가 있지만 자기 돈을 사취 당해버린 알려지지 않은 아버지의 신원과 교회와 어떤 관련이 있는 "실제의" 아버지의 신원을 찾을 수 있는 증거에 대한 분석에도 흥미를 유발해낼 수 있다. 『원로정치가』에서는 엘리엇이 『투사 스위니』와 『가족의 재회』에서 자기의 극의 경력의 시초부터 사용했던 숨겨진 "범죄"와 탐문의 공포 및 두려움, 증거와 유죄의 고백과 같은 미스터리적인 요소들을 도입하는데 일관성을 보여주었다. 그러나 지금 이들 요소는 다른 순차적 사실에 포함되고 있지만, "범죄"가 "죄 아닌 것들"로 바뀌고, 탐정작업이 "신의 섭리에 따르게 되며", 수사가 외부보다는 자아내부에서 이루어져서, 악행을 가하는 자는 죄에 의해 고통을 받는 자이자 동시에 속죄하는 자가 되는 연결고리의 핵심적 토대가 된다.

그 결과, 세속적 의미와 종교적 의미의 두 층위는 극에서 행위의 이중성을 통하여 현실화되고 있다. 엘리엇은 셰익스피어와 마스턴Marston 및 다른 엘리자베스시대 극작가들의 극과 디킨스와 콜린스 및 체스터턴의 미스터리

소설에서도 역시 이러한 이중성의 표현을 목도했다. 이중성의 패턴은 극에서 미스터리를 강화시키는 역할을 하며, 따라서 우리는 엘리엇의 극을 미스터리 극이라고 부를 수 있는 근거를 훨씬 더 많이 갖게 된다. 그리고 스릴러물이 그렇듯이, 극의 행위를 통해 관객에게 스릴을 주고 말을 걸며, 도전하고 참여시키는 단순한 이유 때문에 심지어는 영적인 스릴러라고 부를 수 있는 근거가 생긴 것이다.

만일 우리가 모든 극의 증거들을 취합해보면, 범죄와 미스터리 및 수사나 조사의 패턴을 상징적으로 사용하고 있다는 결과가 나온다. 엘리엇은 몸소 몇몇 과거의 위대한 극에 대한 스릴러적인 흥미를 관찰하여 거기에 대한 논평도 했던 것이다. 아주 최근의 스릴러물들이 반드시 목적의식이 결여된 것은 아니다. 에드먼드 윌슨이 관찰했듯이, 스파이 이야기는 그레이엄 그린을 존경해마지 않았던 사람들이 주장하듯이, 이제 그 시적 가능성들을 현실화시키고 있다. 그리고 심리적 공포를 이용하는 살해 미스터리는 완전히 다른 문제이다. 하지만 제대로 된 탐정이야기는 19세기말에 그 훌륭한 결실을 맺었으며, 에드가 앨른 포우가 자신의 추리적인 강력한 어떤 것을 뒤팽M. Dupin에게 전달할 수 있었던 지점에서부터 쇠퇴했으며, 딕킨스가 미스터리의 종국적인 해결책으로 사회적이고 도덕적 의미를 담아서 저자가 훨씬 더 진지하게 말하고 싶었던 것을 계시적으로 상징화시켰던 구성법을 창안해내었던 지점에서부터 쇠퇴했던 것이다(Edmund Wilson 236).

에드먼드 윌슨은 확실히 20세기에 합당한 탐정소설의 분량에 관해서는 옳았다. 어떤 현대 탐정소설가들은 진지한 목적도 없는 오락거리를 종종 제공하기도 한다. 그러나 오락에 대한 생각을 지나치게 멸시하거나 아주 단순히 폄하시켜버려서도 안 된다. 그것은 모든 예술, 특히 극적인 예술에서는 우선적으로 필요한 것이다[1]. 윌슨은 19세기의 가장 훌륭한 탐정소설가들이 이 같은 일을 수행했다고 생각하고 있다. 만일 우리가 오늘날 대부분의 탐정 소설작가들을 본다면 그가 옳은 것이다. 그러나 아마도 체스터턴과 같은 작가는 예외가 될 지도 모른다. 엘리엇이 시극작품을 통해서 실험하고 있는 대중적인 요소의 도입은 그의 미국적인 문화관에 대한 아이러닉한 애정을 보여주는 예라고 하겠다. 특히 오락적인 면이 다분한 미스터리 스릴러나 재즈는 이와 같은 문화적 상징의 한 가운데 있는 핵심적 영역이라고 하겠다. 아무리 위대한 전통주의자라고 하더라도 특이한 체험과 사건 및 상황의 표현에 대중적이고 오락적인 방식을 채택할 수 있다는 새로움을 감행한 것이다. 그렇지만 어설픈 면은 보인다. 그가 미스터리 스릴러에 대한 서평만 썼을 뿐 작품은 쓰지 않았기 때문에 실전에 약한 이론가로만 비칠 수도 있다. 그래서 그의 시도가 관객에게 단지 즐거움만을 주려는 서툰 몸짓으로 비칠 수 있는 것이다. 그가 이렇게 미스터리 스릴러 요소를 시극에 도입한 이유에는 관객에게 범죄와 수사라는 균형적 패턴을 제시함으로써 죄의식과 도덕적 각성이라는 정신적이고도 종교적인 체험을 느낄 수 있는 상황의 연출을 위한 가장 대중 친화적인 실험이라고 볼 수 있다. 범죄에 대한 죄의식과 그를 파헤치려는 수사적 행위는 동전의 양면과 같이 서로 다른 쪽에서 같은 의미로 수렴되는 인식의 다른 두 가지 층위의 패턴이라고 볼 수 있다. 결코 그는 대중문화에 대한 조롱이나 폄하를 시도하지 않았으며, 맹목적인 추종이나 존중의 시도도 하지 않았다. 다른 작품에서도 드러났듯이 어디까지나 자기의 의도와 목적에 맞게 훔쳐다 적절하게 다듬어서 사용했던 것이다.

마지막으로 결론은 향후 제기될 여러 반론에 의한 수정 가능성을 염두에 두고서 사실상 열어놓은 상태로 두고 싶으나, 연구관행상 연구자의 목소

---

1) Cf. "Eliot Says Play is to Entertain," *The New York Herald Tribune* (May 14, 1950), p. 2.

리를 정리할 필요가 있기 때문에 자신감을 갖고 단호한 목소리를 내려고 한다. 결론은 대략 다음과 같이 정리될 것이다.

엘리엇이 범죄 미스터리를 단편극에 삽입한 일은 주요한 극적 행위에 코러스를 포함시킨 것처럼 중요한 역할을 한다. 코러스 사용은 엘리엇의 극 이론과 실제에 핵심이 되는 관객의 참여라는 생각을 유효하게 하려는 그의 노력이 강화된 결과다. 이런 생각이 『대성당의 살인』과 이어지는 극들과 『투사 스위니』에서 더 직접적으로 발견되고 있지만, 엘리엇이 사용한 음악당 논리에서도 찾아볼 수가 있다. 엘리엇은 관객과 배우의 공조를 위해서 주로 음악당을 높이 평가했다. 엘리엇은 음악당에 갔다가 음악당 희극배우인 마리 로이드와 코러스에 동참한 작업인부가 스스로 행위를 연출하고 있던 모습을 보고서, 예술가와 관객의 조화로운 참여 장면이라고 생각했다(Eliot 1980: 458).

이런 취지에서 그는 관객의 참여를 실현하기 위해 음악당의 재즈 패터와 랙타임 리듬을 도입하고 있을 뿐만 아니라, 이런 목적을 성취하려고 두 번째 단편에 범죄와 공포 및 미스터리를 접목시키고 있다.

엘리엇은 또한 개종하기 직전인 『투사 스위니』를 쓰고 있었을 때에, 포우와 도스또엡스키가 공포를 다루는 방법에 대해서 아주 깊은 성찰을 했던 것 같다. 『투사 스위니』와 『가족의 재회』에서는 범죄 이야기의 주인공이 겪는 심리적 공포감이 표현되어 있다. 자기의 범죄와 공포감에 관한 이야기를 하면서 겁에 질려 있는 살인범을 관객은 스위니 자신이라는 의심을 하게 된다. 마찬가지로, 『가족의 재회』에서 해리는 자기 아내를 살해한 사람이 자신이라고 믿을 정도로 충분히 자신의 죄에 대해 강한 공포감을 체험하게 된다. 이러한 공포감을 제시하기 위해서 작가는 극단적인 상태의 감정과 지성을 자아내기 위한 대상물과 상황을 발견할 능력을 가져야 했다. 따라서 엘리엇에게는 문화적 위기를 겪어 온 시대에 살면서, 종교적 가치와 사회적 가치에는 무관심한 채, 정신적인 죄와 범죄의식 및 속죄와 같은 종교적인 주제들을 다루는 장치로서 범죄와 공포 및 수사라는 탐정소설적인 패턴을 사용하는 것보다 훨씬 더 자신의 목적에 기여할 극적인 전략은 없었을 것이다.

엘리엇의 목적은 사회적·도덕적 의미를 당대 세계의 이러한 삶의 비전으로 융합시키는 데 있었다. 엘리엇은 유사한 범죄와 공포 및 미스터리 이야기를 기독교적인 관점에 주입시켜서, 『대성당의 살인』을 제외한 다른 극에서는 각각의 서사구조로부터 희극성을 추출하고 있다. 어쩌면 『대성당의 살인』에서의 죽음과 순교라는 고매하고 비극적인 주제는 세속적 가치의 맥락에서 아이러니컬하게도 종교적인 성향이 없는 현대 독자와 관객에 의해, 살해당한 피해자는 물론이고 수수께끼 같이 알 수 없는 가해자인 살인범의 범행동기에 토대를 둔 범죄와 수사의 극으로 다시 읽혀질지도 모른다.

엘리엇은 범죄와 미스터리 및 수사나 조사의 패턴을 상징적으로 사용하고 있다. 그는 몸소 몇몇 과거의 위대한 극에 대한 스릴러적인 흥미를 관찰하여 거기에 대한 논평도 가미했는데, 이는 그가 자기극에서 미스터리 스릴러적 요소를 상징적으로 사용하고 있음을 보여주는 증거라고 할 수 있다. 스릴러라는 장르는 그 자체가 가장 저렴한 오락적인 것만을 제공하게 되면 진지한 요소가 사라지게 될지도 모른다. 그러나 엘리엇의 예는 위대한 작가가 어떻게 일상생활에서 가장 평범한 사건과 상황 및 체험뿐만 아니라, 특별한 것을 표현하는 데 오락적인 것을 사용할 수 있는지의 가능성을 보여주고 있다. 엘리엇이 비록 자기극에서 재즈 리듬과 미스터리 스릴러 요소들을 사용했다고 하더라도, 자기 관객들을 단지 즐겁게 해주기 위해서 그런 것들을 사용했던 것은 아니다. 그는 범죄와 수사라는 패턴 사이의 균형을 제시함으로써 에드먼드 윌슨이 디킨스에게 감탄했던 것과 같은 상징적 방법을 사용하고 있다. 범죄와 수사라는 두 가지 패턴은 인식의 다른 두 층위에 맞는 두 가지 서로 같은 의미의 층위를 나타내어 준다. 따라서 엘리엇은 탐정스릴러의 통상적인 요소들과 그것을 관객에게 전달해주는 음악적 수단에 중대한 의미를 부여하고 있으며, 또한 가장 세속적이고 대중적인 문화형식을 통해서 중요한 종교적 사상과 정신적 체험을 전달하려고 애쓰고 있다.

1930년대의 대중들을 위해 글을 쓰고 싶어 하는 극작가라면 무엇보다도 그들에게 더 잘 알려진 언어인 재즈와 미스터리 및 탐정수사에 친숙한 스릴러 기법으로 대중들과 소통해야겠다고 느꼈을 것이고 엘리엇도 예외는 아니었다. 그러한 언어가 추상적이고 말로 형언할 수 없는 죄의 신학적 개념을 범죄와 벌이라는 스릴러 주제와 도덕적 죄와 속죄라는 기독교 주제 사이의 유사한 피상적 평행의 관점에서 바르게 전달하기 위한 적절한 매체라는 사실을 그는 발견했다. 그리고 박진감 넘치는 장면의 전환과 사건의 전개가 힘차고 단속적인 재즈 패터와 싱커페이션에 실려서 전달되면 관객의 주의력은 최대한도로 집중될 것이다. 그는 스릴러가 확실히 본원적인 인간의 죄와 종교적 믿음이 부족한 삶의 근본적인 불완전함을 인식시키며, 인간의 성품과 선량함을 고양시키려는 일반적인 경향에서 비롯되는 도덕적인 사악함을 인식시키는 일종의 충격적인 처리 방법으로 기여하리라고 예상했다. 그리고 그것을 심장박동과 유사한 리듬으로 받아들이는 것만큼 효과적인 방법은 없을 것이라고 확신했는지도 모른다.

이처럼 엘리엇이 항상 관객을 염두에 두고 극작에 임했던 이유는 확실하다. 일찍이 영어로 글을 쓴 최고의 시인이라고 세계적으로 인정받고 있는 셰익스피어도 자기의 최상의 시를 관객들을 즐겁게 할 목적으로 썼다(Matthews 1974: 95)는 사실을 엘리엇도 충분히 알고 있었을 것이기 때문이다.

참고문헌

Ackroyd, Peter. *T. S. Eliot: A Life.* New York: Simon and Schuster, 1984.

Aiken, Conrad. "After 'Ash Wednesday.'" *Poetry* 45 (December 1934): 161-65.

Albright, Daniel. "Border Crossings." Ed. John Xiros Cooper. *T. S. Eliot's Orchestra: Critical Essays on Poetry and Music*. New York: Garland, 2000.

Arnold, Matthew. *The Portable Matthew Arnold*. Ed. Lionel Trilling. New York: Penguin Books, 1980.

Arrowsmith, William. "English Verse Drama (II): *The Cocktail Party*." *The Hudson Review* III. 3 (Autumn 1950-51): 411-30.

Ayoub, Millicent R. "*Family Reunion.*" *Ethnology* V. 4 (October 1966): 415-33.

Barber, C. L. "*The Family Reunion.*" *T. S. Eliot: A Selected Critique*. Ed. L. Unger. New York: Reinehart & Co., Inc., 1948.

Bareham, Tony. *Notes on Murder in the Cathedral by T. S. Eliot*. Harlowe, Essex: York Press, 1981.

Barry, Peter. "*The Waste Land* Manuscript: Picking Up the Pieces—in Order." *Forum for Modern Language Studies* 15 (1979): 237-47.

Baudrillard, Jean. *Simulations.* New York: Semiotext(e), 1983.

Bergonzi, Bernard. *T. S. Eliot*. London and New York: Macmillan Company, 1972.

Blackmur, R. P. *The Double Agent*. New York: Arrow Editions, 1935.

Brock, A. Clutton. "T. S. Eliot and Conan Doyle." *Time Literary Supplement* (January 19, 1951), col.2.

Brooke, Nicholas. "The Confidential Clerk: A Theatrical Review." *Durham University Journal,* NS, xv (1953-54): 66-70.

Brooks, Peter. *Reading for Plot: Design and Intention in Narrative*. Oxford: Clarendon Press, 1984.

Browne, E. Martin. *The Making of T. S. Eliot's Plays*. Cambridge: Cambridge University Press, 1969.

Burchfield, Robert. *Unlocking the English Language*. London: Faber & Faber, 1989.

Burgess, Anthony. *This Man and Music.* New York: McGraw, 1983.

Bush, Ronald. *T. S. Eliot: A Study in Character and Style*. New York: Oxford University Press, 1983.

Cahill, Audrey F. "The Hollow Men." *Critics on T. S. Eliot*. Ed. Sheila Sullivan. London: George Allen and Unwin Ltd., 1973.

_____. *T. S. Eliot and the Human Predicament*. Mystic, Connecticut: Lawrence Verry, 1967.

Cattaui, George. *T. S. Eliot*. London: Merlin, 1969.

Cawelti, John G. "The Spillane Phenomenon." *Journal of Popular Culture* (Summer 1969): 9-22.

Chesterton, G. K. *The Secret of Father Brown.* Harmondsworth, Middlesex, England: Penguin Books, Ltd., 1974.

Chiari, Joseph. *T. S. Eliot: Poet and Dramatist*. London: Barnes & Noble, Inc., 1973.

Childs, Donald J. *T. S. Eliot: Mystic, Son and Lover.* New York: St. Martin's Press,

1997.

Chilton, John. *Sidney Bechet: The Wizard of Jazz*. New York: Da Capo, 1996.

Chinitz, David E. "'Danse, Little Lady': Poets, Flappers, and the Gendering of Jazz." *Modernism, Gender, and Culture: A Cultural Studies Approach*. Ed. Lisa Rado. New York: Garland, 1997.

_____. *T. S. Eliot and the Cultural Divide*. Chicago: The U of Chicago P, 2003.

Clarke, David. R. Ed. *Twentieth Century Interpretations of Murder in the Cathedral*. Englewood-Cliffs, N. J.: Prentice-Hall, Inc., 1971.

Clarke, Graham. Ed. *T. S. Eliot: Critical Assessments*. London: Christopher Helm, 1990.

Coghill, Neville. "Sweeney Agonistes." *T. S. Eliot: A Symposium*. Richard March and Tambimutti, eds. Freeport, New York: Books for Libraries, 1949.

Conrad, Joseph. *Heart of Darkness*. New York: W. W. Norton Company, Inc., 1963.

Cooper, John Xiros. Ed. *T. S. Eliot's Orchestra: Critical Essays on Poetry and Music*. New York: Garland, 2000.

Cox, C. B. *Joseph Conrad: the Modern Imagination*. London: Dent, 1974.

_____. Ed. *"Heart of Darkness," "Nostromo," and "Under Western Eyes": A Casebook*. London: Macmillan, 1981.

Cowie, Peter. *Coppola: A Biography*. New York: Charles Scribneer's Sons, 1990.

Crag, Eric. *Dostoevsky As Literary Artist*. New York: Humanities Press, 1976.

Craggs, Stuart R. "*Façaid* and the Music of Sir William Walton." *Literary Chronicle of the University of Texas* 25-26 (1984): 101-17.

Crawford, Robert. *The Savage and the City in the Work of T. S. Eliot*. Oxford: Clarendon, 1987.

Donoghue, Denis. *The Third Voice: Modern British and American Verse Drama*. Princeton, N. J.: Princeton University Press, 1959.

Dukes, Ashley. "Re-enter the Chorus." *Theatre Arts* 22 (May 1938): 355-40.

_____. "T. S. Eliot in the Theatre." *T. S. Eliot: a symposium*. Compiled by Richard March and Tambimuttu. London: Editions Poetry, 1948.

DuPlessis, Rachel Blau. *Genders, Races, and Religious Cultures in Modern American Poetry, 1908-1934*. Cambridge: Cambridge UP, 2001.

Eagleton, Terry. *Criticism and Ideology*. London: New Left Books, 1976.

Easthope, Antony. *Literary into Cultural Studies*. London: Routledge & Kegan Paul, 1991.

Eliot, T. S. *After Strange Gods: A Primer of Modern Heresy*. New York: Harcourt, Brace and Company, 1934.

_____. "Audiences, Producers, Plays, Poets." *New Verse* 18 (December 1935): 3-4.

_____. "The Ballet." *Criterion* 3 (1924-25): 441-43.

_____. "The Beating of a Drum." *The Nation and Athenaeum* XXXIV No. 1 (October 6, 1923): 11-12.

_____. "A Commentary[Jan. 1927]." *Criterion* 5 (1927c): 139-43.

_____. "A Commentary[Jun. 1927]." *Criterion* 6 (1927d): 359-62.

_____. "A Commentary[Apr. 1927]." *Criterion* 8 (1929): 551-59.

_____. *The Complete Poems and Plays of T. S. Eliot*. London: Faber and Faber Limited, 1978.

_____. *The Criterion: Collected Edition*, v. 1. London: Faber and Faber Limited, 1967 (January 1927a): 139-43.

_____. *The Criterion: Collected Edition*, v. 3. London: Faber and Faber Limited, 1967 (June 1927b): 359-62.

_____. "Dramatis Personae." *Criterion* 1 (1922-23): 303-6.

_____. "Eeldrop and Appleplex I." *Little Review* iv, 1 (May 1917): 8-10.

_____. "Eliot Says Play is to Entertain." *New York Herald Tribune* (May 14, 1950), Sec. 5

_____. "Five Points on Dramatic Writing." *Townsman* I (July 1938): 10-15.

_____. *For Lancelot Andrews*. London: Faber and Faber, 1970b.

_____. *The Idea of a Christian Society*. London: Faber and Faber, 1939.
_____. "The Influence of Landscape Upon the Poet." *Daedalus, Journal of the American Academy of Arts and Sciences* 89 (1960): 420-22.
_____. "Introduction." *Savonarola: A Dramatic Poem.* By Charlotte Eliot. London: Sanderson, 1926. vii-xii.
_____. *The Letters of T. S. Eliot, Volume 1: 1898-1922.* Ed. Valerie Eliot. New York: Harcout Brace Jovanovich, Publishers, 1988.
_____. "Marianne Moore." *Dial* (December 1923): 594-97.
_____. "The Need for Poetic Drama." *The Listener*. March 25, 1936. 994-95.
_____. *Notes towards the Definition of Culture*. London: Faber and Faber, 1968.
_____. "Poetry and Drama." *Atlantic Monthly Review* clxxxvii, 2 (February 1951): 21-41.
_____. "The Possibility of a Poetic Drama." *The Sacred Wood: Essays on Poetry and Criticism.* London: Methuen & Company Limited, 1972a. 60-70.
_____. "Religious Drama: Medieval and Modern." *The University of Edinburgh Journal* ix, 1 (Autumn 1937): 8-17.
_____. "'Rhetoric' and Poetic Drama." *Selected Essays.* London: Faber, 1980. 37-42.
_____. *The Rock*. London: Faber and Faber Limited, 1934a.
_____. "The Rock." *Spectator* 152. 5528 (June 8, 1934b): 887.
_____. *The Sacred Wood.* London: Faber and Faber, 1928.
_____. "The Search for Moral Sanction." *The Listener*. March 30, 1932. 445-46.
_____. *Selected Essays: T. S. Eliot.* London: Faber and Faber Limited, 1980.
_____. *Selected Prose*. Harmondsworth: Penguin Books, 1953.
_____. "Seneca in Elizabethan Translation." *Selected Essays.* London: Faber, 1980. 51-88.
_____. "The Three Voices of Poetry." *On Poetry and Poets.* New York: The Noonday Press, 1974. 96-112.
_____. "Tradition and the Practice of Poetry." *The Southern Review* 21.4 (October

1985): 874.

_____. "Ulysses, Order, and Myth." *Selected Prose of T. S. Eliot*. Ed. Frank Kermode. New York: Harcourt, 1975. 175-78.

_____. *The Use of Poetry and the Use of Criticism.* London: Faber and Faber Limited, 1975.

_____. *The Waste Land: A Facsimile and Transcript of the Original Drafts Including the Annotations of Ezra Pound.* Ed. Valerie Eliot. New York: Harcourt, 1971.

_____. "Wilkie Collins and Dickens." *Selected Essays: T. S. Eliot.* London: Faber and Faber Limited, 1980. 460-70.

"Eliot Says Play is to Entertain." *The New York Herald Tribune* (May 14, 1950) 2.

Ellison, Ralph. *Shadow and Act.* New York: Vintage, 1972.

Eric Crag. *Dostoevsky As Literary Artist*. New York: Humanities Press, 1976.

Everett, Barbara. "The New Style of Sweeney Agonistes." *Yearbook of English Studies* 14 (1984): 243-63.

Ewen, David. *The Life and Death of Tin Pan Alley*. New York: Funk, 1964.

Fergusson, Francis. The Idea of a Theatre. Princeton, N. J.: Princeton University Press, 1949.

Flanagan, Hallie. *Dynamo*. New York: Duell, 1943.

Fleissner, Robert F. "'The Bafflement of Scotland Yard': T. S. Eliot's Mystery Cat and Dostoevsky's Raskolinikov." *Baker Street Journal* 18 (September 1968): 150-51.

Fleming, Rudd. "*The Elder Statesman* and Eliot's 'Programme for the Métier of Poetry.'" *Wisconsin Studies in Contemporary Literature* 2.1 (Winter 1961): 54-64.

Forster, E, M. "T. S. Eliot and His Difficulties." *The Southern Review* 21.4 (October 1985): 1053.

Fox, Arthur N. "Collected Poems of T. S. Eliot." *Papers of the Manchester Literary Club* 63 (1937): 23-40.

Fraser, G. S. *The Modern Writer and His World.* Baltimore: Penguin Books, 1964.

Frye, Northrop. *T. S. Eliot: An Introduction.* Chicago and London: The University of Chicago Press, 1981.

Gardner, Helen. *The Art of T. S. Eliot.* London: Cresset Press, 1949.

_____. "The Comedies of T. S. Eliot." *T. S. Eliot: The Man and His Work.* Ed. Allen Tate. London: Chatto & Windus, 1969.

Gassner, John. *Theatre at the Crossroads: Plays and Playwrights on the Mid-Century American Stage.* New York: Harper-Row & Warwickshire Publishers, Inc., 1960.

Gates, Henry Louis, Jr. *Signifying Monkey: A Theory of African-American Literary Criticism.* New York: Oxford UP, 1988.

Gendron, Bernard. *Between Montmartre and the Mudd Club: Popular Music and the Avant-Garde.* Chicago: U of Chicago P, 2002.

George, A. G. *The Mind and Art of T. S. Eliot.* Bombay: Asia Publishing House, 1962.

Gilman, Sander L. "Black Bodies, White Bodies: Toward an Iconography of Female Sexuality in Late Nineteenth-Century Art, Medicine and Literature." *Race, Writing and Difference.* Ed. Henry Gates. Chicago: U of Chicago P, 1986.

Giroux, Robert. "A personal Memoir." *T. S. Eliot: The Man and His Work.* Ed. Allan Tate. London: Chatto & Windus, 1967. 337-44.

Gordon, Lyndall. *Eliot's Early Years.* Oxford: Oxford UP, 1977.

Hardenbrook, Don. "T. S. Eliot and The Great Grimpen Mere by Gaston Huret III." *Baker Street Journal*, n.s. 88-93.

Harding, D. W. "The Rock." *Scrutiny* 3 (September 1934): 180-83.

Hart, James D. *The Popular Book: A History of America's Literary Taste.* New York:

Oxford University Press, 1950.

Hartman, Goeffrey. "Literature High and Low: The Case of the Mystery Story." *The Poetics of Murder.* Eds. Most, Glenn W. and Stowe, William W. New York and London: Harcourt Brace Jovanovich, 1983.

Hay, Eloise Knapp. *T. S. Eliot's Negative Way*. Cambridge: Harvard UP, 1982.

Haycraft, Howard. Ed. *The Art of the Mystery Story*. New York: Grosset & Dunlap, 1946.

Headings, Philip. *T. S. Eliot*. Boston: Twayne Publishing, Inc., 1982.

Henry Clark Warrens. *Buddhism in Translations.* Cambridge, Massachusetts: Harvard University Press, 1922. 121.

Hoellering, George and Eliot, T. S. (Prefaces). "The Film Transcript of Murder in the Cathedral." New York: Barcourt, Brace and Company, 1952.

Howarth, Herbert. *Notes on Some Figures Behind T. S. Eliot*. London: Chatto & Windus, 1965.

Hughes, Langston. "Songs Called the Blues." *The Langston Hughes Reader*. New York: Braziller, 1958. 159-61.

Hunter, Gordon. *American Literature, American Culture*. Oxford: Oxford University Press, 1999.

Isaacs, J. *An Assessment of Twentieth-Century Literature.* London: Secker and Warburg, 1951.

Jenkins, William D. "The Sherlockian Eliot." *Baker Street Journal* 12: 81-84.

Johnson, James Weldon, Bob Cole, and J. Rosamond Johnson. "Under the Bamboo Tree." New York: Stern, 1902.

Johnson, Robert Underwood. "The Glory of Words." *Academy Papers: Addresses on Language Problems by Members of the American Academy of Arts and Letters.* New York: Scribner's, 1925.

Jones, David E. *The Plays of T. S. Eliot*. London: Routledge & Kegan Paul, 1960.

Jones, John. *On Aristotle and Greek Tragedy.* London: Chatto & Windus, 1962.

Kaufmann, Michael Edward. "T. S. Eliot's New Critical Footnotes to Modernism." Kevin J. H. Dettmar, ed. *Rereading the New: A Backward Glance at Modernism*. Ann Arbor: U of Michigan P, 1992. 73-85.

Kenner, Hugh. *The Invisible Poet*. London: Methuen & Company Limited, 1979.

_____. Ed. *T. S. Eliot: A Collection of Critical Essays*. Englewood-Cliffs, N. J.: Prentice-Hall, Inc., 1963.

Kirk, Russell. *Eliot and His Age: T. S. Eliot's Moral Imagination in Twentieth Century*. New York: Random House, Inc., 1972.

Koritz, Amy. *Gendering Bodies/ Performing Art: Dance and Literature in Early Twentieth-Century British Culture*. Ann Arbor: University of Michigan Press, 1995.

Langbaum, Robert. "Crime in Modern Literature." *The American Scholar* xxvi (Summer 1956): 350-65.

Leavis, F. R. *The Great Tradition*. London: Penguin Books, 1967.

_____. *New Bearings in English Poetry*. London: Chatto & Windus, 1932.

Leonard, Neil. *Jazz and the White Americans*. Chicago: U of Chicago P, 1962.

Leslie Paul & Christopher Salmon. "Two Views of Mr. Eliot's New Play." *The Listener* 51 (September 4, 1958): 340-41.

Levy, Eugene. *James Weldon Johnson: Black Leader, Black Voice*. Chicago: U of Chicago P, 1973.

Lightfoot, Marjorie J. "Charting Eliot's Course in Drama." *Critical Essays on T. S. Eliot: The Sweeney Motif*. Ed. Kinley E. Roby. Boston: Hall, 1985. 119-23.

Lipsits, George. *The Sidewalks of St. Louis*. Columbia: University of Missouri Press, 1991.

Listener 11 (June 6, 1934): 945.

Litz, A Walton. Ed. *Eliot in His Time*. Princeton, N. J.: Princeton University Press, 1973.

Lucas, John. "Appropriate Falsehoods: English Poets and American Jazz." *Yearbook of English Studies* 17 (1987): 46-61.

Lyon, David N. "The Minstrel Show as Ritual: Surrogate Black Culture." *Rituals and Ceremonies in Popular Culture*. Ed. Ray B. Browne. Bowling Green: Bowling Green UP, 1980.

Macroubie, Margery C. *Modern Religious Drama in the Secular Theatre*. Minneapolis: Minnesota University Press, 1970.

Malamud, Randy. *T. S. Eliot's Drama: A Research and Production Sourcebook*. London: Greenwood Press, 1992.

Margolis, John D. *T. S. Eliot's Intellectual Development 1922-39*. Chicago and London: Chicago University Press, 1972.

Marsh, T. N. "The Turning World: Eliot and the Detective Story." *English Miscellany* 8 (1957): 143-45.

Martin, Graham Jr., Ed. *Eliot in Perspective*. London: Macmillan and Company, 1970.

Matthews, Honor. *Character and Symbol in Shakespeare's Plays*. Cambridge: Cambridge UP, 1962.

Matthews, T. S. *Great Tom: Notes Towards the Definition of T. S. Eliot*. New York: Harper & Row, Publishers, 1974.

Matthiessen, F. O. *The Achievement of T. S. Eliot*. London: Oxford University Press, 1959.

_____. "For an Unwritten Chapter." *Harvard Advocate* 125.3 (December 1938): 22-24.

Maugham, Somerset. "The Decline and Fall of the Detective Story." *The Vagrant Mood*. London: William Heinemann Limited, 1952. 91-122.

Maxwell, D. E. S. *The Poetry of T. S. Eliot*. London: Routledge & Kegan Paul, 1958.

McClure, John. "Rev. of *The Waste Land*, by T. S. Eliot." *The Critical Heritage*. Vol. 1. Ed. Michael Grant. London: Routledge, 1982. 170-72.

McNeilly, Kevin. "Culture, Race, Rhythm: *Sweeney Agonistes* and the Live Jazz Break." *T. S. Eliot's Orchestra: Critical Essays on Poetry and Music*. Ed. John Xiros Cooper. New York: Garland, 2000. 25-47.

Meyerhoff, Hans. "Mr Eliot's Evening Service." *The Partisan Review* xv (1948): 131-38.

Moore, Harry Thornton. "Review." *Adelphi* 9.3 (December 1934): 188-89.

Moore, Marianne. "Review of *Sweeney Agonistes* by T. S. Eliot." *Poetry* 42 (1933b): 108-9.

_____. "Sweeney Agonistes." *Poetry, A Magazine of Verse* xlii, 11 (May 1933a): 106-9.

Mulhern, Francis. *Culture/ Metaculture*. London: Routledge, 2000.

Munz, Peter. "The Devil's Dialectic." *Hibbert's Journal* xlix (1950-51): 256-63.

Murch, A. E. *The Development of the Detective Novel*. London: Peter Owan, 1968.

Newman, Ernest. "Summing Up Music's Cae Against Jazz." *New York Times Magazine* 6 Mar. 1927: 3+.

Nicholas, Constance. "The Murders of Doyle and Eliot." *Modern Language Notes* lxx, 4 (April 1955): 269-71.

North, Michael. *The Dialect of Modernism: Race, Language, and Twentieth-Century Literature*. New York: Oxford UP, 1994.

_____. *The Political Aesthetic of Yeats, Eliot, and Pound*. Cambridge: Cambridge UP, 1991.

_____. *Reading 1922: A Return to the Scene of the Modern*. New York: Oxford University Press, 1999.

Olshin, Toby. "A Consideration of *The Rock*." *University of Toronto Quarterly* 39.4 (July 1970): 310-23.

Pater, Walter. *The Renaissance: Studies in Art and Poetry*. Oxford: Oxford University Press, 1986.

Paul, Leslie & Salmon, Christopher. "Two Views of Mr. Eliot's New Play." *The*

Listener 51 (September 4, 1958): 340-41.

Peacock, Ronald. *The Poet in the Theatre*. London: Routledge & Kegan Paul, 1946.

Pearsall, Ronald. *Victorian Popular Music*. Detroit: Gale, 1973.

Perrine, Lawrence. *Sound and Sense: An Introduction to Poetry*. New York: Harcourt Brace Jovanovich, Inc., 1977.

Pietersma, H. "The Overwhelming Question." *Folio* 21 (Summer 1956): 19-32.

Poe, Edgar Allan. *The Complete Poems and Tales of Edgar Allan Poe*. New York: Random House, 1938.

Pound, Ezra. *Selected Poems*. New York: New Directions, 1957.

Prosser, Eleanor. *Drama and Religion in the English Mystery Plays*. Stanford: Stanford University Press, 1961.

Read, Herbert. "T. S. E.—A Memoir." *T. S. Eliot: The Man and His Work*. Ed. Allen Tate. New York: Dell, 1966. 11-37.

Rillie, John A. M. "Melodramatic Device in T. S. Eliot." *Review of English Studies* NS, 13 (1962): 267-81.

Roby, Kinley E., ed. *Critical Essays on T. S. Eliot: The Sweeney Motif.* Boston: Hall, 1985.

Roston, Murray. *Biblical Drama in England from the Middle Ages to the Present Day*. London: Faber and Faber, 1968.

Rye, Howard. "Fearsome Means of Discord: Early Encounters with Black Jazz." *Black Music in Britain* Ed. Paul Oliver. Philadelphia: Open UP, 1990. 45-57.

Sayers, Dorothy. "Aristotle on Detective Fiction." *English* 1.1 (Spring 1936): 23-35.

Sayers, Michael. "Mr. T. S. Eliot's 'The Rock.'" *New English Weekly* 5 (June 21, 1934): 230-31.

Schneider, Elizabeth. *T. S. Eliot: the Pattern in the Carpet*. Berkeley: California University Press, 1975.

Schuchard, Ronald. "Eliot and the Horrific Moment." *The Southern Review* 21.4 (October 1985): 1047-48.

_____. *Eliot's Dark Angel: Intersections of Life and Art*. Oxford: Oxford University Press, 1999.

Schumacher, Michael. *Francis Ford Coppola: A Filmmaker's Life*. New York: Crown Publishers, 1999.

Schuman, R. Baird. "Buddhistic Overtones in *The Cocktail Party*." *Modern Language Notes* lxxii, 6 (June 1957): 426-27.

Schwartz, Delmore. "The Psychiatrist as Hero." *The Partisan Review* xviii (1951): 11.

Sena, Vinod. "The Ambivalence of *The Cocktail Party*." *Modern Drama* (February 14, 1972): 392-404.

_____. "T. S. Eliot's The Family Reunion: A Study in Disintegration." *The Southern Review* (Fall 1967): 895-921.

Sencourt, Robert. *T. S. Eliot: A Memoir*. New York: Dodd, Mead & Company, 1971.

Sewell, J. E. "Satire in Church Pageant-Play." London *Daily Telegraph* 29 May, 1933: 4.

Sidnell, Michael J. *Dances of Death: The Group Theatre of London in the Thirties.* London: Faber, 1984.

Skaff, William. *The Philosophy of T. S. Eliot.* Philadelphia: University of Philadelphia Press, 1986.

Smidt, Kristian. *Poetry and Belief in the Work of T. S. Eliot.* London: Routledge & Kegan Paul, 1961.

Smith, Carol H. *T. S. Eliot's Dramatic Theory and Practice*. Princeton: Princeton University Press, 1963.

Smith, Grover. "The Ghosts in T. S. Eliot's *The Elder Statesman*." *Notes and Queries* vii, 6 (June 1960): 233-35.

_____. "T. S. Eliot and Sherlock Holmes." *Notes and Queries* cxciii, 20 (October 2, 1948): 431-32.

_____. *T. S. Eliot's Poetry and Plays: A Study in Sources and Meaning*. Chicago: University of Chicago Press, 1974.

Southam, B. C. Ed. *T. S. Eliot: 'Prufrock,' 'Gerontion,' Ash Wednesday and Other Shorter Poems*. London: The Macmillan Press, Ltd., 1982.

Southern, R.W. *The Making of the Middle Ages*. New York: Hutchinson University Library, 1959.

Spanos, William V. *The Christian Tradition in Modern British Verse Drama*. Rutgers, N. J.: Rutgers University Press, 1967.

Spender, Stephen. *T. S. Eliot*. Glasgow: William Collins Sons, Limited, 1982.

Stevens, Wallace. *The Necessity Angel: Essays on Reality and the Imagination*. New York: Vintage, 1951.

Storey, John. *Cultural Theory and Popular Culture: An Introduction*. Essex: Pearson Education Limited, 2001.

Symons, Julian. *The Bloody Murder*. London: Faber and Faber Limited, 1972.

Tate, Allen. Ed. *T. S. Eliot: The Man and His Work*. London: Chatto & Windus, 1967.

"The Rock at Sadler's Wells: a Provocative Play." London *Church Times* 1 June 1934: 677.

Thompson, Alan Reynolds. *The Anatomy of Drama*. Berkeley and Los Angeles: University of California Press, 1946.

Thompson, T. H. "The Bloody Wood." *T. S. Eliot: A Selected Critique*. Ed. L. Unger. New York: Reinehart & Co., Inc., 1948. 161-69.

"Topics of the Times: Before Long They Will Protest." *New York Times* 8 Oct, 1924: 18.

"To the Readers." *The Twentieth Century* clxiii, 971 (January 1958), 3.

Unger, Leonard. Ed. *T. S. Eliot: A Selected Critique*. New York: Reinhart & Co.

Inc., 1948.

unsigned. "Church Pageant at Sadler's Wells." *Times* (London) 29 May 1934: 12.

_____. "Mr. Eliot's Pageant Play." *Times Literary Supplement* 1688 (June 7, 1934): 404.

_____. "Review." *Blackfriars* 15. 172 (July 1934): 499-500.

_____. "Review." *Catholic World* 140. 835 (October 1934): 189.

_____. "Review." *Everyman* 47 (August 17, 1934): 189.

_____. "*The Rock* at Sadler's Wells: a Provocative Passion Play." London *Church Times* (June 1, 1934): 667.

Untermeyer, Louis. "Disillusion vs Dogma." *T. S. Eliot: The Critical Heritage.* Vol. 1. Ed. Michael Grant. London: Routledge, 1982. 151-53.

_____. *50 Modern American and British Poets: 1920-1970.* New York: David Mckay Company, Inc., 1973.

Verschoyle, Derek. "The Theatre." *Spectator* 152. 5527 (June 1, 1934): 851.

Ward, Adolphus William. *History of English Dramatic Literature*, Vol. I. London: Macmillan and Company Limited, 1899.

Ward, David. *T. S. Eliot Between Two Worlds*. London and Boston: Routledge & Kegan Paul, 1973.

Warrens, Henry Clark. *Buddhism in Translations.* Cambridge, Massachusetts: Harvard University Press, 1922.

Weales, Gerald. *Religion in Modern English Drama.* London: Oxford University Press, 1961.

Williams, Charles. *The Descent of the Dove: A Short History of the Holy Spirit in the Church*. New York: The Meridian Books, 1956.

Williams, Norman Powell. *The Ideas of the Fall and of Original Sin.* London: Macmillan and Co., Limited, 1926.

Williamson, George. *A Reader's Guide to T. S. Eliot*. London: Thames nad Hudson, 1955.

Wilson, Edmund. "Why do people read detective stories." *Classics and Commercials: a literary chronicle of the forties*. New York: The Noonday Press, 1950.

Wilson, Frank. *Six Essays on the Development of T. S. Eliot*. London: The Fortune Press, 1948.

Wilson, Timothy. "Wife of the Father of *The Waste Land*." *Esquire*. May 1972: 44-46.

Winans, Robert B., and Elias J. Kaufman. "Minstrel and Classic Banjo: American and English Connections." *American Music* 12 (1994): 1-30.

Wooton, Barbara. "Sex and Society (I): A Sociologist's View." *The Twentieth Century* clxiii, 971 (January 1958), 9.

Worth, Katherine. "Eliot and the Living Theatre." *Eliot in Perspective.* Ed. Graham Martin. London: Macmillan and Company, 1970.

Zanger, Jules. "The Minstrel Show as Theatre of Misrule." *Quarterly Journal of Speech* 60 (1974): 33-38.

찾아보기

ㄱ

ㄹ

ㅁ

ㅂ

ㅅ

ㅇ

ㅊ

ㅋ

ㅌ

ㅍ

ㅎ

| 지은이 | 최영승 崔瑩勝

부산대학교 문학박사

동아대, 동의대 대학원 강사

미국 포덤(Fordham) 대학교 객원교수

현재 동아대학교 영어영문학과 교수

• 저 서　『영미수필문학의 개관과 이해』 학사원, 『영미시의 이해』 한신문화사
『영미문화의 이해』 동아대 출판부, 『영미에세이의 이해』 학사원
『영미문화와 지역이해』 동아대 출판부, 『영미문학비평』 동아대 출판부
『영미시의 감상과 이해』 우용 출판사, 『영미문화의 키워드』 동아대 출판부
『영미시 즐기기』 도서출판 동인, 『영국사회와 문화』 동아대 출판부
『미국사회와 문화』 동아대 출판부, 『영미지역과 문화』 동아대 출판부
『엘리엇 시극 연구』 도서출판 동인(공저), 『영미문학비평의 이해』 동아대 출판부
『영미사회와 영어권 문화여행』 동아대 출판부, 『엘리엇 시, 사회, 예술』 도서출판 동인(공저)

• 역 서　『영문학의 가치와 전통』 학문사, 『전후미국문학개관』 동아대 출판부
『16세기 이후의 영국시』 한신문화사, 『전후 미국시 평설』 도서출판 동인
『페미니즘과 영미시』 도서출판 동인
『현대시에 비친 20세기: 비평적 개관』 도서출판 동인
『영국시의 이해와 역사적 개관』 도서출판 동인

• 논 문　「The Religious and Thematic Significance of Popular Literary Elements in T. S. Eliot's *Sweeney Agonistes*」 외 현대 영미시와 소설에 관한 논문 40여 편

시인, 광대, 그리고 탐정: 시극작가로서의 엘리엇

초판1쇄 발행일 2014년 6월 25일

지은이 최영승
발행인 이성모
발행처 도서출판 동인
주 소 서울시 종로구 혜화로 3길 5 118호
등 록 제1-1599호
TEL (02) 765-7145 / **FAX** (02) 765-7165
E-mail dongin60@chol.com / **Homepage** donginbook.co.kr
ISBN 978-89-5506-603-6
정가 20,000원